兰州大学哲学社会科学文库

Philosophy and Social Sciences Library of Lanzhou University

福克纳 "约克纳帕塔法" 世系小说研究

高红霞 王晓梅 著

兰州大学出版社

LANZHOU UNIVERSITY PRESS

图书在版编目（CIP）数据

福克纳"约克纳帕塔法"世系小说研究 / 高红霞，
王晓梅著. -- 兰州 : 兰州大学出版社，2025. 5.
ISBN 978-7-311-06900-1

Ⅰ. Ⅰ712.074

中国国家版本馆 CIP 数据核字第 20252W5Z27 号

项目负责　宋　婷
责任编辑　锁晓梅
封面设计　张友乾

书　　名　福克纳"约克纳帕塔法"世系小说研究
　　　　　FUKENA "YUEKENAPATAFA" SHIXIXIAOSHUO YANJIU
作　　者　高红霞　王晓梅　著
出版发行　兰州大学出版社　（地址:兰州市天水南路222号　730000）
电　　话　0931-8912613(总编办公室)　0931-8617156(营销中心)
网　　址　http://press.lzu.edu.cn
电子信箱　press@lzu.edu.cn
印　　刷　兰州人民印刷厂
开　　本　710 mm×1020 mm　1/16
成品尺寸　165 mm×238 mm
印　　张　20.5
字　　数　304千
版　　次　2025年5月第1版
印　　次　2025年5月第1次印刷
书　　号　ISBN 978-7-311-06900-1
定　　价　98.00元

（图书若有破损、缺页、掉页,可随时与本社联系）

出版说明

党的二十大报告提出的"加快构建中国特色哲学社会科学学科体系、学术体系、话语体系，培育壮大哲学社会科学人才队伍"的重要精神，为我国高校哲学社会科学事业发展提供了根本遵循，为高校育人育才提供了重要指引。高校作为哲学社会科学"五路大军"中的重要力量，承载着立德树人、培根铸魂的职责。高校哲学社会科学要践行育人使命，培养堪当民族复兴重任的时代新人；要承担时代责任，回答中国之问、世界之问、人民之问、时代之问。

作为教育部直属的"双一流"建设高校，兰州大学勇担时代重任，秉承"为天地立心，为生民立命，为往圣继绝学，为万世开太平"的志向和传统，为了在兰州大学营造浓厚的"兴文"学术氛围，从而为"新文科"建设和"双一流"建设助力，启动了开放性的文化建设项目"兰州大学哲学社会科学文库"（简称"文库"）。"文库"以打造兰州大学高端学术品牌、反映兰州大学哲学社会科学研究前沿、体现兰州大学相关学科领域学术实力、传承兰州大学优良学术传统为目标，以集中推出反映新时代中国特色社会主义理论和实践创新成果、发挥兰州大学哲学社会科学优秀成果和优秀人才的示范引领作用为关键，以推进学科体系、学术体系、话语体系建设和创新为主旨，以鼓励兰大学者创作出反映哲学社会科学研究前沿水平的高质量创新成果为导向，兰州大学组织哲学社会科学各学科领域专家评审后，先后遴选出政治方向正确、学术价值厚重、聚焦学科前沿的思想性、科学性、原创性强的学术成果结集为"兰州大学哲学社会科学文库",分辑出版,第一辑共10种,第二辑共7种。

"士不可以不弘毅,任重而道远。"兰州大学出版社以弘扬学术风范为己任,肩负文化强国建设的光荣使命,按照"统一设计、统一标识、统一版式、形成系列"的总体要求,以极其严谨细致的态度,力图为读者奉献出系列学术价值厚重、学科特色突出、研究水平领先的精品学术著作,进而展示兰大学人严谨求实、守正创新的治学态度和"自强不息、独树一帜"的精神风貌,使之成为具有中国特色、兰大风格、兰大气派的哲学社会科学学术高地和思想交流平台,为兰州大学"新文科"建设和"双一流"建设,繁荣我国哲学社会科学建设和人才培养贡献出版力量。

兰州大学出版社

二〇二四年十月

序　言

　　美国南方社会历史的突变引发传统与现代、农业文明与工业文明、庄园经济体制与工商资本主义之间的巨大张力，对"南方文艺复兴"产生了深远的影响。南方作家的保守主义思想让他们更加本能地反感北方工商资本主义对南方意识形态的重建。但是，历史的车轮滚滚向前，无情地碾压南方曾经的家族观念、历史意识、地域情结，南方昔日"一切坚固的东西"都濒临"烟消云散"。原有的价值体系和经济模式坍塌，农耕文明和城市文明之间的激烈交锋，现代与传统之间的剧烈碰撞，使南方人失去了共同的精神家园，南方的地域特色逐渐消失，这一切进一步加剧了南方作家的"历史围困感"，使得他们愈加珍惜南方的传统、历史和文化。"南方文艺复兴"作家以"文"为"器"，集体演绎南方人的心理创伤和"为了忘却的记念"的悲怆情怀，表达对南方传统价值观念的依恋、对"失落"文明的追寻和对美国"高歌猛进"的现代化的反思。

　　福克纳是"南方文艺复兴"作家的集

大成者，创作了规模宏大、人物众多、历史漫长、关系复杂的家族神话史诗"约克纳帕塔法"世系小说，形成独特的历史/家族/地域三位一体的经典文学创作主题。福克纳在自己虚构的"约克纳帕塔法"文学"共和国"中尽情书写美国南方几个大家族的兴盛衰亡。在继承南方庄园文学传统的基础之上，福克纳对南方传统的创作内容和创作手法进行大胆革新，以其浓烈的怀旧意识和挽歌情调反思现代文化和种族思想撞击下的美国南方历史、家族和地方问题，深度再现南方两百多年的社会历史变迁和文化发展进程。他的家族小说不仅是富有浓郁乡土气息的艺术杰作，也是美国南方的"地方志""风俗志"和"现代史"。福克纳的"约克纳帕塔法"世系小说在叙事内容和艺术风格方面鲜明的独创性和革新性，在英语国家产生了巨大的影响，而且对于中国新时期以来的家族小说创作也产生了深刻而广泛的影响。鉴于此，对于"约克纳帕塔法"世系小说全面系统的研究具有较大的现实意义和学术价值。

笔者通过对国内外福克纳研究成果的关注与收集以及多年的研究积累，发现自20世纪90年代出现福克纳作品研究热潮之后，国内在福克纳研究领域存在"零敲碎打"的现象，大多集中在针对单部作品的研究方面，综合研究的成果偏少。福克纳的"约克纳帕塔法"世系小说是一张网络了南方的"人"和"事"的大网，构成了一个复杂的具有内在统一性的文学"共和国"。因此，从福克纳作品的南方特性、神话模式、历史意识、空间诗学、母题形态和物质书写方面，对"约克纳帕塔法"世系小说展开全面、系统的研究，有利于揭示福克纳笔下南方社会的"全貌"。这六个相互关联的论题不但涉及福克纳作品的叙事主题，而且涵盖其创作艺术，能够避免"零敲碎打"研究的不足。职是之故，本书运用叙事学、文化诗学、新历史主义以及物质文化批评等当代文艺理论和批评方法，以福克纳的"约克纳帕塔法"世系小说为文本依托，在宏观理论指导与微观文本分析相补充、文化参证与历史寻绎相结合的研究视域下，整合研究福克纳小说的主题思想、艺术创新、文化价值，力争把主题思想阐释与社会历史分析相结合，揭示福克纳作品的精神气质诉求和传统文化底蕴。

本书除了序言和结语，主体内容主要分为六章。

第一章探讨美国"南方文艺复兴"产生的历史文化动因、福克纳小说的创作主题和艺术风格、对南方作家的影响及其对"南方文艺复兴"文学的贡献，阐述二者相得益彰、相映成辉的共生关系。

第二章结合20世纪神话回归的大背景，从宏观和微观两个方面出发，对福克纳"约克纳帕塔法"世系小说的神话模式展开分析。本章以文本细读为基础，以南方的宗教大背景为参照，以福克纳家族的信仰为佐证，论证福克纳通过对基督教神话模式的戏仿化用和移位转型，借助怀旧的笔触和古老的神话，书写农业主义的旧南方和工业主义的新南方，表达对南方业已消逝的农耕文明和传统美德的怀念与眷恋。

第三章以福克纳作品的历史意识为切入口，参考新历史主义的批评理论，对福克纳作品中"向后看"的怀旧历史意识及其历史意识的矛盾性展开研究。历史自觉意识、历史意识的再现形式和历史意识的实践策略构成本章的主要内容。福克纳放弃传统小说叙事的线性进步论时间观念，即在"过去—现在—未来"线性系列上的"新/旧=进步/落后=好/坏"的基本时间序列及叙事模式，强调"新"的不一定先进，"旧"的不一定落后，从遵循因果、传递矢量时间流逝的机械时间和钟表时间的直线性历史观念向注重生命体验和文化共时性状态的循环论时间观念靠拢，解构南方关于白人精英主义、奴隶制以及种族主义的宏大叙事，转向小微历史叙事，强调历史的多元性。

第四章基于空间的社会生产性，从地理空间和文本空间两个方面重点挖掘"约克纳帕塔法"世系小说的空间诗学。福克纳通过现实与虚构的融合、神话空间与文本空间的并置、复调对位的叙事结构和时间的空间化策略，开拓文本空间，扩展故事容量，取消单一空间叙述的权威性，通过多重空间的互相关联与呼应，强调小说主题的多重指涉性和意义的多元化。

第五章主要研究福克纳家族小说叙事的母题形态。福克纳对南方文学的叙事母题重新进行切分和聚合，对南方的家族神话、贵族气质、荣誉至上、父权统治、骑士精神、妇道观念和种族问题展开讨论，缘之形成了清晰可辨而又充满矛盾的叙事母题谱系，主要包括"家族神话与失乐园母题""父权至上与审父母题""血缘秩序与乱伦母题""女性崇拜与厌女母题"。这些母题形态进而构成福克纳最具代表性的"父权思想/血缘伦理/妇道观念"三位一体的家族小说叙事内核,反映作者对民族融合、阶级重构、女性意识引发的传统家族观念的改变和血缘伦理的困扰展开深入思考。

本书的最后一章从福克纳作品中的物品书写入手,借用物质文化批评中的"物质无意识"以及"物的社会生命"等概念,挖掘福克纳作品中各种具有南方特色和代表性的物的叙事性和意义生成性,进一步阐释小说中近乎烦琐的物质细节描写及其意蕴,凸显南方的现代与传统、工商资本主义消费文化与农耕文明之间的冲突。通过新南方时期农业文化建筑物的景观、木材工业以及商品的书写,福克纳以独特的方式捕捉南方社会转型的脉动,奏响了一曲旧南方传统农业文明失落的挽歌。旧南方已逝,其物永存,其情可悲,其魂可歌。

本书的架构思路是,"约克纳帕塔法"世系小说的家族叙事母题形态、历史意识和空间诗学是福克纳经典的家族/历史/地域三位一体叙事主题的体现,是福克纳作品研究应该涵盖的核心内容,呈现了福克纳作品从叙事内容到叙事话语再到叙事艺术的各个方面。福克纳还是一位举世瞩目的美国南方作家,他的"约克纳帕塔法"是作者生于斯、长于斯的南方那片"邮票般"大小的故乡缩影,因此"南方文艺复兴"的"重农"主义思想、南方的宗教文化以及南方的各种风物都是其作品别样魅力和南方性的最佳载体。基于此,家族/历史/地域加上福克纳与南方性、福克纳与基督教神话、福克纳与南方之物六个方面构成了本书的六章内容,通过对这些内容的整合研究,期待对福克纳作品中旧南方与新南方、黑人与白人、传统与现代、农耕文明与工业文明、精神与物质、乡村与城市之间的复杂关系展开全面、合理的阐释。

目　录

第一章

福克纳的
南方特性

第一节
美国"南方文艺复兴"

美国的南北冲突不仅表现在政治和经济上，更体现在文化和传统方面。人们对于南方的想象首先是奴隶制与内战的失败，其实在独立战争和共和国初期，南方的故事与美国的官方故事别无二致，都是关于开疆拓土、西部开发和不断成功的故事。在乔治·梅森（George Mason）、乔治·华盛顿（George Washington）、詹姆斯·麦迪逊（James Maddison）和托马斯·杰斐逊（Thomas Jefferson）的年代，南方在经济上比北方更加富有，在文学文化上比北方更加繁荣。埃德加·爱伦·坡（Edgar Allan Poe）和马克·吐温（Mark Twain）是美国家喻户晓的南方作家。但是，在进入19世纪之后，南方建立在黑奴基础之上的经济模式以及白人庄园主贵族统治的社会形制与北方的自由资本主义体制之间的矛盾日益尖锐。1861年，南方宣布独立并决定致力于发展奴隶制，这一决定导致了内战的爆发，南方与北方的地区差异因为内战进一步加剧。南方在内战的四年杀戮之后经历了十二年的被占领和被迫重建，除了政治经济方面的不同之外，南方在地域、方言和历史方面与北方大相径庭。内战的失败使南方长期陷入耻辱、怨恨和贫穷之中，这又反过来加剧了南北的分裂和区域差别。

倡导工商资本主义经济的北方在现代文明先进和工商资本主义进步的借口下，批判和贬低以种植园农业经济为基础的南方，谴责南方拖慢了美国文明和经济的发展进程。内战结束之后，北方的工业化和城市化快速发展，美国成为世界上最富有的国家，而南方依然是农业社会，成为这个富有国度中唯一一个贫困地区，被冠以美国的"经济头号问题"而广受诟病。北方是富裕、成功、自由、进步、文明和现代的标志，南方被贴上愚昧、落后、保守、顽固、分裂、自傲、失败、懒散和罪恶的标签。1920年，农业市场的崩溃使南方的农业经济雪上加霜，南方社会面临全面解体。20世纪30年代，美国北方的现代化如火如荼，而南方依然是一个以佃农和自给自足的农民为主的农业社会，大部分人还吃着玉米粉，钩虫病到处泛滥。在这片经济落后的土地上，私酿威士忌盛行，部族之间的争斗长期不断，严格而残酷的种族隔离制度四处横行。人们普遍相信北方的工业资本主义与美德相伴，而南方的落后贫穷与罪恶同行，南方的失败在变成军事和经济失败之前首先是道德失败，南方成为让美国尴尬和难堪的他者。

南方在逐渐接受北方的经济发展模式，一直在与北方的文化抗衡中寻找平衡。联邦政府实施一系列新政，改革美国的经济，但是南方因为长期的奴隶制和庄园经济体制，无法快速融入联邦政府设计的发展道路，经济长期处于落后状态。北方对于南方的文化霸权以及他者叙事使得南方在情感上更加抵触北方，因为融入联邦不仅意味着政治和经济体制的转型，而且急需价值观念和文化的改变。高傲而固执的南方人无法容忍这种全方位的重建，他们在共和党执政的美国，依然坚持投票选举民主党。新政虽然在南方未能发挥预想的作用，但加速了南方进一步远离陈旧的、分散的、以农业为基础的资本主义体制，向一种新的、工商业的、中央集权管理的经济模式转变。

内战之后美国南方进入一个现代化的新世纪，同时还面对着一份祖先留下来的遗产。南北在政治和经济制度方面的冲突以及意识形态和文化方面的抗衡，使得南方人在内心承受前所未有的矛盾与痛苦，面临新与旧、现代与传统的进退维谷困境。北方工商资本主义宣扬个人自由和创新意识，强调市场竞争和市场机制，注重财富创造和财富积累，倡导自我约束和勤勉工作，认为时间就是金钱；而南方的贵族崇尚贵族主义精神和骑士风范，喜欢闲散恬静的田园生活方式，倚重血缘关系和家族纽带，强化土地意识和因循守旧的历史观念。因此，南北之间的差异不仅外化在经济和政治方面，更是内化在两种价值观念和意识形态的不同上。南方如果一味盲从，北方的工商资本主义就会从根本上摧毁南方的历史和文化；如果故步自封紧抱历史不放，南方必然面临被时代淘汰的危险。

北方的指责以及被迫融入联邦的过程引发了南方普遍的错位感和背离感，向北方的工商资本主义价值观念靠拢必然会引发背叛南方传统和历史的内疚，但是一味地为南方的庄园文化辩护又不符合历史发展的必然律。恰恰是这样的矛盾情绪和自我觉醒意识在社会和文化转型时期刺激了南方新文学的崛起。内战对于南方人而言是"败局已定的事业"，内战的挫败是他们心中永远的痛。生活在创伤阴影中的南方知识分子在抑制创伤、忘却伤痛中试图恢复旧南方的社会秩序，他们反复地重写南方的过去，创造出关于南方的家族、历史、地域的文化伊甸园传奇，凸显骑士精神、荣誉意识、勇猛果敢、博爱仁慈、怜悯同情、牺牲和忍耐等品格，赞扬这些具有永恒意义和普适性的价值观念。

南方因为内战的失败丧失了政治和军事权力，在高歌猛进的现代化中又失去了曾经的经济优势，失去话语权的南方在自己的国度沦为文明进步、经济发达的北方的"他者"，任由北方的统治话语塑造和言说。充满浪漫色彩的南方神话、独特的种植园生活方式乃至方言较重的南方口音，都成为北方人嗤之以鼻和粗暴指责的对象。1917年11月，美国著名学者兼评论家门肯（Mencken）发表《波札茨的撒哈拉》（"The Sahara of the Bozarts"）一文，公然将南方比喻成一片文化荒漠："无论在范围上，还是在财富抑或南方所吹嘘的所有进步上，南方在艺术、文化上都像撒哈拉沙漠一样贫瘠。"①门肯戏谑嘲笑的口吻和不屑一顾的神情，代表了一批北方人在20世纪20年代对南方的看法。南方的人文知识分子首先意识到北方占据话语权和主导地位对南方带来的危害，他们无法忍受外来者对于南方不负责任的表征，决心以文学艺术为载体，力求自主定义和书写南方，摆脱外力强加于南方的各种表述的困境。

从20世纪20年代末至50年代中期，曾经被门肯戏谑贬斥为文学文化"撒哈拉沙漠"的美国南方，骤然成为美国文学的"歌鸟之巢"②。"逃逸派""重农派""新批评派"和一大批优秀的诗人、小说家、戏剧家、学者、文学理论家和批评家相继登临南方文学舞台，成就了美国文学史上持续时间最长、地域意识最强、作品最为集中的一次文学文化运动。这一意义深远、蔚为壮观的文学文化运动被学界称作"南方文艺复兴"。南方作家对美国轻率地走向工商资本主义的世俗、进步、繁荣充满质疑，深深的疏离感、伤感怀旧的情愫成为"南方文艺复兴"文学的创作基调。威廉·福克纳（William Faulkner）和一批南方作家对于现代化和工业化的矛盾心理和保守态度，使得他们在千百次的"上帝啊，为什么让南方失去这场战争"的拷问中重新审视南方历史，创作出具有浓郁南方地域特色的文学作品。复杂的历史和社会变革是孕育南方文学的肥沃土壤，当经济大萧条来临时美国经济几乎陷入尘埃，但是经历了贫穷、战败和内疚的南方在文学艺术方面大放异彩。

---

① H. L. Mencken, "The Sahara of the Bozart" in *The Literature of the American South: A Norton Anthology*, edited by William L. Andrews(New York: W. W. Norton & Company, Inc., 1998), p. 370.

② Louis D. Rubin (ed.), *The History of Southern Literature* (Baton Rouge & London: Louisiana State University Press, 1985), p. 262.

从文化发生学的角度来看，"逃逸派"及其后的"重农派"的思想主张是激发"南方文艺复兴"的主要动因。"逃逸派"事实上是反对内战至第一次世界大战期间南方诗坛盛极一时的"感伤主义、拾人牙慧的道德说教和过度粉饰的庄园诗歌"传统发起的南方新诗歌运动[①]。1914年处于形成期的"逃逸派"以田纳西州纳什维尔镇范德比尔特大学为中心，当时只是一个松散的文化社团，南方的一些文人和作家经常聚集在一起讨论文学与哲学问题。诗人约翰·克罗·兰色姆（John Crowe Ransom）当时是"逃逸派"的领袖，他的周围聚拢了一批颇有才华的年轻人，如诗人罗伯特·佩恩·沃伦（Robert Penn Warren）、艾伦·泰特（Allen Tate）、唐纳德·戴维森（Donald Davidson）、默里尔·莫尔（Merrill Moore）等以及小说家安德鲁·纳尔逊·莱特尔（Andrew Nelson Lytle）。这个团体之所以命名为"逃逸派"，是因为他们认为，南方诗人完全可以摆脱感伤和造作的"旧"南方文学，借助押韵、诗节和韵律等诗歌写作技巧创作出伟大的新诗歌。

为了反驳门肯等北方人对南方人素来珍视土地、思想老旧保守和宗教地方主义的抨击，1930年以"逃逸派"为主体的12个南方作家出版了他们撰写的专题论文集《我要表明我的立场：南方与重农传统》（*I'll Take My Stand: the South and the Agrarian Tradition*），这是"南方文艺复兴"的宣言书。"重农派"成员包括诗人和小说家兰色姆、泰特、沃伦、戴维森、约翰·弗莱彻（John Gould Fletcher）、莱特尔、亨利·柯林（Henry Blue Kline）、里尔·拉尼尔（Lyle H. Lanier）、赫曼·尼克森（Herman Clarence Nixon）、剧作家斯塔克·扬格（Stark Young）、历史学家弗兰克·奥斯力（Frank Lawrence Owsley）和传记作家约翰·韦德（John Donald Wade）。他们也被称为"南方十二人"（Twelve Southerners）、"南方重农派"（the Southern Agrarians）、"范德比尔特重农派"（the Vanderbilt Agrarians）、"纳什维尔重农派"（the Nashville Agrarians）、"田纳西重农派"（the Tennessee Agrarians）或者"逃逸主

---

① C. Hugh Homan, "Literature and Culture: the Fugitive-Agrarians," *Social Forces* 37, No. 1(1958): 16.

义重农派"（the Fugitive Agrarians）。

"重农派"的农业主义思想其实在南方根深蒂固，这与南方的地理位置和发展历史密不可分。新大陆被发现以来，南方因为温暖湿润的气候和相对丰饶的土地，一直是殖民者追求新生活的伊甸园，自然的馈赠使得以农业为主的生存模式成为南方社会的基础，物质生活的富裕也养成了南方贵族傲慢而悠闲的生活方式和崇尚荣耀的骑士精神。美国的前几任总统中有好几位来自南方，受南方农业文化的影响，他们都坚持农业是美国的根本，第三任总统杰弗逊认为，工商资本主义只会给美国带来腐败，而农业可以让美国保持长久的美德。20世纪初期，美国进入快速现代化的时期，南方的"重农派"逆潮流而动，又一次提倡农业主义主张。他们认为与土地密切联系的生活方式和与之相适应的农耕文化有利于建立和谐有序的社会，是生产优秀文学和艺术的沃土，北方的工业资本主义和现代化正在严重地腐蚀南方的农业主义和传统文化。"重农派"坚称，在农业社会中，人们富有宗教信仰、生活幸福和谐、注重传统美德和个人修养、勇于承担社会责任。他们为南方文化在现代化和城市化的冲击下走向衰落感到痛心和惋惜，鼓励南方人远离商业资本主义，回归南方传统的农业文明。伍德沃德（C. Vann Woodward）和卡什（W. J. Cash）相继发表《寻找南方个性》《南方的精神》等著作，详细阐释南方传统文化的深厚底蕴，号召南方人回归南方文化，抵制北方的文化入侵，增强南方的文化自信。

在"南方文艺复兴"作家看来，南方文学与美国的建国历史一样久远。从17世纪开始，南方就有传记、传奇和备忘录等文学形式。十七八世纪的传记主要描写詹姆斯敦永久居住地的建立始末以及殖民者的传奇经历，记录南方的贵族种植园主及其家人的日常生活。进入19世纪，南方文学的体裁更加丰富多彩，有传记、传奇、小说、戏剧、诗歌和文学评论等。西姆斯（William Gilmore Simms）、肯尼迪（John Pendleton Kennedy）和塔克（Nathaniel Beverley Tucker）等是当时活跃在南方文学艺术界的佼佼者。19世纪的南方幽默小说和喜剧也引人入胜，朗斯特里特（Augustus Baldwin Longstreet）和哈里斯（George

Washington Harris）是南方幽默小说家的代表。虽然他们的成就与同时期美国东北部"新英格兰文艺复兴"作家的作品无法媲美，但他们的作品运用反讽幽默的语言，详细记载了南方普通白人的日常生活①，表现出明显的南方地域文化特征，为后来的文学大师马克·吐温和福克纳留下了弥足珍贵的文学遗产。埃德加·爱伦·坡和马克·吐温是19世纪南方文学的代表人物，他们为南方的文学艺术做出了杰出贡献。埃德加·爱伦·坡的唯美主义、神秘主义和哥特艺术风格，马克·吐温的地方色彩主义、对种族问题的关注以及风趣幽默的语言、口语化的写作风格等，为南方文学的发展确定了特色鲜明的地域书写传统。

19世纪后期到20世纪初，出现了以佩奇（Thomas Nelson Page）和爱德华（Harry Stillwell Edwards）等为代表的庄园文学。庄园文学的出现使南方文学的地域性特征更趋明显。庄园文学以传奇为主，描写南方的田园美景和种植园生活，以浪漫主义的表现手法歌颂自然景色，竭力美化奴隶主与奴隶之间的主仆关系。黑人奴仆和他们的白人奴隶主和谐幸福地生活在同一个大家庭，是庄园文学最常见的主题。庄园文学从政治经济到日常生活各个领域全方位地为南方的奴隶制辩护，并围绕南方种植园创造了一系列"神话"。奴隶主被美化成"宽厚仁慈"、道德高尚、具有骑士风范的主人；黑奴被描绘为乐天知命、感恩戴德、忠心耿耿的家奴；南方经常被美化为"盛开着木棉花的"、充满"甜蜜、柔情和阳光"的人间乐土。

在美国快速现代化和城市化的20世纪30年代，大部分南方人仍然生活在以农耕为主的南方村庄里，生活节奏缓慢，形成了一种共同的秩序感和历史感。他们目睹了历史带来的失败和挫折，感到自己被卷入混乱的历史之中，过去清晰可见，未来模糊不清。在福克纳的小说中我们可以看到，向后看的南方贵族"鬼魂"与向前看的南方暴发户之间的斗争是南方人普遍的对新旧南方矛盾情感的写照。玛格丽特·米切尔（Margaret Mitchell）的《飘》其实是南方庄园罗曼司在现代的

① William J. Cooper and Thomas E. Terrill, *The American South: A History*（New York: Alfred A. Knopf Inc., 1991），pp. 258–259.

延续，重点描写内战前后南方的庄园和家庭生活情景，把南方人因为"失去"而产生的感伤和怀旧情愫推向高潮。庄园文学描绘的"逝去的美好时光"实际上为无法接受南方战败现实的人们提供了精神庇护，为遭受内心煎熬的南方种植园白人贵族筑起一道强大的心理防线，他们至少可以用贵族的骑士精神、妇女的纯洁贞操和南方的深厚历史文化底蕴对抗北方佬的出身卑微、唯利是图和浅薄无知。

"南方文艺复兴"为南方文坛带来了一种令人耳目一新的声音，作家清楚地认识到，单纯依靠怀旧来编织南方过去的神话无法复兴南方文学，也不会解决南方社会的现实问题，南方文学需要寻找那些"让南方真正成为南方"的东西。南方的一批青年知识分子在新思想的影响下，冷静回顾南方的历史，理性看待社会现状，客观思考南方在内战中失败的原因，认真分析南方过去中存在的各种弊端。他们能够相对公正地对待南方历史中有悖人性和反人道主义的奴隶制和种族主义，首次认识到北方佬不应该为南方的所有罪恶和问题负责，他们明白耽于回忆和美化过去只是暂时的安慰剂和解毒药，根本无法从本质上应对南方的现在和未来。他们发现对旧南方的盲目崇拜和对新南方的趋之若鹜都是不尊重历史和现实的错误做法，他们决定突破南方的庄园文学传统，在文学中开辟一片新天地。[①]这些人文知识分子在理性思考南方历史的同时，积极寻求南方未来的出路。关于南方历史和地域的重新思考，反映在当时的文学创作中，是"南方人开始认真思考南方的时代、地域和历史并同自己展开激烈辩论"[②]。20世纪30年代"南方文艺复兴"作家创造出一种不同于北方也不同于南方传统庄园文学的新叙事方式，通过研究南方的过去，探讨南方的未来，为南方的家族、历史、地域以及阶级、种族和性别开辟丰富的文学叙事空间，他们的创作为南方文学注入新鲜血液。那些关于被选择的希望和被排斥的痛

---

① William J. Cooper and Thomas E. Terrill, *The American South: A History* (New York: Alfred A. Knopf Inc., 1991), p. 648.

② Allen Tate, "A Southern Mode of the Imagination" in *Essays of Four Decades* (Chicago: The Swallow Press, 1959), pp. 577-592.

苦故事、关于存在和注定存在的故事、关于失败和死亡的故事，都是南方作家重点关注的创作素材，而且，他们对于南方历史和地域的批判性思考，迎来了南方现代主义文学的高光时刻。

《我要表明我的立场》在表明对南方农业生活方式的强烈偏好的同时，表达了对于北方工商业的极度反感，在某些方面它的主张甚至是反动的，它否认给黑人、女性和南方的下层阶级给予声音和社会地位，认为代表农耕社会的"高雅"文化胜过代表工商资本主义社会的"低俗"文化，主张特权阶级胜过平民阶级，强调永恒的精英"文学"胜过单纯的写作。就生活而言，"慢时间"是他们追求的目标。他们创造了一个由拥有土地、受过良好教育、严格自律的贵族阶级统治的旧南方，这样的贵族在他们看来比实业家和银行家在精神层面更加高贵和富有。他们建议让时光倒流，把创造力集中到艺术中来，让时间慢下来。有趣的是，"逃逸派"的初衷是逃避极端的传统主义，但恰恰是他们作品中表现的那种浓烈的旧南方文雅文风与地域特色成就了"南方文艺复兴"文学别样的艺术魅力。

与先辈不同，"逃逸派"能够更加客观理智、心平气和地面对南方的过去，毕竟他们已经与内战和奴隶制拉开了较长的距离，那个"败局已定的事业"对他们造成的心理创伤轻了许多。但是，他们对于重建之后的新南方充满怀疑，敏锐地捕捉到新南方的工业化和无节制的城市化必然会使南方传统的农耕文明和价值观念分崩离析。1922年"逃逸派"出版的《逃亡者》杂志，率先发起了"回归土地"的运动，提倡农耕文明和乡土文化，呼吁南方作家维护南方的历史文化传统、凸显南方文学的地方主义特色。这种回归传统的思想在20世纪30年代南方的"重农派"那里得到发扬光大。

"重农派"痛悼南方的农业传统、南方个性和南方文化在资本主义工商业的冲击下渐趋灭亡的现实，谴责四处滋生蔓延的北方工业资本主义、现代化和城市化，以及由此引发的伦理道德滑坡、价值观念迷失、历史意识淡化的现象。在他们看来，工商资本主义和现代化使得那个注重传统、社会秩序稳定、凝心聚力的南方遭到野蛮干涉和粗暴破坏，呼吁以南方的农耕文化对抗北方的工业文化。他们还从政治、经济和文化的角度重申美国的农业主义传统，认为农业文化和重农思想是美国的立国之本。18世纪美国在"新大陆"创建之时，就建立在农业主义传统之上，美国的缔造者们都是农民，人们的亲土意识和安土重迁的思想根深蒂固。早在1781年，托马斯·杰弗逊就在《弗吉尼亚笔记》中指出，在土地上劳作的人们是上帝的选民[①]，并且借助美国的农业社会反对欧洲的工业制造业。1814年，约翰·泰勒也反对资本主义的工业化，他认为美国的文化精髓和优秀品质存在于它的农耕生活方式。[②]现代化的同质化使得南方"重农派"担心，南方迅猛发展的现代化和不太稳定的工业化会使美国永远失去地域特色和乡土文化传统。他们倡导的农业主义理想及其反映这种观念的文学作品在美国引发了极大的反响与共鸣，为美国的现代化敲响了警钟，他们的作品让人们得以驻足反思传统与现代之间的复杂关系。南方人文知识分子的"重农"思想和地方意识使得美国"经济头号问题"的南方在内战之后再度进入人们的视野。当然，南方的农业主义理想在赋予南方种植园神话强大魅力的同时也为奴隶制找到了维持其生存的土壤。[③]

后来，泰特等人编辑出版"重农派"的第二部论文集《谁占有美国?》（*Who Owns America?: A New Declaration of Independence*，1936），重申农业主义思想和乡土文化传统。他们的思想在当时被斥责为保守、落后甚至倒退、反动，被扣上"新南方邦联主义"的帽子，但他们的主张确立了南方文学注重传统农业文明的区域性写作特征，为"南方文艺复兴"文学奠定了创作基调。这种思想不仅贯穿在兰色姆、戴维森、泰特、沃伦等人的诗歌和文学理论中，而且体现在福克纳、戈登以及尤多拉·韦尔蒂等一批南方作家的小说创作中，形成了一股声势

---

① William Peden, (ed.), *Notes on the State of Virginia* (Chapel Hill: North Carolina University Press, 1955), pp.164–165.

② Richmond C. Beatty, Floyd C. Watkins, and Thomas D. Young, et al., (eds.), *The Literature of the South* (Chicago: Chicago University Press, 1952), p. 77.

③ Patrick Gester and Nicholas Cords (eds.), *Myth and the South History* (Chicago: Rand McNally College Publishing Company, 1974), p. 127.

浩大的文学文化潮流。因此，"重农运动"大力推动了"南方文艺复兴"的发展，围绕这一运动涌现出一大批闻名世界的南方作家、诗人、文学评论家、社会学家和历史学家。1935年，沃伦与克林斯·布鲁克斯（Cleanth Brooks）共同创办的刊物《南方评论》和1939年兰色姆创办的《肯庸评论》，成为"重农派"作家重要的活动阵地。美国现代颇具影响力的文艺批评流派"新批评派"也围绕这些刊物推出他们的文学和艺术论著，而且"新批评派"的不少成员就是"重农派"的核心人物，他们的文学批评理论彻底改变了传统的文学评价方法和教学模式，在世界范围内产生了深刻而广泛的影响。此时，在经济上相对落后的南方却在文化上赢得新生。

当然，"重农派"清楚地知道他们无法通过宣称南方的某种文化模式而改变诸如奴隶制之类的负面历史遗产，但是他们意识到其实南方的负面身份就是它提供的最有用的文学资源，边缘、失败、内疚和耻辱是南方能够提供的一切文学想象资本，因为南方的历史与地球上大多数其他民族的经历具有共同之处，这种重叠使得南方在大萧条时期第一次在美国文坛上占据主导地位，南方的地域性文学展现出强有力的世界性影响。就出版市场而言，孟菲斯、纳什维尔、新奥尔良、亚特兰大、教堂山、巴吞鲁日和夏洛茨维尔仍然是很小的省会城市，与波士顿、纽约和芝加哥相比，密西西比州的牛津和佛罗里达州的伊顿维尔也不过是南方的边陲之地，但是作为文学写作和故事讲述的场景，它们独占鳌头。

"南方文艺复兴"是美国南方文学传统和现代主义相结合的产物，"南方文艺复兴"文学引人瞩目的原因之一在于过去与现在之间的巨大张力，作家千方百计地通过寻找某种方式纪念南方的历史，摆脱过去的束缚，这种"为了忘却的记念"正是南方文学引人入胜的地方。传统与现代的矛盾、新南方与旧南方的冲突、历史与现在的较量、城市与乡村的对立是南方文学的核心内容。威廉·福克纳、凯瑟琳·安·波特（Katherine Anne Porter）、埃伦·格拉斯哥（Ellen Glasgow）、托马斯·沃尔夫（Thomas Wolfe）、卡洛琳·戈登（Caroline Gordon）、约翰·C.兰色姆、罗伯特·佩恩·沃伦、艾伦·泰特等第一代以及卡森·麦卡勒斯（Carson McCullers）、弗兰纳里·奥康纳（Flannery O'Conner）、尤多拉·韦尔蒂（Eudora Welty）、威廉·斯泰伦（William Styron）等第二代南方"南方文艺复兴"作家，基于相同的书写主题、相似的南方意识和共同的历史记忆，围绕家族、历史、地域谱写南方文学在现代的华丽篇章，凸显南方文学的地方特色，使南方文学在经历长期的沉默和酝酿之后大放异彩。在美国经济萧条的背景下，南方文学却呈现出一派蓬勃发展的新气象，才华横溢的作家从南方那么多不同的地方冒出来，北方和西部没有一个地方能与南方这种百花齐放的文学局面相匹敌。看到南方文学欣欣向荣的发展态势，卡什感叹道："任何一个人在南方开枪都有可能杀死一个作家"①。

某一地区猛然间呈现群星璀璨的文化大繁荣现象并非历史偶然，它必然有着深刻的社会、文化和文学成因。在探求"南方文艺复兴"的缘起时，鲁宾（Louis D. Rubib，JR）认为，它是南方独特的历史、政治、语言甚至宗教的产物。回顾文学的发展历史，人们不难发现那些最辉煌的文化和文学繁荣运动几乎都发生在历史的十字路口和重要的社会转型时期。内战之后，南方虽然从法律上废除奴隶制，却无法从根本上解决种族问题和改变农业经济模式。传统的南方建立在以烟草、大米、甘蔗和棉花为经济支柱的农业社会模式之上，缘此形成的奴隶制、大庄园和阶级分层观念积重难返。内战及其后的重建无法迅速改变南方的社会和政治体制，相对于工业高度发达的北方，南方还处于从传统农业社会向现代化工业社会过渡的阶段。北方高歌猛进地发展现代化和工业化，北方的工商资本主义价值观在南方长驱直入，强行把农业传统的南方推入工业化和现代化的重建之路，迫使南方在军事、政治、经济、社会、文化、家庭、宗教以及意识形态和思想观念等多方面实行改制。南方的农业社会模式、封闭的地理环境和宗教文化的地方自治形成了南方文学和南方人性格中的保守主义思想。南

---

① John Sameuel Ezell, *The South Since 1865* (New York: The Macmillan Company, 1963), p. 290.

方人性格中固有的保守主义又使他们本能地反感和怀疑北方的工业化和资本主义价值观。内战之后的重建破坏了南方原有的秩序和价值体系，新的秩序和价值观尚未形成，南方人一时堕入意识形态的虚空状态和新旧价值观念的矛盾之中，他们更容易在回望过去中缅怀"旧"南方的历史和文化。南方社会的深刻变革以及随之而来的旧意识形态和传统价值观念的瓦解，让南方人产生精神危机和严重的失落感，促使他们对历史和当下进行思考和探索。因此，历史的围困感刺激了新思想的萌芽，给南方文学的繁荣创造了条件。

南北政治经济和社会体制旷日持久的激烈对抗是南方文学焕发地域文化特色的重要原因。长期以来，大多数美国人已经将南方看作一个贵族的、农业的南方，而北方则是一个自由资本主义的、商业的北方，双方无论在政治经济体制还是在伦理道德和价值观念方面都存在差异。威廉·泰勒在《骑士与扬基》一书中追溯导致美国南北双方不同文化特质形成的原因。他认为北方扬基是来自英国的清教徒，他们代表盎格鲁—撒克逊文化类型；而南方的绅士风度是对英国骑士文化的继承，是一种"诺曼"文化类型。因此，北方的新英格兰人喜欢显示他们与旧大陆的差别，而南方人却喜欢追求英国的绅士风度和贵族气质①。内战之后的南方文学似乎让这种建立在二元对立模式之上的南北差异表现得更加明显。因此，著名评论家奎因断言，如果没有这场让南方人痛彻心扉的内战，人们难以想象南方文学的存在和它在现代的极大繁荣。他认为："就某种意义而言，一个多世纪以来，内战塑造了这一地区的哲学和文学自觉性，也塑造了它的文化神话。"②

此外，南方的文学文艺"复兴"与作家们"自我剖析"的内心自觉意识紧密相关。第一次世界大战结束了南方与北方、南方与世界的隔离状态，使后来成为这场运动中坚人物的南方青年，如福克纳、兰

① William R. Taylor, *Cavalier and Yankee: The Old South and American National Character*(New York: Harper Torchbooks, 1969), p. 15.

② Matthew Guinn, *After Southern Modernism: Fiction of the Contemporary South* (Jackson: University Press of Mississippi, 2000), p.162.

色姆、泰特、沃尔夫等，有机会到欧洲开阔视野，接触外界的新思想，用批判的眼光客观地分析南方的过去和故乡的现在。正如爱伦·泰特在解释"南方文艺复兴"的原因时所说的那样，"随着1914—1918年的战争，南方重新步入世界——但是在跨越新旧边界时它回顾来路：这一回顾给了我们南方文艺复兴，它是一种现在对过去的文化觉察"①。

内战前后南方剧烈的社会变革以及第一次世界大战之后南方知识分子的反思催生了作家的集体创作无意识。长期以来，美国南方在历史、文化和地理位置方面与北方迥然不同，内战是这种不同的一次大交锋，战败成为骄傲的南方人内心无法治愈的伤痛。北方的强烈谴责、野蛮入侵和粗暴干涉导致南方人巨大的内心创伤。内战给南方社会造成严重打击，北方的他者化让南方知识分子的内心遭受极大痛苦，外部创伤和内部创伤的叠加，激发了他们强烈的民族自尊心和地域保护意识。南方的历史、家族、社区和地域不可避免地随着南方社会的转型和重建慢慢变得模糊，逐渐成为几乎被人遗忘的过去。但是对于这些担负南方社会责任的作家而言，它们从未消失，封存在南方人记忆深处的集体无意识，需要唤醒并得以升华。原有的价值体系和经济模式坍塌，南方人失去了共同的精神家园，作家更加重视"回忆"文学的创作，演化成南方人借助"文化"与"记忆"进行集体"疗伤"的心理②。北方工商资本主义意识形态长驱直入，使得"南方文艺复兴"作家愈加珍惜南方传统的历史意识、家族观念和地域情结，他们借助文学集体演绎"为了忘却的记念"。南方的人文知识分子意识到只有通过文学艺术才能充分体现南方人内心强烈的历史围困意识和南方文化情结，而且只有生于斯、长于斯的南方人才真正有资格以局内人的身份言说南方，而不是任由局外人横加指责和刻意歪曲。"南方文艺复兴"似乎就是这种蓄势已久的火山爆发，南方作家在受到局外人的猛

① Carol S. Manning, *The Female Tradition in Southern Literature* (Urbana and Chicago: University of Illinois Press, 1993), p. 38.

② Richard H. King, *A Southern Renaissance: The Cultural Awakening of the American South 1930-1955* (Oxford: Oxford University Press, 1982), p.7.

烈抨击时，他们的集体无意识被触发，深藏的记忆被唤醒，他们纷纷拿起手中的笔，迫切地希望借助文学作品描绘真正的南方，表达南方人对南方问题的立场、对南方历史的看法、对南方土地的情感以及对现代化和工业化的态度。

"南方文艺复兴"作家们之所以能够在大致相同的主题之下书写南方，究其实质是因为他们具有相似的家庭出身和文化背景，也具有共同的创伤记忆和文化情结。"南方文艺复兴"其实在本质上代表着南方白人贵族的文学艺术复兴运动。第一代"南方文艺复兴"作家，例如福克纳、泰特、沃伦、沃克·珀西（Walker Percy）、尤多拉·威尔蒂（Eudora Welty）、格拉斯哥等，都出生在贵族家庭。他们或者她们大多是名门望族之后，他们的祖先不是奴隶主、政治家和种植园主，就是邦联军官、银行行长、公司经理或者律师法官，他们或者拥有显赫的社会地位或者继承了大笔财产。这批作家的出身与生活环境使他们天然地向上层阶级的意识形态靠拢。共同的意识形态和相似的家庭出身使他们的文学创作不约而同地表现出不同程度的贵族意识和精英思想。不管是亲身经历、耳濡目染还是教育成长，都使得他们把旧南方的家族和过去幻化为充满英雄壮举的神话并深深地刻入集体记忆中。他们认为历史就是探知现实、未来和自我身份的传感器，他们的作品中充满着对过去的深深眷恋与依依不舍，因为在他们看来，文学虽然无法拯救南方，却能够在客观上传播作家的思想意识和价值观念，渲染由它衍生的新南方神话。因此，他们围绕历史的重负、大家族的没落、南方的地域特色、种族主义和奴隶制等问题，运用现代主义的创作手法和现实主义的叙事笔调，对南方的社会历史变迁展开深度书写，逐渐形成了以家族、历史、地域为中心的文学创作主题。

总之，经济文化的相对落后、社会政治的巨大变革以及作家自我意识的觉醒往往造就文学艺术的极大发展和繁荣。或许正是因为南方的保守和落后遭遇北方的现代和先进的挑战之时，才碰撞出"南方文艺复兴"的耀眼光芒。它的产生和它所取得的辉煌成就，是现代主义文学的重要组成部分，"它的发生和发展可以说是现代主义文学的一个缩影"①。因此，人们使用"南方的"和"现代的"两个形容词修饰南方文学时，其意义不仅仅在于时间和地理概念方面，更重要的还在于艺术和文化方面②。"南方文艺复兴"在地理上是南方的、区域的，但在文化和艺术成就方面却是美国的、世界的。"南方文艺复兴"文学当之无愧地成为20世纪西方现代主义文学宝库中一颗璀璨的明珠。

第二节
"南方文艺复兴"巨擘福克纳

威廉·福克纳虽然不是"重农派"或者"逃逸派"的成员，也未曾参加过这两个团体的文学文化活动，但毫无疑问他是南方"重农"思想始终如一的实践者，他以自己"邮票般"大小的南方故乡为背景，围绕"家族/历史/地域"三位一体的创作主题，建构了享誉世界的"约克纳帕塔法"文学地理空间，书写了举世瞩目的南方家族世系小说，奠定了他在"南方文艺复兴"作家中最重要的地位③。福克纳运用生花之笔和史诗风格，驰骋在现实与虚构之间，他的小说就是密西西比州牛津镇的人与事的生动写照。福克纳家族充满传奇色彩的祖先、慈爱善良的黑人奶妈、各式各样的亲戚朋友、镇上叱咤风云的银行家、富有的律师、辛勤劳作的庄稼汉和黑人奴仆等各色人物，都被福克纳网罗在自己的小说世界中。独特的山川景物、深受奴隶制和贫穷困扰的故乡以及生活在这片热土上的人民，赋予气势恢宏、人物众多、时间跨度漫长的文学共和国"约克纳帕塔法"别具一格的南方性。

福克纳把自己一生创作的19部长篇小说中的15篇和大多数短篇小

① 肖明翰：《美国南方文艺复兴与现代主义》,《当代外国文学》1996年第4期，第167–174、174页。

② Doreen Fowler and Ann J. Abadie (eds.), *Faulkner and the Southern Renaissance: Faulkner and Yoknapatawpha* (Jackson: University Press of Mississippi, 1982), p. 66.

③ Joseph Blotner, *Faulkner: A Biography* (Jackon: The University Press of Mississippi, 2005), p. 406.

说都放置在"约克纳帕塔法"世系小说中，构成一幅关于南方社会历史和风土人情的鲜活画卷。福克纳认为自己是"一位社会历史学家"，希望通过记录牛津镇生活中的细微变化，反映南方甚至整个美国在20世纪的变革"①。在"约克纳帕塔法"世界里生活着一个个典型的南方家族，有注重荣耀、崇尚传统的沙多里斯-康普生世家，有轻视血缘、践踏伦理的卡罗瑟斯-麦卡斯林世家，有不顾亲情、专心建造纯白人家族"王朝"的萨德本世家，还有追求利润、无视道德的斯诺普斯世家和亲情冷漠、斩断过去的穷白人本德伦家族，等等。福克纳凭借丰富的想象和对现实的敏锐观察，在虚构王国中为读者展现悲壮的南方贵族家族衰落史，通过史诗作品细细品味南方的过去、认真思考南方的现在和未来。

福克纳在浓墨重彩地描写南方贵族家族的盛衰历史和南方历史的围困意识的同时，还以南方人特有的风趣幽默和方言俚语对南方人与土地之间的亲密关系、南方的风土人情和南方的自然风景展开热情饱满的书写，把南方的乡土意识和"地域情结"推向文学创作的顶峰。阅读他的作品，浓郁的南方风情和清新的现代气息扑面而来，二者在福克纳的小说中达到完美的结合。福克纳拥有神奇的想象力，各种南方风情活灵活现地从他的心灵深处涌出，凝结成文学史上的千古绝唱。美国南方亚热带植物的芬芳、淑女的脂粉味、黑人的体味、骡马牲口的味道奇妙地混合在一起，驾驶汽车、大声咒骂下等人的南方新贵和执意驾驶马车出行的南方遗老，交织出一幅特色鲜明的南方社会图景。在他的作品中，人们可以看到奴隶的公开买卖、庄园主对奴隶的滥用和对土地的贪婪掠夺，也可以看到家族的隐秘历史和对于血缘伦理的大肆践踏。在福克纳的笔下，虽然南方存在各种各样的罪恶，但它是南方人永远挥之不去、无法割舍的瑰丽家园。南方虽然令人"伤心"，可它也如"丝"如"歌"，展示自身那种令人着迷的"怪诞"与"魅力"。对于福克纳而言，"故乡的土地不仅是美国南方神话的化身，还

---

① Joseph Blotner, *Faulkner: A Biography* (The University Press of Mississippi, 2005), p. 406.

是普遍人性的缩影"①。作品中人物身上表现出来的荣誉、怜悯、自尊、同情、牺牲、忍耐、希望等品质，都是作者对于人类不朽精神的探索，对南方的辩证反思是福克纳对南方"爱之深、恨之切"的集中体现。

在"南方文艺复兴"作家群中，福克纳是一位伟大的孤独者。正当南方人沉浸在玛格丽特、佩奇和斯塔克·扬等南方作家塑造的"美好"旧南方神话中时，福克纳的作品犹如晴天霹雳惊醒了梦中人，给骄傲的南方人当头一棒。在纪实与虚构、揭露与反思中，福克纳对南方的历史、家族和地域的深刻思考和全方位描述，对奴隶制和种族主义罪恶的无情揭露和批判，激怒了大部分表面看来温文尔雅的南方贵族，招来南方人的攻击与谩骂，因为他们认为福克纳有意把南方黑暗的一面暴露给外人，是南方的叛徒。②在现实生活中得不到理解的福克纳默默忍受孤独和痛苦，孜孜不倦地在艺术世界中追求卓越与不凡。他看到传统南方文学粉饰南方庄园神话的谎言背后隐藏着社会腐败和种族罪恶，决定把南方的顽疾奴隶制作为创作的重要主题，以贵族大家庭的兴盛衰亡为依托，从内部解析南方的社会历史以及由奴隶制引发的复杂的血缘伦理问题，探讨南方庄园家族在内部的腐败和种族问题的撞击下走向灭亡的必然律。福克纳的作品揭露一个又一个南方贵族大家族鲜为人知的隐秘故事，公开描写南方淑女在斯诺普斯们的围追堵截之下走向沦落的无奈处境，大胆表现自杀、白痴、私刑、偏执等南方社会畸形现象，真实再现穷苦白人和黑人奴隶的悲惨生活。

事实上，福克纳之所以能够精准地剖析南方，原因在于他对哺育自己的这片南方热土倾注了满腔热情，其作品中弥漫着深深的故土眷恋之情。福克纳绝非南方的叛徒，他对故乡怀有一种博大、深沉、负责的挚爱。旧南方养育了祖祖辈辈的南方人，有着浓厚的地域文化和

① John D. Anderson, *Student Companion to William Faulkner*(Westport, Connecticut & London: Greenwood Press, 2007), p.1.

② Doreen Fowler and Ann J. Abadie(eds.), *Faulkner and the Southern Renaissance: Faulkner and Yoknapatawpha*(Jackson: University Press of Mississippi, 1982), p. 127.

历史传统，但也无法抹杀剥削和买卖奴隶的非人道主义事实。对于故乡爱恨交织的矛盾情感一直让福克纳那颗敏感而忧患的心饱受折磨，他倔强地选择艰辛的创作之路，在孤独和误解中孜孜不倦地构筑南方文学"共和国"，假借《押沙龙，押沙龙!》的叙述者昆丁之口，充分表达自己对南方的深厚情感。昆丁近乎痴狂的独白"我不恨它，我不恨它，不恨，不恨"[1]，一遍遍地回响在人们的耳际，那是福克纳发自肺腑的呐喊，成为他热爱故乡的经典写照。

福克纳的创作与南方故乡、家族传奇以及自己的亲身经历密切地联系在一起。福克纳于1897年9月25日出生在密西西比的新奥尔巴尼（New Albany），一岁多时随父母迁居里普利，快满五周岁时，他们举家搬到牛津镇。在福克纳的一生中，除了几次与故乡的短暂分离之外，绝大多数的时光在牛津镇度过。他对自己生于斯、长于斯的密西西比河流域那"邮票般"大小的故乡熟稔于心，对家乡的人民了如指掌，故乡的风土人情、一草一木都刻在他的记忆深处。密西西比南方小镇的浓厚地域文化气息弥漫在他的作品中，牛津镇化身作者小说中的杰弗逊镇，拉法耶特郡成为虚构的"约克纳帕塔法"县，生活在家乡的各色人等或者原原本本或者改头换面地走进他的小说中，构成其小说的原型群像人物。

1665年，福克纳家族的祖先从英国来到美国，他们在艾里山（Mt. Airy）或者萨里县（Surry County）及其周围定居下来，从事与服装和布匹相关的各种生意并逐渐兴旺发达，家族经商的地理范围包括现在被称为福克纳溪（Faulkner Creek）的地方。曾祖父威廉·克拉克·福克纳（William Clark Falkner）1842年来到密西西比的里普利镇定居，他精明强干、敢于冒险、意志坚定，一生富于传奇色彩，在家乡是"大名鼎鼎的老上校"，他的高大雄伟的大理石雕像花费两千多美元，至今依然矗立在里普利镇的公墓中。[2]他在镇上从事律师工作，负责一些债

---

① 福克纳:《押沙龙，押沙龙!》，李文俊译，上海译文出版社，2004，第366页。

② Joel Williamson, *William Faulkner and Southern History* (Oxford University Press, Inc., 1993), p. 62.

务纠纷案子，这对于克拉克来说可是一个有利可图的营生。除了从事法律工作，克拉克还涉足奴隶贸易和土地投机生意。"在战前的几年里，他购买了2697英亩土地和三个完整的街区，还有里普利13.5份额的土地。他以每英亩8.53美元的平均价格出售了这些土地中的2000英亩，获得3990.70美元的利润"①。克拉克在里普利镇的生意显然相当成功，"在1851年的时候他拥有大约7000美元的资本，在城里有一些不错的房产，包括两家价值4000美元的砖店"②。在1860年的时候，克拉克本人在人口普查中宣称，他"拥有1万美元的房地产和令人震惊的40200美元的个人财产"，在个人财产中，"奴隶的价值大约是5000美元"③。1861至1862年间，克拉克募集、组织、指挥密西西比州第二步兵团并承担了一切费用。他还为本地修建了第一条铁路，开设了轧棉籽厂、锯木厂和粮食加工厂，拥有一个1200英亩的庄园。在重建时期，克拉克成为镇上"最富有和最有影响力的人物之一"，而且也是"不可否认的最有勇气和最有英雄气概的人物"。1874年的时候，他的"净资产超过10万美元"④。他在内战时期的英雄事迹或许主要是家族后代因为崇拜祖先进行的溢美想象和传奇演绎，但是克拉克确实抓住了南方转型时期的机会，运用聪明才智获取巨额财富。同时，他还从事文学创作，写了几本畅销小说，其中《孟菲斯的白玫瑰》红极一时，再版过几十次，卖出了16万多册。1889年，他被以前的商业合伙人枪杀在街头，结束了冒险而传奇的一生。

福克纳的祖父约翰·福克纳（John Falkner）人称"小上校"，被当时颇受尊敬的大法官叔父抚养长大，养母是本地最有势力的大家族的大家闺秀，他从小就在上流社会的家庭中长大，大学时期学习法律专业。21岁生日那天，他与里普利最显赫的穆里家族的长女莎莉结婚。

---

① Joel Williamson, *William Faulkner and Southern History* (Oxford University Press, Inc., 1993), p. 33.

② Ibidem, p. 34.

③ Ibidem, p. 39.

④ Ibidem, pp. 49—50.

对约翰·福克纳来说，这桩婚姻标志着一个贵族联姻社会网络的形成，不仅是他和穆里家族的联姻，还把他和里普利其他富有的大家族联合在一起。约翰从事律师工作，把家搬到了比里普利更大的文化和商业中心牛津镇（奥克斯福）。约翰在从事法律工作的同时涉足各种商业经营，而且极其成功。1890年，他和生意伙伴在牛津镇广场东北角建造了一幢非常阔气的二层砖楼，部分房子用作办公场所，一层作为商铺出租。他在广场南街西南角的地方建造了一座住宅，这座住宅在当时的牛津镇算得上高大气派，能够彰显主人的地位，被称为"大宅子"（Big Place）①。父亲去世之后约翰接手了父亲的铁路事业，成为铁路总裁，他"投资土地，在牛津开办第一家电话公司，经营一家马车行、一家石油公司和一家歌剧院。1910年，他组织、开设并经营牛津镇第一国民银行"②。同时，他热心公共服务事务，担任组织和建立牛津镇自来水厂、污水处理系统和电灯公司的主管。他积极参与政治，担任民主党主席并赢得拉斐特县在密西西比州的选举，1891年，他代表该县当选为众议院议员。1896年，他被任命为密西西比大学的董事会成员。

福克纳父母的婚姻属于两大南方贵族家族的联姻，两个家族在结亲之前本就相识。福克纳家1885年搬到牛津镇的时候就住在离巴特勒家不远的地方，福克纳的母亲莫德·巴特勒（Maud Butler）和福克纳的姑姑是好朋友。福克纳的父亲默里·福克纳（Murry Falkner）常年在外地经营家族生意，与长大后的莫德未曾谋面。1896年默里已经26岁，他在新奥尔巴尼经营父亲的铁路，当年他夏天回家时碰到了在自己家做客的莫德并成功地吸引了莫德的注意力。他们于1896年11月结婚并在新奥尔巴尼一起生活，1897年他们的大儿子威廉·福克纳在新奥尔巴尼出生。福克纳是家中长子，而且因为外祖母家的孩子夭折，他一出生就受到母亲和外祖母的精心照料。1898年11月，默里被提升为公

---

① Joel Williamson, *William Faulkner and Southern History* (Oxford University Press, Inc., 1993), p. 73.

② Ibidem, p. 73.

路审计员和财务主管，并被任命为交通和货运索赔部门的主管，这些职责需要他待在里普利。很快，"福克纳一家人就搬到了里普利，住在杰克逊街和库珀街西北角的一所房子里"①。福克纳在新奥尔巴尼和里普利度过了五年的童年时光。里普利是默里的老家，他的家人居住在祖先留下来的大宅子里，亲戚们也都住在附近，相距不远。祖父约翰给默里一处宅子和大片土地，快30岁时，默里在当地一家非常繁荣的铁路公司担任高级管理职务，经营一个相当大的农场，还购买了里普利一家制药公司的股份。

福克纳四岁时患上了猩红热，痊愈之后他的祖父非常高兴，送他一匹苏格兰矮种马作为礼物，他的曾祖父还给这匹马专门定制了一个很独特的马鞍。福克纳五岁时，因为父亲的工作变动，他们搬往牛津镇，仆人们记得"小主人威廉·福克纳"经常往返于里普利和牛津镇。乡亲们对于童年时期的福克纳印象颇深，他经常光着双脚、穿着工装裤、卷起裤管，喜欢棒球和钓鱼，骑着毛茸茸的矮种马，人们都喊他"威利"，他有很多游戏，有很多好玩的东西，也有很多叫作布克、布蒂、卡罗瑟斯等名字的玩伴，这些人物后来都进入福克纳的文学世界。布克、布蒂成为《去吧，摩西》的主人公，小说讲述南方贵族卡罗瑟斯家族的衰落史。

默里一家的生活在1902年发生了较大的变化。19世纪90年代美国的铁路经营面临财政困难，虽然福克纳家族的铁路不存在亏损问题，但是祖父决定卖掉家族铁路的股份和经营权，祖父认为把家族的生意兑换成现金分给子孙更利于保护家族财产和维护家族和谐。显然祖父的这个做法对于福克纳的父亲而言是不幸的。铁路是默里生活的中心，也是其自尊和收入的主要来源。他找银行商谈融资并且试图自己买下这条家族铁路的经营权。但是默里从来都不太擅长处理经商方面出现的新问题，他变得慌乱起来，后来又突然离开，这条当时依然繁荣的铁路在1902年出售给别人。祖父想让默里去牛津与家人团聚，默里刚

---

① Joel Williamson, *William Faulkner and Southern History* (Oxford University Press, Inc., 1993), p. 142.

开始拒绝这个提议，他想去得克萨斯州当牛仔，就像自己崇拜的亨利叔叔曾经做过的那样，梦想前往西部经营一个养牛场。得克萨斯州当时仍然是边疆地区，或许适合默里在那里重新开始一个像养牛这样的新行业。然而，莫德坚决不同意，于是他们全家在福克纳快要过五岁生日的时候搬到牛津镇。福克纳的外祖母也搬来一起住，照顾福克纳兄弟，经常给口味非常挑剔的福克纳的弟弟杰克准备合口的食物，福克纳兄弟们亲切地称她"大姆娣"（Damuddy）。在那些日子里，南方妇女被认为应该在音乐、写作、阅读、艺术方面具有一定的造诣。福克纳的外祖母和母亲把她们在这些方面掌握的知识传授给男孩们，福克纳完美地继承了来自父母家族的绘画和文学天赋，外祖母也作为"大姆娣"的原型走进福克纳的《喧哗与骚动》，康普生太太的身上时不时地闪烁着福克纳母亲的影子。莫德在生下最小的儿子时没有听从丈夫的建议，执意为儿子取娘家的名字，她觉得已经给福克纳家族生了三个儿子，这已经足够了，她想四儿子的名字应该纪念自己的亲人。这样的情景重现在《喧哗与骚动》中，康普生太太为小儿子班吉起了娘家的名字，后来发现儿子痴傻又更名为丈夫家的名字。

默里在牛津的第一份工作是监督广场以北主街道的等级评定。后来，他的主要业务是经营父亲公司名下的一个马车出租行，同时经营父亲在牛津镇的油厂。和默里一起工作的都是清一色的男性，在冬天的几个月里，他和朋友们围坐在"嗞嗞"作响的火炉旁，讲述关于马、狗、狩猎和枪支的故事。默里的管理职责很轻，他有大把的自由时间，因此福克纳弟兄们可以经常去父亲的狩猎营地。当儿子们稍大一些时，默里常常带他们去打猎营地。童年时代的福克纳显然非常喜欢听大人们讲故事，而且这些形形色色的狩猎故事以不同的变体出现在他的小说中，成为像《去吧，摩西》等小说中引人入胜的狩猎情节。1906年默里买下南街一座又大又漂亮的宅子，那是南北战争之前牛津镇的富人之一约翰·布朗（John Brown）的大宅。这座白色的两层楼房的购买标志着默里的人生和事业进入巅峰时刻。曾祖父、祖父和父亲的大宅，为福克纳"约克纳帕塔法"世系小说中贵族大宅的描写提供了第一手的设计蓝图和创作素材。

福克纳家的黑人女佣卡洛琳（Caroline Barr）生来为奴，她原来是福克纳祖父家的女佣，1902 年快五十岁的卡洛琳开始跟随默里一家一起生活，主要负责打理家务。卡洛琳在福克纳的生活和创作中扮演着非常重要的角色。在福克纳小时候，她照顾他们的生活起居，做饭、打扫卫生，无微不至地关心他们四兄弟，对孩子们来说她像一位慈爱的母亲。她似乎有讲不完的故事，福克纳兄弟们都非常喜欢听她讲故事，那些关于森林里的各种动物植物和妖魔鬼怪的故事以及奴隶制南方"过去"的故事都深深地吸引着福克纳，后来成为"约克纳帕塔法"世系小说的组成部分。福克纳兄弟们亲切地称她为卡洛琳大妈（Mammy Gallie），是福克纳一系列小说中黑人大妈的原型，比如《喧哗与骚动》中的迪尔西和《去吧，摩西》中的莫莉大婶。

与家族的父辈们不同，福克纳的长相更多地遗传了母亲家族的基因，他没有祖父和父系那样高大结实的身材，他的个头不高而且体形偏瘦。福克纳的母亲莫德是一个身材矮小、意志坚定的女人，父亲默里身材魁梧、脾气暴躁、不善言辞。两个人的兴趣爱好也大相径庭，莫德喜欢读古典小说，默里爱好西部故事。莫德注重现实、严格自律，默里爱幻想、好喝酒。性格和爱好对比鲜明的夫妻俩的家庭生活也不太和谐幸福。当默里酗酒过度的时候，莫德就带他去戒酒所接受治疗，她经常带着孩子，希望他们以醉酒的父亲作为反面教材，能够远离酗酒，只可惜事与愿违，成年后的福克纳"完美地"继承了曾祖父和父亲嗜酒的习惯，经常喝得迷迷糊糊。父亲在福克纳七八岁时对这个大儿子表现出一丝不喜欢，他似乎更喜欢二儿子杰克，开玩笑称呼福克纳为"蛇唇"（Snake Lips）[1]。也许，这只是父亲对于福克纳遗传母亲家族薄嘴唇这一生理特征的随口一说，并无恶意，但是对于敏感、体弱、内向、渴望父母认可的福克纳来说，这无疑成为他童年的阴影。虽然母亲和外祖母对他疼爱有加，非常能干的祖父对他也很是宠爱，

---

[1] Joel Williamson, *William Faulkner and Southern History* (Oxford University Press, Inc., 1993), p. 166.

爷孙俩在一起的时候他经常给福克纳讲内战的故事，还给福克纳买了一条和自己的表带一模一样的表带，但是别人的喜欢都无法替代福克纳内心对于父爱的渴望。也许是出于逆反心理，不那么和谐的父子关系并没有妨碍福克纳潜移默化地接受父亲的影响，他和父亲一样喜欢马和狗，喜欢打猎和喝酒，讨厌枯燥的学校生活。父爱的缺失对福克纳造成了比较大的心理创伤，他沉默寡言，不怎么合群，经常安静地坐在一边，沉浸在自己的世界中。或许，小说中矛盾的父亲形象来自福克纳童年时代的这种父子关系，《喧哗与骚动》中康普生先生的身上闪现默里的影子，他和昆丁的父子关系也多多少少地反映了福克纳与父亲的关系。

1903年福克纳一家搬进了祖父在南二街的一所简朴的房子，房子400英尺宽1000英尺长，占据了整个街区。房产被尖桩栅栏包围，而另一道栅栏将院子分成两部分。后面的部分呈现向西向下的走势，连着铁路，里面有谷仓和牧场。前面是一幢一层的木结构房子。在那个时候，这是一个舒适的地方，房子的前面离地面大约三英尺高，支柱之间有格子，防止大型动物进入。中间有一个宽阔的大厅，两边都是天花板很高的房间，每个房间都有一个壁炉，冬天取暖，在密西西比州炎热的夏天，落地窗帘可以垂到地板上为房子降温。屋前有一条木制品装饰的门廊。孩子们可以在那里玩耍，或者轻松地走下几级台阶，进入宽敞的前院。

1906年10月，默里买下了南街又大又漂亮的约翰·布朗的住宅。在南北战争之前，布朗是牛津镇的富人之一。他的大宅是一幢木结构的房子，漆成白色，两层楼高，他的大宅位于泰勒街和南街的东南角，房子一个街区之外就是大广场。大宅还有独立的室外建筑，比如新谷仓、温泉、动物的围栏，沿着东边斜坡延伸的牧场房子，一个地窖和一个阁楼。门廊从前面一直延伸到右边，那里有一处阴凉的地方，供人们夏天闲逛。大厅中央有推拉门可以通向客厅，大厅左边是主卧还有浴室，前后两个楼梯通向楼上的大厅和四间卧室。所有的房间都是白色的灰泥墙，里面摆满了深色的、维多利亚风格的橡木、胡桃木、红木家具。福克纳从小到大住过的各式房子后来都改头换面地进入了他的文学共和国，高大雄伟的沙多里斯大宅，出过州长和将军阔气十足的康普生庄园，比法院大楼还高大的萨德本百里地，绵延好多英里的麦卡斯林庄园，被时代冲刷却岿然独存的爱米丽家的白色四方形大木屋，斯诺普斯三部曲中斯诺普斯家族金碧辉煌却俗里俗气的大宅子，这些充满南方风情的庄园和大宅刻在福克纳的记忆里，它们在"约克纳帕塔法"世系小说中复活。

默里的马车出租行因为马力更大、漂亮舒适的汽车的出现而遭受重创并很快倒闭。默里转行做五金生意，这在当时也算比较盈利的行业。他卖掉了一家人在南街居住的大宅，在镇子的中心地带买了一家现成而且运营不错的五金店，把家搬到北街一个价格便宜且较小的宅子里。此时，福克纳家族开始走下坡路，他未来的岳父奥德汉姆家族却蒸蒸日上。1918年默里被任命为密西西比大学的财政助理，他能得到这个薪酬还算不错也相对体面的职位还得益于他父亲是学校董事会的重要成员。因为五金店生意不景气，默里卖掉了北街的房子，福克纳一家搬到祖父约翰的"大宅子"居住，后来在莫德的坚持下他们一家在外面租了一套条件不怎么样的小房子，家人称其为"鸟笼"（The Bird Cage）。1919年圣诞节前夕，福克纳一家在密西西比大学的校园里得到了一套舒适的住处，这是一座三层的楼房，坐落在一座小山上，坚固而雄伟，建筑风格极其华丽。最引人注目的是右前方的圆塔，它上升到第二层的顶部，最后是一个尖顶的圆锥形屋顶，看起来像中世纪城堡的拱廊。默里和莫德的卧室在楼下。一条老式的圆形楼梯通向二楼，福克纳兄弟们的房间就在二楼。有一段时间，福克纳在楼上有一间卧室，他在那里写作和修改手稿。只要他买得起酒，房间里还可以放酒。虽然设计古怪，但这是一所宽敞舒适的房子。

福克纳和奥德汉姆的女儿埃斯特尔从小一起玩耍，两人青梅竹马，而且有文学这一共同爱好。或许是因为小时候父亲不太喜欢他的缘故，想要逃离父亲的潜意识使得福克纳在情感上更加认同奥德汉姆家族，经常去奥德汉姆家参加那里举行的派对或者和埃斯特尔一起讨论诗歌，福克纳对奥德汉姆家的生活方式和社交网络比较熟悉而且颇为羡慕。当时奥德汉姆家族在财富上远超福克纳家族，埃斯特尔的父亲看不上福克纳这个没落贵族家族的公子，坚决不同意福克纳和埃斯特尔的婚事。1918年埃斯特尔听从父命，嫁给门当户对而且英俊帅气的康奈尔·富兰克林律师。

因为家族对于密西西比大学的贡献以及退伍军人的身份，福克纳被密西西比大学招收入学。他对学校开设的课程兴趣索然，却对写作和绘画表现出强烈的兴趣，并在校刊和《密西西比人》上频繁发表文章。1920年祖父被其他董事挤出自己创办的银行并于1922年去世。镇上逐渐出现一些贵族阶层之外的暴发户，他们不择手段地攫取财富，发迹后的"斯诺普斯"们即将取而代之像福克纳家族这样的没落贵族。在曾祖父和祖父当家的时候，福克纳家族拥有大庄园和成群的奴隶，每个小孩都有一匹属于自己的小马驹。家族的辉煌延续到福克纳的父亲默里时渐趋暗淡。默里接受了失去铁路的现实，放弃了当牛仔的梦想，频繁地变换工作，在一家又一家的公司工作，但他的性情并不适合这些公司，他在密西西比大学的工作也没有持续多久就在人事变动中被辞退。从此他情绪低落、精神萎靡，生活在充满传奇的祖父和成就斐然的父亲的阴影下，念念不忘自己的贵族身份，在社会上的无所适从让他意志消沉、郁郁寡欢，经常借酒浇愁，后来因为疾病缠身，莫德限制他喝酒，他觉得自己连一醉解千愁的机会都失去了，开始厌倦生活，不到62岁就与世长辞。

福克纳当过密西西比大学校园书店的店员和邮政所的所长，但他似乎都无心从事这些工作，创作是他持之以恒坚守的梦想。邮政所所长职务被解雇之后，福克纳把失恋的苦闷和工作的不如意都化为写作的动力，逐渐把写作焦点聚集在他熟悉的密西西比及其生活在这块土地上的人们。不久，以故乡为背景的"约克纳帕塔法"世系小说《士兵的报酬》《蚊群》《沙多里斯》《喧哗与骚动》《我弥留之际》《圣殿》《八月之光》《押沙龙，押沙龙！》《去吧，摩西》《村子》《小镇》《大宅》等相继问世，作品通过描写南方贵族世家的兴盛衰亡，反映了从独立战争到第二次世界大战之间近两百年的南方社会现实。

福克纳的小说来自现实与虚构的完美结合。他的曾祖父组建过军队，修建了镇上的第一条铁路，写了几本书，周游了欧洲，是彼时南方的一股生命力的生动体现。这位老人以一种近乎神秘的气质抓住了福克纳的想象，这是他回忆曾祖父去世多年后的情景时说到的，里普利的老人们谈起他的时候，就好像他还活着，就在某个地方，随时都可能出来。曾祖父以前居住的老地方什么都没有了，房子和种植园都只剩残垣断壁，但是他的大理石雕像依然矗立在镇上。"我的曾祖父，我以他的名字命名，在他那个时代和乡下的环境中，他是一个相当重要的人物"①。《喧哗与骚动》中那个独醉一生的康普生先生就是福克纳父亲的翻版，他软弱但不乏温情、无能但充满睿智。父亲的软弱无能、家族的衰败破落使得身为长子长孙的福克纳把发扬光大甚至炫耀家族传奇当成缅怀祖先的职责。他继承了记载家族"显赫"历史的"家族圣经"，家族的辉煌历史在他的心中留下了难以磨灭的自豪感和优越感。福克纳的家族史在他的笔下改头换面，成为南方贵族种植园家族的传奇史。"约克纳帕塔法"家族史诗似一盏明灯照亮了南方的地区史，虚构与真实的交相辉映，成就了福克纳文学作品的永恒与不朽。

福克纳的父母虽然都来自贵族家庭，但信仰截然不同。他的母亲信奉自由主义的实用人生哲学，重视通过平等竞争获取社会地位；而他的父亲维护父权制的贵族精英思想，崇尚家族荣耀。自由主义强调充分发挥个性，坚持通过平等竞争获取社会地位和个人财富，自由主义主要表现为追求市场利润、忽视社会责任、重视"小"家庭利益。南方的父权制强调等级分化，提倡白人"精英"意识，主张稳定社会秩序和遵循传统道德规范。同时，它还提倡白人"精英"阶层在享受特权的同时需要承担社会责任。在自由主义和贵族精英主义两股不同力量的影响下，福克纳一直挣扎在两种矛盾意识形态的撕扯中。他沉浸于旧南方的浪漫主义英雄神话，缅怀祖先的丰功伟绩，"在社会责

---

① Joseph Blotner, *Faulkner: A Biography* (The University Press of Mississippi, 2005), p. 24

任、家庭观念上福克纳认同父权主义";但是,"在事业成就、经济追求上他却赞成自由资本主义"[1]。两种互不相容的意识形态在福克纳的身上猛烈碰撞,产生巨大的艺术张力,在小说中具体表现为代表南方传统道德和历史意识的"沙多里斯"与代表北方工商资本主义价值观念的"斯诺普斯"两个阵营之间的冲突与对抗,也是两种精神世界的争夺与较量。

南方的社会现实以及福克纳的家族传承与个人信仰,使得他在"约克纳帕塔法"世系小说中对南方沉重的历史意识、瑰丽的地方特色和浓厚的家族观念等主题展开热情饱满和富于诗性的书写,他的创作主题极大地影响了其他的"南方文艺复兴"作家,凝聚成南方文学经典的"家族—历史—地域"三位一体的创作主题。首先,社会存在的解体与重构以及南方作家们对于"旧"南方的集体记忆加剧了南方作家的历史意识,福克纳和"复兴"作家打破简单的线性时间序列及叙事模式,坚持循环论的时间观念,表达对"旧"南方历史的依恋和对北方"新"现代化的批判。福克纳"向后看"的历史意识和"历史围困感"更是为南方"复兴"文学奠定了整体的保守主义历史观念和怀旧伤感的挽歌基调。其次,南方作家总体的农业主义理想和贵族出身孕育出他们浓厚的家园情结和安土重迁的故乡意识,家族叙事成为南方文学创作的主旋律。福克纳围绕南方贵族家族的兴盛衰亡展开书写,并缘之形成了鲜明的家族小说叙事母题谱系。福克纳的家园情结在其他"南方文艺复兴"作家那里引发了广泛共鸣,家园追寻和家园归返也发展成"南方文艺复兴"文学的创作母题,南方特色鲜明、严肃凝重的庄园家族叙事主题成为"南方文艺复兴"作家集中描写的对象。最后,家园"失落"和历史"围困"的伤感演化成"南方文艺复兴"作家的集体乡愁,他们凭借作品凸显南方浓郁的地域风情和乡土气息,并对南方的土地赋予某种神话意义。这种地域观念其实是对南方乡土文学传统和农耕文化的继承与发扬。福克纳以及其他南方作家共同铸

---

[1] Authur F. Kinney(ed.), *William Faulkner: The Sutpen Family* (New York: An Inprint of Simon & Schuster Macmillan, 1996), p. 36.

就的乡土意识和地域特色，使"南方文艺复兴"文学焕发出前所未有的地方文化魅力。

福克纳对"南方文艺复兴"和世界文学的贡献不仅表现在叙述内容和写作主题上，还表现在叙事技巧方面的独创与革新。继乔依斯之后，福克纳借助现代哲学、现代心理学对人物心理进行更深层次的挖掘，创造性地运用一系列全新的意识流小说技法，在作品中大篇幅使用没有标点符号、跳跃不居、混乱晦涩的意识流，惟妙惟肖地刻画南方末代贵族或者痴傻者、自杀者、偏激者、虐待狂等畸零人的心理活动，深入探讨南方人在社会变革时期的封闭隔绝、苦闷彷徨、失落绝望的生活状态，充分表现现代南方人的人性扭曲与人格异化问题，揭示南方在向现代化的转型过程中呈现的复杂性。

福克纳在作品中创新地实验"多角度叙事""叠错重复叙事""时序倒错""闪回""对位结构""神话暗指""象征隐喻"等艺术表现手法，进一步突出历史与现实的因果关联，加强"过去并没有死亡"的历史观念，加深作品的主题意义和艺术感染力。"叠错重复叙事"的艺术犹如一首乐曲的旋律，在一浪高过一浪的演奏中重复和强化原有旋律，同时出人意料地奏出截然不同的新意。"多角度叙事"打破了传统的第三人称全知全能或者第一人称内倾式叙事的局限，时而不同人物同时发声，犹如乐曲的多音齐奏；时而某一个人物强音独奏，凸显主音的表达效果，突出叙事的层次感和逼真感。福克纳还通过大量潜隐暗指和戏仿化用神话意象或神话叙事结构的创作技巧，强调作品的象征意义和诗学功能。福克纳富有创新性的文学创作手法，使作品如万花筒般纷繁复杂却又引人入胜，让读者流连忘返，极大地拓展了作品的叙事空间，增强了作品的艺术性和诗学功能。福克纳被公认为美国20世纪30年代唯一一位真正意义上的伟大的现代主义作家，与欧洲文学巨匠乔伊斯、普鲁斯特等人遥相呼应，他在写作风格上的创造性也对其他"南方文艺复兴"作家产生了深远的影响。

在语言风格上，福克纳突破常规话语，试图通过晦涩、朦胧、冗长、生硬的文体取得延宕与拉伸读者审美体验的特殊叙事效果，以陌生化的方式达到强烈的艺术审美效果。福克纳似乎借助这样的艺术手法，有意延长读者与南方历史之间痛彻心扉、欲罢不能的对话，表达自己内心对于南方的强烈感受。福克纳作品最大的特点是"绵延婉转"、结构极为繁复的长句和反复斟酌推敲后选取的"精巧词汇"。他的语言丰富多彩，生动传神，成为雅俗共赏的艺术珍品。福克纳还借助活泼幽默、诙谐有趣的南方方言和本地俚语，叙写南方的传奇故事、民间神话、怪诞传说、趣闻逸事、民俗风情，呈现出鲜明的南方文学乡土特色。而且，福克纳对于南方传统哥特手法也情有独钟，作者试图通过乖戾乖张、偏激痴狂、扭曲变态、神秘恐怖的哥特式描写，反思新与旧、传统与现代之间的冲突，在表面看起来令人恐怖的极端事件或者不合常规的行为举止中重新书写乡土南方的现代化转型，通过哥特风格的心理探索功能强化其社会批判功能。

门肯"文化荒原"的指责激发了福克纳的历史自觉意识和文学创作灵感。面对南方在经济上的落后和北方对南方的文化责难，福克纳决定以小说为利器，重新审视南方的过去和历史。他明确指出，南方并非北方谴责的那样，是奴隶制和私刑泛滥的一片荒芜的文化艺术"沙漠"。他以超凡脱俗的想象、雄浑壮丽的笔触塑造南方的史诗神话"约克纳帕塔法"世系小说，书写南方的家族传奇，展现南方的历史风貌，凸显南方的地域特色。他的神话史诗不仅彰显了南方人特色鲜明的南方个性，而且展示了南方瑰丽多彩的文化传统和独特悲壮的历史进程。福克纳认为，相对于北方工商资本主义的物质至上和道德沦丧，旧南方保存了许多人类美好和永恒的品德。它们是人类精神的宝贵遗产，更是美国现代史中一个不可或缺的组成部分。他借助自己的"约克纳帕塔法"世系小说，决心为人们开启通向南方悲壮历史和过去的大门，让人们身临其境，切身感受南方那些业已逝去的传统美德和文化财富，迫使人们认真反思美国的现代文明进程。

福克纳的家庭出身与个人经历极好地诠释了他对故乡爱恨交织的矛盾情感。福克纳绝不仅仅是一位描绘地方色彩、盲目为自己的故乡高唱赞歌的乡土作家。对南方的深刻理解以及现代作家特有的敏感让他看到了旧南方固有的缺陷和不平等，更关心南方历史上祖先的罪恶给后代遗留的历史负担问题，现代机械文明对人性的摧残问题，西方现代社会中人们的异化问题，人与人之间的感情疏远与难以沟通的问题，精神上的救赎与净化问题，等等。他在作品中直言不讳地对南方的奴隶制和种族主义进行无情的批判，这又与南方主导意识形态所宣扬的旧南方的光辉形象与浪漫传奇相去甚远。在无情批判和深情回望南方历史的矛盾中，他的作品像一把锋利的手术刀一样狠狠地刺向南方的痼疾——不是政治、经济上的而是精神、心理方面的病症。在触及诸如奴隶制、混血、私刑、家族秘史等南方最敏感、最忌讳的问题上他也敢于"刺刀见红"。但在同时，弥漫在他作品中的历史围困感和痛苦呐喊声引起了人们灵魂的震颤，拨动了南方人内心深处最不想触动的那根心弦。福克纳对故乡爱恨交织的矛盾情感引发了他重构南方形象的巨大创作热情。他以严肃负责的态度，从现在的视角书写南方的过去，也从过去的角度审视南方的现在，揭露旧南方罪恶的同时，驳斥北方对南方的刻意歪曲以及南方主流意识形态对南方历史的掩盖与隐瞒，旨在触摸南方的历史真实、重塑南方的形象，迫切地为南方的未来寻找出路。福克纳所揭示的是南方社会中每一个敏感的知识分子所面临的重大社会变革问题、意识形态重建问题和南方的种族、奴隶制等历史问题。如果这些问题没有解决，南方人便无法得到心灵的安宁，也无法进行正常的生活。

总而言之，没有福克纳，"南方文艺复兴"作家的非凡成就同样会引发南方文学文化的大繁荣局面。但是，毫无疑问，缺了福克纳，"南方文艺复兴"绝不会有现在的大放异彩、举世瞩目，因为他的神话王国"约克纳帕塔法"世系小说独特的叙事内容、叙事话语和艺术风格完全超越了国界和地域，在世界范围内引起了巨大的反响。因此，由于其"对于当代美国小说所作的强有力的和艺术上无与伦比的贡献"，福克纳在1949年获得诺贝尔文学奖时，授奖词中如此评价他的杰出与伟大：福克纳的小说具有"深广的境界"，"在地理上和主题上超越局促有限的现实"，充满"乡土主义色彩"，"深刻探究人物的内心"，富于"实验和创新精神"，对"英语的驾驭能力"也"让同时代的英美作家难以望其项背"①。正如瓦特金斯（Floyd C. Watkins）在《福克纳与南方文人》中评价的那样，广义上，福克纳是"南方文艺复兴"中的一员，而且毫无疑问是最伟大的一员，但他不属于任何南方文人圈子。幸运的是随着时间的流逝，他的伟大贡献得到了世人的公认，他的作品也如同美酒一般历久弥香②。

第三节
南方的缩影："约克纳帕塔法"

福克纳是典型的美国南方土生子，对自己的家乡充满深厚感情，他说过："这片土地、这个南方，得天独厚。它有森林向人们提供猎物，有河流提供鱼群，有深厚肥沃的土地让人们播种，有滋润的春天使庄稼得以发芽，有漫长的夏季让庄稼成熟，有宁静的秋天可以收割，有短暂温和的冬天让人畜休憩。"③他以自己熟悉的家乡为蓝本，在作品中通过丰富的想象，创造性地构建出令人惊叹的"约克纳帕塔法"文学地理王国，把自己熟悉的南方呈现给世人。福克纳的"约克纳帕塔法"世系小说是作者生于斯、长于斯的家乡和南方的缩影。

自从五岁随父母搬到牛津镇以来，福克纳一生绝大部分的时光在这里度过，一部又一部的文学杰作也在这里问世。牛津镇是一座人口不足两千的小镇，但比里普利大了好几倍，生活也不那么单调，它是拉法耶特县县府的所在地，密西西比大学坐落在这里。福克纳生活的小镇处于密西西比河三角洲之东，是密西西比州北部的丘陵地带。三

---

① 蒋跃、毛信德、韦胜航编译《20世纪诺贝尔文学奖颁奖演说词全编》，百花洲文艺出版社，2001，第376-378页。

② Doreen Fowler and Ann J. Abadie（eds.），*Faulkner and the Southern Renaissance: Faulkner and Yoknapatawpha*（Jackson: University Press of Mississippi, 1982）, p. 119.

③ 李文俊编选《福克纳评论集》，中国社会科学出版社，1980，第43页。

角洲平坦的黑土地是本州最富饶的地区。丘陵地区土壤肥沃,较少受到洪水泛滥的威胁,当地种植的最主要的作物是棉花。1842年福克纳家族的祖先老上校初来这块土地时,它还是未被完全开垦的边陲地区。在离里普利和牛津镇不远的地方,有不少人迹罕至的山丘、河流和森林,那里是野生动植物的乐园。在福克纳家北面相距几条马路的地方,小镇广场中心县政府周围的木板便道上点缀着各式店铺。每逢星期六,广场是拍卖马匹和进行其他交易的场所。在福克纳家的西面和南面,只相距几条马路,就有几处树林,家里的男孩子都喜欢去树林里玩。北边10到15英里处,在蒂帕河和塔拉哈奇河交汇的地方,福克纳家拥有一幢宽敞的两室小木屋,被称为"家庭俱乐部会所"。孩子们躲在那儿捉松鼠,捕浣熊、狐狸和麋鹿。东边30英里是三角洲地带,层层梯田,物产丰裕。本地另一大家族——斯通家族——在那儿有一间狩猎小屋。费尔·斯通是福克纳的良师益友,也许正是他把福克纳引入了令其着迷一生的文学殿堂。从福克纳家往南几英里处,有一条河,牛津镇的人管它叫约科纳河,在老一点的地图上标为约科纳帕塔法河。福克纳在自己的作品中只做了一丁点的拼写改动,就借用这条河的名字命名自己小说的虚构王国"约克纳帕塔法"。

对于在这样的环境和氛围中成长起来的福克纳来说,南方的地域和南方特性就是"约克纳帕塔法"家族小说的"生命"。南方气候温和,雨量充沛,土地肥沃,大部分地区以农耕为主,种植烟草和棉花等经济作物。种植业以及缘此形成的种植园是南方社会存在的主要形式,庄园生活构成了南方人以家庭为中心的社会生活模式,形成了南方浓厚的家庭文化传统。福克纳意识到南方独特的地区故事与家族传奇密不可分。在福克纳的小说中家族和事件组成一张大网,沙多里斯家族、康普生家族、格里尔森家族、萨德本家族、麦卡斯林家族、斯诺普斯家族、本德伦家族等无一例外进入他的文学共和国,南方的各色人物纠缠集结在他的"约克纳帕塔法"这张大网中。对于福克纳而言,个人、家族和地区的生活交织在一起,现实和虚构无法截然分离。福克纳游走徘徊在想象与现实之间,他发现想象力的源泉不仅来自密

西西比河边小镇的生活和实际存在的南方土地，更重要的是在于想象
与现实之间所具有的某种碰撞、对抗、交流和协商。他在思考南方的
没落和现实的困境时，逐渐沉思出一个完整的、具有内在关联的图景，
这幅图景就是"约克纳帕塔法"文学"共和国"。

　　"约克纳帕塔法"是一个具有典型地标性的神话王国，是一个经过
作家虚构想象的传奇性"第三空间"。福克纳用"约克纳帕塔法"命名
那个想象的国度，因为这个名字起源于契卡索印第安语，意思是"河
水慢慢流过平坦的土地"[①]。他如此命名自己的虚构王国，旨在表现他
对南方古老文明的眷恋与膜拜，曾经的南方已经烟消云散，但是它的
风景、它的人民、它的历史、它的精神永远存活在福克纳的心里。他
调侃戏称"威廉·福克纳为其唯一的拥有者和产业主"，或许也只有福
克纳能够深刻体悟这片南方"产业"的真正寓意。虽然福克纳在创作
《沙多里斯》时还没有具体地描画出确切的地图，但作者对自己的全部
作品已经进行了初步的规划。那时他把自己创作的王国命名为"约克
纳县"（Yocona County）[②]。直到1936年《押沙龙，押沙龙！》发表时，
福克纳在书后附了一张详细绘制的地图，并把这个虚构的地方正式命
名为"约克纳帕塔法"县。在福克纳绘制的地图上，这个虚构的地方
位于密西西比州的北部，北与田纳西州交界，夹在约克纳帕塔法河和
塔拉哈奇河之间，有沼泽、河流、鸽子、老熊，还有和煦的阳光、茂
密的森林、肥沃的三角洲、清新的空气，也有村镇、教堂、广场、学
校、监狱、大庄园、老木屋、杂货铺、法院大楼，还有横贯东西的马
路和纵连南北的铁路。在2400多平方英里的土地上散居着6299个白
人、9313个黑人以及印第安人和其他人种，其中600多个居民以庄园
主、资本家、牧师、律师、冒险家、暴发户、军人、医生、佃农、猎
人、流浪汉、奴隶、歹徒的身份，有名有姓地进入"约克纳帕塔法"

---

　　① Frederick L. Gwynn, Joseph Blotner（eds.）, *Faulkner in the University: Class
Conferences at the University of Virginia 1957–1958*（Charlottesville: The University of
Virginia Press, 1959）, p. 6.

　　② William Faulkner, *Flags in the Dust*（New York: Random House, 1973）, p. 87.

世系小说，独特的南方性成为这个神话王国的一道亮丽风景。

这片虚构而来的地方拥有独特的历史和发展进程，在内战以前它与美国的其他地方大不相同。南方以农业为主，大大小小的种植园很快建立起来，庄园经济和奴隶制成为内战之前南方社会的基础，南方的人口也相应地发生了阶级分层，分为种植园主、自耕农、穷白人和黑奴，处于社会地位底层的黑奴占据人口多数。农业社会和奴隶制在南方的社会生活中发挥着重要作用，并且对南方人的思想、生活、宗教、文学、艺术产生了深远影响。福克纳的15部长篇小说和绝大多数短篇小说的故事都发生在作者精心虚构的"约克纳帕塔法"神话王国中，它就是一幅南方生活的缩略图。"约克纳帕塔法"县的规模大小、农业生产、气候特征、社会风貌、经济模式、种族结构和社会等级，等等，都在这里得到详尽的描述。以庄园主为首、拥有大批黑奴的南方大家庭是南方社会生活的基本模式。福克纳的"约克纳帕塔法"世系小说的主要脉络是"约克纳帕塔法"县的杰弗逊镇及其郊区的几大家族几代人的传奇故事，时间跨度大约从1800年前直到第二次世界大战以后近两个世纪。这片虚构的"第三空间"折射出作者"邮票般大小"的故乡，烛照整个南方社会的真实图景，展现被白人奴隶主和贵族掌控的殖民地域的历史与现实。福克纳在虚构与现实之间穿梭，把人物众多、时间跨度漫长、家族关系复杂的南方贵族家族故事娓娓道来，书写气势磅礴的南方家族盛衰史和地方变迁史，他的作品是一部真正意义上的南方风俗志和现代史。

南方的地区特色以及生活在其中的各色人等构成了福克纳作品的核心内容，而地域特色又赋予福克纳与其他现代作家截然不同的创作内容和写作风格，形成了福克纳独特的保守主义历史意识。现代以来大规模展开的城市化建设让福克纳对祖祖辈辈生活过的南方小镇更加依依不舍。对于生活在城市里的现代人而言，重叠交叉的视觉印象纷至沓来，人们只是木然地对这些印象进行冷漠机械的"电影摄影式"处理。人们普遍觉得自己并没有与某个特定的地方、人群和时代紧密地联系在一起，而似乎是同任何地方、任何人和任何时代联系在一起，他们在环境中找不到身份认同，丧失了归属感，产生了一种漂泊无助和精神流放的孤独感和无可奈何的情绪。与此相反，在福克纳的作品中，生活在村镇上的人们，因为相同的生活经历、相似的价值观念、相近的人际关系，他们互相熟悉，彼此了解。小镇使人们彼此牵连，倍感亲切，形成了强烈的社区归属感和彼此依赖的情感。他们对自己生活的故土珍惜爱护，久而久之，浓厚的乡土意识和地方情结在人们的内心沉淀。如果城市生活是一种变幻不居、"闪烁不定"和不动感情的"摄影式"生活的话，小镇人们的生活是富有感情色彩的主观"叙事式"和"抒情式"生活。南方的小镇生活是福克纳及其祖上几辈人生活的真实写照，滋养了福克纳那些承载深重历史意识的伟大作品。在现代化和城市化的进程中，福克纳眼睁睁地看着自己熟悉的山川河流和森林耕地消失殆尽，他痛心不已。因为他深刻地意识到，随着南方小镇和土地一起消失的还有南方人几个世纪以来一直珍惜的生活方式、价值观念和文化底蕴。

隋刚教授在介绍美国文评家埃里克·桑德奎斯特的专著《福克纳：破裂之屋》时，提出了自己独到的假设：福克纳的多篇小说构建出一个不但有长度、宽度、高度和时间而且具有超越时间的永恒维度的五维文学空间。事实上，这个永恒的维度正是福克纳本人在1949年诺贝尔文学奖获奖感言中所提及的那些永具生命力的精神价值："爱、荣誉、怜悯、自尊、同情和牺牲"。这个五维文学空间"使有关人物、事物、事件和情节推展的描写得以形象化和动态化，使有关场景、氛围、基调和叙事视角的设定得以戏剧化和精准化"，它的永恒维度"使人生中的各种冲突与人性中的各种张力得以常态化和普世化，进而使丰富的文学主题意义超越19世纪、20世纪，超越了那个众所周知的由作者虚构出来的密西西比州约克纳帕塔法县杰弗森镇"[1]。

福克纳正是借助虚构的艺术空间观照现实的维度，使自己的小说超越文学的主题意义，进而探求人类永恒的生命意义和生存价值。虚

---

[1] 隋刚：《福克纳的五维文学空间及其显现方式——评〈福克纳：破裂之屋〉》，《外国文学研究》2011年第3期，第161页。

构与现实在福克纳卷帙浩繁的作品中交融汇合，人们或许已经难以分辨哪些是现实，哪些是虚构。那些日渐破落的南方庄园、那些无奈谢幕的南方贵族仍然鲜活地存在于人们的记忆中，影响着现代南方人的生活。福克纳用文学创作这面"镜子"反观南方的现实生活，同时也用这盏"明灯"照亮了南方的漫长历史。福克纳的虚构文学空间不但反映了南方的自然风光、地理地貌、建筑风格、家族分布、居家摆设和风土人情，更重要的是，它还揭示了南方的社会分层、阶级矛盾、性别歧视、种族问题、道德冲突、社会变革、历史演化、个人命运以及人性的永恒的复杂性等重要内容，阐释了作品在主题意义上的多重性和在空间艺术上的诗学效果。

第二章

福克纳作品的
神话叙事

第一节
"基督教艺术家"福克纳

福克纳的诺贝尔文学奖授奖词除了赋予他"乡土作家""风景画家"和"心理学家"的美誉之外，还特别强调他"有一个信仰"①。但对这个信仰是什么却语焉不详，只是说明他相信善恶"报应"，相信自我牺牲会带来个人快乐，也会"增强全人类的善行之总和"。自此以后，关于福克纳的信仰究竟是什么、信仰源自什么模式、模式从何而来又如何体现在作品之中的问题，成为文学史家和文学评论家聚讼纷纭的争论焦点，一时出现众声喧哗、观点杂陈的局面。学者要么认为他的信仰是南方辉煌的过去，是崇尚文雅侠义、骑士风度和个人主义的南方精神，是这些南

① 蒋跃、毛信德、韦胜航编译《20世纪诺贝尔文学奖颁奖演说词全编》，百花洲文艺出版社，2001，第379页。

方精神"随风而逝"之后漫长的痛楚和挫败感；要么认为他的信仰是南方被迫重建之后人性的普遍沦丧，因为作者笔下的人物大多遭受由世代积攒、现在正在缓慢释放的遗传、历史、环境、欲望等因素引起的家族悲剧；要么认为福克纳是"心理学家"，他的信仰是探究普遍的人类共性，歌颂人的伟大和自我牺牲精神，鞭挞权力贪欲和道德堕落引起的邪恶；要么认为他的信仰只是致力于小说写作技巧的实验和革新，期待超越地理和主题上的有限性和狭隘化。

福克纳的信仰涵盖上述学者提到的各个方面，但是，更重要的是他的信仰包括对于宗教的信仰。南方是美国的"圣经地带"，宗教抚慰了饱受战争、失败、贫穷和歧视之苦的南方人，培养了他们的文化认同感和历史使命感，为他们提供了大抵相似的世界观。除了严格的种族态度、农业经济和农村生活外，宗教给南方文化带来不同于其他地区的特性。当然，对于福克纳本人是不是虔诚的基督徒以及他的宗教信仰到底是什么的问题，学者们观点各异，在多次接受采访时福克纳的答案也不尽相同。或许像大多数现代美国人一样，福克纳的神学教育是不可靠的，但是在"审视他的小说，研究他笔下人物的行为方式，并注意他作为作者对他们的行为和信仰所隐含的判断"之后，学者达成的共识是，"他是一位非常伟大的在作品中表达最深刻和发自内心的信仰的文学艺术家"①。与其他现代主义文学家一样，福克纳根据神话构筑自己的小说世界，他在1957年接受让·斯坦因（Jean Stein）的采访时说："没有人不信基督教，如果我们同意这个词的意义的话。"②福克纳认为基督教故事是世界上最好的故事，是作家最方便使用的素材和工具，作家们在创作时可以随时修改或重新塑造《圣经》故事。

因为福克纳与基督教的复杂关系，批评家们给他贴上了"从加尔文派到诺斯替教派（Gnosticism）、圣主教派、人文主义者和不可知论者

① Cleanth Brooks, *On the Prejudices, Predilections, and Firm Beliefs of William Faulkner*(Baton Rouge: Louisiana State University Press, 1987), p.123.

② Robert W. Hamblin and Charles A. Peek, *A William Faulkner Encyclopedia* (Westport: Greenwood Press, 1999), P. 69.

的标签"①。福克纳是现代主义文学成熟时期的代表作家,与乔伊斯在
《尤利西斯》中套用荷马史诗《奥德修斯》关于尤利西斯的神话、艾略
特根据亚瑟王的圣杯传说创作《荒原》一样,福克纳总是"试图在集
希腊—罗马、希伯来—基督教因素之大成的人类神话和现代历史之间
建立一种普遍性的联系"②。在福克纳创作的19部长篇和近百篇中短篇
小说中,不但《圣经》的典故、故事、传说被大量引用,而且神话的
叙事模式镶嵌或者浮现其中。根据柯菲的研究统计,福克纳在作品中
直接引用《圣经》达379次。其中对《旧约》和《新约》的引用分别为
183次和196次。这些引用有94次出自《马太福音》,17次出自《约翰
福音》,25次出自《路加福音》,共计引用136次,超过其他现代作家对
《圣经》引用总数的三分之一和对《新约》引用总数的三分之二。③福
克纳的绝大多数作品巧妙地与基督教故事交织在一起,"小说中大量使
用基督教主题、象征和戏剧性的场景",他是名副其实的"基督教人文
主义者"④,借助对于圣经典故的引用、影射、互文、戏仿,表现人物
的忍耐、骄傲、勇气、同情和牺牲等品德。

　　基督教神话在福克纳的作品中似草蛇灰线,伏脉千里,贯穿于
"约克纳帕塔法"世系小说的始终,"在作品的每一处,都有基督教原
罪的影子,每一处都有身体与灵魂的冲突"⑤。福克纳小说与基督教神
话之间的关系吸引了学者的广泛关注,他们大多从南方文化发生学和
影响学的角度对二者之间的联系展开研究。卡津(Alfred Kazin)在

---

① W. Hamblin and Charles A. Peek, *A William Faulkner Encyclopedia* (Westport: Greenwood Press, 1999), P. 69.

② 刘浛波:《南方失落的世界:福克纳小说研究》,西南师范大学出版社,1999,第92页。

③ Jessie M. Coffee, *Faulkner's Un-Christlike Christians: Biblical Allusions in the Novels* (Ann Arbor, Mich.: UMI Research Press, 1983), p. 183.

④ Robert W. Hamblin and Charles A. Peek, *A William Faulkner Encyclopedia* (Westport: Greenwood Press, 1999), P. 69.

⑤ Linda W. Wager (ed.), *William Faulkner: Four Decades of Criticism* (Michigan State University Press, 1973), pp. 117–118.

《上帝与美国作家》（*God and the American Writer*，1998）中研究福克纳作品的宗教决定论因素和失落的上帝形象，认为内战的失败使南方人经历宗教危机，福克纳以悲剧的形式写出了南方人积聚在内心深处的失败感与内疚感以及阴郁的先天决定论，表现南方与基督教基本教义格格不入的现代宗教观，诸如崇尚成功、鼓励竞争、漠视人情等。福勒（Doreen Fowler）在其主编的《福克纳与宗教》一书的序言中概括如下几位研究者对于福克纳与宗教之关系的研究观点。威尔逊（Charles Wilson）认为内战对南方本土宗教产生了极大影响，导致南方宗教形式之一的祖先崇拜在1890年到1920年间达到高潮。福克纳作品中的好多父亲或祖父形象就是这种地域宗教影响的产物。刚恩（Giles Gunn）把福克纳置于南方广阔的宗教文化背景中，总结出福克纳的宗教想象之所以能够发挥作用是因为作者认为家庭是人类灵魂的新生之源，家庭成员之间的冷漠无情与基督要人类互相关爱的教义背道而驰。除此之外，还有约翰·巴斯（John Barth）、迈克尔·顿（Michael Dunne）和福勒（Fowler）把福克纳放在加尔文教的南方宗教文化背景中展开研究。理查德·金（Richard King）结合西方文化反对物质世界和物质存在的哲学理念，研究基督教自从耶稣为了理想献出肉身之后，普遍存在反俗世倾向。他致力于研究这种厌世情结是如何体现在福克纳的作品中，解读福克纳作品的厌世宗教观。[①]

福克纳作品中无处不在的基督教意象和《圣经》故事并非意味着人们可以盲目地断言他是虔诚的基督徒或是基督教作家。基督教神话确实是理解和发掘福克纳作品的重要渠道，"福克纳的小说更多地聚焦于人类对上帝的崇拜而非上帝本身"[②]，这一点在1954年发表的小说《寓言》中表现得尤为突出。在这部直接反映宗教主题的小说中，那个黑人牧师宣称："我要为上帝做证，可我更要为人类做证。"[③]就福克纳

[①] Doreen Fowler and Ann J. Abadie (eds.), *Faulkner and Religion: Faulkner and Yoknapatawpha*(Jackson: University Press of Mississippi, 1989), p. ix.

[②] Ibid.

[③]〔美〕福克纳：《寓言》，林斌译，燕山出版社，2017，第166页。

本人而言，他倡导宗教应该以人类为中心，服务人类，而不是以上帝为中心，这也合理解释了其作品中普遍存在的神话戏仿以及作者对于宗教愚昧的批评。宗教作家托马斯·莫顿（Thomas Merton）在研究福克纳的作品之后总结道：福克纳在写作中对《圣经》的沉思更多地表现在"预言性"层面，读者从宗教维度可以更加深刻地体验福克纳作品中的人类普遍经验。①布鲁克斯（Brooks）也持相同的看法。他认为，如果我们只在福克纳的作品中寻找表面的布道，我们极有可能就错过了作家作为"基督教艺术家"的重要性。如果我们没法理解他的艺术，我们就错过了成就福克纳作品伟大性的因素，他就和一般的撰稿人和小册子作家没有什么区别。②

福克纳是不是虔诚的基督徒并不重要，重要的是他是"基督教人文主义者"和"基督教艺术家"，其作品从基督教的角度对美国南方整体的道德观进行批评和判断，作者的整体宗教观和对美国现代历史进程的深刻洞察使他成为"20世纪前半期美国的预言家"③。正是基于对美国南方宗教问题的清醒认识，福克纳更加关注宗教与人类的普遍生存和道德构建等问题之间的关联。福克纳对基督教的认识是："基督教可以教人看清自己，可以给人提供一个忍受苦难、自甘牺牲的无比崇高的榜样，给人指出光明的前途，让人在本人的能力与抱负的范围之内形成一套道德准则"④。福克纳试图以基督教为解药，给处于精神失落和遭受灵魂煎熬的南方人指出一个较高的精神境界，即超越狭隘的人性、彻底复归广义的"神性"，重新追求谦卑、忍耐、善良、牺牲精神等人类的基本信念，从而达到人性善良、品行高尚的理想境界。

福克纳接受普遍而非单一的宗教教义，信奉更加广泛意义上的宗

---

① Patrick Hart (ed.), *The Literary Essays of Thomas Merton* (New York: New Directions, 1981), pp. 520-521.

② Cleanth Brooks, *The Hidden God: Studies in Hemingway, Faulkner, Yeats, Eliot and Warren*(New Haven: Yale University Press, 1963), p. 5.

③ Ross Labrie, "Thomas Merton on Art and Religion in William Faulkner," *Religion and the Arts* 14, No. 4(2010): 401-417.

④ 李文俊编选《福克纳评论集》，中国社会科学出版社，1980，第264页。

教，反对制度化的宗教桎梏，反感宗教对上帝选民观的贩卖和神秘化，批判教会的僵硬教义和虚伪本质。福克纳在《我弥留之际》中以高度讽刺的口吻批判有身份、有地位的牧师惠特菲尔德。身为牧师的他与有夫之妇艾迪通奸并生下私生子。在得知艾迪行将就木时，他和"撒旦搏斗了整整一夜"，准备接受上帝的"指引"，去向那个"播下谎言的家庭"和"受了欺骗的"丈夫忏悔，寻求他的宽恕。但在去艾迪家的途中，他一再担心艾迪在死前会将他们的私情公之于众。他打好"腹稿"、选定"措辞"，准备在艾迪说话之前"止住她"。当他赶到时艾迪已经死去，他获悉艾迪信守誓言、至死未泄露他们的私情之后，情不自禁地连声赞美上帝，认为是上帝"以他无边的智慧阻止她临终时把事情说出来"①。因此，迈克尔·顿通过对《八月之光》《押沙龙，押沙龙!》和"斯诺普斯三部曲"的文本细读，指出福克纳借助南方的加尔文主义，让人们"常常透过幽默和喜剧化的描写看到人性普遍堕落的证据"②。

宗教一直是南方地区的主导力量，深刻影响南方的社会、经济、政治生活以及文化表达，塑造地域认同，基督教文化经常自然而然地与"南方主义"联系在一起，可以说南方长期处于宗教文化的"囚禁"之中。福克纳在南方严酷的宗教文化氛围中成长和创作，但布鲁克斯认为他并非虔诚的"基督徒"式的说教者，而是一位擅长描写神话的"基督教艺术家"。福克纳并非在作品中原封不动地照搬或者套用基督教神话，他经常通过对神话的"反讽"或者"置换"策略达到作品的内在艺术"张力"，让宗教在作品中发挥双重的诗学功能：他通过对基督教神话的"置换"，加强作品本身的悲剧性和人物命运的宿命感；通过运用"反讽"，他严厉批判南方形形色色的加尔文教派，针砭处于宗教麻痹状态下的南方人和以宗教为名的社会弊端。读者不应该满足于列举福克纳作品在细节上与基督教神话之间的相似，应该发掘作者在

① 〔美〕福克纳：《我弥留之际》，李文俊译，上海译文出版社，2004，第153-154页。

② Michael Dunne, *Calvinist Humor in American Literature*（Baton Rouge LA: Louisiana State University Press, 2007), p. 19.

运用基督教神话时的独创性，剖析作品的深层寓意。福克纳或许可以被称为悲观的宗教怀疑论者，因为他常常把不可知论和基督教信仰相提并论。福克纳接受人的自然属性、生活的无意义表征，同时追求心灵的信仰和人类的不朽，他确信人类需要一种超越自然的力量，以便在失衡的世界中重新获得秩序。因此，福克纳是自成一体的基督教宿命论者和悲观主义者，在接受基督教基本理想的同时摒弃它的烦琐程式和虚伪说教。

　　福克纳创作的文学作品之所以与基督教文化传统密切相关，这在根本上与福克纳生活于其中的南方社会以及家庭经历密不可分。在福克纳的时代，以加尔文主义为核心的基督教新教势力严格控制南方的社会、政治、文化和生活诸多方面。当时，密西西比州的信教人数比例最高，达到五分之四。南方的宗教严苛僵化，势力由来已久，深刻影响南方人的行为方式和日常生活。早期的美国移民大部分是逃避宗教迫害、追求宗教信仰的加尔文主义清教徒。1607年英国殖民者在美国建立的第一个永久居住地詹姆斯敦"不仅是一个小小的居住地，更是欧洲殖民者在美国南方推行和传播宗教的海外殖民地"[1]。1611年加尔文教在弗吉尼亚成立了第一个会众，随后在南方迅速蔓延和发展壮大。究其原因，一是由于它从神学角度支持南方的奴隶制和种族主义。加尔文主义与种族主义相互勾结，许多极端、残忍的种族主义者，往往是狂热的清教徒；二是南北战争中南方的战败极大地刺激了各种新教教会的蓬勃发展。经历内战失败的南方人恰好处在屈辱、痛苦和幻灭的阴霾之中，他们感觉自己受到的苦难和不公正待遇无法完全凭借自身的力量得到解决，他们退回到原始的宗教信仰，更加依赖上帝，从而为自己创造一个更加安全的堡垒。[2]因此，内战之后新教教会在南方如雨后春笋般发展起来，在南方的社会生活中占据无可争辩的

---

　　① Richard Gray and Owen Robinson（eds.），*A Companion to the Literature and Culture of the American South*（Oxford & Malden, MA: Blackwell Publishing Ltd, 2004），p. 29.

　　② W. J. Cash, *The Mind of the South*（New York: Vintage Books Press, 1941），p. 134.

地位。①

在南方各新教教派中，以加尔文教义为基础的"福音派教会是南方长期以来占据统治地位的宗教传统"②，对南方人的影响最大，构成南方宗教文化的基础。福音派教会从旧南方开始就在南方白人阶层中流行并得以普遍信仰。③它一方面要求对社会进行激烈改革，强调人与上帝之间的直接联系；另一方面又僵硬地信奉原罪，认为"上帝主宰一切"，主张"严肃、凝重的生活"，强调"责任和自律"的至关重要性，"勤奋和节俭"是信徒被选的表征，竭力压制欲望，谴责任何形式的享受和娱乐。严厉而不宽容的"加尔文化的耶和华"，是《旧约》中那个不断惩罚的"部落之神"④。美国南方人信奉严厉僵化的上帝，生活中的"享受等同于罪恶"，生活成了人们"把自己不断地钉在十字架上的过程"⑤。门肯批评南方是黑暗的"美国圣经地带"，南方的加尔文主义是"一种华丽的恶魔论"，在卫理公会和浸礼会的野蛮教义中普遍存在。福克纳虽然在严苛的宗教环境中成长，但他本质上对基督教的程式化和制度化弊端持批判态度。

福克纳的矛盾宗教观与作者的个人成长经历和家庭环境息息相关。福克纳家族一直沿用松散、自由的宗教信仰方式。福克纳的曾祖父其实并非严格意义上的基督徒，也没有经常去教堂礼拜的习惯，但作为一家之主，他规定无论家里的大人还是小孩，在吃早饭前必须熟练背诵一段《圣经》，谁要是背不出来，就不许吃早饭。福克纳在他曾祖父

---

① L. Monre Billington, *The American South: A Brief History* (New York: Charles Scribner's Sons, 1971), p. 304.

② Richard Gray and Owen Robinson (eds.), *A Companion to the Literature and Culture of the American South* (Oxford & Malden, MA: Blackwell Publishing Ltd, 2004), p. 238.

③ John B. Boles, *The Irony of Southern Religion* (New York: Peter Lang Publishing, Inc. 1994), p. 4.

④ W. J. Cash, *The Mind of the South* (New York: Vintage Books Press, 1941), p. 135.

⑤ Volpe Edmond Loris, *A Reader's Guide to William Faulkner* (New York: Syracuse University Press, 2004), p. 12.

家时，每顿餐前也得背诵。①不管年少时的福克纳情愿与否，这种习惯加上南方当时的宗教氛围潜移默化地伴随着他的童年生活。当他长大成人时，他发现自己已经不知不觉地进入《圣经》世界。②福克纳的父母都是基督徒，但没有经常参加教堂礼拜的习惯。母亲和外祖母经常给福克纳讲述《圣经》，外祖母是虔诚的基督徒，笃信浸礼教，在福克纳和兄弟很小的时候，她经常带着"个头瘦小、敏感却非常聪慧的福克纳参加教堂的礼拜"③。福克纳的父亲属于卫理公教会，母亲是浸礼教徒。母亲重视孩子的道德和文化教育，教导他们信仰上帝，用基督教的博爱思想教育他们要富有同情心，怜悯穷人，帮助弱者。福克纳和弟弟们在父亲所在的卫理公会参加主日学校，但他对教会学校没有好感。福克纳在家乡的卫理公会教堂接受洗礼，在长老会教堂结婚。虽然他不能在圣公会教堂里迎娶二婚的埃斯特尔，但婚后他跟随妻子加入牛津镇的圣公会教堂，偶尔参加礼拜，去世后以圣公会教的仪式举行了葬礼。④

　　"福克纳本人在很大程度上追随宗教主流，但他的小说展现出更加叛逆的宗教思想"⑤。这种矛盾的宗教观可能与南方浓厚严格的宗教文化环境以及家族相对宽松的信仰方式相关。众所周知，福克纳"对于宗教是否影响自己的作品持模棱两可的态度"，一方面他解释说基督教传说是其创作"不可分割的一部分"，另一方面他又极力声明，他更加

---

　　① Joseph Blotner, *Faulkner: A Biography* (Jackson: University Press of Mississippi, 2005), p.35.

　　② James B. Meriwether and Michael Millgate (eds.), *Lion in the Garden: Interviews with William Faulkner 1926-1962* (Lincoln: University of Nebraska Press, 1968), p. 250.

　　③ Joel Williamson, *William Faulkner and Southern History* (Oxford University Press, Inc., 1993), p. 145.

　　④ Robert W. Hamblin and Charles A. Peek, *A William Faulkner Encyclopedia* (Westport: Greenwood Press, 1999), P. 320.

　　⑤ Ibid.

信仰人类的精神追求。①福克纳没有中规中矩的宗教信仰方式，但他认为基督教传说是每个南方长大的乡村男孩的背景，"它自然而然地被吸收，并不在乎你是否相信它"。在福克纳常备案头、爱不释手的读物中，《圣经》位居第一。他"在青年时期就熟悉和喜爱《旧约全书》、狄更斯、康拉德、塞万提斯的《堂吉诃德》"②。他对《圣经》故事和《圣经》人物烂熟于心，在创作中手到擒来。福克纳把宗教作为南方的文化遗产，在文学创作中广泛使用神话的象征意象和叙述结构，深化主题、拓展叙事空间。而且，阅读《圣经》的经验为其小说创作奠定了坚实的神话基础，提供了丰富的创作素材，成为"约克纳帕塔法"世系小说创作的素材和灵感的来源。

福克纳能够清楚地认识到宗教的残酷和罪恶，在作品中对加尔文主义和南方新教教会的腐败展开批判。他批判加尔文教压抑人性和宣扬上帝决定论的基本教义，认为加尔文教的上帝选民论和宿命论是南方滋生罪恶和维护白人优越论的根源，是白人剥削黑人同胞的借口。新教是一种暴虐的宗教形式，不但影响南方的政治和经济，而且麻醉南方人的精神。在所有的作品中，福克纳从未以上帝为中心，而是如他强调的那样重视"写人"，以人为出发点和归宿。所以，福克纳"更加同情那些用自己质朴的方式信仰宗教的普通百姓，而不是那些舒适地在主流教堂进行礼拜的信徒"③。他的作品塑造了一系列负面的牧师和信徒形象。《士兵的酬劳》中年轻的浸信会牧师是一个"眼神炽烈的苦行僧"。《押沙龙，押沙龙!》中卫理公会的管家古德休·柯菲尔德的家里有一股阴森的清教"正义"气氛。《八月之光》塑造了几个宗教狂热分子，比如，乔·克里斯默斯的养父是加尔文教信徒，他边毒打养

① Richard C. Moreland (ed), *A Companion to William Faulkner* (Malden: Blackwell Publishing Ltd, 2007), p. 269.

② Frederick L. Gwynn and Joseph Blotner (eds.), *Faulkner in the University: Class Conferences at the University of Virginia 1957-1958* (Charlottesville: University of Virginia Press, 1959), p. 86, p. 251.

③ Richard Gray and Owen Robinson (eds.), *A Companion to the Literature and Culture of the American South* (Oxford & Malden, MA: Blackwell Publishing Ltd, 2004), p. 247.

子边传授教义；乔的外祖父海因斯信奉宗教主要是为了宣传白人是上帝选择的优等种族的思想，因为怀疑外孙有黑人血统而抛弃和虐待他；追捕乔的珀西"像一个牧师一样"杀死并阉割了乔；长老会牧师海托华拒绝与人交往，不仅让教区的居民失望，也让妻子陷入疯狂并自杀。《我弥留之际》中的牧师惠特菲尔德罔顾教义，虚伪自私，与艾迪私通并生下私生子。与这些牧师形成鲜明对照的是《八月之光》中的莉娜和《喧哗与骚动》中的迪尔西，她们是大地母神的完美化身，生活在社会底层、身份卑微的她们的信仰朴素而真诚，散发温暖的人性光芒。

驱除盲目信仰的思维定式和形式主义的愚昧虚伪的遮蔽之后，福克纳更加自由地运用怀疑主义的眼光，在创作中吸收、套用、戏仿、置换《圣经》人物、《圣经》故事和叙事结构。从某种意义上说，福克纳就是"约克纳帕塔法"神话世界的上帝，创造自己的"伊甸园"，赋予其中的生灵万物生命与精神。福克纳的"伊甸园"是美国南方的社会生活和人生万象的典型缩影，虽然充满人性的萎靡与邪恶，却也是真理和美德的化身。福克纳醉心于自己的文学伊甸园"约克纳帕塔法"，积极探求解决南方现实问题的途径，在作品中借宗教之形式关注南方人普遍的生存状态，而不在于反映具体的个人信仰。因此，《圣经》是福克纳如数家珍、随意挪用的资源和武库，他信手拈来、运用自如的《圣经》素材是他表达作品深刻意蕴的有效工具。

第二节
"约克纳帕塔法"神话王国

荣格认为，伟大的艺术家具有强烈的神话意识，具有超人的想象力以及利用原始意象表达经验和感受的能力。神话在福克纳的"约克纳帕塔法"世界中的复苏具有深刻的社会文化背景。内战之后，以农耕经济为基础的南方被强行推入现代化进程，随着科学技术的飞速发展和商品经济的空前发达，人类取得了前所未有的进步，但随着现代工业的进步,南方传统的农业文明和价值观念受到现代工业文明的极大挑战。旧的秩序和文明遭到破坏,新的文明和秩序还未建立。神话正好为掉入价值观念矛盾状态和意识形态虚空处境的南方人提供了临时的精神庇护,满足人们对过去的美好想象。福克纳期待借助神话复兴为陷入价值失衡状态的现代南方人寻找出路。神话的秩序建构功能能够使处于全无益处的、无政府状态的、荒谬的现代历史得到某种形式和意义,"在这样的大背景下福克纳和其他现代派作家一样,创造了自己的神话世界——约克纳帕塔法"①。

弗莱在《伟大的代码——圣经与文学》一书中总结《圣经》的叙事结构大体呈现"U"形:"背叛之后是落入灾难与奴役,随之是悔悟,然后通过解救又上升到差不多相当于上一次开始下降的高度……我们可以把整个圣经看成一部'神圣喜剧',它被包含在一个这样的U形故事结构之中:在《创世纪》之初,人类失去了生命之树和生命之水,到《启示录》结尾处重新获得了它们。在首尾之间是以色列的故事。"②概括起来讲,《圣经》就是"背叛—堕落—拯救"的叙事结构。福克纳的创作也大体经过了这样一个历程。创作早期,福克纳的作品表达对于南方失去"乐园"的哀婉和追忆,如《沙多里斯》《喧哗与骚动》表现南方贵族家族的衰落史;中期的许多作品,如《我弥留之际》《圣殿》《八月之光》《押沙龙,押沙龙!》等,表达"约克纳帕塔法"世界中的各种罪恶;后期的"斯诺普斯"三部曲和其他作品开始强调道德回归,预示福克纳对救赎的关注。路易斯在《〈熊〉:超越美国》中指出:"福克纳的长篇小说及短篇小说自1940年的《村子》以来具有一种同《旧约全书》所描写的最悲惨最令人沮丧的时刻颇为类似的气氛……《熊》是福克纳进入光明世界的第一次尝试。这个光明世

---

① Patrick O'Donnell, "Faulkner and Postmodernism," in *The Cambridge Companion to William Faulkner*, ed. Philip M. Weinstein (Cambridge: Cambridge University Press, 1995), pp. 36–49.

② 〔加拿大〕弗莱:《伟大的代码——圣经与文学》,郝振益、樊振帼、何成洲译,北京大学出版社,1998,第220页。

界同基督化身为人以后的光明世界很相似。"①

《熊》是《去吧，摩西》中的一章，也就是说，从《去吧，摩西》开始，福克纳的创作进入"救赎"期，开始寻找解决南方诸多问题的途径。《去吧，摩西》表现作者希望主人公艾克能够像摩西拯救以色列人一样帮助黑人、拯救家族。在主题上，《坟墓的闯入者》是《去吧，摩西》的续集，主人公契克做了艾克该做而没有做的事，给了黑人实际且有益的帮助。《修女安魂曲》正面谈论种族、公义、社会制度和社会觉悟问题，比《坟墓的闯入者》更具说教性。福克纳的最后一部作品《掠夺者》通过主人公的一次道德历险，设计一个光明的结局。从"失乐园"到世界的罪恶再到探索道德救赎，福克纳的创作历程刚好与《圣经》的U形叙事模式不谋而合。福克纳曾经说过："我觉得《新约》里全是思想，我对思想知道得不多，《旧约》里全是人……英雄和恶棍……我喜欢读《旧约》，因为里面全是人，不是思想。"②他在前期作品中塑造了不少介于英雄与恶棍之间的人物形象，并且赋予作品丰富曲折的情节，而后期作品越来越偏重说教，这一转变类似于从《旧约》到《新约》的转变，似乎他的前期作品主要描写罪恶的世界，后期则追求回归道德的圆满。

福克纳在创作"约克纳帕塔法"世系小说的同时创造了自己的神话世界。在谈论创作时福克纳曾经说过："打从写《沙多里斯》开始，我发现家乡的那块邮票般大小的土地倒也值得一写，只怕我一辈子也写它不完，只要我化实为虚，就可以放手充分发挥我那点小小的才华……我自己至少可以创造一个自己的天地吧。我可以像上帝一样，把这些人调来遣去，不受空间的限制，也不受时间的限制。"③构思"约克纳帕塔法"世系小说时，福克纳赋予这个南方小镇成熟的宗教信仰体系，对每部作品在神话层面进行精心设计，运用《圣经》故事、典故、传说和叙事模式，使它们与基督教神话之间形成互文关联。

---

① 李文俊编选《福克纳评论集》，中国社会科学出版社，1980，第206页。

② 〔美〕明特：《骚动的一生——福克纳传》，顾连理译，知识出版社，1994，第252页。

③ 李文俊编选《福克纳评论集》，中国社会科学出版社，1980，第274页。

福克纳在作品中引用《圣经》故事和人物的次数高达七百多次，《喧哗与骚动》中对《圣经》的引用和影射就多达五六十次。有些作品直接取名于《圣经》典故，如《押沙龙，押沙龙!》《去吧，摩西》《圣殿》和未完成的作品《父亲亚伯拉罕》等；有些作品的人物形象曲折影射耶稣基督，如《八月之光》中的乔·克里斯默斯、《熊》中的艾克、《喧哗与骚动》中的班吉，以及"《寓言》《圣殿》和《修女安魂曲》中与《圣经》人物联系起来的一些人物形象"。① 福克纳用"最不平凡的、最富有想象力的直觉"，表现"凡人同神之间"的"近似之处"②。"约克纳帕塔法"世系小说大都潜隐套用《圣经》叙事结构，通过反讽隐喻营造诗学效果，挖掘基督教文化的内涵。《喧哗与骚动》《押沙龙，押沙龙!》《我弥留之际》《八月之光》和《去吧，摩西》等"约克纳帕塔法"心脏作品是福克纳借用《圣经》神话模式的典范，神话控制小说的叙事话语，推进故事的情节发展，组织小说的叙事结构，充当小说意义得以揭示的重要参照系。

宗教是"约克纳帕塔法"居民日常生活中不可分割的部分，《圣经》对他们具有神秘的吸引力。自有人居住以来，基督教在杰弗逊这个南方小镇已经占据重要地位，最初的三十户人家就拥有三座教堂。牧师们一手捧着《圣经》和威士忌，一手握着战斧，踏上这个南方边疆小镇。他们在传播基督教的同时，开疆拓土，聚敛财富。严酷的加尔文教义和边疆宗教的信仰方式使这个小镇的居民，无论是白人还是黑人，笃信基督教。他们坚持花1个小时、走5英里路程去参加宗教礼拜；海托华的父亲每个周日早晨都要骑马16英里去布道；沙多里斯在一次猎狐中碰到卫理公会教堂的礼拜，他不辞辛劳返回来参加布道；就连几乎不太登临教堂大门的海托华的祖父也参加布道。在《押沙龙，押沙龙!》中，卫理公会的执事柯菲尔德在北方军队从自家门前经过

① Frederick L. Gwynn and Joseph Blotner (eds.), *Faulkner in the University: Class Conferences at the University of Virginia 1957-1958* (Charlottesville: The University of Virginia Press, 1959), pp. 85-86.

② 李文俊编选《福克纳评论集》，中国社会科学出版社，1980，第225页。

时，把自己关在屋里朗读《圣经》；内战期间，南方人参战时怀揣《圣经》，把它当成护身符，相信《圣经》会带来好运，因为他们相信上帝坚定地和南方军队站在一起，会保佑他们顺利打败北方佬；唯利是图的弗莱姆·斯诺普斯也皈依宗教，成为浸礼教会的一名执事；《士兵的酬劳》中不止一次地描述一个眼睛炯炯有神的年轻牧师布道的情景；《蚊群》中的牧师炫耀自己的布道具有巨大的吸引力，每次布道都座无虚席。

从另一个方面看，"约克纳帕塔法"世系小说里充斥着教会的腐败和牧师的邪恶，宗教似乎根本无法承载拯救这个处于转型期南方小镇的重任。福克纳笔下的"约克纳帕塔法"县的教堂，在本质上残暴严酷、等级森严、压抑人性，无视人们可以进行忏悔和获得宽恕的安详与宁静，剥夺了人们一心向主的热情，充满着背弃、恐吓和悲观情绪。"约克纳帕塔法"虚构王国中的十多个牧师大部分以"恶"的形象出现：三个是酒鬼，三个是偏执狂，三个是奴隶贩子，两个是通奸者，还有两个是杀人犯[①]。他们道德败坏，无法为信徒树立道德楷模，更无法拯救南方社会。宗教的终极目标是为人类服务，而"约克纳帕塔法"世界里的宗教凌驾于服务对象之上，利用恐吓和欺骗的手段，宣扬上帝选民论、先天决定论等宗教悲观主义思想，把苦难、失败全部归结于命中注定。生活在这个虚构的南方小镇里的居民在虚伪、严酷的宗教控制下，要么沉溺于过去、无法自拔、精神堕落；要么信奉玩世不恭的犬儒哲学，逃避厌世、碌碌无为；要么热衷追名逐利，六亲不认、冷酷无情；要么跌入种族主义的泥淖，迫害奴隶、残杀无辜。他们根本无法成为上帝的选民，得到灵魂的救赎。通过对教会和牧师的无情讽刺和戏仿，福克纳表达对南方制度化宗教的失望和不满。

虽然"约克纳帕塔法"世系小说中充满人性的邪恶、道德的堕落和宗教的腐败，但这里生活繁衍着南方的世世代代，是每一个南方人魂牵梦萦的故乡。福克纳在批判南方宗教的暴虐形式时，赞扬南方黑

---

① Doreen Fowler and Ann J. Abadie (eds.), *Faulkner and Religion: Faulkner and Yoknapatawpha* (Jackson: University Press of Mississippi, 1989), pp. 30-31.

人教堂的温暖聚会以及牧师能够吸引社会底层人民的布道。对南方"爱恨交织"的矛盾情感驱使福克纳放弃作为信仰的宗教，转向作为文化的宗教，寻找南方传统文化的遗产，以悲剧性的神话为参照系，挖掘埋藏在人们集体记忆深处的神话，书写南方文化的"伊甸园"。他有意让"约克纳帕塔法"世系小说与《圣经》中"伊甸园—失乐园"的故事形成平行与对比的关联，构成典型的互文关系，深度书写失去"文化乐园"的南方社会。矗立在广场上的大树似乎就是伊甸园里那棵能够启迪蒙昧、辨识善恶和维持生命活力的"生命之树"，它们随着南方的时代变迁在杰弗逊镇呈现不同的生命状态。后来，当南方推行城市化和工业化时，它们被连根拔掉。"约克纳帕塔法"世系小说中的约克纳帕塔法河和塔拉哈奇河也让人联想到那条从伊甸园里流出来灌溉园子的河流。在伊甸园中，夏娃无法抵制毒蛇的诱惑，偷食禁果导致人类的始祖被逐出伊甸园；在"约克纳帕塔法"世系小说中，南方的淑女们在南方新兴的暴发户斯诺普斯们的围堵利诱之下逐渐堕落。亚当和夏娃被逐出伊甸园之后，他们的儿子为了在上帝面前争宠，上演该隐杀弟的悲剧；在福克纳的虚构世界中，兄弟结恶、手足相残的故事也屡见不鲜，例如，《喧哗与骚动》中杰生阉割弟弟班吉；《押沙龙，押沙龙！》中亨利枪杀哥哥邦；《去吧，摩西》中布克追猎混血弟弟图尔，等等。

福克纳在写作过程中通过对《圣经》的明引、暗引、重写、模仿、改编、拼贴、戏拟、化用等一系列写作策略，建立作品与《圣经》之间的互文性关联，打破每部小说的自我封闭性，强调小说叙事空间的延展性和开放性，主题意义的"多重指涉性"和复调效果。福克纳以神话为对照，以家族的悲剧为依托，以神话的神圣反讽现实的卑俗，使作品幻化出一种庄严而又神秘的氛围，营造独特的叙事双重空间，使《圣经》神话与小说文本之间形成完美的互文关系和反讽式的对应结构。

福克纳的作品和《圣经》之间的互文性关联主要表现在叙事语言和叙事结构两个层面上。语言层面上的引用分为有明显标记的明引和隐蔽的暗引；叙事结构方面的互文性表现在神话暗指和戏拟化用两方面。《圣经》人物原型、对位性神话叙事结构和基督教的原罪、救赎等教义充分体现在福克纳的"约克纳帕塔法"世系小说中。语言层面的互文性在福克纳的作品中是浅显表面的，而叙事结构方面的互文性是深含隐在的。因此，"约克纳帕塔法"世系小说中的神话发挥着组织福克纳作品的叙事框架、彰显作品丰富寓意的功能，在"人性"与"神性"、现实与神话的对峙与交融中营造具有南方特性的宗教文化氛围。

第三节
"约克纳帕塔法"世系小说的神话叙事模式

在强烈的神话意识驱动下，《圣经》元素贯穿在福克纳的"约克纳帕塔法"世系小说中，他的传世之作与《圣经》神话之间具有同构性。在创作"约克纳帕塔法"世系小说时，福克纳创造性地把《圣经》故事、典故、传说和叙事模式精心地运用在每部作品的故事情节设计、人物塑造和主题表达上。有些作品的命名直接来自《圣经》，有些作品的人物形象曲折影射耶稣，或者潜隐套用神话的叙事结构，使小说与神话之间形成互文关联，达到反讽隐喻的艺术效果。《喧哗与骚动》《押沙龙，押沙龙！》《我弥留之际》《去吧，摩西》《八月之光》等"约克纳帕塔法""心脏作品"是福克纳借用神话展开叙事的精妙之作，福克纳在对神话进行参照、运用、过滤和吸纳的同时，也对其实施富有独创性的重塑与改写，谱写恢宏壮丽的美国南方现代神话，使其与西方传统的基督教神话之间互文关联的同时又形成鲜明对照。"人性"与"神性"、现实与神话之间的矛盾碰撞与交融汇合，能够更深层次地反映福克纳作品的精神内涵与美国基督教文化之间的复杂关系。

一、《喧哗与骚动》的"受难—复活"模式

《喧哗与骚动》有意识地把小说的人物、故事和叙事结构与基督的

"受难—复活"模式进行平行对位，以神话架构小说叙事。小说的第三、第一、第四章的标题分别为1928年4月6日、4月7日和4月8日，这三天恰好是基督从受难到复活的日子。第二章1910年6月2日，正好是那一年基督圣体节的第八天。因此，康普生家族历史中最关键的四天都与耶稣受难的四个重要日子联系在一起，小说的故事情节、人物命运也与基督的遭遇形成平行呼应。

小说第一章是复活节前的星期六。根据基督教传统，这一天父母要为新生儿洗礼并命名，新的名字承载父母的爱和期望。康普生家族这天为痴傻儿班吉（Benjy）取名。班吉跟舅舅的名字起先取名毛莱，后来因为康普生太太嫌弃儿子班吉是智障，怕给娘家丢脸，毫不犹豫地在儿子生日的当天为儿子改换名字，重新起名为班吉明（Benjamin），与《创世纪》中雅各最小的儿子便雅悯（Benyamin）的名字几乎一样。《圣经》中的便雅悯遭受哥哥们的嫉妒，他们听信犹大的话把他卖给以实玛利人，最后被卖到埃及。班吉因为痴傻，命运也掌握在别人的手里。他是康普生太太最小的儿子，也是她口口声声最爱的儿子。但是，与博爱、仁慈的耶稣相比，作为母亲的康普生太太冷漠、虚伪、自私，对于娘家门面的在乎远多于对于儿子的关心。为了防止他给家里惹出麻烦，哥哥杰生私自让人阉割了他。家里只有黑人保姆迪尔西和姐姐凯蒂真心爱他，但是她们俩自身也是弱者。在姐姐远嫁、母亲去世之后，他被杰生扔进了疯人院。

1928年4月7日正好是班吉33岁的生日。33岁在本章中的多次重复出现，使人不由自主地把班吉与为人类赎罪、在33岁时被钉死在十字架上的耶稣联系起来。小说在第四章描写黑人教堂的布道时，假借迪尔西之口点破班吉与基督形象的重叠。在信徒情绪高涨大喊"耶稣"的声浪和朝天高举的双手中，班吉像《圣经》中的耶稣一样"安详地坐着，心醉神迷地睁大了他那双温柔的蓝眼睛"[1]。班吉像耶稣一样似乎拥有某种超自然力，在表面的懵懂之下，他本能地感受到这种力量的驱使，借助气味、钉子、篱笆、拖鞋甚至寒冷，同时发动嗅觉、触

---

① 〔美〕福克纳：《喧哗与骚动》，李文俊译，上海译文出版社2004年版，第313页。

觉、视觉、味觉等感官，感知家族的各种过往经历和变故。他充当康普生家族的道德守卫者和家族荣耀的保护者，虽然未曾目睹姐姐凯蒂的性堕落，但他先知似的嗅到了她身上香味的改变。恋爱前的凯蒂经常散发出树的香味；被男孩初吻之后的凯蒂暂时失去了树的香味，但是一番洗漱之后树的香味又回来了；失身之后的凯蒂永远失去了树的香味，痴傻的班吉非常敏锐地感受到了这一点，他大哭大闹，试图阻止凯蒂的性堕落。当他看到家族的牧场变成别人的高尔夫球场时，一边绕着高尔夫球场转圈一边不停地发出痛苦的呻吟。耶稣死而复生，通过受难拯救世人；班吉无力阻止凯蒂的堕落和家族的衰败，甚至连自己也无法救助。杰生视财如命，主要怕弟弟班吉给他惹来经济麻烦，他残忍地阉割了弟弟，并认为疯人院应该负担班吉的生活，而不是把这个累赘丢给自己。班吉是被"置换变形"的耶稣形象，与耶稣为人类受苦受难相比，他所遭受的痛苦似乎毫无意义。阉割或许是福克纳使用得最精妙和最具有象征意义的词语。表面看来耶稣被钉死在十字架上和班吉被阉割之间形成具有极大冲击力的讽刺与调侃，但是仔细想来，班吉的被阉割是一种彻底的失去，斩断了哪怕一丝的如基督那般高尚的复活与拯救的希望。这里的阉割不仅指肉体上的残缺，更是精神方面的阉割。福克纳似乎想通过这样的戏仿，不但表现康普生家族成员之间的亲情冷漠，更是要揭示以杰生为代表的新兴中产阶级试图在本质上彻底阉割和摧垮南方传统的家族意识和价值观念，班吉的"受难"不会给处在风雨飘摇的种植园大家族带来任何"复活"的希望。

　　小说的第二章对应那一年的濯足节，在《圣经·约翰福音》第十三章第三十四、三十五节中，耶稣为门徒洗脚并为他们立下一条新诫命："要你们彼此相爱。我怎样爱你们，你们也要彼此相爱。"①这一天在昆丁的意识流中反复浮现的不是家人之间彼此关爱的温馨画面，而是父亲那套虚无主义的哲学说教。康普生家族成员之间的关系完全违背耶稣的训诫，康普生夫妇形同陌路，父母与子女之间亲情淡漠。康

---

①《圣经》，中国基督教协会，2007年南京版，第191页。

普生先生悲观厌世、整天借酒浇愁,沉浸在家族过去的荣光之中虚度光阴。康普生太太自私冷漠、怨天尤人,念念不忘昔日大家闺秀的身份。康普生夫妇没法像基督一样承担起爱护和开导子女的责任,致使昆丁精神苦闷并在这一天结束了生命。耶稣基督遗爱人间的动人日子与康普生家族成员遭遇苦难的日子形成鲜明对比。耶稣圣体节是为纪念耶稣的身体存在于圣体礼所用的酒和饼中而设,"耶稣拿起饼来祝福,就掰开,递给门徒,说:'你们拿着吃,这是我的身体。'"①西方基督徒常把面包作为耶稣的圣体。而昆丁自杀前为一个躲在面包店的穷苦意大利小姑娘出钱买面包,并送她回家。表面上,耶稣受难前分饼给门徒与昆丁自杀前买面包给小姑娘之间形成平行关联,但从深层上来看,两者之间形成巨大的张力。耶稣为拯救世人被害,而昆丁自杀是因为妹妹凯蒂堕落、家族荣耀不再,两种"牺牲"的意义相去甚远。在死之前,昆丁不断地联想到耶稣以及相关的复活场景,在潜意识中把自己看成孤独的基督。他跳湖自杀的方式蕴含宗教的原罪和拯救色彩。《马太福音》记载,"当下耶稣从加利利来约旦河……耶稣受了洗,随即从水里上来,天忽然为它开了,他就看见神的灵。"②昆丁试图用"水的洗礼"来救赎凯蒂的失贞和家族的衰落。耶稣的死换来的是人类的救赎和希望,昆丁的死却只能为旧南方做殉葬,内心软弱和缺乏行动能力使他无法真正拯救日益衰败的家族。昆丁期望的救赎只是自我安慰和自我蒙蔽的幻想,因为凯蒂的堕落意味着南方淑女观念和贵族阶级分层的彻底崩塌,康普生家族已经无法回到昔日的繁荣。

第三章与基督的受难形成对应反讽。1928年4月6日是耶稣的受难日。基督的灵魂离开十字架,因为他要去执行拯救亡灵的任务。对于康普生家族唯利是图、藐视亲情的杰生而言,这一天他把工作和家人抛之脑后,只为匆忙驾车追赶外甥女小昆丁,夺回她拿走的钱财并把她"牵进"地狱。小昆丁的母亲凯蒂未婚先孕,作为私生女小昆丁在康普生家受尽舅舅杰生的欺凌和虐待。杰生似乎是康普生家族受难日

①《圣经》,中国基督教协会,2007年南京版,第172页。

②同上书,第4-5页。

的"牺牲者",他的"牺牲"表现在两个方面。一是外甥女小昆丁偷走了被他视为命根子的钱。事实上,这是小昆丁的合法财产,因为杰生窃取凯蒂给女儿的赡养费,还以小昆丁要挟凯蒂,敲诈勒索她的钱财。二是他追赶外甥女小昆丁时车子陷入瘫痪,无法动弹。福克纳刻意把最"恶"的人物安排在受难日,让他与人们心目中善良仁慈的基督形成对照,讽刺之意溢于言表。耶稣的受难是出于爱,是对人类的博爱,而杰生的受难是出于恨,对自己最亲密的家人的憎恶。

小说的最后一章1928年4月8日是复活节。据《路加福音》第二十三、二十四章记载,耶稣被害三天后的黎明时分,几个妇女来到他的墓前,只见墓穴中留下细麻布,耶稣的肉体不翼而飞。《喧哗与骚动》的最后一章有类似的情景描写,当杰生发现小昆丁卷走他克扣的钱财离家出走之后,他从康普生太太那里夺来钥匙,冲入小昆丁的房间,发现小昆丁房间的情景与复活后耶稣的坟墓相似。如同耶稣一样,小昆丁在复活节的黎明和马戏团的杂耍演员私奔,逃离康普生家族这个"坟墓"。福克纳特意对她的卧室与《圣经》中耶稣复活时的坟墓展开戏仿式的互文描述。小昆丁的卧室里"床并没有睡乱。地板上扔着一件穿脏的内衣,是便宜的丝织品,粉红颜色显得俗里俗气;一只长筒袜子从衣柜半开的抽屉里挂下来。窗子开着。"[1] 在耶稣受难复活后,他的墓穴的情景是:"细麻布还在那里,又看见耶稣的裹头巾没有和细麻布放在一处,是另在一处卷着。"[2] 耶稣基督的复活象征永生、爱与希望,而小昆丁的离家出走让她走上了一条象征南方淑女堕落的颠沛流离、前程未卜的人生之路。小说与神话之间精心安排的互文关联形成对照,这种讽刺和戏仿拓展了文本的神话叙事空间,强化了南方末代贵族家族命中注定的拯救无望、复活无路的命运悲剧。本章使用大量的篇幅,描写象征涤罪和净化灵魂的黑人教堂里的布道和礼拜活动。黑人牧师在教堂里以类似基督那圣洁的受苦的身姿,力劝信徒们铭记

---

① William Faulkner, *The Sound and The Fury* (New York: Penguin Books Ltd, 1985), p. 251.

②《圣经》,中国基督教协会,2007年南京版,第203页。

"羔羊鲜血的事迹",让他们相信"复活和光明"。但教堂之外,杰生疯狂而愤怒地追捕小昆丁,打算把钱从她身上弄回来并让她进地狱。教堂外的亲人反目、互相仇视与教堂内宣扬爱和神圣涤罪的活动形成鲜明对比。复活节的主题是拯救,但康普生家族上演的故事使他们失去了被拯救的可能。

《喧哗与骚动》的四个章表面看来时序凌乱、错综复杂,但它们讲述的故事按照正常时序展开,而且衔接得天衣无缝,恰如四个乐章的交响乐。小说通过康普生家族三个男性子嗣+黑人保姆迪尔西的"四分结构"叙事模式体现象征意义,这似乎是基督教的典型叙事模式。在基督教"男性化"的三位一体中揉入圣母玛利亚的女性因素,使之扩大为一个完整的3+1式的四位一体结构。小说的四位一体结构与基督教神话之间的对位与戏仿关系,使受难与复活、堕落与拯救成为《喧哗与骚动》的重要主题。小说的前三章主要体现"堕落"与"失去"主题,例如,凯蒂的失贞、祖传草场的转让、班吉的被阉割、昆丁的自杀身亡、杰生的被窃以及小昆丁的私奔。拯救主题主要通过以黑人女仆迪尔西为叙事视角的第四章来表现。迪尔西勤勤恳恳、任劳任怨地承担康普生家族的保姆职责,照顾全家的生活起居,填补家族缺乏的亲情和母爱。她还时不时地开导沉浸在少女梦幻中迷恋自我、拒绝为人妻、为人母的康普生太太。迪尔西在小说中是"圣母玛利亚"的化身,无私与爱的光芒在她的身上闪现。她经历了时间考验,顽强地活了下来,并见证了康普生家的"始"和"终"。她的叙事像黑暗中的一缕阳光,穿透了康普生家族阴郁黯淡的叙事色调,代表作者的美好愿望与理想。《圣经》中的耶稣为了拯救民众而受难,因为善行而复活;小说中康普生这样的南方贵族大家族在亲情淡漠和商业大潮的冲击下,注定走向颓废和衰败,它们赖以生存的时代也一去不返。

二、《押沙龙,押沙龙!》的"大卫王朝"覆灭叙事模式

在《押沙龙,押沙龙!》中,萨德本家族的故事与《圣经》中大卫王朝的故事形成互文关联。福克纳自述,他在构思这部小说时,曾将

其定名为《黑屋子》，后来经过仔细斟酌改名为《押沙龙，押沙龙!》。众所周知，福克纳是一位在艺术上十分严谨的作家，为作品变动书名自然不是随意之举，定是深思熟虑之举。《旧约·撒母耳记下》描述大卫王得到上帝的保证，给他造屋并建立万世王朝。大卫王的儿子暗嫩被立为王位继承人，这引发了另一个儿子押沙龙的嫉妒。暗嫩以爱为名诱骗并强奸了同父异母的妹妹他玛，后又始乱终弃，不顾他玛的哀求，无情地将她赶出家门。他玛的胞兄押沙龙决意为妹妹报仇，寻机杀死暗嫩，逃亡他乡。后来押沙龙试图篡夺王位，兵败而亡。大卫王闻听此讯，心里悲痛，走上城楼大声哀哭。他披散着雪白的头发，趔趔趄趄地在城墙上奔跑，一遍遍撕心裂肺地呼唤："我儿押沙龙啊! 我儿，我儿押沙龙啊! 我恨不得替你死，我儿，我儿押沙龙啊!"手足相残、兄妹乱伦让大卫王朝走向灭亡，大卫家族的毁灭是命中注定的劫数，因为大卫强占爱将乌利亚的妻子拔示巴，耶和华诅咒大卫"我必从你家中兴起祸患攻击你"[1]。

小说以《撒母耳记》为原型，尽情演绎萨德本家族由于血亲乱伦和种族矛盾导致的同室操戈、兄弟相残、兄妹乱伦的悲剧故事。萨德本和大卫王一样历尽千难万险，建立萨德本百里地王国，生育两个儿子和一个女儿。大儿子邦为了报复父亲抛弃他和母亲而且拒绝承认他的长子身份，不惜冒"乱伦"这一人类伦理之大忌，执意要娶同父异母的妹妹朱迪丝为妻。邦娶朱迪丝并非因为爱情，他企图通过"乱伦"逼迫父亲承认自己是萨德本家族的长子，萨德本断然拒绝，并把邦有黑人血统的秘密故意透露给二儿子亨利。亨利虽然再三说服自己他不在乎邦与朱迪丝的兄妹乱伦，但是他无法容忍家族的纯正血统遭受玷污，在得知自己崇拜的同父异母哥哥有黑人血统时，他毫不犹豫地枪杀了邦，阻止他迎娶朱迪丝。杀死哥哥之后，同《圣经》里的押沙龙一样，亨利长期流亡藏匿，最后被一把神秘的大火烧死在萨德本庄园，致使萨德本穷其一生建立的"纯白人王朝"后继无人，萨德本家族从此衰落。

---

[1]《圣经》，中国基督教协会，2007年南京版，第502页，第487-488页。

小说借用《撒母耳记》中大卫王"建立希伯仑-耶路撒冷王国—子女乱伦、兄弟相残—王朝衰微"的故事模式，烘托和反衬萨德本家族的灭亡。像大卫王一样，萨德本终其一生致力于建造"家族王朝"，但他的儿女手足相残、兄妹"乱伦"，导致家族最终走向灭亡。萨德本和大卫王同为家族和王朝的统治者，但是在丧子之后他们的表现迥然不同。与悲痛欲绝的大卫王相反，萨德本疯狂地想要再生一个儿子来继承家业，继续完成自己年少之时已经制定的纯白人家族"王朝"。对于萨德本而言，人性和亲情在他的王朝建立大业中微不足道，反而成为他处心积虑想要实现纯白人血统王国这个"宏伟目标"的绊脚石。老王大卫因为失去儿子伤心欲绝，萨德本百里地的缔造者似乎更多地沉浸在除掉混血儿子的轻松和喜悦中，像饿狼一样慌不择食，他恬不知耻地到处寻求可以为自己生育儿子的猎物，一味地追求为家族生产新的继承人。

　　与《撒母耳记》的线性叙事不同，福克纳在《押沙龙，押沙龙!》的叙述模式上进行大胆创新。《撒母耳记》采用全知全能的第三人称叙述视角，情节由排列成链条的系列场景构成，故事呈直线形发展。它的"情节时间和叙述时间没有多大差别，在大半故事当中，这两套时间体系实质上是相互交叠的"[1]。与线性发展的《撒母耳记》不同，《押沙龙，押沙龙!》采用螺旋式"复调多角度对位"叙述模式，叙述隐晦艰涩、变化莫测，叙述者轮流登场，他们的叙述遮遮掩掩、欲言又止、断断续续、吞吞吐吐，互相补充又各自矛盾，断裂性的叙述使得家族灭亡的悲剧更加充满神秘色彩。而且，种族问题的介入让萨德本家族的故事显得更加复杂，意义更加深刻。小说的非线性螺旋式和碎片拼接式叙事以及空间的频繁切换，打破了因果关系，读者无法从作者那里得到权威和可靠的答案，他们需要凭借自己的判断，从纷繁复杂的语言碎片中拼接萨德本家族的故事、触摸南方的历史。非线性螺旋式和碎片拼接式叙事模式使得小说在主题上表现出复杂性和多重

<hr />

　　[1]〔以〕巴埃弗拉特:《圣经的叙事艺术》，李锋译，华东师范大学出版社，2006，第322-324页。

指涉性，"家族的没落""旧南方的崩溃""种族主义""乱伦"等主题贯穿在小说叙事之中①。与线索明晰、人物单纯、因果清楚的大卫王神话故事相比，《押沙龙，押沙龙！》淡化了故事情节，消解了权威叙述，拆解了故事的整体性，它的时空叠错并置，语义模棱两可，充满相对性和不确定性，在萨德本家族的覆灭主题中凸显种族主义的罪恶。

三、《我弥留之际》的"寻觅—归返"叙事模式

《我弥留之际》的叙事是对《圣经·出埃及记》的精心戏仿。在《出埃及记》中，耶和华神看到他的子民在埃及的苦难处境之后，让摩西替他搭救民众，带他们去到"美好宽阔流奶与蜜之地"②。在《我弥留之际》中，如同摩西带着约瑟的骸骨，率领以色列人跋山涉水寻找福地迦南一样，安斯·本德伦带领子女抬着装有妻子艾迪发臭尸体的棺材，历尽艰险去艾迪的家乡杰弗逊镇安葬艾迪的遗体。这趟"朝圣"之旅让大儿子卡什失去了左腿，二儿子达尔被送进疯人院，女儿杜威·德尔堕胎不成反遭欺辱，小儿子瓦达曼没有得到心心念念的小火车。在本德伦家族中似乎只有安斯如愿以偿，成功装上假牙并迎娶了一位"鸭子模样"的新妇。作为一家之主的安斯，舍不得拿出钱来给儿子治疗腿伤，导致儿子失去了一条腿。他无耻地抢夺女儿堕胎的钱财，给自己安装假牙。他的口头禅是出汗会要了他的老命，装可怜让乡亲们帮忙替他干活。具有讽刺意味的是，这个懦夫和窝囊废最后竟然获得"福报"。

小说的精巧设计与《出埃及记》之间构成互文戏仿。神话中摩西率领子民抬着约瑟的约柜，逃离迫害他们的埃及远走他乡，一路历尽千难万险；本德伦一家不顾旁人的抱怨与秃鹰的围攻，抬着艾迪腐烂发臭的尸体，经历洪水和大火的考验。神话大篇幅地描写约柜的尺寸大小和材质形状，小说也在第十八节详细叙述卡什给母亲艾迪制作棺材的过程和形状，列举打造棺材的十三条设想，而且在第二十节，福

---

① 肖明翰：《威廉·福克纳研究》，外语教学与研究出版社，1999，第358页。

②《圣经》，中国基督教协会，2007年南京版，第87—89页。

克纳专门在文字中插入一幅自己绘制的棺材图。吃苦耐劳、迂腐可笑、木讷寡言、坚韧顽强的卡什是个木匠，他执念于为母亲亲手打造棺材，他似乎就是《圣经》中背负十字架、代民受苦同样也是木匠的耶稣基督。摩西和他的子民虔诚于信仰，终于到达上帝的应许之地，过上平安幸福的生活。本德伦一家摆脱了棺材、安葬了艾迪，但他们却父子感情疏远、兄弟反目成仇，德尔没有买到堕胎药反而再次上当受骗坠入药店伙计的圈套。本德伦家族最终没有能够到达福地，看不到开始新生活的曙光。

与忠诚于上帝、救民于水火的摩西相比，本德伦一家则显得愚昧无知、卑鄙固执。他们的所作所为似乎是对于"摩西十戒"的公然违抗。"摩西十戒"告诫人们："要谨记安息日，要从事劳动""要孝敬父母""不可杀人""不可通奸""不可作假见证陷害人""不可贪图别人的房屋，也不可贪图别人的妻子、奴婢、牛驴和属于别人的任何东西"。但是本德伦一家夫妻感情冷漠，艾迪与神父通奸生下私生子朱厄尔；安斯踏上送葬之途的主要目的是为自己安装一副假牙，以便续娶"新的本德伦太太"；女儿德尔此行的中心意图是买药堕胎，解决未婚先孕的麻烦；兄弟之间缺乏亲情和信任，互相仇视猜忌；一家人合谋陷害，把能够理性思考问题的达尔强行送进疯人院。如此行径与《圣经》戒律形成强烈的反讽，也与基督要人们互相关爱的基本教义背道而驰，致使神话和世俗两种相似的旅途呈现出截然不同的意义。

《我弥留之际》通过对《出埃及记》完美的"移位转型"，运用戏仿造就小说的"神品妙构（tour de force）"[1]。小说戏仿《圣经》的背叛—跌入灾难—悔悟—拯救的"U形叙事结构"[2]，以一种诙谐调侃、黑色幽默的笔调渲染一场美国南方下层社会穷白人家庭看似荒唐却满

---

[1] Frederick L. Gwynn and Joseph Blotner（eds.）, *Faulkner in the University: Class Conferences at the University of Virginia 1957–1958* (Charlottesville: The University of Virginia Press, 1959), p. 87.

[2]〔加拿大〕弗莱:《伟大的代码——圣经与文学》,郝振益、樊振帼、何成洲译,北京大学出版,1998,第220页。

是辛酸的历险闹剧。如果我们仅从现实主义的角度把这部小说解读为关于南方穷苦白人堂吉诃德式荒唐行为的生活风俗志，表现对下层农民形象的歪曲和贬低，那我们可能远没有领悟到小说的寓意。福克纳费尽心机在作品中潜隐套用《圣经》故事和叙事模式，在本德伦家族种种看似愚昧、野蛮、自私、顽固的表现中，让他们信守对于亲人的诺言，克服重重困难，经历奥德赛式的肉体与精神磨难，终于完成了一项使命。小说或许透过反讽的巨大张力，点明作者一贯坚持的信念，那就是诺贝尔奖演讲词中福克纳提到的他相信"人类不仅是忍受，而且能够战胜一切"。在这部荒唐、失败、痛苦和绝望的穷苦农民编年史小说中，福克纳为什么说人类会战胜一切呢？读者只要稍微深入思考小说人物和行为表面之下的东西，就会发现长子卡什与莉娜、迪尔西一样，在忍受中战胜了苦难本身。[1]本德伦一家狂想曲般的历险是一次与命运的极限博弈，是南方穷白人们在盲目、黑暗和无知状态下摸索前进的写照。因此，就普遍意义而言，小说是关于人类忍受能力的寓言，是南方穷白人现实苦难生活和精神迷茫探索的写照。

《出埃及记》中的摩西及其人民在失去乐园后，苦苦"寻觅"理想家园，最终回归乐园。与此相似，"寻觅"与"归返"构成了《我弥留之际》的叙事主旋律。他们抬着母亲的尸骨，寻找她的家乡，终于把她安葬在故土。但与找到"应许之地"的摩西和他的子民不同，本德伦家族斩断与过去的联系，只生活在物欲横流、浮华烦躁的现世中。他们在追寻中面临妻离子散、家庭解体和迷失家园的危机，陷入疯狂与绝望的境地，变成迷途的羔羊。透过下层农民看似低劣、愚昧和滑稽的行为，人们看到南方穷苦白人在"苦熬"中极其痛苦地探索未来，他们的生活是现代南方人"无根"和"漂泊"生存状态的真实体现，反映失去传统文化和价值观念之后现代南方人处于"寻觅"无力而又"归返"无望的处境之中。《圣经》的U形叙事结构的运用无疑使这个现代故事更加具有令人啼笑皆非的荒诞和反讽效果。作者创造性地运用

---

① Joseph Blotner, *Faulkner: A Biography* (Jackson: University Press of Mississippi, 2005), p. 534.

神话的古老叙事手法讲述现代人的悲剧故事，在表面上的神话U形神圣叙事结构之下暗流涌动的是"失去"艾迪之后，本德伦一家的混乱、离家、历险、寻觅却不知何处是家园的身体和精神的双重流浪。

四、《八月之光》的"耶稣受难"叙事模式

《八月之光》戏拟套用《圣经》中救世主耶稣的生平故事。小说主人公乔·克里斯默斯的一生与耶稣的生平形成反讽平行：在圣诞节的早晨，一个刚出生的私生子在孤儿院门前被人发现，因而取名乔·克里斯默斯（Joe Christmas），这个名字构成双重双关，既暗示耶稣"名义上的"父亲约瑟夫（Joseph），又隐射耶稣基督（Jesus Christ），而且与圣诞节一字不差（Christmas）。和圣子耶稣一样，乔·克里斯默斯是私生子，生父身份不明。他无家可归，在孤儿院长大，童年时寄人篱下，养父脾气暴躁，动不动就给他一顿暴打。乔33岁时来到杰弗逊镇。与《圣经·新约》四福音书主要记录耶稣最后三年的生活与言行一样，《八月之光》重点描写乔在杰弗逊镇最后三年的生活和遭遇。像耶稣一样，乔到处漂泊、居无定所。《马太福音》在第二十一章、《马可福音》在第十一章、《路加福音》在第十九章、《约翰福音》在第二章都记录耶稣在耶路撒冷的洁净圣殿，赶出殿里一切做买卖的人，"推倒兑换银钱之人的桌子，和卖鸽子之人的凳子"，阻止把神殿变成买卖的"贼窝"，治好了殿里的瞎子和瘸子。乔因为不知道自己到底是白人还是黑人，有一次他也大闹黑人教堂，把正在做礼拜的牧师和信徒都赶了出去，还打伤了几个黑人。

耶稣为了保持上帝殿堂的圣洁赶走了买卖人，乔大闹教堂的原因是他想要与折磨了他一辈子的"黑人血统"和宗教信仰决裂。耶稣不顾嘲笑和挖苦，施神技给人治病，苦口婆心地布道，为的是得到人们对"上帝之子"的认可，让别人相信他在传递上帝拯救人类的福音。而乔长达十五年的流浪生涯是寻找自我的历程，他使用各种手段寻找、验证、确认身份，甚至最后杀人行凶都是为了得到别人对他的认可。门徒犹大为30个银币出卖耶稣，乔·克里斯默斯的朋友卢卡斯为了

1000美元的悬赏出卖了他，甚至卢卡斯（Lucas）和犹大（Judas）的名字的拼写也大为相似。耶稣在被捕前曾有一个妇人为他洗脚，还有一个信徒用香油为他洁身。小说中乔的继母也曾为他洗脸、洗脚，乔在被捕前也曾认真地洗漱、修面和打扮。同耶稣一样，乔不被他所生活的时代接纳，他在逃亡的路上一直在打听今天是星期几，最后选择在星期五（也是基督的受难日）结束逃亡，主动回到杰弗逊镇。他最后遭受私刑被残忍地杀害。耶稣的身上有五处伤口，乔的身上也正好有五处枪伤。在乔受刑后的那个周日，也就是在基督的复活日，与乔毫无关系却像大地母神和圣母玛利亚一样挺着孕肚行走在南方大地上的莉娜生下她和卢卡斯的私生子。乔死了，一个新生命诞生了，乔与"圣诞"似乎有了某种神秘的巧合。耶稣最终被钉死在十字架上，救苦救难的耶稣为拯救人类献出了生命。乔不被杰弗逊镇接受，成为狂热种族主义者屠刀下的牺牲品。小说借用受难者耶稣的故事，暗讽在种族主义盛行的南方，乔虽然牺牲自己，却无法改变镇上人们狂热的种族主义偏见。

在章节安排上《八月之光》与《约翰福音》都是二十一章，形成平行关联。小说的第二章介绍乔·克里斯默斯贩卖私酒，《约翰福音》第二章叙述耶稣和母亲受邀去参加婚宴，没有酒之后耶稣把六口石水缸里的水变成美酒。在小说中，乔不仅与耶稣基督联系在一起，也与早期的替罪羊狄俄尼索斯（Dionysus）联系在一起。狄俄尼索斯是酒神，具有把水和葡萄变成葡萄美酒的神秘力量。小说这样安排并非简单地用酒把乔与基督和狄俄尼索斯联系起来，而是像《约翰福音》第二章的核心内容那样，强调小说的"改变"这个叙事主题。[①]乔挣扎在黑人和白人的夹缝中，身份和血统的不确定性使处于社会底层的乔像砧板上任人宰割的鱼肉，被黑、白两个世界粗暴地改造，双方都试图把他加工成被他们认可的样子。这注定了乔的死亡和替罪羊的悲剧命运，因为血统之谜他无法被两个世界中的任何一方接受。在33岁这个

① Robert W. Hamblin and Charles A. Peek, *A William Faulkner Encyclopedia* (Westport: Greenwood Press, 1999), P. 321.

耶稣受难的岁数，乔成为杀死情人伯顿的凶手。起初在强烈的求生欲望的驱使下他东躲西藏，后来他累了，不想再到处流亡了，他主动来到杰弗逊的大街上招摇过市，清楚自己无处可逃，因为黑人和白人都把他当作种族主义的替罪羊。他束手就擒之后在群情激昂的围观中被游街示众，最后遭到白人警察格雷姆连续的枪击，还没有咽气的时候格雷姆用刀割掉他的生殖器。乔眼睛睁着静静地躺在地上，"黑色的血液从他的大腿根和腰部像呼出的气息般汹涌而泄"。格雷姆的暴行惨不忍睹，旁观者"不禁发出一声哽塞的喊叫，跌跌撞撞地退回墙头，开始哇哇呕吐"。身为警察的格雷姆无视法律，擅用私刑处死乔，而且用极为残暴的刀割形式"改变"乔，他边扔掉血淋淋的屠刀，边嚷嚷"现在你会让白人妇女安宁了"。乔仿佛随着黑色血液的冲击波一起上升，这种情境永远进入南方人的记忆，让他们"忆起旧日的灾难，产生更新的希望"[①]。福克纳在作品中把乔与基督、替罪羊和牺牲者联系在一起，凸显种族主义的罪恶，反映民众对于种族歧视的无动于衷和麻木不仁。

---

① 〔美〕威廉·福克纳,:《八月之光》,蓝仁哲译,上海译文出版社,2004,第332页。

第三章

福克纳作品的
历史意识

第一节
历史自觉意识

　　1957年福克纳在弗吉尼亚大学演讲时指出，南方人应该主动塑造、积极再现南方形象，"虽然在公众面前显摆是不文雅的行为，但南方确实有很多值得南方人骄傲的东西"[1]。作为土生土长的南方人，福克纳对故乡的热爱深沉而持久。他熟悉故乡的父老乡亲、风土人情、风俗习惯，他更了解南方悠久的历史。在南方被排除在主流意识形态之外、南方的历史面临被北方的主导话语和南方的官方权威定义和叙述的危难时刻，福克纳迫切地认识到，作为作家他承载着南方赋予的历史使命，有义务通过自己的作品，把南方独特的历

---

[1] Frederick L. Gwynn, Joseph Blotner (eds.), *Faulkner in the University: Class Conferences at the University of Virginia 1957–1958* (Charlottesville: The University of Virginia Press, 1959), p. 137.

史展现给世人，让人们更加全面地了解南方的家族、历史、地域及其人民。面对北方和南方主导意识形态的压力，福克纳在"约克纳帕塔法"世系小说中讲述典型的南方贵族家族的没落史，力求恢复那些被隐蔽、被扭曲的历史，阐明对南方历史的态度。福克纳重构南方历史的自觉意识主要表现在以下两个方面：一方面，为了反对北方对南方的谴责，福克纳在作品中塑造了一系列边缘化却令人推崇的人物形象，凸显南方文化对人类美好品德的保存与传承，彰显南方精神；另一方面，为了颠覆南方主导意识形态宣讲的美丽旧南方的浪漫神话，福克纳揭露南方过去曾存在的奴隶制、种族主义和其他罪恶，补充改写甚至重新建构南方已经存在的官方"宏大"历史。福克纳在作品中通过对被主流意识形态排除在外的边缘化人物形象的赞美和对旧南方罪恶的揭露，挖掘那些在官方历史中已经消失或者被隐蔽的历史，尝试"触摸"南方历史的真实。

一、书写种族历史的自觉意识

福克纳意识到"宏大"历史文本淹没了少数群体的声音，抹杀了"他者"的历史话语。他认为作家有责任使处于社会边缘的少数群体的声音进入话语场域，使那些被"消声"的"他者"的历史得以昭示。福克纳笔下的少数族裔并非南方文学传统中愚忠于主人的"傻宝"，他把目光转向一直生活在南方社会底层的黑人、印第安人或者其他少数族裔，寻找他们身上的古老价值和传统美德。出于对黑人曾经遭受过的残酷奴役和无情压迫的极大同情，福克纳力求对黑人的塑造要比北方话语所描写的还要"逼真"，比南方话语所允许的还要"贴近"。他赋予作品中的黑人、印第安人物形象精神性和道德性。福克纳塑造了《押沙龙，押沙龙！》中的克莱蒂、《喧哗与骚动》中的迪尔西和《去吧，摩西》中的莫莉大婶和山姆·法泽斯等人物形象，他们高尚的道德情操与剥削奴役他们的主子的道德沦丧形成鲜明对照。黑人和白人之间的关系构成南方历史的核心内容，南方的"宏大"历史宣扬白人优越、黑人低劣的种族偏见，竭力为种族剥削寻找借口。福克纳对于种族主义的罪恶一直持批评态度，在作品中大胆揭露奴隶制的非人道和反人性，试图通过"小微"历史让人们看到历史的另一维度和不同面孔。

（一）少数族裔——古老价值和传统美德的化身

在《押沙龙，押沙龙！》中，克莱蒂是萨德本与庄园中的黑人女奴生下的私生女，她是萨德本女儿朱迪丝最要好的朋友，也是家里最忠心耿耿和吃苦耐劳的女仆。当萨德本参加内战不在家里时，她任劳任怨地从事田间劳作，竭尽全力地帮助罗莎和朱迪丝渡过难关。甚至在朱迪丝死后，她继续朱迪丝未完成的任务，悉心照顾家庭成员。她省吃俭用，付清了朱迪丝和邦的墓碑钱；她尽心尽力地照顾萨德本家族最后的子嗣——智障儿吉姆·邦德。当她的白人哥哥亨利因杀死黑人哥哥邦逃亡返家时，她把他藏匿在家里并坚守秘密，一直照料他的生活起居。为了阻止警察逮捕亨利以及外人冒犯萨德本庄园，她绝望地将"萨德本百里地"付之一炬，她和萨德本家族的最后一个白人男性继承人亨利一起，与大宅同归于尽。她无可奈何地选择了决绝的方式，保全萨德本家族最后的一点体面和尊严。克莱蒂在小说中一直是沉默的，但作为混血儿她强有力地存在于福克纳的神话王国中，代表着温顺、坚强、忠诚与自我牺牲的品德。

在《喧哗与骚动》中，福克纳把黑奴迪尔西塑造成支撑康普生家族的精神力量和道德支柱。迪尔西的原型是福克纳家族的黑人"大妈"卡洛琳·巴尔，她深受福克纳的尊敬和爱戴；在她晚年生病时，福克纳一直悉心照料她。1942年，福克纳出版《去吧，摩西》时，又将此书献给他热爱的卡洛琳大妈。在她以近百岁的高龄去世之后，福克纳写了一篇情真意切的祭文悼念她：

> 卡洛琳见证了我来到这个世界。而今，我目送她离开这里，这是我的荣幸。自从我父亲去世以后，对于大妈而言，我就是一家之主了，她为我们一家子忠心耿耿地服侍了半个世纪。但是我们的关系从来没有像主人和仆人那样。她一直留存在我儿时的记

忆里，不仅是作为一个人存在着，也是作为一个对我言行举止与物质幸福负责的权威来源，更是一种积极、持久的爱的来源。她的一言一行，无不是对良好品行的言传身教。我从她那里学会了诚实，学会了节俭，学会了尊老扶弱。我看到，她对一个非亲非故的家庭的忠诚，我也看到，她对别人孩子的无私奉献与悉心爱护……她赢得了她为之献出忠诚与爱心的家庭的感激和热爱，获得了爱和失去她的并非亲人的悲伤与遗憾。她生活过，服务过，去世了，现在受人哀悼；如果有天堂的话，她已经去那里了。①

　　卡洛琳大妈去世了，得到了福克纳及其家人这些并非嫡亲的"亲人"的哀悼和怀念。福克纳像对待母亲那样为大妈养老送终。当然，在涉及福克纳作品中的黑人和白人形象时，有的读者和评论家就会用种族主义的视角对作品进行预设性的解读。认为福克纳并没有摆脱种族歧视的桎梏，他塑造的"好黑人"形象完全满足于白人对黑人的要求，即他们是白人主子温顺的羔羊，是愚忠于白人主子的"傻宝"。然而，通过认真分析福克纳和黑人大妈之间的亲密关系，人们可以看出他们之间并不存在那类种族歧视。概括地来讲，福克纳的所憎所厌莫不与蓄奴制和实利主义有关，他的所敬所爱则都与劳动与大自然联系在一起。

　　福克纳把他对自家黑人大妈的依恋、热爱和感激倾注在《喧哗与骚动》中康普生家族的黑人女佣迪尔西身上，他说："迪尔西是我自己最喜欢的人物之一，因为她勇敢、大胆、豪爽、温存、诚实；她永远比我勇敢、诚实和慷慨。"他还赞扬同情心永不枯竭似的从迪尔西的身上涌流出来。她不畏惧主人的仇视与世俗观念的歧视，勇敢地保护弱者。在康普生家族整幅阴郁的画卷中，只有迪尔西是一个亮点，"在整幢坟墓般冷冰冰的宅子里，只有她的厨房是温暖的，在整个摇摇欲坠

---

　　①〔美〕福克纳：致罗伯特·E.琼斯会督的一封信，陶洁译，《世界文学》2003年第4期，第259页。

的世界里，只有她是一根稳固的柱石"①。她的忠心、忍耐、毅力与仁
爱同康普生家族的三个白人子嗣的病态性格形成鲜明对照。福克纳通
过迪尔西这个人物形象，讴歌普通人身上那种淳朴的精神美，体现作
者希望"人性复活"和灵魂净化的理想。

迪尔西任劳任怨地照顾着一个缺乏亲情和母爱的家庭，无私地给
孩子们温暖和爱，维持着几近分崩离析的家庭。威廉姆斯高度赞美迪
尔西："她是和平的保持者，是家庭的忠实保护者和永久照顾者。实际
上，她扮演着康普生家族孩子们真正意义上的母亲的角色。"②的确，
迪尔西尽力保护着脆弱的康普生家族成员的身心健康。她毫不嫌弃、
悉心照顾智障儿班吉的日常生活，并让她的两代孩子照顾他三十多年。
不顾家人反对，迪尔西把班吉带到黑人教堂，因为她认为，"慈悲的上
帝才不管他的信徒是机灵还是愚钝呢"③。她无私地保护凯蒂的女儿小
昆丁，使她免遭舅舅杰生的动辄打骂。当杰生打小昆丁时，她挺身而
出："要是你不打人出不了气，那你打我好了。"④在迪尔西身上，我们
看到了福克纳在接受诺贝尔奖时所说的那些人类的美好品德，比如，
勇气、尊严、希望、同情、怜悯、牺牲。福克纳在《喧哗与骚动》中
用"他们在苦熬"⑤点明主题，或许这就是迪尔西以及像她那样的黑人
的坚忍不拔和精神永存的写照。

与南方当时的主流意识形态不同，福克纳没有把复兴南方美德的
重任寄托在南方的白人精英阶层身上，他似乎对强弩之末的康普生家
族这样的白人贵族不抱太多的幻想。迪尔西的出现似乎是透过康普生
家死气沉沉的乌云、照射南方大地的一束阳光。她不仅代表她那个受
剥削、受压迫阶层的最美好的品质，也是整个人类精神力量和美好品
德的化身。她身上光芒四射的美德和善行使她与白人主子康普生太太

①〔美〕福克纳:《喧哗与骚动》,李文俊译,上海译文出版社,2007,第4页。

② David Williams, *Faulkner's Women: The Myth and the Muse* (Montreal: McGill-
Queen's University Press, 1977), p. 90.

③〔美〕福克纳:《喧哗与骚动》,李文俊译,上海译文出版社,2007,第276页。

④ 同上书,第180页。

⑤ 同上书,第322页。

形成鲜明对照。她为康普生家族付出了所有的勤劳和挚爱，她平静、坦然地面对生活中的各种苦难，成为历史的见证人和未来的联结者。

如果有人还要纠缠于福克纳所塑造的黑人或其他族裔都是白人的陪衬品，是主子温顺服从的仆人，他这么做的目的是满足黑人和白人二元对立话语中的一元，那么他在《去吧，摩西》中对山姆大叔和莫莉大婶两个人物形象热情饱满的塑造就是对这种观点的有力反击。福克纳用饱含感情的笔墨着力刻画这两个人物形象，甚至不惜为他们专门开辟章节，把《去吧，摩西》中的《熊》和《去吧，摩西》两章分别献给他们。在《熊》中，福克纳以山姆·法泽斯（Sam Fathers）来命名这位印第安裔奴隶，充分表达了作者对他的无比敬意。在他的心目中，山姆·法泽斯就像他的名字所表达的那样，象征着美国、父亲和上帝。虽然身为印第安部落的最后一个奴隶，山姆非常自尊地度过了一生，并孜孜不倦地传承自己部落的民族文化和传统习俗。麦卡斯林家族最后一位白人继承者艾克，在"精神之父"山姆的引导下，不但学会了自然法则，还在精神探索中发现了自己的良知。他毅然放弃祖上沾满罪恶的家产，渐渐走上归隐山林、融入自然的人生之旅，成为一个自食其力的人，而不是像祖父那样的剥削者和破坏者。山姆还带领他进入过去，让他认识到，南方在内战中失败了，南方的社会体制也经历了重建和转型，可她的历史还鲜活地留存在人们的记忆深处，古老的习俗和传统的美德依然被继承下来并得到发展。他身体力行，教会了艾克如何通过回望历史观照现在和未来。众所周知，印第安部落是美国大陆的土著居民，但在白人残酷的杀戮和驱赶之下，他们作为一个种族几乎濒临灭绝。身为印第安人的山姆生来就是奴隶，以打猎为生，过着极其俭朴的生活，相信自然自有其道，万物皆得其宜，群生皆得其命，人应该珍视自然并对自然心怀敬畏。作为最出色的猎人，他对猎物大熊"老班"充满敬意。他的勇气、尊严、正直、善良、自信、理智和忍耐等优秀品质，使那些白人主子相形见绌。他与自然和谐共生，身体力行"取物不尽物""取物以顺时"的天人合德的生态伦理思想，更加彰显了他所代表的印第安种族的传统美德。他在精神上不属于任何人也不属于任何社会，他只属于大自然，他心甘情愿地选择森林为家，安心于简单朴素的生活，他的一切与自然息息相关。作为印第安部落最后一任酋长的儿子，他清楚地意识到他和他的部落在白人的威胁下即将灭亡，他们的历史也会随着他的去世而消亡。他依依不舍地徘徊在印第安的传统文化和生活习俗之中，坚守印第安人的生命之源——大自然。

《去吧，摩西》最后一章的主人公实际上是莫莉大婶，故事发生在1941年，莫莉的外孙塞缪尔离开南方，在芝加哥陷进彩票骗局，走上犯罪道路，杀死了一个警察，被判处死刑。为了不让勤劳、善良、慈爱的莫莉大婶太难受，杰弗逊镇的白人律师加文·斯蒂文斯和沃赛姆设法不让当地报纸报道有关塞缪尔的消息。他们募捐款项，用鲜花与庄严的仪式迎回了这个在北方迷途的南方土生子的尸体。相对于《去吧，摩西》中那些缺乏亲情的白人家庭，莫莉大婶深厚宽广的爱使无数人为之动容，她竭力克制自己的悲伤，到处奔波求救，要让暴尸在外的孙子带着死者的尊严回归故里。黑人在小说中的经历也完美演绎了在南方流行的黑人圣歌《去吧，摩西》的主要内容：

> 去那远方的埃及
> 告诉老法老，
> 让我的人民离去。
> 以色列在埃及时，
> 让我的人民离去，
> 他们无法忍受残酷的压迫，
> 让我的人民走吧。
> 去吧，摩西，
> 去那远方的埃及
> 告诉老法老，
> 让我的人民离去，
> 主是这么说的。

勇敢的摩西说，

让我的人民离去；

如果不肯，我就将你头胎孩子打死，

让我的人民走吧。

去吧，摩西，

去那远方的埃及，

告诉老法老，

让我的人民离去！

当初塞缪尔像《圣经》中的以色列人离开埃及那样，离开杰弗逊镇去寻找自己的约旦河。但是尔虞我诈、工业化的北方根本不是他的迦南福地，黑人在那儿无法生存也不可能得到自由。

在上述三部作品中，福克纳把目光转向处于社会边缘的黑人以及少数族裔，向这群人表达由衷的敬意，歌颂他们的崇高精神和道德情操，弘扬他们的古老价值观念，赋予他们不怕牺牲、甘愿奉献的美好品质。他们注重人的道德品格、生活的真正价值和意义，重视人类的情感，把爱、友谊、亲情放在生命的重要位置。从这些人身上，人们看到了真正的南方精神要义："生命并不是低贱的，生命是非常有价值的……荣誉、骄傲和原则这类使人值得生存，使人活得有价值的品德……是我们应该重新学会的东西。"[1]福克纳通过描写克莱蒂、迪尔西、山姆、莫莉这些被忽视、被消音、被他者化和被边缘化的人物，表达对黑人或者少数族裔形象的同情和赞扬，旨在探索南方传统的美好品德和精神存在，反驳北方对南方的文化指责。通过在小说中描写这些沉默的、被忽视的少数族裔，福克纳意识到，被奴役的黑人和其他族裔的声音一直被抹除在"大"历史的书写之外。福克纳把被主流意识形态排斥在边缘的黑人和其他少数族裔纳入叙事体系，旨在揭示历史和支撑历史的材料是权力选择和构建的结果，这样的大写历史不但具

---

① 〔美〕福克纳：《福克纳中短篇小说选》，斯通贝克选，李文俊、陶洁译，中国文献出版公司，1985，第207页。

有不可靠性，而且还会误导人们对于历史的理解。福克纳通过挑战主流话语的排他性和权威性，企图书写历史的不同维度，通过"小微"历史消除人们对大写历史的盲目信任和依赖。

（二）奴隶制——南方历史的毒瘤

因为爱，福克纳对南方感情深厚；也因为爱，福克纳对南方的罪恶深恶痛绝。在重新审视旧南方这个腐朽"垂死的世界"时，福克纳发现在旧南方往昔的荣光下，掩藏着一层又一层的压迫和剥削，旧南方社会的奴隶制衍生出种种罪恶与暴行。1955年福克纳出访日本，当被问及故乡时，他是这么表达自己对于故乡的情感的："我既热爱它又憎恨它，在南方，有一些事情令我非常厌恶，但我生在那儿，那儿是我的故乡，即使我憎恨它，我仍将捍卫它。"①这里福克纳"非常厌恶"的事情就是南方的蓄奴制度以及种族主义。福克纳曾经指出，南方的罪恶就是"基于种族或肤色的殖民扩张和剥削"②。出于对奴隶制罪恶的痛恨和知识分子的道德责任感，福克纳冒着不被理解、饱受攻击的风险，勇于探究南方社会最重要、最敏感的蓄奴制和种族问题。

福克纳在"约克纳帕塔法"作品中塑造了一系列恬不知耻、残酷剥削黑人的白人奴隶主，他们冷酷无情、道德败坏，与品德高尚、勤劳善良的黑人形成鲜明对比，人们在他们的身上看到了奴隶制和种族主义的血腥与残忍。福克纳对传统庄园文学中塑造的白人奴隶主形象进行重写，揭露南方社会中固有的奴隶制的罪恶，这是他重塑南方历史自觉意识的表现。福克纳在展示南方美好的一面的同时，痛苦欲绝地把南方的丑恶撕裂给人看。在爱恨交织、忧愤交加的矛盾情感的折磨中，在道德感和责任心的驱使下，福克纳对存在于自己深爱的那片南方热土上的罪恶，展开冷静客观的书写。福克纳清楚地意识到因为奴隶制和种族主义，南方的庄园主贵族注定要退出曾经华丽的历史舞

---

① 李文俊编选《福克纳评论集》，中国社会科学院出版社，1980，第308页。

② William Faulkner, "American Segregation and the World Crisis"（paper presented at a session of the twenty-first annual meeting of the southern historical association, Memphis, Tennessee, November 10, 1955）, p. 10.

台。在回望过去时，福克纳发现南方的过去并非像主流媒体宣扬的那样，充满光荣和传奇，而是隐藏着不为人们熟知的残酷压迫和剥削。他敏锐地在剪不断、理还乱的南方过去中，抽绎出奴隶制和种族主义两大痼疾，让人们看到即使没有南北战争，这两大毒瘤也会引起南方贵族大家族的灭亡，建立在非正义的旧制度之上的南方大家族命中注定难逃覆灭的厄运。南方的种植园大家族不但是这种邪恶旧制度的产物，它们本身也包含着自我毁灭的因素。美国独立之初就口口声声地宣扬"人人生而平等"的观念，奴隶制与种族主义与这种"自由""平等"的理念格格不入，以奴役他人为基础的种植园社会模式本身就是一种违反人性的罪恶。福克纳在小说中通过塑造一系列麻木不仁、残暴无耻的奴隶主，颠覆南方历史中过分美化白人和丑化黑人的表述，把奴隶制和种族问题推到了南方历史的前台。

在《押沙龙，押沙龙！》中，与混血女儿克莱蒂相对的是"萨德本百里地"的主人萨德本。萨德本不顾亲情、一心梦想着积累财富，终生醉心于建立纯白人血统的萨德本"王朝"，他的发迹史建立在肆意践踏人类道德准则、残酷剥削奴隶和藐视人性之上，奴隶制和种族主义是萨德本梦想破灭和家族灭亡的根本原因。萨德本并非南方世袭的贵族阶层，他其实是南方的暴发户。他年幼时经历过的一次屈辱事件是他不择手段、发家致富的诱因。小时候有一次他送信到一个富人的大庄园，黑人门卫嫌他寒酸，拒绝让他走正门，要求他像黑人一样从偏门进入大宅。在富人门前受辱的经历像一把利刃，刻在他的心上，使他痛下决心，立志雪耻，发誓要建立比那个豪华庄园更高大、更雄伟的"萨德本百里地"。在等级森严的南方社会，萨德本出身于社会地位卑微的穷白人阶层，想要跻身南方贵族阶层谈何容易。他果断地选择攫取土地和压迫奴隶这两种迅速发家致富的策略，因为他认识到拥有土地和奴隶是获取贵族身份的捷径和保障。萨德本首先在海地凭借帮助种植园主快速镇压反抗的奴隶，成功赢得了种植园主人的欣赏并成为他的乘龙快婿，拥有了奴隶和土地，并积累了发家的基本资本。随后，他以妻子疑似有黑人血统为由绝情地抛弃妻子和儿子，带着不义之财，用卡车载着黑奴和建筑材料来到杰弗逊，在杰弗逊拓荒建宅，筑起"比法院大楼还要高大雄伟"的萨德本庄园。

由于萨德本对黑奴的残酷剥削、对土地的肆意滥用、对道德的轻视践踏，他的"王朝"在建立之初就埋下了毁灭的种子。福克纳曾经如此评论萨德本的发迹故事：萨德本不择手段地要建立一个大宅和王朝，"不惜违背体面、荣誉、同情的准则，所以命运对他进行了报复"①。他的财富积累建立在血腥的奴隶制基础之上，因为海地的土地"两百年来是受压迫与剥削的黑人血液浇灌的"②。他还把奴隶从海地贩运到杰弗逊镇，以惨无人道的方式逼迫他们干活，硬生生地把大片荒原建成"萨德本百里地"。为了跻身于贵族阶层，他违背埃伦的意愿强行迎娶她，因为她的父亲是本地的乡绅，萨德本能够借此婚姻提高自己的身份和地位。此外，他还通过与奴隶的身体较量捍卫自己奴隶主的地位："也许压根儿就是事先安排好为了保持霸权，主宰别人，他会亲自进入赛场和黑人去搏斗。"③为了建立萨德本庄园，他不仅剥削黑人，对其他社会地位较低的白人或者外国人也绝不手软。他从海地强行带来了一个法国的白人建筑师，并胁迫恐吓他为自己建造庄园，完全把他当奴隶一样对待。当这个建筑师因思念家人企图逃跑时，萨德本牵着大狗，呼喊着奴隶去抓捕他，俨然是一幅冷漠的捕猎图。他还无耻地滥用庄园中黑人女奴的身体，把她们作为泄欲和生产劳动力的机器。他不想掩盖自己对女奴犯下的罪行，他甚至都不屑告诉自己的混血女儿谁是她的亲生母亲。在失去儿子之后他没有悲伤，而是厚颜无耻地建议小姨子罗莎与他"试婚"，如果她能够生个男孩就和她结婚。这样毫无廉耻的要求遭到了罗莎的坚决反对。"试婚"计谋遭到拒绝之后，他又引诱庄园里年龄比他的孙辈都要小的穷白人女孩米莉，

---

① Frederick L. Gwynn and Joseph Blotner (eds.), *Faulkner in the University: Class Conferences at the University of Virginia 1957–1958* (Charlottesville: The University of Virginia Press, 1959), p. 35.

② 〔美〕福克纳:《押沙龙,押沙龙!》,李文俊译,上海译文出版社,2004,第245页。

③ 同上书,第23页。

她怀孕之后生了个女婴。看到自己生育家族男性继承人的愿望落空，他便凶相毕露、破口大骂，说她连母马都不如，母马还会产个小公马呢。至此，萨德本身上体现出冷酷无情和藐视人性的本质，南方奴隶主的残暴行径和奴隶制的罪恶也可见一斑。

《喧哗与骚动》的主题似乎并非围绕奴隶制的问题展开，但究其实质，福克纳还是在讨论由蓄奴制引发的家族衰亡和南方毁灭问题。康普生将军表面看来是一个有道德感和责任心的奴隶主贵族，但他的温文尔雅、高贵脱俗，他的社会地位、家族财富无一例外地建立在血淋淋的奴隶制之上。如果说他的祖先在奴隶制的保障下还保持着儒雅的骑士风度，杰生却堕落成一个粗俗的赤裸裸的剥削者。他时时飙发家长权威，对家中的黑奴恣意戏弄嘲讽，动辄咒骂鞭笞，根本没有把他们当人看待。这种人剥削人的奴隶制给康普生家族带来了诅咒，使其子孙后代面临着命中注定的报应和厄运。奴隶制不仅预告了康普生家族的败落，更预示着一个蓄奴时代的终结。

《去吧，摩西》中的卡罗瑟斯·麦卡斯林是一个在私欲的支配下失去人性的奴隶主，犯下了剥削奴隶和血亲乱伦的双重罪恶。他的形象在他儿子布克与布蒂记录奴隶买卖的账本中逐渐变得清晰起来。通过对账本的细细解读，他的孙子艾克一步步解开了家族祖先卡罗瑟斯的隐秘过去：他无耻地霸占了黑人女奴尤妮丝，使其怀孕，之后把她嫁给黑奴图西德斯掩盖丑行；在他与尤妮丝的亲生女儿托马西娜还未成年时他诱奸女儿怀孕，尤妮丝无法忍受这种兽行投河自尽；托马西娜产下一子，因为这个孩子的取名无法跟随父姓，只好用母亲的儿子的方式叫作托梅的图尔；老卡罗瑟斯·麦卡斯林在遗产中表明给托梅的图尔一千元。这种毫不掩饰的举动显示出老卡罗瑟斯对于乱伦生子没有任何羞愧之意，"我看这比对一个黑鬼叫一声'我的儿子'还要便宜，即使'我的儿子'仅四个字也罢。不过这里面还有爱的，某种形式的爱。即使是他称之为爱的某种东西：总不仅仅是某个下午或晚上使用的痰盂吧"[1]。如果他对自己的混血儿子有一点点爱的话，那就像

---

① [美]福克纳：《去吧，摩西!》，李文俊译，上海译文出版社，2016，第228页。

一个自己使过一两次的物件，仅此而已。他的双胞胎儿子布克和布蒂兄弟虽然号称是开明仁慈的奴隶主，但还是把奴隶看作自己的私有财产，可以任意买卖，其中包括自己同父异母的兄弟托梅的图尔，他们甚至像在打猎中追逐野兽一样，追捕托梅的图尔。通过把奴隶制问题推到历史的前台，福克纳彻底撕掉了覆盖在南方白人贵族身上的最后一块遮羞布，完全颠覆了南方已有的主人高贵仁慈、奴隶低俗卑贱的种植园神话。而小说中多次出现的账本也使这部作品成为南方奴隶制的一部血泪史。

萨德本宏伟计划的彻底破产，康普生家族的没落衰败，麦卡斯林家族的白人血脉断裂，这些其实都是南方实行奴隶制的必然结果。奴隶主滥用土地，践踏人性，他们的所作所为揭示了奴隶制的罪恶，给他们的子孙后代带来了报复性的惩罚，他们家族的黑暗历史让他们胆战心惊，不堪回首。奴隶制和家族的腐败成为南方覆灭的主要原因。上述三部小说揭露奴隶制的暴行，严厉谴责南方的蓄奴行为，批判旧南方建立在奴隶制基础之上的不公正的经济体制和社会制度。在《押沙龙，押沙龙!》中，福克纳解释了为什么上帝会让南方失去这场战争，因为上帝想让南方人明白："南方如今在付出代价因为它的经济大厦并非建立在坚实的道德磐石上而是建立在机会主义和道德沦丧的沙土上。"[1]

奴隶制和种族主义紧密地联系在一起，是南方社会问题的一体两面。种族歧视一直以来都是美国南方庄园的毒瘤，也是福克纳"约克纳帕塔法"世系小说的关注焦点。美国内战之后，虽然奴隶制被废除，黑奴在法律上享有人身自由，但南方各州强烈反对这一举措。在现实生活中，黑人的处境和社会地位并没有明显的改善和变化，他们还是被奴役和受压迫的人群。而且白人种植园主对黑人女奴的蹂躏摧残屡见不鲜。混血儿作为一个特殊的群体在南方出现，并迅速增长。尽管他们有着部分的白人血液，但他们的命运相对于普通黑奴并没有丝毫

---

[1]〔美〕福克纳:《押沙龙,押沙龙!》,李文俊译,上海译文出版社,2004,第253–254页。

的好转。因为南方的"一滴血"规则使混血儿们陷于身份僵局，他们更加痛苦不堪。混血儿如同他们的母亲一样，是白人父亲可以随意处置的私有财产，他们经常被他们的白人父亲进行交换和买卖，遭受白人的剥削与压迫。从象征意义上讲，混血人种及其困境代表了内战后南方的社会困境。作为一个怀有深厚人道主义思想的作家，福克纳清醒地意识到种族矛盾是制约南方社会发展的根本矛盾，是罪恶和仇恨的代名词。鉴于此，福克纳在谴责南方的奴隶制及其罪恶的同时，也对南方的种族问题进行深入思考。

福克纳对种族主义的谴责毫无保留。他在各种讲话和在当地报刊上发表的文章中清楚地表明了这一态度，"人类各种种族都必须平等而且是无条件的平等，不论哪个种族是什么肤色"①。福克纳因为这样的思想，甚至遭到了亲人、朋友的孤立和种族主义狂热分子的恐吓威胁。然而，他坚持在作品中探讨种族这一南方也是整个美国的重大社会问题。在《八月之光》《押沙龙，押沙龙！》《坟墓的闯入者》和《干旱的九月》等小说和故事中，福克纳一再谴责美国南方对黑人的歧视和迫害。在"约克纳帕塔法"世系小说中，如《押沙龙，押沙龙！》《去吧，摩西》《喧哗与骚动》等，福克纳通过书写种族问题，再现了旧南方和现代南方的社会现实，表明种族身份和种族关系不是与生俱来的，而是统治阶级出于其剥削的目的而人为造成的。

在《押沙龙，押沙龙！》中，萨德本"宏伟"计划覆灭的主要原因是狂热的种族主义。混血儿问题是整部小说的道德支点，因为它瓦解了萨德本的"宏伟"计划。福克纳围绕萨德本的混血儿子查尔斯·邦来质疑种族问题，谴责种族歧视的残暴无情与灭绝人性。邦是萨德本和海地前妻生的儿子，萨德本因为怀疑邦的母亲可能有黑人血统就抛弃了他们。出于对种族混合的恐惧，萨德本拒绝承认邦是自己的儿子，因为这种认可会触犯南方的"一滴血"规则：只要有"一滴黑人的血"就是黑人，必须沦为奴隶。威恩斯泰一针见血地指出了南方种族主义

---

① 〔美〕福克纳：《福克纳随笔》，李文俊译，上海译文出版社，2008，第97页。

的罪恶：“一滴黑人血液足以把人驱赶出人类的大家庭。”①

南方贵族认为保持血统纯正是南方社会的首要任务，血统纯正是保住南方贵族阶层的社会地位和尊严脸面的主要保障。作为南方最后的贵族的亨利，他是萨德本庄园合法的白人继承人，比起乱伦，他更害怕种族混合。对血缘混合的惧怕让他不惜大开杀戒，向自己的亲兄弟扣响扳机。萨德本百里地在血缘伦理和种族矛盾的撞击下摇摇欲坠，最终被一把神秘的大火化为焦土，只剩下家族唯一的混血儿白痴“子遗”对着废墟号叫，萨德本家族的家园追寻美梦落入宿命的破灭。为了揭露种族主义的残酷本质，福克纳有意将邦刻画成一个与萨德本相对立的形象。与品性暴虐，举止野蛮，为达目的不择手段的父亲萨德本不同，邦行为举止优雅得体，在新奥尔良和大学里都赢得了同龄人的羡慕和尊敬。他是亨利极力效仿的榜样，亨利对他趋之如鹜。邦也凭借自己非凡的能力而非“他的姓氏抑或家庭背景”在内战中表现出色并被晋升为长官。他通过自己刻苦努力和诚实进取获得成功，赢得尊重。通过这样的对比描写，福克纳大胆地抨击白人优越论观点和南方的种族主义思想，进一步质疑历史对种族身份的社会构建。然而，以阶级分层和种族主义为标志的南方社会决不允许邦作为一个社会主体而存在，他的身份在小说中和《八月之光》中的克里斯默斯一样，始终是一个未解之谜。

在《去吧，摩西》中，麦卡斯林家族覆灭的主要诱因是种族主义和奴隶制。小说的开篇《话说当年》讲述一段关于“过去”的故事。它被安排在第一位，不仅因为它在时间上是唯一发生在内战之前的故事，而且因为它触及了美国南方的核心问题：奴隶制和种族主义。福克纳用闹剧式的围猎场面描写了布克追捕自己的黑人兄弟托梅的图尔，向读者展示了一幅白人如何残暴地对待黑人同胞的画面。托梅的图尔每年总有两回要跑到县界另一边的休伯特庄园，约会心上人女奴谭尼。所以每年也总有两次，布克要追捕托梅的图尔。小说对这个情节的详

---

① Arnold L. Weinstein, *Recovering Your Story: Proust, Joyce, Woolf, Faulkner, Morrison* (New York: Random House, 2006), p. 401.

细厚描，让人们在看似热闹的围猎现场展演的幕后，看到了一部违反人性和人道的人间悲剧。"在远远地看见托梅的图尔之后，布克伸出胳膊往后一挥，勒紧缰绳，蹲伏在他那匹大马的背上，圆圆的小脑袋和长瘤子的脖子像乌龟那样伸得长长的"。他告诉九岁的埃德蒙兹："'盯住！'他悄没声地说。'你躲好，别让他见到你惊跑了。我穿过林子绕到他前面去，咱们要在小河渡口把他两头堵住'"。布克一边在大声吼叫一边对着托梅的图尔冲过去。他的坐骑"黑约翰从树丛里窜出来，急急奔着，伸直身子，平平的，像只鹰隼"一样飞快地扑向猎物①。布克这一系列的动作和语言都是猎人追捕猎物时才使用的，他认为自己现在追捕的根本就不是什么人而是一头猎物。这就是一幅活生生的打猎图——猎人们部署作战计划，商量包抄路线，猎狗们步步紧逼、大声吼叫。在表面幽默滑稽的游戏之下掩藏着令人窒息的种族歧视本质：在白人庄园主的眼中，黑人根本就不属于人的范畴，他们只是供他们追捕或者娱乐的猎物，哪怕他们是自己的混血亲兄弟。这里的黑白人之间的主/仆关系和占有/被占有关系深刻影响着小说中其他故事的发展，为小说确立了总体的叙事基调，引领人们走入奴隶制、种族主义的历史空间，为整部小说提供了一个广阔的社会历史背景，为小说中人物的命运埋下伏笔。

《大黑傻子》一章虽然游离在整个麦卡斯林家族的故事之外，但它是这部作品的画龙点睛之笔，它直指南方的核心问题——种族主义。《大黑傻子》由两部分组成：第一部分是对赖德在失去妻子后陷入痛苦得无法自拔的惨状的细致描写；第二部分是副治安官在自家厨房向妻子讲述赖德杀人和被处死刑的故事。福克纳在作品中把大黑"傻子"赖德夫妻相依为命、丧妻后赖德痛不欲生的故事与一对白人夫妻的冷漠无情并置，凸显白人对黑人的偏见和敌视。副治安官的一段话充分表明白人对黑人的种族歧视和冷酷麻木的态度："那些臭黑鬼"，"他们本来就不是人。他们外表像人，也跟人一样站起来用后肢走路，而且会讲话，你也听得懂，于是你就以为他们也能听懂你的话了，至少是

①〔美〕福克纳：《去吧，摩西》，李文俊译，北京燕山出版社，2016，第6页。

有时候听得懂。可是要论正常的人的感情和情绪，那他们简直是一群该死的野牛。"①当他讲述赖德被一群暴徒活活打死，眼泪像小孩玩的玻璃球那般大，顺着他的面颊和耳朵往下流的故事时，他对妻子说，他的眼泪"掉在地板上发出吧嗒吧嗒的声音，仿佛有谁在摔鸟蛋……你看，这多有趣儿"。他目睹一个生命被扼杀，却依然能够与妻子谈笑风生、胃口不受任何影响地享用晚餐。作为执法人员，他没有丝毫正义感，面对死刑者的暴行不仅听之任之，而且明显地持赞同的态度。而他的妻子对此反应极其冷淡，不断地催促丈夫快点儿吃饭以免耽误她看电影。福克纳虽然没有对此发表任何评论，但字里行间透露着对白人的讽刺与嘲弄。福克纳没有给这一对白人夫妇具体冠名，显然他们的存在具有典型性和代表性，是整个白人社会的代言人，他们的所思、所言、所为在白人社会具有普遍性。小说通过对在白人眼里行为怪诞荒唐的黑人的情感的动情描述，形象地演绎了一首著名的黑人民歌的主题——"没有人知道我的哀伤"。"大黑傻子"深受蓄奴制罪恶的压迫和命运的不公正待遇，他正常的丧妻之痛屡屡遭受白人粗鲁的嘲笑和讽刺，他的悲惨遭遇是对奴隶主阶级罪恶的血泪控诉。

除了书写白人和黑人之间的矛盾问题以及混血黑人这一南方特有的社会现象和由此引发的种族问题，福克纳还塑造了经济意识觉醒的年轻黑人形象。他们与对白人主子忠心耿耿的老一辈不同，开始追求自己的权利，并逐渐意识到经济独立的重要性。

《喧哗与骚动》描写年轻一代的黑人积极争取经济上的独立、追求自己的权利。《喧哗与骚动》一开始就描写青年黑人仆人勒斯特在寻找他丢失的硬币。他对班吉说："别哼哼唧唧了。你就不能帮我找找那只两毛五的镚子儿，好让我今晚上去看演出"②，"你要是还不住口，姥姥就不给你做生日了。你还不住口，知道我会怎么样。我要把那只蛋糕全部吃掉。连蜡烛也吃掉。把三十三根蜡烛全部吃下去"③。当黑人

① 〔美〕福克纳：《去吧，摩西》，李文俊译，北京燕山出版社，2016，第127–128页。

② 〔美〕福克纳：《喧哗与骚动》，李文俊译，上海译文出版社，2007，第1页。

③ 同上书，第2页。

洗衣女怀疑勒斯特的钱来路不明，并问他是否"是白人不注意的时候从他们衣兜里掏的"，勒斯特说这个锄子儿"是从该来的地方来的"，而且"那儿的锄子儿有的是"①。当他寻找那个硬币失败后，他试图用自己捡到的高尔夫球做笔生意，把它卖给打高尔夫的白人。高尔夫球手拿过球，说："从哪来的。从别人的高尔夫球袋里……那你再去捡一个吧"②，说完之后他把高尔夫球放在兜里，扬长而去。勒斯特说："那个白人可不好对付呀"③。与那个白人相比，班吉更好欺负些。傍晚时分，由于勒斯特没有钱买杰生手中的票，杰生在对勒斯特一番戏弄之后，宁愿把票扔进火炉也不愿送给勒斯特。勒斯特的祖母设法给他弄到了一个锄子儿，这样勒斯特可以去看演出了。另一天，迪尔西在给班吉做蛋糕。当康太太问及生日蛋糕是哪来的之时，迪尔西说："是我买的。这可不是从杰生的伙食账里开支的。"④黑人的经济独立以及工作之余的娱乐消遣正是白人所惧怕的。在这种意义上，康普生家族的白人在经济上每况愈下，而康普生家的黑人在经济上更加独立。福克纳清楚，经济独立在构建种族身份时的重要性。

《去吧，摩西》的第二章《灶火与炉床》展示了小说的二号主人公路喀斯·布钱普在经济独立意识上的觉醒。他不遗余力地追逐物质利益，夜夜在田野里挖地寻宝。但他又非常珍视家庭，精心维护壁炉中的火苗。路喀斯性格倔强，从不卑躬屈膝，遇见白人不脱帽称"老爷"，他敢于维护自己的尊严。当他怀疑扎克睡了自己的女人，觉得自己的家庭、荣誉和尊严受到损害时，他敢于拿着枪去找扎克决斗，把妻子要回来。他骄傲地向扎克宣布："我是一个黑鬼……不过我也是一个人。"⑤作为麦卡斯林家族的混血后裔，路喀斯坚决维护自己的应得权益。他没有像他的哥哥和姐姐那样逃离这充满耻辱的地方，相反，

① 〔美〕福克纳：《喧哗与骚动》，李文俊译，上海译文出版社，2007，第13-16页。

② 同上书，第52页。

③ 同上书，第53页。

④ 同上书，第59页。

⑤ 〔美〕福克纳：《去吧，摩西》，李文俊译，北京燕山出版社，2016，第38页。

他敢于面对麦卡斯林家族的后裔，坚决要求艾克兑现当时他祖先的许诺，向他索要属于他哥哥和姐姐以及自己的三千元遗产。拿到钱之后他分文不动，凭借自己的劳动，坚强、独立地生活了下来，而且还活出了人的尊严。

在废除奴隶制的很长一段时间里，因为白人的残酷剥削，黑人终日辛勤劳作却身无分文，一直处于南方经济的最底层。事实上，南方白人根本无法容忍也极为惧怕黑人的经济独立，他们清楚地认识到构建种族身份时经济优先的重要性。换句话说，他们根本无法接受"黑人的钱和白人的钱一样值钱"的那一天的到来[1]。经济平等就意味着身份平等，身份平等必然让白人失去他们一直享受的"白人优越"的特权地位和叙事话语的主导权。在这种意义上，福克纳意识到种族主义是南方罪恶的根源，是南方经济发展的主要障碍。南方如果无法摆脱种族主义的牢笼，它的历史将永远像一头沉迷于游戏、转圈咬自己尾巴的怪兽，在鲜血淋漓的原地踏步。通过对这些带有经济独立觉醒意识的黑人的描写，福克纳认真思考南方的种族问题，探讨南方种族制历史的构建本质，为南方的血缘伦理和种族融合探索出路。

二、历史意识的矛盾性

与同时代的作家和政治家相比，福克纳对黑人表现出极大的同情，在种族问题上福克纳似乎更加开明。他在《押沙龙，押沙龙!》《喧哗与骚动》和《去吧，摩西》中，通过批评主流话语的二元对立项，把缺乏道德的白人作为道德高尚的黑人的对立面进行描写。在书写种族歧视、再现南方复杂的种族关系时，福克纳认为种族身份和种族等级并非先天存在，而是统治阶级强行实施、主流意识形态反复加固的产物。种族界限是统治阶级为了稳固和加强自己的统治地位单方面编织和表述的必然结果。通过揭露南方奴隶制和种族主义的罪恶，《押沙龙，押沙龙!》《喧哗与骚动》和《去吧，摩西》颠覆了南方主导意识形态宣扬的"奴隶主是博爱的、奴隶是开心的"美好旧南方历史版本。

---

[1]〔美〕福克纳:《喧哗与骚动》,李文俊译,上海译文出版社,2007,第13页。

福克纳巧妙地把奴隶制和种族主义与三个南方贵族大家族的衰败结合起来，探讨家族灭亡的深层原因，揭示种族主义的社会构建本质，试图触摸南方奴隶制和种族主义历史的"真实"。这三部小说揭开了被南方主导意识形态所遮蔽和隐藏的历史迷雾，打破了历史的单一性叙述，向历史的多元性进发，协助构建南方的"真实"历史。多里（Don H. Doyle）肯定了福克纳小说和历史之间的积极互动关系，"小说和历史的交流从福克纳把南方历史纳入他的作品中的时候就开始了"[①]。

就本质而言，福克纳作品中表现的历史意识具有矛盾性，其矛盾性在于，一方面，福克纳仰慕崇拜南方的"英雄"父亲和贵族传奇；另一方面，人文知识分子的敏感和亲身经历让他质疑战前南方的神话，看到了其中的不公正和人剥削人的罪恶。正如柯林斯·布鲁克斯所言，"福克纳对南方文化的态度，掺杂着深情的热爱与愤怒的批判，具有忠诚与反驳的双重性"[②]。福克纳在小说中歌颂道德情操高尚的黑人或其他少数族裔形象，抨击南方的奴隶制和种族主义的痼疾。但同时，他又无法抑制自己对南方白人贵族的敬仰，以艾克、沙多里斯、昆丁等为代表的骑士精神和精英意识一直回荡在福克纳的潜意识深处。他虽然通过对被边缘化的黑人和其他少数族裔的赞美创造了独特的历史叙事视角，然而，毫无疑问，他的小说必然是特定历史和文化现象的产物。作为南方白人和贵族出身的福克纳无法完全跳出自己生活的社会和时代，从根本上凌驾于当时的意识形态之上。他通过重访南方的过去，揭露奴隶制和种族主义的罪恶来书写被官方历史有意遮盖或者隐藏的历史。福克纳在批判抨击南方的不公正和罪恶的同时无法抑制他自己对南方贵族神话和家族传奇的回望和依恋，无法克服因为南方过去的消亡而引起的遗憾和痛苦。他在作品中一遍遍地、情不自禁地缅

---

① Don H. Doyle, "Faulkner's History: Sources and Interpretation," in *Faulkner in Cultural Context: Faulkner and Yoknapatawpha, 1995*, ed. Kartiganer, Donald M., Abadie, Ann J., (Jackson: University Press of Mississippi, 1997), p. 4.

② Cleanth Brooks, *William Faulkner: The Yoknapatawpha County* (New Haven: Yale University Press, 1963), p. 370.

怀祖先的荣光，对旧南方的过去恋恋不舍、念念不忘。

恰恰是福克纳对南方历史的深厚眷恋和对南方痼疾的无情批判，使他的作品在辩证统一的基础上，更加客观地书写南方的现在、过去和未来。福克纳借助作品积极参与南方历史话语的建构体系，为南方人寻找叙述历史的有效方式。这与琳达·哈钦（Linda Hutcheon）关于历史与文本之间关系的观点不谋而合，"小说不仅仅反映现实；不仅仅是由现实产生的……小说是我们构建现实版本的另一种话语"①。在面对北方对南方的意识形态控制和话语权力掠夺时，福克纳意识到南方人在话语权上处于从属地位，他们的历史叙述也被降格或被排斥在官方叙述之外。福克纳认为自己有责任以南方人的立场和视角，重新透视南方的社会边缘人物，认真思考南方的奴隶制和种族主义两大历史问题，试图从被北方和主流意识形态阉割的历史中走出来，拨开历史的迷雾，质疑官方历史对南方神话的单方面建构。他认为历史并非事件的单向线性发展，而是断断续续的、矛盾层出的多向度叙述，是一部由多声部组成的交响乐，应该包含被抑制或者未言说的声音。

第二节
"向后看"的历史意识

"内战"成为南方文化的一个典型原型，代表着一种被压抑、被消解和被边缘化的次文化。内战失败之后，北方的现代化和工业化对南方实施全方位的野蛮重建，对南方传统的意识形态展开粗暴干涉和入侵，使得南方人面临"旧"南方历史逐渐解构的危机。面对南方历史和文化可能被外来者肆意言说的境况，南方作家的历史无意识被激活，他们不约而同地对南方的传统观念和农耕文化投入满腔的创作激情，围绕南方业已消逝的历史展开集体创作。约翰·皮金顿贴切地描述这

---

① Linda Hutcheon, *A Poetics of Postmodernism: History, Theory, Fiction*（New York and London: Routledge, 1988）, p. 40.

种现象："研究南方及其历史的人们都相信内战在南方的过去中是最重要的，也是唯一具有象征意义的事件。要理解南方的真正含义、它的功过与是非、它的光荣与耻辱以及它目前面临的问题等等，都要从内战入手。"① "南方文艺复兴"时期的作品，集中地对线性进步论历史观念展开反思与质疑，作品中沉重的历史围困感和共同的历史记忆引发世界范围内对南方文学的关注热潮。

作为"南方文艺复兴"的代表人物，福克纳极为重视南方的历史，并围绕家族、历史、地域创作了闻名于世的"约克纳帕塔法"世系小说。早在1939年，让-保罗·萨特就对福克纳的历史观进行了典雅的法国式鉴赏，极为出色地使用敞篷车的比喻，认为福克纳小说的眼光总是往后看，就像一个人的人生，坐在疾驰而去的敞篷车里，从后窗望出去的道路依稀可见，却难以追及。这种"向后看"的历史意识弥漫在福克纳的"约克纳帕塔法"世系小说中，成为福克纳作品的主题思想得以展开的重要参照系。美国的建国历史相对较短，文学似乎在很长一段时间里显得缺乏厚重的历史意识。美国作家常常关注围绕美国梦出现的赚钱、成功、升迁与发迹，或者描写科学技术的飞速发展带给人们的狂热拜物和人格异化。福克纳作品浓烈的历史意识和伤感的怀旧情愫不但提升了美国文学的历史感，使它与历史悠久、历史意识醇厚的欧洲文学和东方文学相媲美，而且对于高歌猛进一路向前的现代化敲响警钟，忘却历史追求大规模的现代化必然使人类面临各种现代化的病症。

当然，福克纳不是历史学家，他的小说也非历史小说。他的绝大多数小说也以自己生活或接近于自己生活的时代为背景，但是"他的小说确实具有深厚的历史感，因为他的作品持续不断地关注那些沉浸于个人、家庭或迷恋于某一地区的过去中的主人公"②。他的作品中

---

① Louis D. Rubin, (ed.), *The History of Southern Literature* (Baton Rouge & London: Louisiana State University Press, 1985), p. 356.

② Carl E. Rollyson, *The Uses of the Past in the Novels of William Faulkner* (Ann Arbor: UMI Research Press, 1984), p. 1.

"弥漫着历史意识，他的最富有思想的人物形象也经常沉思历史的意义"①。对于福克纳而言，"过去并没有死亡，甚至都没有成为过去"②，它依然充满活力地存在于现在，历史仍然回荡在人们的思想意识之中。福克纳"好像是一位有特殊嗜好的编织工，他织出来的图案永远是过去的时代"③。他对过去怀有深厚而浓郁的感情，对现代的反思总是着眼于对逝去美好的怀念和追思。

因此，他的"约克纳帕塔法"世系小说里充满了无法逃离和难以化解的"过去"。例如《沙多里斯》《喧哗与骚动》《押沙龙，押沙龙！》《去吧，摩西》《没有被征服的》《修女安魂曲》等小说，让读者情不自禁地跟随或者参与到主人公对过去事件一遍又一遍地寻访中，对过去的阐释不仅来自主人公对过往事件的深刻感知，而且出自他们越来越清楚地意识到自己就是过去的产物或者是过去的延伸。生活在福克纳这一虚构王国中的主人公拼命挣扎在"过去"中，被"过去"紧紧捆住思想和行动，甚至迷失于现在和未来。他们清醒地预感到南方的贵族家族、白人种植园主阶层面临着某种注定毁灭的厄运，但他们对此无能为力，看不到未来也看不清出路，只能在回忆过去中打发现世的时光，在伤感怀旧中缅怀祖先的荣耀，借以寻找自我疗伤和灵魂救赎的途径。

这些南方末代贵族是南方文化和历史的最后守护者，而且对于过去的倔强坚守使得他们在现代社会中显得格格不入，孤独而偏执。《喧哗与骚动》中的昆丁因为抗拒现代文明、固守传统文化，似乎染上一种病态的自恋症；康普生先生面对强大现代文明的冲击，因无力回天而陷入颓废消沉之中，整天借酒消愁，沉迷于鸡零狗碎的空洞哲学。《八月之光》中的牧师海托华无法摆脱"过去"的阴影，"他的生活实

---

① Cleanth Brooks, "Faulkner and History," *Mississippi Quarterly*, 1971's SCMLA Symposium 25, Supplement (Spring 1972), p. 3.

② William Faulkner, *Requiem for a Nun* (New York: Random House Inc. 1975), p. 267.

③ 毛德信：《美国20世纪文坛之魂：十大著名作家史论》，航空工业出版社，1994，第222页。

际上凝固在他祖父在南北战争中被枪杀在马背上的那一瞬间。他与世隔绝，从不敢面对现实……"①他沉浸在对家族昔日荣光的幻想中，对自己从事的工作敷衍塞责，对妻子置若罔闻。《押沙龙，押沙龙！》中的罗莎小姐把自己封闭在女桂冠诗人的桎梏中，端着南方贵族淑女的架子，拒绝与南方当下"同流合污"，落了个浑身酸臭、多年禁欲、性情乖戾的老处女称号。《献给爱米丽的玫瑰》中的爱米丽执拗地生活在明显不合时宜的祖宅中，言行举止、穿着打扮和思想意识完全停滞在旧南方的过去中，成为那个南方小镇业已逝去的历史和文化的"纪念碑"。她死后，镇上的男人、女人和孩子都好奇地涌入她家，搜寻抑或瞻仰她和她所代表的那个时代的陈迹与遗风。随着她的离世，她象征的那个南方传统文化"纪念碑"终于经不起岁月的冲刷和侵蚀而摇摇欲坠，最终轰然倒塌。

这些南方传统的守护者醉心于内战前的南方"过去"，怀念那些一去不返的"美好"时光，他们在历史的洪流中旁落为新南方社会秩序的局外人，成为被他们的时代边缘化的他者形象。他们似乎偏执、陈腐、怪异，与新南方的意识形态和价值观念相去甚远。人们或许会讥笑昆丁、海托华、罗莎、爱米丽等南方的遗老遗少，但他们对过去无限的眷恋和怀念，以及对工商资本主义、消费主义无畏的抗争却赢得了人们的尊敬与赞美，看着他们在时过境迁时依然坚持不懈地向传统靠拢，那种明知不可为而执拗地为之的精神令人无限同情也肃然起敬。如此这般无可奈何的怀旧意识和悲剧情感弥漫在福克纳的"约克纳帕塔法"世系小说中，在现代氛围中显得不合时宜，正是这种"向后看"的历史意识使得福克纳的作品散发出别样的魅力。

仔细辨别福克纳作品的历史感，它其实包含的是社会急剧转型时期，南方贵族文化与北方资本主义文明之间的冲突。内战废除奴隶制，摧垮南方的农业经济，使南方经历痛苦的裂变。当美国其他地区在内战后蓬勃发展时，南方的经济却遭受重创停滞不前。同时，由于北方资本主义的强行渗透，南方社会整体处于混乱与破碎之中。南方一切

① 杨金才编：《新编美国文学史》第三卷，上海外语教育出版社，2002，第351页。

古老的、传统的行为方式、价值观念、范式标准，都被资本主义的物质至上和消费主义腐蚀和摧毁。一些穷白人投机者抓住时机一跃而起，成为南方的新贵，他们不屑于南方的历史，只顾投机钻营赚钱发财，南方的许多传统美德在北方资本主义浪潮的冲击下荡然无存。侵入南方的北方工商资本主义充满势利与私欲，主要体现为资本主义的物质文化，与南方贵族阶层向来信奉的贵族精神和农耕文化相互冲突。北方这种现代文明借助高度发达的技术，以空前未有的强势入侵南方的各个领域，挤压南方的传统文化空间，甚至瓦解南方的历史，造成南方的文化断裂。南方庄园制贵族文化在现代工业文明的撞击下迅速衰落，文化与文明的分离产生了巨大的张力，使处于其中的贵族焦虑不安却又无计可施。福克纳意识到现代南方社会存在的问题，但是他无法容忍北方人对南方指手画脚。在北方工商资本主义的冲击下土崩瓦解的南方传统的生活方式、道德观念和价值标准，成为福克纳写作的核心内容，它们的丧失让他感到痛心疾首，因为南方的历史和文化是使南方成为真正的南方的东西，失去这些之后南方必然无法逃避被同质化的命运。福克纳敏锐地体悟到南方的历史和文化是不应该"烟消云散"的"坚固的东西"，他在作品中情不自禁地回望南方的农业主义文化和传统精神文明，沉淀出"向后看"的历史意识，为其作品奠定了主要的历史叙事基调。

福克纳的循环论历史观念深刻地影响着"约克纳帕塔法"世系小说中浓厚的历史意识。他的大部分作品描写的时代正是南方传统的社会秩序和价值观念面临北方工商资本主义的巨大冲击，逐渐走向没落解体的转型时期。作为清醒的人文知识分子，福克纳开始仔细思考现代文明的发展进程，对美国的现代化表现出前所未有的怀疑态度。他冷静地站在美国当时滚滚奔流的现代化洪流之外，认真思考被现代文明撕得粉碎的农业文明与传统美德。在开始创作"约克纳帕塔法"世系小说时，福克纳就意识到南方社会注定要经历深刻的历史文化变革。传统价值观念的沦丧和旧南方历史文化的消失让福克纳感到切肤之痛，他在作品中不知不觉地表达对南方"新的""进步"的工商资本主义的厌恶与反感，情不自禁地流露对"落后的""旧的"价值观念的依恋和怀念。一方面，他强调南方历史的重要性和传统文化的珍贵意义，对旧南方"纪念碑式的历史意识"依依不舍①；另一方面，他又清楚地看到，南方的过去是南方人沉重的负担，"它负载着过去留下的如此深重的罪恶，成为一个萦绕在这片土地之上的诅咒"②。他对南方有着强烈的批判意识，这使他在留恋南方逝去的荣光岁月时，能够看到南方固有的奴隶制、种族主义和清教主义等罪恶，福克纳知道，即使没有内战和北方商业主义的入侵，南方的奴隶制必然使其走上灭亡的道路。这两种矛盾的思想奠定了福克纳作品的循环论历史观念，即打破传统意义上的新/旧=好/坏=进步/落后序列上的线性进化论历史观念。

这也是福克纳为什么在创作"约克纳帕塔法"世系小说之初，就把它划分为"沙多里斯"和"斯诺普斯"两个不同的精神世界的原因。代表南方传统旧势力的沙多里斯和象征北方工商资本主义新势力的斯诺普斯之间的对立贯穿在"约克纳帕塔法"世系小说之中，是一条以南方传统的农业经济和北方现代的工商资本主义经济之间的冲突作为政治背景的主线，彰显福克纳作品中两个精神世界的对立与斗争。福克纳通过在情感上对沙多里斯的认同和对斯诺普斯的反感，表现怀旧的历史意识。"沙多里斯"们是南方贵族的代表，他们沉浸在南方的历史和过去中，旧南方的神话在他们的记忆中复活，旧南方的过去在他们的想象中浮现。他们崇尚传统，注重个性，遵循骑士风范，崇拜英雄主义。他们依据传统道德和精神准则行事，勇于对南方的社会和历史承担责任。具有英雄主义和道德情操高尚的种植园主、重视传统的南方没落贵族子弟、骁勇善战的邦联军官等上层白人构成福克纳作品中南方贵族男性人物群像，代表福克纳理想的骑士精神，象征沙多里斯的道德世界。他对这一群体的刻画融入了对先辈辉煌业绩的自豪、对旧理想遭到侵蚀的痛惜。

---

① 肖明翰：《威廉·福克纳——骚动的灵魂》，四川人民出版社，1999，第65页。

② Don H. Doyle, *Faulkner's County: The Historical Roots of Yoknapatawpha* (The University of North Carolina Press, 2001), p. 18.

那些从资本主义工商业中滋生出来的投机分子和穷白人佃农暴发户是新南方的统治阶级，他们属于"斯诺普斯"阵营，与道德高尚的"沙多里斯"们形成鲜明对照。他们从实利主义的原则出发，匆匆斩断与历史和传统的联系，肆无忌惮地败坏南方原有的道德规范和文化价值，屈从于北方腐朽的机械文明和物质文化，信奉"金钱和财富就是一切"的人生哲学。他们为积累财富不择手段，尔虞我诈，强取豪夺，甚至不惜牺牲自己的妻子儿女。在新南方物欲横流的现代化中，他们迷失心智，丧失自我，沦落成空虚无聊、缺乏道德、自私自利、冷酷无情的实利主义者。虽然在福克纳后期创作的"斯诺普斯三部曲"中，斯诺普斯及其后裔成为主要角色，但是他们代表被福克纳蔑视的暴发户和投机者。他曾蔑称斯诺普斯"类似狗腿子，在杀死的猎物旁想弄点剩肉，谁也不会依靠他们，因为稍微有点压力他们也许就塌了架"[1]。他们在旧秩序崩溃时乘虚而入，把阶级劣势转化为优势到处滋生蔓延，整天蝇营狗苟，追名逐利，见利忘义，无视社会责任，为达目的不择手段，亵渎"约克纳帕塔法"县贵族崇尚的理想和美德，破坏正统的社会结构和秩序。

这两个阵营之间的对立透露出福克纳内心潜在的贵族优越感和精英意识，也折射出贵族阶层在面对新兴势力阶层的步步紧逼时的复杂心理。"沙多里斯"们试图维护南方旧有的秩序，遵守传统的价值观念。但新发迹的"斯诺普斯"们与"沙多里斯"们针锋相对，大力推进物质文明和消费文化。代表南方贵族传统的"沙多里斯"们曾经在历史上显赫一时，但在斯诺普斯统治的工业化、机械化的喧闹世界中，他们注定要在这场注重物质消费、轻视精神生产的战斗中败下阵去，在唯利是图的利己主义和实用主义的时代洪流中他们无法找到立锥之地。福克纳迫不得已地遵循历史发展的必然律，眼睁睁地看着南方的"沙多里斯"们走上灭亡的道路，无可奈何地看着"斯诺普斯"主义在南方恣意蔓延，发展壮大。

虽然"沙多里斯"的后裔们有阻止南方文明衰落的诉求与愿望，

---

[1] William Faulkner, *The Town* (New York: Vintage Books, 1961), p. 250.

但缺乏拯救的勇气与力量。他们或者像霍雷斯·班波那样被"金鱼眼"击败；或者像戈文·斯蒂文斯那样，虽在弗吉尼亚州上过大学空有上层社会绅士的模样却软弱无力；或者像银行董事长巴耶德·沙多里斯那样遭受"斯诺普斯"们的掠夺，经济上被边缘化；或者像康普生先生那样用滔滔不绝的言辞、"虚无主义"的哲学以及酒精来麻醉思想；或者像爱米丽那样固守南方过去成为旧南方的"纪念碑"；或者像海托华牧师和昆丁那样干脆把自己埋葬在历史中；或者像年轻的巴耶德·沙多里斯一样，盲目地从一种危险冲向另一种危险，疯狂追求"英雄式"的自我毁灭。

《喧哗与骚动》中的昆丁和《去吧，摩西》中的艾克是福克纳塑造的年轻一代的"沙多里斯"的典型代表人物，他们是南方的末代贵族。昆丁是康普生家族后裔中唯一一个生活在斯诺普斯世界里的"沙多里斯"。他的身上闪现着"沙多里斯"的温情与光芒。他憎恨资本主义的混乱无序，蔑视斯诺普斯的唯利是图和道德沦丧，表面看起来他是在拼命保护妹妹的贞洁，实际上他把守住妹妹的贞操幻化为捍卫家族和南方曾经的辉煌与荣耀，因为象征"沙多里斯"传统道德的贞洁现在似乎成了"沙多里斯"们精神世界赖以存在的最后一道保障。当昆丁发现妹妹与来自穷白人阶层的男子鬼混并未婚先孕时，他认为自己信仰的沙多里斯传统遭受"斯诺普斯"们的威胁和挑战，他奋不顾身地投入保护妹妹贞操、捍卫家族荣耀的战斗。但不幸的是，他势单力薄，南方传统的贵族阶层此时已是强弩之末，单枪匹马的他终于惨败。绝望之余，他不惜结束生命来坚守"沙多里斯"的精神诉求，拒绝向"斯诺普斯"的物质世界臣服。末代贵族的身份和斯诺普斯的围困注定昆丁的个体毁灭和他所代表的贵族阶层的衰落。

在《去吧，摩西》中，麦卡斯林家族的后裔艾克，自从发现祖先对土地和奴隶犯下的累累罪行之后，认识到奴隶制及种植园经济的邪恶本质，参透人类不断膨胀的物欲，为了替家族祖先赎罪，他拒绝继承家族财产，拒绝生儿育女为家族传宗接代，选择归隐山林，过着"自然之子"的淡泊生活。表面看来，他的选择好像是一种懦弱的逃避，可事实上，他勇敢地面对祖上的罪恶，敢于为此担负责任，体现了"沙多里斯"们的道德情操和精神追求。他反感资本主义工商文明，自知"火车在斧钺尚未真正大砍大伐之前就把未建成的新木厂和未铺设的铁轨、枕木的阴影与凶兆带进了这片注定要灭亡的大森林"①。在以森林为代表的"沙多里斯"精神和以火车为代表的"斯诺普斯"主义之间，艾克毫不犹豫地选择了前者。他在森林中安家，过着极简的生活。艾克深知人的欲望的无限和自然资源的有限，他的"归返自然"集中体现了南方的重农主义思想，表现了"沙多里斯"们向南方传统回归的决心。

以昆丁、艾克为代表的"沙多里斯"阵营留恋南方传统的道德规范和价值标准，竭力维护受到现代文明猛烈冲击的传统文化，但是，他们清醒地意识到，南方的传统就像日渐缩小的森林一样，在"火车"和"斧钺"的威逼下注定面临灭亡。福克纳通过哀婉动人的笔触，表现他对命中注定要失败的南方历史和正在失去的"沙多里斯"精神的无限眷恋，他的情感倾向不可避免地向"沙多里斯"们倾斜。"沙多里斯"们因为对过去的执着和对历史的坚守而表现出的伤感和怀旧唤醒了人们沉睡的记忆，帮助人们透过历史的迷雾捕捉到传统文化的珍贵与价值，进而赢得读者极大的同情和敬仰。其实，"沙多里斯"们拼命保护的旧秩序的优势不在物质方面，而在道义方面。他们赢得了人们的赞扬和认可，这也是因为他们的道德信仰和精神诉求。福克纳本人也是"沙多里斯"阵营中的一员，在创作过程中他不止一次地梦想着自己参加了这场更加高尚、更加伟大、也更加具有英雄气概的战争。虽然物质至上的"斯诺普斯"们战胜了精神至上的"沙多里斯"们，福克纳认为这是一场"沙多里斯"的战争，而不是斯诺普斯的战争，因为"沙多里斯"取得了道义上的胜利。这是一场宏伟悲壮的战争，南方的"沙多里斯"们虽然在这场战争中失败，但他们虽败犹荣，他们对传统和历史的守护使他们的精神永存。"新"的不一定先进、"旧"的未必落后的循环论历史观念持续不断地影响着福克纳的创作，对于"沙多里斯"的道德传统和精神力量的缅怀构成了福克纳作品的灵魂。

①〔美〕福克纳：《去吧，摩西》，李文俊译，北京燕山出版社，2016，第280页。

浓厚的历史意识和怀旧的悲剧情怀使福克纳的"约克纳帕塔法"世系小说散发出独特的魅力。

除在主题上关注南方历史之外,福克纳还通过以"家族"为单元重新规划时间、切分历史的叙事策略来体现自己独特的时间观念和历史意识。在福克纳的家族小说中,作为南方家族文化体现者的贵族子弟常常陷入与"钟表"时间的较量与纠缠中不能自拔。《喧哗与骚动》中的昆丁发现钟表店里形态各异的时钟个个青面獠牙、面目狰狞,没有一个能够准确无误地显示时间。钟表的嘀答声逼得他发狂,他在砸碎、"肢解"钟表的过程中似乎得到了心理宣泄。对于南方的末代贵族来说,钟表的嘀答声持续不断地传达矢量时间的流逝,这是体现北方冷酷的工商资本主义时间观念的进化论线性机械时间,与南方贵族终生坚守的循环论心理情感时间观念格格不入。他们沉浸在历史的回忆中,在情感上希望时光倒流、过去永驻。福克纳的感情天平也明显地倾向于循环论的时间观念,通过对饱含感情的心理时间的认同来表达他对南方贵族的同情和对南方过去的留恋。情感时间与机械时间的矛盾体现在福克纳的"约克纳帕塔法"世系小说之中,反映作者对南方传统价值观念难以割舍的依恋以及对北方工商资本主义客观"钟表时间"观念的反感与批判。情感时间与机械时间之间的对立体现传统文化与现代文明之间的较量,这种矛盾和张力奠定了福克纳作品强烈的悲剧历史意识和丰厚的文化传统底蕴,唱响此情绵绵无绝期的南方历史文化挽歌。

福克纳还通过整体的空间规划来体现自己的历史观。福克纳不仅在单部作品中通过主人公对过去的依恋表现深厚的历史意识,他还认为南方历史的丰富多彩性主要表现在一个范围更加广阔且具有内在关联性的故事体系之中。福克纳构建宏伟的"约克纳帕塔法"世系小说,整体规划并仔细图绘其中的家族住址和人口分布,追溯各个南方大家族的历史和传奇故事。作者如此精巧地设计他的虚构神话王国,企图传达一个特定地区及其历史是多么生动地塑造和深刻地影响生活在其中的人民。"对于无法忘记过去的南方人而言,地区及其历史对他们的影响或许更加深远，因为他们发现他们根本无法接受内战造成的失败和屈辱，他们也无法容忍失去优越的社会地位和传统的生活方式"①。在现代化长驱直入，试图摧毁南方的历史文化时，南方人的创伤心理使他们自然而然地构筑起心理防御机制。他们深情地回望南方的"旧"传统和文化，形成强烈的"向后看"的历史意识。福克纳在讲述南方那"邮票般大小"的故乡的故事时，主要围绕塑造那一时期的南方社会和人民生活，在更广阔的历史背景下书写南方的过去。

　　福克纳除了运用高度关注情感时间和仔细规划整体空间的叙事策略表现自己的历史回望意识之外，他还借助现代美学的蒙太奇、碎片化和"意识流"等叙事手法，表现自己对南方历史的独特看法。他运用大篇的内心独白，以主人公跳跃不定的意识之流，穿越过去、现在和未来，并幽幽地踯躅逡巡在过去之中。他创造性地使用"叠错重复"和蒙太奇的叙事手法，对历史进行重复叙述和拆解拼贴，挖掘那些隐藏在历史背后、鲜为人知的南方"边缘"历史，以此来"质疑官方历史的真实性和权威性"②，进而关注南方历史在美国官方历史中是如何被描绘和叙述的。因此，在评论福克纳的文学作品时，人们无法忽略存在于其作品中的过去和历史。的确，面对历史带给南方和南方人的巨大变化，福克纳在小说中对过去的深刻剖析以及对过去、现在和未来之间关系的独到见解，为人们提供了进入历史的最佳触媒和途径，他的作品也因为强烈浓厚的历史意识成为人类宝贵的精神财富。

　　总而言之，内战的失败在崇尚优雅、荣誉、尊严和侠义等南方基本价值体系的福克纳心中掀起巨大波澜，引发复杂矛盾的情感体验。对奴隶制的负罪感，对内战失败的愧疚感，更加激发他对过去的深情回望和对历史的深刻反思。他在主观情感上无法遏制对北方现代工业文明的厌恶和对南方传统文化的深深眷恋。他的"约克纳帕塔法"世

---

① John T. Matthews, *William Faulkner: Seeing Through the South* (Chichester: Wiley-Blackwell, 2009), p. 3.

② Joseph R. Urgo and Ann J. Abadie (eds.), *Faulkner's Inheritance: Faulkner and Yoknapatawpha* (Jackson: University Press of Mississippi, 2007), p. 103.

系小说充分体现他对历史和时间的独特见解，他认识到历史在定型人物性格、影响人物命运方面发挥的决定性作用。在遵守历史的必然律时，他又无法遏制自己对过去的眷恋之情，强烈的怀旧和浓浓的哀愁弥漫在作品中，造就作品深厚的历史意识。但他对历史的理解远远超越历史对某一特定人物或特定地区的影响，"福克纳的时间观念来自他对南方过去的关注，但历史的进程却具有更加基本和更加普遍的意义"[1]。所以，他关注的不仅仅是南方贵族的家族史和地方区域史，而是整体的人类现代文明史和进步史。他一反传统的进步论时间观念，即在"过去—现在—未来"线性系列上的"新/旧＝进步/落后＝好/坏"的基本叙事模式，取消"未来"的终极价值和伦理意义，强调新的不一定先进，旧的不一定落后，更多地向循环论的传统时间观念靠拢。

第三节
新历史主义的历史倾向

福克纳循环论的时间观念与新历史主义倡导的历史意识之间具有共同之处，它们之间的相似性为我们从新历史主义的视角考察福克纳的作品提供了全新的研究空间和可行的研究方法。新批评者认为文学文本是一个自给自足的系统，研究文本时无须关注它的社会文化和历史背景；旧历史主义者认为历史是"阐释文学文本的主题、形式和内容的背景材料"[2]，对文本的创作产生极大的影响。与他们不同，新历史主义者把文学文本不仅看作特定历史时期的产物，而且还是构成特定时期历史的必要因素。蒙特罗斯（Louis A. Montrose）认为，"文学或任何一个特定文本的创作，不仅意味着它的创作离不开社会背景，而

---

① Carl E. Rollyson, *The Uses of the Past in the Novels of William Faulkner* (Ann Arbor: UMI Research Press, 1984), p. 161.

② John Brannigan, *New Historicism and Cultural Materialism* (New York: St. Martin's Press, Inc., 1998), p. 81.

且反过来还能够促进社会的发展"①。文学的确是一种构建历史的方式，它同时还能够修正以权力为中心的传统大写历史，因为它摆脱了受制于权力中心的偏见、政治以及故意扭曲。通过想象和回顾历史，文学可以帮助恢复现存历史叙述中缺失的或者有意隐瞒的那段历史，文学成为历史塑造中的一股强劲的动力。霍华德（Jean E. Howard）认为，"文学是参与文化和现实再现的多种因素之一"②。因此，对于新历史主义者来说，文学文本和历史具有同样的重要性，因为它们相互构建、相互补充且相互创造。众所周知，历史只有通过历史学家的表述付诸文本的形式才能存在，即历史的文本化。但这种文本的表述都不可避免地反映历史学家的意识形态和情感倾向，因此，人们根本无法企及"真实"的历史，只能在记录过去的文字、图表、影像、文档等一系列表述、叙事中寻找历史的蛛丝马迹。正如泰森（Lois Tyson）所言，"文学文本塑造历史背景并被历史背景所塑造。"③

关于文学文本与历史的互动关系这一点，福克纳与新历史主义的观点具有相似之处。在访谈录《福克纳在马尼拉1955》中，福克纳指出，"作家的责任是记录历史，向世人展示未来的希望以抵御过去"④。在诺贝尔文学奖的获奖演说中，他说道："作家的特殊权利就是帮助人坚持活下去，依靠鼓舞人心，依靠让他记住勇气、荣誉、希望、自尊、同情、怜悯与牺牲精神等人类历史上曾经的光荣。诗人的声音不应只是记录人类的活动，它可以成为帮助人类忍耐与最终成功的精神支

---

① Louis A. Montrose, "Professing the Renaissance: The Poetics and Politics of Culture," in *The New Historicism*, ed. Veeser, H. Aram（New York: Routledge, 1998）, p. 23.

② Jean E. Howard, "The New Historicism in Renaissance Studies," in *Renaissance Historicism: Selections from English Literary Renaissance*, ed. Arthur F. Kinney, Dan S. Collins（Amherst: University of Massachusetts Press, 1987）, p. 17.

③ 张中载、王逢振、赵国新：《20世纪西方文学批评理论选读》，外语教学与研究出版社，2002，第627页。

④ James B. Meriwether and Michael Millgate（eds.）, *Lion in the Garden: Interviews with William Faulkner 1926-1962*, （Lincoln & London: University of Nebraska Press, 1968）, p. 201.

柱。"①他承认作家是历史的撰写员，但并没有必要恪守无法追溯的历史事实。他经常借助想象把玩历史，把它们糅合、拼贴、增删、修改、重写，赋予其完全不同于任何事实状态的新貌，从而创造出一个特色鲜明的艺术世界，也创造出一种全新的"触摸"南方历史的方式。

一、新历史主义思想成因

福克纳有意把作品的背景置于内战前后的南方，在描写南方贵族家族故事的小说中尽情表达自己独特的历史意识，意图唤醒南方人的历史意识和文化自觉性。福克纳在小说中不仅反映南方的过去和历史，而且通过再现一些边缘人物形象的美好品质来反对官方历史宣扬的种族优劣论，通过再现业已逝去的南方农业文明来对抗北方风头正劲的工商资本主义文明，回应北方对南方文化荒漠的指责。他同时也无情地揭露旧南方的痼疾，形成了自己特有的历史叙述话语。在试图恢复被隐藏或已逝去的历史时，福克纳的小说为南方历史的塑形做出了建设性的贡献。如此，文学对于福克纳和新历史主义者来说，是历史形成过程中不可分割的有机组成部分，是人们接近历史最有效的触媒，甚至文学就是历史，二者互相勾连，无法分离。

福克纳在"约克纳帕塔法"世系小说中反映出重构南方历史的强烈意识，这是南方社会文化语境协商交换的产物。从新历史主义的角度出发，文学作品是一番协商之后的产物，谈判的一方是一个或一群创作者，他们掌握了一套复杂的、被公认的创作成规；另一方则是社会机制和实践。②福克纳生活在20世纪早期的美国南方，能够细致敏锐地捕捉到南北历史以及两种文化之间的剧烈冲突。内战后，南方的奴隶制被废除，北方的工商资本主义从根本上动摇了南方的农业经济基础，农业经济体制土崩瓦解，南方也步入了从农业社会向商业资本主义社会转型的重要历史时期。南方在经济上完全处于劣势地位，处处

---

① 〔美〕福克纳:《福克纳随笔》,李文俊译,上海译文出版社,2015,第1页。

② Stephen Greenblatt, "Towards a Poetics of Culture," in *The New Historicism*, ed. Veeser, H. Aram(New York: Routledge: 1998), p. 12.

受制于北方。建立在奴隶制基础之上、曾经富足的南方社会，在北方现代化和工商资本主义的飞速发展中，失去了地位，沦为美国最贫穷、最落后的地区之一。根据威利斯的观点，南方经济地位的变化"是由南方作为原材料生产地的经济地位和北方不断地试图把南方拉进机器大生产这一过程引起的"①。传统种植业经济主导地位的丧失和政治方面的失利使南方文化逐渐淡出美国的文化场域。南方不但在经济上而且在文化上处于从属地位，似乎变成了北方经济和文化的"殖民地"②。此时的南方仿佛来到了历史进程的十字路口，面对重大的转折，"那个社会梦想既成为一个现代民族国家，同时又再现宗法社会；既成为工业机械世界的一个主要原料供应者，同时又成为逃避那个世界的田园诗天地"③。

毫无疑问，福克纳敏锐地意识到了这些变化，并对这种变化引发的后果表现出极大的担忧和焦虑。他不但在日常生活而且在文学创作中，感受到战后北方在经济、政治、文化等方面对南方的控制以及在意识形态方面对南方的围剿。战败的阴影笼罩在每一个南方人的心头，南方在自己的国度成为陌生、怪异的"他者"，成为北方肆意攻击的靶子。福克纳的传记作家威廉姆逊（Joel Williamson）曾经说过，"福克纳出生并成长在被殖民化了的人们中间，他们失去了权力……为了给工业化的工厂提供原材料，他们的土地被侵占，他们的劳动力被掠夺。福克纳对这种现代文明和进步进行了严厉的批判"④。理想和现实之间的巨大张力，让福克纳对北方宣传的进步的工商资本主义和现代文明产生了怀疑和不信任。他也对南方在北方的入侵下，匆匆抛弃传统、盲目进入现代化表现出前所未有的不安和忧虑。在《押沙龙，押沙

---

① Susan Willis, "Aesthetics of the Rural Slum: Contradictions and Dependency in 'The Bear'," *Social Text* , No.2 (Summer 1979), p. 95.

② Cleanth Brooks, *William Faulkner: Toward Yoknapatawpha and Beyond*(New Haven: Yale University Press, 1978), p. 266.

③〔美〕霍夫曼编《美国当代文学》，中国文联出版公司，1984，第213页。

④ Joel Williamson, *William Faulkner and Southern History* (New York: Oxford University Press, 1993), p. 363.

龙!》中，福克纳写道："南方，那个从一八六五年起就已经死亡的南方腹地，那边挤满了喋喋不休怒气冲天大惑不解的鬼魂。"①那些南方的"鬼魂"，盘旋在内战前的南方庄园和传统文化中，无法进入现实、融于当下。在北方工商资本主义的胁迫下，等待南方的是政治、经济、文化等多方面的强行重建。福克纳与那些南方贵族的鬼魂一样，对这种被动重建表现出极大的反感和愤慨。因为对即将谢幕的南方贵族的同情和对南方农耕文化的依恋，福克纳在情感上更加同情南方，更加怀念民风古朴的南方过去，固执地坚守着南方的传统文化和价值观念。

二、文史互证的趣闻主义

福克纳主要通过趣闻主义的叙事策略表现新历史主义的核心宗旨"文本的历史性"和"历史的文本性"，使自己的作品呈现"史笔诗心"的艺术魅力，账本叙事达到了文史互证的艺术效果。福克纳在《去吧，摩西》中通过账本叙事的趣闻主义，书写南方贵族的家族史和南方地区的地方史。账本叙事在《去吧，摩西》中占据重要位置，借助账本叙事的亦文亦史性、趣闻主义特点和小叙事策略，剖析麦卡斯林家族同性恋三角和血亲乱伦三角的罪恶本质，揭示在种族关系和血缘伦理的剧烈撞击下南方贵族大家庭走向衰落的深层原因，并以此为中心辐射整个南方地区。账本叙事的"真实"触媒和反历史的双重功能，既是透视南方社会的"窥孔"，又可以刺穿历史的迷雾，彰显南方种植园家族罗曼司和奴隶制堂皇历史叙事背后的社会能量流通与协商共谋关系。小说以麦卡斯林家族的流水账为依托，把历史糅合在小说故事之中，看似零散偶然甚至滑稽幽默的账本条目编制成一部关于南方种植园家族的隐秘史和奴隶买卖的血泪史。

历史性和文学性是《去吧，摩西》中账本叙事的两重基本属性。它既不是纯粹的历史纪实，也不是完全的文学虚构，它是一种"基于史而臻于文"的叙述。为了满足账本叙史的科学性，福克纳参阅了大量南方大家族的真实账本记录。根据美国的福克纳研究专家萨里·沃

---

① 〔美〕福克纳:《押沙龙，押沙龙!》，李文俊译，上海译文出版社，2004，第3页。

尔芙的考证，现藏于北卡罗来纳教堂山大学图书馆的弗朗西斯克家族的账册，是福克纳创作《去吧，摩西》账本叙事的主要素材和灵感来源。福克纳家族与富裕种植园主弗朗西斯克家族交情甚笃，在近二十年的时间里，福克纳多次造访弗朗西斯克庄园，如饥似渴地阅读弗朗西斯克家族的账本和日记，尤其对记录种植园日常生活开销的账本爱不释手。他被完全吸引了，"一遍遍地悉心研读、仔细记录，熟悉到只要他瞥一眼就知道那部账本写什么内容"①，就连弗朗西斯克家族的住处麦卡罗尔（McCarroll）庄园也改头换面地出现在《去吧，摩西》中，成了麦卡斯林（McCaslin）庄园，两者之间拼写和发音的相似性不言而喻。

其实精心保存祖先账本的做法不仅是弗朗西斯克家族也是南方许多贵族家族的习惯。19世纪的南方大庄园主家族都保存着记录家族日常花费、奴隶买卖、土地转让、法律文件的日记或者账本，而且在内战前三四十年非常普遍，这些账本和日记"构成了南方庄园文化的重要组成部分"②。福克纳研究者多尔认为福克纳毫无疑问"接触到了这些账本，并从账本中汲取写作素材"③；著名的福克纳传记作家布洛特经过研究发现，福克纳本人也有记账的习惯。④凡此种种，无疑深刻影响了《去吧，摩西》中精彩的账本叙事，凸显了账本叙事的能动性和意义生成能力。

账本表面的纪实性和"客观性"极易掩盖它的文学性和趣味性。基于账本的纪实性，福克纳更重视账本的文学性。他在《去吧，摩西》中通过"逸闻化"策略对账本进行有效的文学文本化，对这些史实材

---

① Sally Wolff, *Ledgers of History: William Faulkner an Almost Forgotten Friendship, and an Antebellum Plantation Diary* (Baton Rouge: Louisiana State University Press, 2010), p. 2.

② James Oakes, *The Ruling Race: A History of American Slaveholders* (New York and London: Norton, 1998), p.153.

③ Don H. Doyle, *Faulkner's County: The Historical Roots of Yoknapatawpha* (Chapel Hill: University of North Carolina Press, 2001), p. 379.

④ Joseph Blotner, *Faulkner: A Biography* (New York: Random House, 1974), p. 1091.

料融会贯通，赋予账本纪实以诗性内涵。福克纳借助烦琐枯燥、貌似真实的流水账记录，讲述麦卡斯林家族的趣闻轶事。这些账本碎片，初读疑为微不足道，琐细乏味，但详细品味，则豁然开朗。小事微言，有大言深义在焉，居然能另辟蹊径，别开生面。已然逝去的庄园主大家族和南方奴隶制经济已经无法得到重现和复原，我们只能通过有关它们的叙述和阐释来"触摸"既往的"真实历史"。诚如詹姆逊所言，"从根本上说，历史是非叙述的、非再现的。除了以文本的形式，历史是无法企及的，或换句话说，只有先把历史文本化，我们才能接触历史。"①账本是将历史文本化的特殊方式，福克纳通过账本阐释南方历史是一种"再文本化"，他借助文学途径，通过个人体验对历史加以表达。即使有史实为参照，他追求的不是历史之实，而是诗意之真，这种再现才具有真正的历史性深度和文学性精髓，此即"史笔"与"诗心"的结合互补。②职是之故，我们不能奢求《去吧，摩西》中的账本完全具有历史真实性，但它的亦文亦史性无疑是我们"触摸"南方奴隶制"文化真实"的有效触媒。

账本在"触摸"麦卡斯林家族"真实"历史的过程中发挥着触媒作用，使麦卡斯林家族一段又一段不为人知的历史浮出水面。账本基于自身的小故事特点，不仅是解释家族历史而且也是"窥探"南方历史的小孔，正如小说所言，账本"这部编年史是一整个地区的缩影，让它自我相乘再组合起来也就是整个南方了"③。但账本的"小叙事"特点和"逸闻"主义同时又阻断大历史的连续之流和叙述权威，让人们意识到历史叙事之外的那些颇为隐秘、极端陌生、不合常规以及被压抑的细节或不受重视的边缘事件，即通过建构复数化的小写历史而刺穿传统历史"宏大叙事"的堂皇假面，实现其"反历史"的功能。《去吧，摩西》的账本借助趣闻主义的叙事策略，挖掘传统史学所漠视

---

① Jameson Fredric, *The Political Unconscious: Narrative as a Socially Symbolic Act* (Ithaca: Cornell University Press, 1981), p. 82.

② 钱钟书:《谈艺录》，中华书局，1984，第363页。

③〔美〕福克纳:《去吧，摩西》，李文俊译，北京燕山出版社，2016，第253页。

的黑白同性恋、血亲乱伦和奴隶制等问题，决意解构南方宏大叙事的白人"精英"主义、种族平等神话和现代消费文化的进步论，试图讲述那些被传统边缘化、湮没了的小历史，进而拷问这些故事是如何被湮没的，又是什么力量遮蔽了它们？

美国南方的自然历史条件催生了南方的大种植园和奴隶制。大批黑奴的辛勤劳动孵化出少数大种植园主，他们拥有大量财富，构成了南方社会的"中坚"力量，极大地影响着南方的政治、经济和文化生活。对财富的绝对占有、男权思想、家族文化和奴隶制培育了南方白人根深蒂固的"精英"意识，他们自诩为正直、仁慈、宽厚的家长，承担着所有家庭和社会责任，是南方高雅文化的代表和社会进步的象征，为"像孩子一样或像野兽一样的黑人提供道德和教育保障"[1]。与之相应，南方长期以来被美化成"令人销魂"的人间乐土，南方种植园主被塑造成"仁爱果敢"的主人，黑人则是忠诚感恩的奴仆。庄园主和黑奴之间和谐快乐的生活构成南方家族"罗曼司"的基石。

《去吧，摩西》的账本主要叙述麦卡斯林家族两代庄园主的隐秘故事。族长老卡罗瑟斯精明能干，建立了偌大的麦卡斯林庄园；卡罗瑟斯的双胞胎儿子布克、布蒂也是思想开明的主子，他们为方便奴隶夜间活动，象征性地锁上庄园的前门并在1837年释放了家奴。麦卡斯林们是南方传统文化和官方历史塑造的典型白人精英。但小说通过账本叙事的逸闻策略，揭示了大历史宣讲的白人"精英"事实上却道德堕落、人性沦丧。他们无情地践踏他人的尊严，把奴隶、哪怕是自己的骨肉或兄弟，完全当作私有财产，供自己消费、娱乐或进行劳动力再生产。同性恋满足其享乐目的，乱伦也符合利润生产，它们一旦进入肮脏的奴隶制体系，就成为一个"自然而然的"环节，变得正常、合理、无可置疑。在计算奴隶和产品价格的奴隶制体系中，"账本通过使用全球通用的经济价值语言，准确地兑换人和动物、人和物体之间的

① Richard H. King, *A Southern Renaissance: The Cultural Awakening of the American South 1930-1955*(Oxford: Oxford University Press, 1982), p. 33.

等值关系，剔除了任何与道德和感情相关的因素"①。福克纳用犀利的笔触刺穿这貌似"中性"的"经济价值语言"，揭露其中包藏着的道德沦丧和冷酷无情。

因为祖上的乱伦罪恶，麦卡斯林家族的男性后裔从此分为两脉：一支是白人双胞胎布克、布蒂以及布克的儿子艾克；另一支就是黑奴托梅的图尔及他的子孙后代。《去吧，摩西》开篇运用"追猎"主题和充满南方风情的逸闻趣事交代麦卡斯林家族两支后裔之间的关系。从追撵狐狸到追捕黑奴再到猎获丈夫，它的"逸闻和幽默主要建立在这三层追捕故事的互相关联上"②。托梅的图尔一年总有那么一两回溜到索凤西芭和他哥哥的布钱普庄园，与他的心上人约会。每当此时，布蒂就醋意大发（因为布克要去索凤西芭的庄园），开始咒骂、追赶"骚狐狸"；布克就会打上领带、跨上大马、领着黑奴、呼喊着猎狗冲出麦卡斯林庄园，极度仪式化地演绎追捕逃奴的过程。这种仪式化的追猎又因为索凤西芭趁机设下陷阱让布克误入自己的闺床、逼他成婚而染上了喜剧色彩。轻松滑稽的打猎展演、谈笑风生的扑克游戏、插科打诨的诙谐笑话使一切看起来都好像是充满南方地域风情的狂欢闹剧。但当人们意识到布克率领大群猎狗追逐的不是别人而是自己的混血兄弟、扑克牌决定的不是小事而是奴隶的命运时，这种闹剧化的轻松幽默就被它所掩盖的血腥野蛮和惨无人道所替代。"福克纳的伟大就表现在小说中反讽和幽默在运用上的交相辉映和相得益彰"③。既然主子通过玩牌定夺奴隶的命运，聪明的图尔就抓住机会，利用这次扑克游戏，为自己赢得了心上人。他的子嗣也得以延续发展，构成麦卡斯林家族的黑人后裔，他们理直气壮地要求老卡罗瑟斯的白人后代按约行事，付给他们一千元的遗产，兑现老卡罗瑟斯许下的遗愿。

---

① Erik Dussere, *Balancing the Books: Faulkner, Morrison, and the Economies of Slavery* (New York: Routledge, 2003), p. 17.

② Joel Williamson, *William Faulkner and Southern History* (New York: Oxford University Press, 1993), p. 21.

③ James L. Roberts, *Cliffs, Notes on Go Down, Moses* (Lincoln: University of Nebraska, 1985), p. 16.

通过富有趣味性和饱含历史性的账本叙事，福克纳将麦卡斯林家族的故事娓娓道来，层层剥开掩藏在麦卡斯林家族中鲜为人知的故事，使弥漫在小说中的玄奥迷雾缓缓舒散。账本叙事演变为账本叙史，在账本记录奴隶买卖的真实历史中辐射整个美国南方地区的悲剧命运。账本叙事的亦文亦史性、趣闻主义特点和小叙事策略，构成了透视整个美国南方社会、庄园经济、消费文化和价值观念的焦点和"窥孔"，使小事微言、野史逸闻浮出"大历史"的水面，重新检视和盘诘美国南方的庄园经济和奴隶制，对南方的家族罗曼史、贵族精英等"宏大叙事"发起了解构运动，以求深刻、全面地反映南方的奴隶制家族内幕以及白人和黑人之间的复杂关系。福克纳在《去吧，摩西》中使用趣闻主义策略，挖掘被大历史（Grand History）完全忽视或有意隐瞒的小叙事和复数小写历史（Petty Histories），期待提供一条重要的解读作品和"触摸"整个南方地区"真实"历史的途径。

《去吧，摩西》从尘封的账本中寻访被人忽略的零散插曲、遗闻逸事、偶然事件、异乎寻常的外来事物、卑微低贱甚或是不可思议的情形等，表面看来与麦卡斯林家族的衰落史相隔遥远且鲜有关联，然而挖掘其深层含义，却出人意料地在它们与南方的庄园经济和奴隶制之间找到联结点。格林布拉特和伽勒赫将这种方法概括为"逸闻主义"。海登·怀特也指出，从诗学语言与语法规则之间的二项对立关系看，逸事逸闻犹如诗学语言，不仅自身包含意义，而且还总是隐而不露地对占统治地位的语言所表达的典范规则提出挑战。他认为"历史的这些内容在创造性的意义上可以被视为'诗学的'，因为它们对在自己出现时占统治地位的社会组织形式、政治支配和服从结构以及文化符码等的规则、规律和原则表现出逃避、抵触、破坏和对立"[1]。因此，我们可以遵循这样的批评程式：先从账本中找出被人忽略的遗闻逸事，然后挖掘其深层文化意义，最终显示出账本叙事在成文之时与当时的世风、文化氛围和意识形态之间的复杂纠葛。"逸闻主义"的"触摸真

---

[1] 张京媛编《新历史主义与批评文学》，北京大学出版社，1993，第106页。

实"和"反历史"效用，[1]就成为《去吧，摩西》的账本叙事特别强调的两个诗学价值。账本是一枚楔子，让南方历史在重力挤压下现出原形；账本也是铁证，凛然见证谁该为南方历史负责。

福克纳利用账本叙事抨击南方颓废病态的消费文化，进一步颠覆白人"精英"主义和种族平等的神话。进入现代以来，在北方大力鼓吹的商业资本主义现代化的影响下，南方人匆忙抛弃了传统的价值信仰和历史意识，寻求新的价值定向。可重建时期的南方，旧的道德体系和价值观念已经失落而新的尚未形成，跌入价值观念虚空当中的南方贵族开始追逐物质享受。不断膨胀的消费欲望和空虚无聊的生活状态，使他们把过度的物质占有或病态的消费欲望作为临时的人生目的或价值标准。消费不仅反映社会经济关系，而且透视文化现象。作为私有财产的奴隶是他们可以随意买卖的商品，对自己的"商品"进行消费，享受消费带来的乐趣天经地义，无须任何的道德谴责或良心不安。南方经过奴隶制初期的资本积累、满足了日常必需品的消费之后，在内战前后很快坠入现代消费文化中，庄园主具有经济实力购买奴隶作为"消费品"或"奢侈品"，追逐商品本身之外的消费价值和炫耀意义，享受价格昂贵、为少数富人提供的商品或服务演化成为他们社会地位和财富优越感的象征。

出生在没落贵族家庭的福克纳同其他南方贵族一样对南方的历史与传统依依不舍，对北方的野蛮入侵和粗暴干涉厌恶至极，但他没有盲目地沉浸陶醉在南方过去的"美好"时光中。他也没有被主流意识形态宣讲的"正史"蒙蔽头脑，他在留恋南方的传统美德和优秀品格的同时，对南方的奴隶制和庄园经济实施痛苦的反省和清算。他的故事内容离奇，他的小说也非史实，可这并不说明他的小说不存在历史基础。"福克纳的小说人物总是与个人的、家庭的、地区的过去纠葛缠绕在一起，从这个意义上讲他的小说就是历史的"[2]。福克纳时代的南

---

[1] 张进:《新历史主义与历史诗学》,中国社会科学出版社,2004,第52页。

[2] Carl E. Rollyson, *The Uses of the Past in the Novels of William Faulkner* (Ann Arbor: UMI Research Press, 1984), p. 1.

方正经历着社会、经济、历史、文化的巨大变革。传统南方的消逝，缺乏区域特征和文化根基的新南方的出现，使南方的知识分子陷入忧郁沉思。他们中的大多数把自己严严实实地包裹在南方的过去中，无限放大和美化旧南方的大家族神话，把南方的一切罪恶归结于"北方佬"。福克纳的人文主义关怀和知识分子的敏感，使他更加深刻地思考南方的奴隶制、贵族"精英"和血缘伦理等影响南方生死存亡的重大问题，他感到自己有义务对历史做出阐释，而黑白之间的血缘问题和奴隶制是对历史做出阐释的不二选择。福克纳认为"黑白之间的问题关键不在种族，而在于白人在经济方面的担忧。如果让黑人进步，他们就会抢夺白人的经济"[1]。

福克纳通过亦庄亦谐的账本叙事，透过它的逸闻主义，成功地实现了反白人精英主义的目的，使人们穿越历史的迷雾，清楚地看到白人精英主义的谎言和奴隶制的罪恶。南方的意识形态有意回避或压抑奴隶制和种族罪恶，大力宣扬白人精英主义神话，具有强烈的历史和政治学目的，主要是维护庄园主的利益，在意识形态上为南方对抗北方的合法化造势。另一方面，白人精英主义的神话还充当着心理安慰和解毒剂的作用，它能够掩饰和减轻南方人内心深处因剥削黑人而产生的不安以及对混血问题的集体恐惧和无意识焦虑。福克纳利用账本叙事的小历史特点，实施反南方"大历史"的策略，严厉抨击南方白人"精英"主义和种族主义。他把南方残酷的历史、严峻的现实和道德滑坡问题结合起来，探寻旧南方灭亡的真正原因，反思奴隶制庄园经济，为南方在精神危机中寻找出路。这不仅合理解释了艾克坚决放弃家族遗产的理由，也贴切地阐释了福克纳《去吧，摩西》的命名典故和"让我的人民离去，压迫太厉害他们无法忍受"的主题思想，更是昭示了福克纳把本书献给自己的黑人奶妈卡洛琳·巴尔的深刻寓意。

总而言之，借助趣闻主义的小叙事策略，解构历史的单数性和权威性，转向历史的复数性和偶然性。然而，福克纳通过这些媒介和表现形式提供的南方历史也并非完全"真实"的历史，因为他的历史意

---

① Robert A. Jelliffe(ed.), *Faulkner at Nagano*(Tokyo: Kenkyusha Ltd, 1956), p. 77.

识必然也会受到南方贵族意识形态的影响，他在构建自己的神话王国时必定反映个人立场和情感好恶。美国著名福克纳研究专家瑞利（Kevin Railey）在考察南方的贵族文化和社会历史对福克纳形成的影响之后，干脆把自己在1999年出版的专著直接命名为《天生贵族气质：历史、意识形态及其福克纳的创作》（*Natural Aristocracy: History, Ideology, and the Production of William Faulkner*）。福克纳的南方贵族认同感和自由资本主义信仰之间的矛盾不可避免地影响他的情感倾向和对南方历史的叙述。正如新历史主义者认为的那样，历史，不管表面看起来多么真实，它都是特定阶级和意识形态因素的反映。其实，福克纳的根本目的并非书写完全"真实"的南方历史，他只是对南方的贵族家族史、区域地方史和南方的现代史进行不同纬度的书写，让人们看到不同侧面的南方历史。他对南方的家族史、奴隶制历史的改写或者重建式书写并非完全真实可靠的历史表现，他主要站在南方天生贵族的意识形态上书写南方贵族家族的覆灭史。福克纳的历史书写无疑是南方家族史和现代史的有机组成部分，是南方复数历史的一支生力军。福克纳试图提供历史书写的另一种方式和触媒，让人们从不同的维度进入南方历史，进而质疑北方所宣扬的资本主义文明进步和南方愚昧落后的官方历史版本的权威性和垄断性。

第四节
历史意识的实践策略

历史不是统一的、超文本的，它无法保证过去事件的真实性。换言之，历史，或宏大叙述，不再具有客观性和权威性。利奥塔（Jean-François Lyotard）"质疑宏大叙事"，[1]并热烈欢庆大写、"真实"历史的

---

[1] Jean-Francois Lyotard, *The Postmodern Condition: A Report on Knowledge*, trans. Bennington, Geoff, Massumi, Brian (Minneapolis: University of Minnesota Press, 1993), p. xxiv.

消失，提倡用文本历史来代替单一的历史叙述。因此，历史被看作一种文本构建和一种阐释，就如同讲述故事。海登·怀特对书写历史的关键问题，即虚构与真实之间的关系，做出进一步的定义：我们的话语总是从我们的文档资料中溜走，或者，文档资料总是抵制我们试图去塑造的形象的统一。①怀特关注的焦点是，每个历史学家倾向于把他/她的特定的审美和意识形态偏爱带进历史的书写中，他们在记录过程中不可避免地按照某些特定的标准引用他人的文献并对此进行主观阐释，表现出特定时期的历史事件的选择性。事实上，从传统意义上讲，"没有历史，只有历史的再现。"人们一直确定无疑的权威和真实的官方历史版本，实际上是借助话语实现的虚构和不可靠的再现。因此，福克纳通过借助对于历史叠错重复的回忆、神话暗指的反讽、非裔口述历史的传统以及边缘人物讲述历史的方式，让读者多角度、多方位地"触摸"历史这头"怪象"，了解历史的全貌，解构大写、单数历史，转而依靠复数、小写历史。

一、回忆——叠错重复叙史

福克纳把历史看成循环和矛盾的，是一个持续不断地走向边缘和持续分裂的过程。同时，他认为展现南方历史的最好方式是采用叠错重复的叙述形式——即通过让几个叙述者从不同的视角讲述同一个故事来展现断断续续和充满矛盾的历史。正如马修斯所言，福克纳在《押沙龙，押沙龙!》中的成就在于他成功地寻找到了讲述南方故事唯一有效的方式，那就是把它作为多重的故事进行叙述。美国著名作家刘易斯·鲁宾称《押沙龙，押沙龙!》塑造了迄今为止最伟大、最丰腴的南方历史形象，是世界上最伟大的历史小说之一，是最具史诗风格的一部作品。"《押沙龙，押沙龙!》是一个人的历史（虚构的萨德本）、一个家族的历史（萨德本家族）、一个社区的历史（密西西比的杰弗逊）、一个地区的历史（内战前后的南方）和一个国家的历史（美

---

① Hayden White, *Tropics of Discourse: Essays in Cultural Criticism* (Baltimore: Johns Hopkins University Press, 1978), p. 1.

国）。广义上，它还是一部现代文明史，是一部反映南方历史和美国现代化历史进程的重要作品"①。欧文·豪曾经说过："或许关于这部著名小说（《喧哗与骚动》）最显著的事实，是从一个单一家族的故事中所产生出来的丰富的历史感。"②

《喧哗与骚动》的附录也是一部历时两百多年（从1699—1945年）的编年史，"它的拓展延伸已经超越了康普生家族的历史，反映了一个地区，甚至一个国家的历史起源和传奇经历"。③《押沙龙，押沙龙!》和《喧哗与骚动》的主题相似，都选取美国南方典型的"约克纳帕塔法"县贵族家庭为描写对象，叙述它们所经历的、激烈的、分崩离析的故事，探索家族没落、旧南方崩溃、清教主义、奴隶制、种族主义、血缘乱伦等重要主题。两部作品具有相似的叙事手法，即"叠错重复""碎片拼接"的写作方法和神话暗指的叙事结构。作品中的各色人物从不同角度，带着不同的主观感情去"解释"过去和历史，打断和阻隔了宏大历史的叙事之流，分解了大历史的连贯性，让处于边缘化的小历史浮出水面，期待补充"正史"，甚至重新建构南方历史。

《押沙龙，押沙龙!》和《喧哗与骚动》通过对康普生和萨德本两大南方贵族家族兴盛衰落历史的描写，以史无前例的深度和广度，以南方人特有的眼光，从南方内部反映了美国南方两百多年的社会历史风貌，构筑了南方恢宏的历史画面和悲剧史诗。作者以南方典型的庄园主家庭为切入口，重点表现美国南方人与人、人与自我的种种冲突，触及诸多与人类境遇有关的普遍性问题，体现出两部作品共同的悲剧格调。福克纳通过虚构讲述历史，剖析南方现实世界的本质，探索其衰落的主要根源，并间接提出了帮助南方走出困境的可行性措施。以虚构观照现实，同时，在将历史小说化、戏剧化的过程中实现了文学

① Ben Wright,"William Faulkner as History Teacher," *Society for History Education*, 9, No. 4(1976): 568.

② Irving Howe, *William Faulkner: A Critical Study* (New York: Vintage Books, 1952), p. 46.

③ Mary J. Dickerson, "The Magician's Wand: Faulkner's Compson Appendix," *Mississippi Quarterly* 28(1975): 321.

与历史的关联与互动。福克纳认为历史的循环性决定重复是记录过去最有效的方式。他在《押沙龙，押沙龙！》和《喧哗与骚动》中，通过叠错重复的叙事手法再现自己的历史意识。然而，福克纳的重复并非"柏拉图式"的，而是"尼采式"的。前者基于统一性，要求重复之物，即"复制品的有效性取决于它所模仿的对象的真实性"；而后者带有差异性，即把"世界本身作为幻影来呈现"①。在《押沙龙，押沙龙！》和《喧哗与骚动》中，福克纳采用叠错重复的叙述形式，通过虚构南方两大家族的历史，书写南方贵族的没落历史，反映整个南方的现代化历史进程，对南方权威的、大写的、统一的历史提出大胆质疑。

在《押沙龙，押沙龙！》中，萨德本家族的故事是由多个不同的叙述者讲述的多版本、多声部的故事，不同的讲述者试图按照自己的思路和情感来构建萨德本家族的历史。如此的叙述形式让读者得到的是"一系列的框架，一个嵌套着一个，就像一幅图像包含着另一幅图像一样，循环往复。"②这样的"套框"叙事方式打破了萨德本家族故事叙述的直线性与因果关系，使其趋于碎片化与复意性。这也给读者提供了积极参与拼贴萨德本家族故事的机会，读者、作者与书中人物一起寻绎萨德本家族的故事和内战前后的南方历史。一幅又一幅的不同图像构成萨德本家族的发家史和衰败史，也构成一幅南方历史变迁的微缩画卷。

第一幅图像是1909年9月的一个下午，描写罗莎小姐和昆丁会面的情景。罗莎叙述《押沙龙，押沙龙！》的第一章和第五章。故事在一个弥漫着神秘恐怖的哥特气氛的场域中开始：在一个"昏暗炎热不通风""四十三个夏季以来几扇百叶窗都是关紧插上"的房间里，罗莎一身黑衣，像钉在十字架上的幽灵一样，用"阴郁、沙嘎、带惊愕意味

---

① J. Hillis Miller, *Fiction and Repetition: Seven English Novels* (Cambridge: Harvard University Press, 1982), p. 6.

② Hyatt H. Waggoner, "Past as Present: Absalom, Absalom!" in *Faulkner: A Collection of Critical Essays*, ed. Warren, Robert P. (New Jersey: Prentice-Hall, Inc., 1966), p. 175.

的嗓音"①回忆"恶魔"萨德本如何带着一帮黑鬼、在杰弗逊镇上建立比"法院大楼"还要高大的庄园、强行迎娶她的姐姐埃伦、婚后产下亨利和朱迪丝的一系列故事。在她看来，具有超人能力但道德败坏的萨德本就是一个魔鬼，是一个没有绅士气质的暴发户，是她发泄郁积在心里四十三年愤懑情绪的对象。第五章通过罗莎带有强烈情感宣泄的各种各样的意识流的描写，交代了亨利枪杀朱迪丝的未婚夫邦却闭口不谈其杀人动机的故事。罗莎叙述了萨德本家族故事的开头和结尾部分，中间留下一大片的真空地带，吸引读者发掘亨利杀死邦以及萨德本反对朱迪丝和邦结婚的真正原因。故事的倾听者昆丁对罗莎讲述的过去深感疑惑和不安，他认为罗莎小姐对过去的观点过于简单和个人化，充满枯燥的说教，具有极大的不可靠性。

第二幅图像是由康普生先生描绘的。他是第二个叙述者，讲述了小说的第二、三、四章。与罗莎的叙事场景完全不同，他在一个罗曼蒂克的、"紫藤花盛开"的傍晚开始讲述。对于罗莎眼中魔鬼般的萨德本，康普生却以欣赏的眼光，赞扬萨德本吃苦耐劳的创业精神、精明过人的勇气和坚强果敢的毅力，因为萨德本身上投射出康普生自己没有实现的贵族理想。他讲述萨德本如何持之以恒、不辞辛劳地一步步实现自己的宏伟"蓝图"，建立富丽堂皇的"萨德本百里地"庄园，他对萨德本的创业史和发家史持肯定的态度，而且竭力发掘萨德本身上诸如"爱、羞耻、尴尬、常识和野心"等特点，②把萨德本塑造成一个悲剧英雄。康普生解释亨利杀死邦的理由是邦犯了重婚罪，因为邦在新奥尔良有一个混血情妇并生有一子。显而易见，这是无法自圆其说的搪塞和借口。众所周知，富有的南方贵族拥有一两个混血或黑人情妇是其财富和地位的象征，甚至是南方贵族经常炫耀的资本。"这种事原本就是富裕、年轻的新奥尔良人有地位、够时髦的一个标志，就如

---

① 〔美〕福克纳:《押沙龙,押沙龙!》,李文俊译,上海译文出版社,2004,第1-2页。

② Hugh M. Ruppersburg, *Voice and Eye in Faulkner's Fiction* (The University of Georgia Press, 1933), p. 107.

同他有跳舞用的软鞋一样"①，根本不会影响他们日后迎娶门当户对的白人妻子。在康普生先生自己也无法解开萨德本家族的隐秘历史的情况下，作者把故事叙述的接力棒交给在北方上大学的昆丁和他的舍友加拿大人施里夫。

萨德本历史的第三幅图画是由昆丁和施里夫描绘的。昆丁是小说的重要人物，但他对南方既爱又恨的复杂感情使他无法独自完成对萨德本故事的叙述。施里夫调侃、幽默、讽刺的语调协调、弥补了昆丁痴迷、狂热语气的不足。他们共同勾勒出萨德本的故事，叙述了小说的第六、七、八、九章。在他们的叙述中，萨德本既是旧南方早期拓荒者优良传统的代表，又是旧南方罪恶、不道德的象征。同时他们归纳出两对三角关系：第一对是萨德本—海地前妻—埃伦（罗莎）之间的情感矛盾三角；第二对是邦—罗莎—朱迪丝之间的臆想血亲乱伦三角。和父亲康普生先生一样，昆丁虽然深爱着南方这片土地，南方固有的奴隶制和种族主义却让他倍感羞愧和内疚。他提供了康普生先生无法解释的谜团，那就是邦有黑人血统。邦为了逼迫萨德本承认自己的长子身份，决意要迎娶同父异母的妹妹朱迪丝，萨德本把邦有黑人血统的秘密透露给亨利，亨利在邦来到萨德本庄园打算迎娶朱迪丝时枪杀了邦。亨利对第二个乱伦三角的干扰因为种族问题的介入变得更加纷扰复杂。在美国南方文化中，振兴家族、繁衍子孙的神话就沉淀在人们的意识深处，血统纯正的观念成为南方白人根深蒂固的坚定信条。纯白人血统决定社会地位的优越程度，也成为黑白人通婚和种族问题的最大障碍。混血对萨德本纯白人王朝构成严重威胁，亨利不在乎乱伦，但是家族的血缘纯正和贵族地位不容撼动，最终导致兄弟相残和家族灭亡的悲剧。

叠错重复和碎片拼接是《押沙龙，押沙龙！》最主要的叙事特点和方式。它淡化情节，消解权威，拆除整体，颠倒时空，语义含混，充满相对性和不确定性。它的叙述颠覆了传统的线性叙事方式，采用非线性螺旋式和碎片化的叙事形式。这种叙事方式打破了因果关系，空

---

① 〔美〕福克纳：《押沙龙，押沙龙！》，李文俊译，上海译文出版社，2004，第91—92页。

间切换频繁，读者无法从作者那里得到权威性的答案，他们凭借自己的判断能力、情感倾向、价值标准、审美经验和生活阅历，从纷繁复杂的语言碎片中拼接故事、触摸真实。叙事采用繁复、延宕的方式，大叙事中穿插小叙事，"此起彼伏或惊惧或哀叹或仇恨或诧异"的男女多声部的叙述者竭力争夺叙述话语的权威性，试图触摸事实真相，但他们每个人的叙述都带有强烈的感情倾向和主观判断，他们臆想别人的心理，揣测受叙者的行为，提供或重叠或矛盾的"事实"碎片，彼此的叙述犹如从"乌云密布的缝隙间闪现的一道道强烈的电光"。读者最后才从零零星星的叙述中勾勒出故事的梗概：萨德本少年时在富人门前受辱，立志报仇，把建立更大的庄园和奴役更多的奴隶作为实施复仇的手段。当他发现前妻可能有黑人血统、对自己建立"纯白人血统的萨德本家族王国"这一宏伟计划不利时，他毅然抛妻弃子，在杰弗逊镇另起炉灶，娶了本地乡绅的女儿埃伦，生了亨利和朱迪丝。眼看他就要实现自己纯白人血统的家族美梦时，被父亲遗弃的儿子邦来到了萨德本庄园，与萨德本的女儿朱迪丝恋爱订婚。萨德本坚决反对，但邦执意要娶朱迪丝，结果亨利枪杀了邦，庄园最终也被一场神秘的大火化为焦土，萨德本家族也随之灰飞烟灭。

当图像一幅幅地被替换，隐含的误解一步步被发现时，读者看到了重新阐释过去的必要性。每一个重新阐释，都附着新的视角和新的信息，使得重新阐释已知信息变得必不可少，如此堆积成为构建过去的部分。福克纳对"叠错重复"叙事方式的高度艺术化的应用使萨德本家族的历史在层层抽丝剥茧的过程中得以昭示。萨德本家族的旧历史上叠加新历史，文本自由地游走于现在、过去和未来之间，全方位、多层次地书写南方的种族问题和血缘伦理问题。当福克纳被问及《押沙龙，押沙龙!》的叙事方式时，他回答道："它提供了13种观看乌鸦的方式。但当读者读了这13种方式后，读者自己就有了第14种观看乌鸦的方式。"①因为，过去本来就以多种形式存在。通过直接把读者卷入构建和想象的过程，福克纳力求证明依赖任何一个叙述者都是不可靠的，他暗示对过去的讲述事实上是一种话语的再现和构建，因为它不可避免地涉及虚构和语言表述行为。"《押沙龙，押沙龙！》的叙事形式告诉我们，如果没有非科学的想象……我们就根本无法知道最值得了解的过去。"②

同《押沙龙，押沙龙！》相似，康普生家族的历史也是一个被重复四次讲述的故事。福克纳曾经说这个故事是从"一个小女孩的脏脏的内裤的图像这一意象开始的"③。由此看来，小说似乎就是关于康普生家族唯一的女孩凯蒂的故事，凯蒂也应该是故事的核心，但福克纳让康普生家族的三个男性子嗣和一个黑人女佣叙述她的故事。"仔细考察每一个部分中的凯蒂，可以得知她的存在很模糊，她的形象不止一个，而是多个。"④她成为康普生家族历史中一个缺席的影子人物，如同她家的历史一样似真似幻、若隐若现。在南方以男权思想为主的家庭中，凯蒂绝对不是家族中最重要的成员，但她是康普生家族命运和南方历史面临重大变革时期的一个重要的象征符号，她是一面观察南方贵族家庭变迁的棱镜，透视出南方贵族家庭和南方传统的道德观念在遭遇北方强有力的物质至上观念的冲击时如何土崩瓦解，走向没落。

《喧哗与骚动》的第一个部分由康普生家族最小的儿子——智障儿班吉——"讲述"。班吉虽然33岁，但他的智力不及3岁孩童，他没有

---

① Frederick L. Gwynn and Joseph Blotner (eds.), *Faulkner in the University: Class Conferences at the University of Virginia 1957-1958* (Charlottesville: The University of Virginia Press, 1959), p. 274.

② Hyatt H. Waggoner, "Past as Present: Absalom, Absalom!" in *Faulkner: A Collection of Critical Essays*, ed. Warren, Robert P.(New Jersey: Prentice-Hall, Inc., 1966), p. 173.

③ James B. Meriwether and Michael Millgate, (eds.), *Lion in the Garden: Interviews with William Faulkner 1926-1962*(Lincoln & London: University of Nebraska Press, 1968), p. 245.

④ Dawn Trouard, "Faulkner's Text Which Is Not One," in *New Essays on The Sound and the Fury*, ed. Polk, Noel(Cambridge: Cambridge University Press, 2007), p. 26.

成熟流畅的话语表达能力，但他有完美得像摄像机一样的意识流。在这个部分中，凯蒂是作为母亲和情人的形象存在于班吉的意识流中。她保护、安抚班吉，充当母亲的角色；是康普生家族思维瘫痪在过去中的昆丁和心智不健全的班吉兄弟俩情感的投射对象。班吉从过去30年里康普生家族发生的近130个场景中通过主观选择，记录那些让他难忘的场景。比如，当班吉和黑人小厮路过谷仓时，班吉回忆起凯蒂结婚那天，他很痛苦但不知道如何表达，只好灌了好多酒的情形："我先没哭，可是我却停不下来了。我没有哭，可是地却变得不稳起来，我就哭了。地面不断向上斜，牛群都朝冈上奔去，T. P. 想爬起来。他又跌倒了，牛群朝山冈下跑去。"班吉依据自己的直觉和本能，拼命地捍卫凯蒂的贞洁，自私地把她据为己有。他是南方女性贞操的卫道士，以大哭大闹阻止凯蒂恋爱和结婚。在凯蒂失贞之前，班吉不止一次地重复自己心满意足的嗅觉感受："凯蒂身上像树那样香"①；但在凯蒂失贞之后，他就大哭着走开，因为他再也闻不到树的味道了。班吉在机械感官基础上捕捉到的一系列"生动""客观"的意象进入康普生家族历史的"真实"图像，成为这段历史的组成片段。班吉的智力不健全，但对家族历史典型事件的筛选出奇地准确，即使班吉看似没有经过加工的客观选择依然带有极大的主观性和不确定性。历史这头怪兽在遭遇到智障儿班吉的"摄像机"镜头时也隐藏了它的本真面目，人们还是无法客观真实地再现康普生家族历史的全貌。

小说的第二部分是由康普生家族的长子昆丁讲述的，比班吉的故事时间早18年。尽管这个部分的文本时间只持续了一天，即1910年6月2日，但它的故事时间却涉及康普生家族的整个历史。昆丁的独白和班吉跳跃的意识流一样断断续续，他的叙述主要关注凯蒂的青春期和婚姻问题。在昆丁的叙述中，凯蒂是盘旋在他内心、永远无法抹去的痛楚，因为他把凯蒂幻化为南方淑女，把她的贞洁等同于家族荣耀。凯蒂未婚先孕，为了避人耳目她只好草率结婚。婚后被丈夫识破，遭遇离婚。为了养活女儿，她最后沦落为德国纳粹军官的情妇。凡此种

---

① 〔美〕福克纳:《喧哗与骚动》,李文俊译,上海译文出版社,2007,第40页。

种都让昆丁无法释怀，每当他回忆凯蒂时，他万分痛苦地呻吟，呓语般地重复："没有妹妹没有妹妹"[①]。凯蒂的贞操和新婚请帖弥漫在昆丁的回忆中，她的失贞象征家族荣耀的蒙羞，更象征昆丁迷恋的南方贵族家庭的衰落，使昆丁拯救家族的愿望完全落空。昆丁紧紧抓住南方战前神话的道德准则，竭尽全力试图用词语阐释的虚无来代替现实生活的残酷。对他而言，现实是变化的，这个变化主要是由于妹妹失去贞操引起的。面对康普生家族的衰败，昆丁绝望地相信阐释和词语的力量。他借助语言，极尽解释之能事，试图劝说凯蒂相信乱伦，相信凤凰涅槃的传说，如此他们可以双双进入地狱，经历烈火的净化，保住大势已去的家族荣耀。可凯蒂拒绝相信如此荒诞不经的谎言。当昆丁意识到这种做法难以奏效、自己无法拯救家族的衰败时，他决定沉湖自尽，结束自己"空荡荡的""没有灵魂的"肉体。

第三部分是由康普生家族唯一"清醒"的继承人杰生讲述的。与昆丁和班吉讲述的部分不同，杰生放弃了他俩通用的过去时，转而使用大量的现在时，反映他试图摆脱过去的阴影、重述康普生家族现在史的心理无意识和话语冲动。在杰生看来，凯蒂只是他发泄愤怒的对象，凯蒂的失贞使他丢掉了银行报酬丰厚的工作，严重地损害了他的利益。他发誓要把失去的东西在凯蒂母女身上弄回来。在这部分的开始，他反复咒骂"天生是贱坯就永远是贱坯"[②]。他冷酷无情地践踏血缘亲情，对自己的同胞姐姐和外甥女恶言相向。他疯狂地追逐金钱，连亲人也不放过。他利用凯蒂对女儿的思念敲诈勒索她的钱财，假意答应只要她给钱就让她看女儿一眼。但是等到钱一到手，他就让载着小昆丁的马车在她身边飞驰而过，凯蒂根本就没有看清女儿的脸。事后凯蒂找他理论，他却说自己已经兑现了诺言。他强取豪夺、欺骗隐瞒，夺走了凯蒂寄给女儿的4000美元的生活费。杰生算是康普生家族"最正常的"子嗣，可他完全被物欲异化，丧失了应有的人性。读者根本无法相信杰生的叙述，他的头脑已分不清现实和虚幻，他疯狂地追

---

① 〔美〕福克纳:《喧哗与骚动》,李文俊译,上海译文出版社,2007,第94页。

② 同上书,第175页。

赶小昆丁路过教堂时的意识流就是他思想混乱的明证。他幻想自己如何带了一队士兵拖着上了手铐的警长往前走，他还要把全能的上帝从他的宝座上拉下来。如果有必要的话，他还想起天上的天兵天将和地狱里的鬼兵鬼卒都严阵以待。他从他们当中杀出一条血路，终于抓住了逃窜在外的外甥女小昆丁。他完全无视过去，坚持使用现在时态，只顾生活在现在和当下。在他叙述的一节，人们常常听到和看到的是他的口头禅"我说"，这是他维护家长权威和男权思想的有力武器。金钱、汽车、生意、对家人和黑鬼的咒骂充斥在他的叙事之中，表现出他对过去的极大不敬。杰生已经蜕化为不折不扣的物质奴隶，只对金钱和与其有关的东西感兴趣。杰生在斩断了与历史的所有联系时，也失去了存在的根基，他的家族历史和没落处境使他无法完全融入工商资本主义的经济体系。因此，他的叙述更加偏激和缺乏可信度。

第四部分从康普生家族三兄弟的主观叙事视角转向第三人称的叙述，即全知全能的第三人称叙述者迪尔西的视角。本部分概要回顾了康普生家族的历史，重新考察凯蒂的故事，重点关注家族的衰败过程。迪尔西的部分使用了传统的第三人称小说叙事形式，似乎"真实""客观"地讲述了复活节早上康普生家里的情景、教堂的复活节宗教活动、杰生追逐小昆丁、勒斯特带班吉去墓地等情节。这也许是福克纳能够把小说讲得更清楚的最后一个机会。但是这个部分也无法提供理解和厘清前三部分故事的任何线索，因为过去已经一去不返，现在和过去之间总是隔着一些不透明的介质，人们无法清晰地透过现在看到过去，只有诉诸文字等其他媒介接近过去。所以，再客观的叙述都无法排除叙述者的主观选择，哪怕它是全知全能的第三人称叙事，也必然反映迪尔西甚至福克纳的主观意愿。

总之，《喧哗与骚动》和《押沙龙，押沙龙！》通过运用叠错重复的叙事策略，赋予不同的叙述者不同的声音，试图复原南方两大贵族家族的没落史，重建南方的现代史。它们就像一部不同声部结合起来构成的美妙交响乐曲，每个单独的声部都无法传递整部乐曲的意义，但它们又是乐曲无法分割的有机部分。在这两部小说中，不管是叙述者的讲述还是再讲述,都无法给读者提供可以信赖的过去和历史。这样的叙事形式反映出福克纳用复数叙述来代替单一叙述的愿望,表达其历史无法通过单一叙述得以复现的基本观念。在两个文本中作者通过取消权威叙述的方式,质疑对历史进行权威叙述的可能性。历史不再是权威的,大写历史必须被解构成多元的小写历史,因为只有这样,人们才可以触摸更加真实的历史。在这一点上,福克纳完全认同海登·怀特的历史观点,即历史和文本的不可分割性。历史本身就是文本,文本也必然表述历史。《押沙龙,押沙龙!》和《喧哗与骚动》的复杂多样的叙述形式正是人们如何构建历史的有效探索和形象图解。通过叠错重复的叙事方式,福克纳把萨德本和康普生家族本来连续的故事解构成不同的版本,暗示历史建立在人们的选择和建构之上的基本特征。质言之,历史总是在被叙述之后才能够存在,人们看到的历史也注定是断断续续和充满矛盾的历史。真实的、大写的历史失去了原有的权威性,复数、小写的历史成为最能够接近历史原貌的重要媒介。

二、反讽——神话暗指叙史

福克纳在运用"叠错重复"叙事形式的同时戏仿套用《圣经》的叙事结构,在神话与现实的错位中关注文本与历史的关系问题,并通过反讽暗指的诗学张力唤醒人们的历史意识。福克纳在进一步质疑《圣经》叙述权威的过程中,折射历史和虚构之间的内在关联与辩证统一。《押沙龙,押沙龙!》和《喧哗与骚动》通过套用圣经叙事结构,试图再现美国南方颓废和衰败的历史悲剧,就其精神本质和象征意义而言,这更是现代人类集体境遇的悲剧性寓言。福克纳紧扣过去,试图在传统历史和神话世界之间达成通约,让历史意识和神话意识成为其时间意识的一体两面,使他可以在往昔与现实之间,借着清醒的客观与深刻的主观,筑起具有史诗风范和现实深度的关于南方现代家族衰亡的悲剧文本。福克纳在文本中通过回归传统和神话世界,以充满主观好恶的情感倾向对抗历史的客观性和机械性,消解美国高歌猛进的资本主义进步和现代化文明的大写历史。

福克纳通过挑战教徒们奉若神明的《圣经》叙事的权威性和真实性，进一步解构和重塑南方的贵族家族史、地区史，甚至整个人类发展史。在《押沙龙，押沙龙!》和《喧哗与骚动》中，福克纳使用了大量的《旧约》和《新约》，以至于有评论家认为"《圣经》是福克纳小说世界的原材料"①。所以，圣经故事及其神话暗指是解开福克纳作品复杂性的一把金钥匙。通过仔细考查，笔者发现《押沙龙，押沙龙!》和《喧哗与骚动》的叠错重复的叙述手法与《圣经》的叙事结构有着惊人的相似之处。笔者通过分析这种叙述形式对《圣经》结构进行套用所表达的深层意蕴，阐释福克纳如何借用神话暗指的复杂叙述形式表现其新历史主义的倾向。

福克纳在作品中通过对《圣经》的移位转型组织文本的结构，旨在质疑《圣经》历史叙事的权威性。不管是《圣经》的《旧约》还是《新约》，它们都是《圣经》的撰写者在宗教意识形态场域的各种力量的角逐和不断协商中，根据自己的主观选择和意识形态偏见记录的历史，不可避免地服务于当时的宗教权威。福克纳不仅质疑南方的家族神话史，而且，在描写两个大家族的败落时在小说的叙述上戏仿《圣经》结构，进而解构和重建南方的现代文明史，瓦解南方官方历史的唯一性和可靠性。下文就《押沙龙，押沙龙!》和《喧哗与骚动》对《圣经》神话的艺术化用和《圣经》结构的戏仿反讽展开详细分析。

正如福克纳自己所说，《押沙龙，押沙龙!》小说的题目来自《圣经》故事中大卫王痛苦的哀悼。不但如此，小说的整个框架也与《圣经》结构相似，叙述形式实现了从《创世纪》到《启示录》，从《旧约》到《新约》的发展历程。所以，福克纳作品对《圣经》的套用表现在语言的戏仿反讽和结构的移位转型两个方面。在《押沙龙，押沙龙!》的第一个叙述框架中，罗莎的语言与《旧约·创世纪》中记录耶

---

① Lael Gold, "A Mammy Callie Legacy," in *Faulkner's Inheritance: Faulkner and Yorknapatawpha, 2005*, ed. Urgo, Joseph R., Abadie, Ann J. (Jackson: University Press of Mississippi, 2007), p.142.

利米哀歌的语言相似。"罗莎对萨德本和南方的描述与《旧约》故事的叙述之间形成基本的联系"①。在罗莎的叙述中,她把萨德本描写成"不知打从何方进入本镇,骑着一匹马,带来两把手枪和一群野兽"②,并从"平静、惊讶的土地"上"狂暴地从那一无声息的'虚无'中拉扯出房宅与那些整齐的花园",他创造了"萨德本百里地,说要有萨德本百里地,就像古时候说有光一样"③。这些语言完全是《创世纪》语言的翻版。此外,罗莎小姐还有着特殊的个人才能,比如狂喜、诗性以及某种预言的潜能,她就像《旧约》中的预言家一样,不是依靠理性,而是通过一系列有力的言语,预言萨德本世界的覆灭。而且,罗莎不可名状的失败感和失望感,使她的叙述基调与耶利米哀歌中预言者的叙述基调极为相似,耶利米说:"锡安城的威荣全都失去。"④根据罗莎小姐的观点,萨德本家族以及南方的衰败是由"厄运和诅咒落到我们家头上而上帝在亲自监督着要看到它一丝不差地得到执行似的。"似乎是萨德本家族"祖辈的某个人选择了在一片充满厄运、已受诅咒的土地上繁衍后代"。这不仅仅是降临到萨德本家族的诅咒,也是对南方这片土地的诅咒:"是啊,对南方也是对我们家的厄运和诅咒"⑤。正如上帝对以色列的罪恶行为做出的惩罚一样:"他将以色列的华美从天上扔在地上"⑥。

在小说的第二个叙述框架中,康普生先生的叙述口吻与《传道书》具有相似之处。因为他是悲观的不可知论者,他对萨德本故事的态度与《传道书》中的传道者一样。康普生先生的叙述以讽刺式的说教为特征,因为他认为人被置于无可奈何的命运之中,这一命运是命中注定和不可改变的。例如,当邦回来向萨德本复仇,求婚朱迪丝时,康

---

① Peter Swiggart, *The Art of Faulkner's Novels* (Austin: The University of Texas Press, 1962), p. 154.

② 〔美〕福克纳:《押沙龙,押沙龙!》,李文俊译,上海译文出版社,2004,第9页。

③ 同上书,第3页。

④ 《圣经》,中国基督教协会,2007年南京版,第1306-1307页。

⑤ 〔美〕福克纳:《押沙龙,押沙龙!》,李文俊译,上海译文出版社,2004,第15页。

⑥ 《圣经》,中国基督教协会,2007年南京版,第1309页。

普生先生把萨德本叙述成被命运捉弄的玩偶，认为人力是无法同命运抗争的。他如此描述萨德本的宿命："自己这么多年苦挨苦熬，勃勃雄心眼看要最终实现，如今竟出现了一个潜在的威胁，对于这个威胁……哪怕只需走10英里去做调查他也不干"①。与《圣经》的"谁知道事情的解释呢？"②的一叹三咏如出一辙。康普生先生如此谈论人生："我们从老箱底、盒子与抽屉里翻出几封没有称呼或是签名的信，信里曾经在世上活过、呼吸过的男人女人现在仅仅是几个缩写字母或是外号，是今天已不可理解的感情的浓缩物，对我们来说这些符号就像梵文或绍克多语一样弄不明白了。"③《传道书》中的说教者也认为上帝已经注定了万物的秩序和时间，因为"凡事都有定期，天下万物都有定时"④。因为没有正义，又不能改变人的命运，说教者提倡享乐主义的生活方式，"你只管去欢欢喜喜吃你的饭，心中快乐喝你的酒"⑤。康普生先生正是如此借酒浇愁，靠沉浸在虚无主义的哲学中打发时光。

小说的第三个框架即罗莎小姐对邦的叙述与《新约》的四部《福音书》相似。首先，像上帝基督被钉死在十字架上的年龄一样，邦在萨德本百里地被杀时也是33岁。一声枪响，厅堂台阶上"早就和拿去做绷带的床单、桌布一起不见了"⑥，"在那张没有被单的床在它的修补过的、陈旧、发灰、变红的光秃秃的垫子是那具苍白、血淋淋的尸体"⑦；当邦的尸体被抬到楼上时，罗莎小姐描述"花毯—纱帘在将要发生的事之前软疲疲地垂挂着，甚至很乐于接受最渺不足道与无理的触动，如果我们敢于这样做，足够大胆捅上一刀子把它捅破的话"⑧。这与《马可福音》的记录相似："耶稣大声喊叫，气就断了。殿里的幔

---

① 〔美〕福克纳:《押沙龙,押沙龙!》,李文俊译,上海译文出版社,2004,第93页。

② 《圣经》,中国基督教协会,2007年南京版,第1056页。

③ 〔美〕福克纳:《押沙龙,押沙龙!》,李文俊译,上海译文出版社,2004,第92页。

④ 《圣经》,中国基督教协会,2007年南京版,第1050页。

⑤ 同上书,第1057页。

⑥ 〔美〕福克纳:《押沙龙,押沙龙!》,李文俊译,上海译文出版社,2004,第127页。

⑦ 同上书,第129页。

⑧ 〔美〕福克纳:《押沙龙,押沙龙!》,李文俊译,上海译文出版社,2004,第134–135页。

子从上到下裂成两半"①。在《马可福音》中，描述在观看耶稣受难和
埋葬耶稣的情景时，提到了末大拉的玛利亚、雅各的母亲玛利亚和撒
罗米三个女人。在《押沙龙，押沙龙!》中，描述邦被亨利枪杀在家门
口的情景时，也提到了埋葬邦的罗莎小姐、朱迪丝和克莱蒂三个女人。
《圣经》中的救世主耶稣在死后三天复活了，但在《押沙龙，押沙龙!》
中，对于邦和萨德本家族的任何一个人来说，他们没有复活的可能性。
因为随着奴隶制的灭亡，建立在奴隶制之上的萨德本庄园在奴隶制和
种族偏见的撞击下必然走向衰落。萨德本家族的最后一个幸存者，吉
姆·邦德，不但是个智障儿，而且还是个混血儿，这或许也是对萨德
本终其一生建造的纯白人王国的极大讽刺，与《圣经》中救民于水火
的救世主形成了鲜明对照，达到了最大限度的反讽张力。

　　最后一个框架与《旧约》中的《撒母耳记上》和《撒母耳记下》，
以及《新约》中的最后一本书《启示录》具有相似性。昆丁和施里夫
重构的关于萨德本家族的故事与《撒母耳记上》和《撒母耳记下》记
录的大卫王家族的故事具有很多相似之处。与大卫王出生在山区一样，
萨德本出生在西弗吉尼亚山区。大卫在他12或13岁时被父亲派去给扫
罗送"几个饼和一皮袋酒，并一只山羊羔"②。萨德本也在13或14岁
时被他父亲派去送信给一富人庄园。此外，像打败高力士成为以色列
王的大卫一样，萨德本也在海地单枪匹马地平息奴隶起义，获得巨大
财富，后来成为萨德本百里地的"王"。很明显，《撒母耳记下》与这
一叙述框架最相似的是兄妹乱伦和手足相残的情节。昆丁和施里夫对
萨德本家族故事的最后一个叙述框架与《启示录》形成对比关联，因
为昆丁和施里夫采用了《启示录》中的叙述技巧。正如《启示录》的
作者一样，昆丁和施里夫通过考察萨德本的早年生活，试图发现隐藏
在萨德本故事中的秘密。事实上，昆丁与《启示录》的作者完全相似。
罗莎小姐选择昆丁来讲述萨德本故事是因为某一天他可能会把它写下

---

①《圣经》，中国基督教协会，2007年南京版，第95页。

②同上书，第445页。

来。这与约翰记录耶稣生平一样："你所看到的，当写在书上"①。正如《启示录》提供了耶稣统治的时代替代撒旦统治的时代，《押沙龙，押沙龙！》的结尾描写了邦的混血后代代替萨德本白人血脉的故事，萨德本"纯白人王国"的覆灭成为命中注定的劫数。然而，黑人吉姆·邦德所代表的一代似乎也没有重新繁荣的可能，因为他只是一个对着被大火夷为平地的萨德本庄园嗷嗷号叫的智障儿，南方的种植园及其庄园主大家族从此灰飞烟灭。

通过在《押沙龙，押沙龙！》的叙述形式中使用从《创世纪》到《启示录》的《圣经》语言和结构，福克纳不仅达到了神话暗指的象征效果和对照反讽的艺术特色，他还试图挑战《圣经》本身的大写历史。与大卫王及其王国的繁荣相反，福克纳刻画了萨德本的败落，取消了萨德本在第三代以后再次繁荣的可能性。通过对《圣经》语言和结构的反讽与戏仿，福克纳质疑《圣经》宣讲的白人优越、黑人低劣，白人奴役黑人的正当性等宗教权威。在南方，出于对种族混合的恐惧，南方主导意识形态常常引用《圣经》的叙述，在《圣经》中寻找各种"有力"的证据，为自己的种族歧视和剥削辩护，为种植园主的残酷统治正名。被他们视为圭臬的《圣经》是他们合法剥削和压迫黑人的完美借口，因为《圣经》的权威性和可靠性是不容撼动的。"甚至在内战后，伊甸园神话也被用来支持白人优先，并充斥在所有的种族主义的宣传中"②。通过对萨德本家族悲剧的生动描写，对家族毁灭原因的合理分析，福克纳把萨德本家族的灭亡归结为奴隶制和种族主义。在此基础上，福克纳进一步批判了被南方人奉若神明的《圣经》中的种族歧视因素，反对主流意识形态对《圣经》展开的种族主义解读，颠覆《圣经》大写历史的权威性和唯一性。

《喧哗与骚动》中也借用《圣经》的神话暗指，通过戏仿《圣经》

①《圣经》，中国基督教协会，2007年南京版，第433页。

② Tara Tuttle, *"Biting Temptation": An Examination of the Eden Myth in the Southern Fiction of William Faulkner, Alice Walker, and Toni Morrison* (The University of Louisville, 2008), p. 82.

的叙事结构讲述南方另一贵族家族康普生家族的故事。第一个部分，
"1928年4月7日"，由班吉讲述，主要描写过去30年发生在康普生家族
的故事，重点关注康普生家族兄弟姊妹的童年时期；第二个部分，
"1910年6月2日"，讲述康普生家族兄弟姊妹进入青春期之后的故事；
第三个框架"1928年4月6日"，康普生家唯一"神志清醒"的继承人
杰生讲述康普生家族三兄弟进入成年之后发生的事情，主要关注现在
和当下；最后一个框架"1928年4月8日"从全知全能的叙述视角，以
一个外人的眼光重新审视康普生家族的整个历史。小说的四个部分虽
然独立成章，都以康普生家族唯一的女孩凯蒂为中心展开，各章相互
补充，从不同的视角展示凯蒂的成长、成熟、"堕落"历程，映照康普
生家族从盛到衰的故事。这种叙述技巧与四部《福音书》的叙事有异
曲同工之妙。四部福音书（《马可福音》《马太福音》《路加福音》《约
翰福音》）由四个人分别从自己的角度叙述了耶稣的生平、事迹、言
行、死亡和复活，各有特色，相互增补。而且，前三部福音书《马可
福音》《马太福音》《路加福音》由于不少材料相同，甚至观点也大致
相同，又称为"同观福音"，都讲述了耶稣在加利利的传道，主要关注
耶稣的言行；而《约翰福音》讲述的是耶稣在犹太的传道以及与犹太
首领之间的故事。《喧哗与骚动》的前三个部分是由康普生家三兄弟叙
述的，分别回忆和叙述了凯蒂的失贞对他们各自产生的不同影响，这
三个叙述者有相同的血缘、相同的家庭背景，大致相同的生活环境，
因此，又与"同观福音"有相似之处。《约翰福音》记载了耶稣的言
论，贯穿其中的主旨是：神就是爱。耶稣说："我在他们里面，你在我
里面，使他们完完全全地合而为一，叫世人知道你差了我来，也知道
你爱他们如同爱我一样。"[1]《喧哗与骚动》最后一章以康普生家黑人
女仆迪尔西为主角进行叙述。迪尔西对凯蒂私生女小昆丁以及班吉的
爱和关怀以及她自我牺牲的精神践行《约翰福音》中耶稣的遗训，"你
们要彼此相爱"。迪尔西的人物形象代表了人性的复活与回归。故最后
一章"迪尔西部分"与最后一部福音书《约翰福音》又有相似之处。

---

[1]《圣经》，中国基督教协会，2007年南京版，第197页。

因此，我们可以清楚地看到，福克纳的小说叙述结构深受《圣经》中四部《福音书》叙事框架的影响。

当福克纳在弗吉尼亚大学被问及使用四个基督教中最重要的日期作为标题有何用意时，他回答说就好像是木匠在商店里找到了"适合我要修建鸡笼的工具，之后我就用了它"①。虽然福克纳解释是木匠碰到了得心应手的工具，其实如果我们把他的作品联系起来研究的话，我们就会发现他在作品中借用《圣经》语言和结构并非随意为之，而是匠心独运的精心设计，是他的作品结构得以呈现、主题思想得以阐明的主要方式。他在《喧哗与骚动》与《押沙龙，押沙龙!》中戏仿套用《圣经》结构、模仿改写《圣经》语言，除了对照神话，关注现实，在南方贵族家族的衰落和基督的复活之间形成巨大的艺术张力和反讽戏仿效果之外，他质疑和解构《圣经》的权威叙事，对南方的家族神话和历史进行改写和重塑。福克纳认为，《圣经》也是特定历史和文化条件下的产物，它根据一部分人的需要书写而成。这样，《圣经》失去了本身的自治性和权威性。在战后的南方文化背景中，《圣经》常被误解成上帝之言、天地精华，服务于教会单一的震慑和控制教民的目的。福克纳认为《圣经》是对话性的，形成了多层次的对话和协商场域，因此不具备权威叙述性。福克纳通过在上述两部作品的叙述形式中套用四部《福音书》的叙事结构，并提供与《圣经》故事截然相反的结局，对《圣经》的堂皇叙述进行解构和重建，调侃和讽刺《圣经》的神圣语言。

在《圣经》中，耶稣的受难和复活拯救了整个人类，但在《押沙龙，押沙龙!》和《喧哗与骚动》中，无论是代表南方贵族的康普生家族还是代表穷白人暴发户的萨德本家族，他们都没有任何复活的可能，他们所代表的南方贵族大家族被历史的必然律推上了灭亡的道路。南方的贵族大家族在奴隶制和种族主义的双重撞击下，支离破碎、分崩

---

① Frederick L. Gwynn and Joseph Blotner (eds.), *Faulkner in the University: Class Conferences at the University of Virginia 1957–1958* (Charlottesville: The University of Virginia Press, 1959), p. 68.

离析，在大家族内部的腐败和堕落的助推下，随风飘逝，一去不返。缘此，南方历史书写的种植园贵族大家族神话也随即宣告破灭，南方历史竭力压抑的贵族家族的罪恶也浮出了南方历史的大地表，南方历史的不同棱面也得以昭示于天下。在《押沙龙，押沙龙!》和《喧哗与骚动》中，福克纳运用叠错重复的叙述手法以及在这种叙述手法中套用《圣经》结构，质疑南方的贵族家族神话和《圣经》叙事，对历史的真实性表现出极大的不信任。福克纳借助作品，再现历史意识，旨在强调历史在整体性上是人们所无法触及的，历史只有在展示成复数小写历史的时候，我们才可以有效地触摸历史，接近真实。如此，福克纳对"整体唯一历史的梦想"[1]进行了去魅化处理，消除了人们对南方贵族家族史和《圣经》历史的盲目信任。

三、非裔口述传统

福克纳熟谙南方的口头叙事艺术，对它表现出浓厚兴趣，并在作品中大量使用南方的口头叙事传统。他每天都去人们聚集的广场，聚精会神地倾听他们用本地特有的方言讲述的各种故事。而且，福克纳的黑人保姆卡洛琳大妈也是一个讲故事的能手，他常常缠着大妈，让她讲各种非洲民间故事和离奇传说。福克纳和卡洛琳大妈之间建立起来并且延续终身的亲密关系让他更加接近并熟知有关黑人的故事和非裔口传文化。口述传统尤其在南方的黑人中广泛流传，是他们传递经验、故事、思想和文化的重要方式，因为读写在普通黑人民众中根本没有普及。口述与书写不同，它具有极大的"添加性、流传性、挑战性、复制性和贴近生活性"[2]，福克纳在作品中大量使用南方黑人口音和方言俚语就是为了"抵制在文学作品中黑人声音的缺场和沉默"[3]。

---

[1] Dominick LaCapra, *History and Criticism* (Ithaca: Cornell University Press, 1985), p. 25.

[2] Walter J. Ong, *Orality and Literacy: The Technologizing of the Word* (Routledge, London and New York, 2002), p. 37.

[3] Stephen M. Ross, *Fiction's Inexhaustible Voice: Speech and Writing in Faulkner* (Athens: University of Georgia Press, 1989), p. 234.

《押沙龙，押沙龙！》和《喧哗与骚动》集中体现了福克纳借用非裔口头叙事传统，旨在重申黑人叙述策略的历史意识。南方是建立在"口头社会"上的①，这是福克纳在作品中使用非裔口传、重构南方历史的主要原因。因为对于南方人来说，"南方伟大的口头传统几乎可以在所有的活动中表现出来：从宗教布道到商品交易，从茶余饭后的闲聊到各种辩论，从唱福音歌到犯罪诱惑，从方言书写到布鲁斯演唱，等等"②。对于福克纳而言，或许借助非裔口头叙史传统是他更加接近黑人边缘化历史及其南方真实历史的最佳途径，象征着他解构白人书写历史、寻求黑人口述传统的历史意识。

福克纳在《押沙龙，押沙龙！》和《喧哗与骚动》两部作品中大量使用"呼唤与回应"的非裔传统口头叙事技巧展开或深化故事情节。根据托尼·默里森的定义，"呼唤与回应"是一种能够唤起回应，需要参与者或叙述者基于已知信息"承认或改变或修改或延伸意思"的叙事形式。③从宏观上来看，两部小说在叙事结构上都采用"呼唤—回应"模式。

在《押沙龙，押沙龙！》中，福克纳运用呼唤—回应的非裔口头叙事技巧对庄园主萨德本的家族史和南方的地方史展开详细描述。小说的前五章主要是罗莎小姐对萨德本家族故事充满怨恨的叙述和康普生父子对萨德本家族衰亡原因的臆想推测，小说像侦探故事一样留下诸多悬疑，期待人们对这些谜团进行回应和破解。福克纳清楚地意识到从南方人身上寻找答案的困难和不可靠，他引入来自加拿大的施里夫，希望对萨德本家族的历史追根溯源，对家族灭亡的谜团做出合理的解

---

① Waldo W. Braden, *The Oral Tradition in the South* (Baton Rouge: Louisiana State University Press, 1983), p. ix.

② Katherine R. Henninger, "Faulkner, Photography, and a Regional Ethics of Form," in *Faulkner and Material Culture: Faulkner and Yoknapatawpha, 2004*, ed. Urgo, Joseph R., Abadie, Ann J. (Jackson: University Press of Mississippi, 2007), p. 123.

③ Toni Morrison, "Rootedness: The Ancestor as Foundation," in *What Moves at the Margin: Selected Nonfiction*, ed. Denard, Carolyn C. (Jackson: The University Press of Mississippi, 2008), p .59.

释。小说从第六章开始，就对前面各种侦探素材做出反应。昆丁虽然带着莫大的不情愿，但在施里夫的协助下，他们终于找到了萨德本家族灭亡的原因：血缘伦理和种族歧视的双重撞击使得萨德本家族土崩瓦解。

微观而言，呼唤—回应的叙事技巧几乎贯穿在《押沙龙，押沙龙！》小说的整体叙述之中，小说采用括号的形式表现呼唤引发的回应。在或注释，或评判，或衍生，或补充的呼唤—回应模式中，萨德本家族的故事得以推进发展，人物的性格得以充分展现，主题思想得以有效深化。这种叙事模式在小说的第八章表现得更加突出，是本章最主要的叙事策略。在萨德本期待沃许的孙女米莉给自己生个男性继承人并得知她要生产时，他骑马赶到现场，他说："'珀涅罗珀'——（也就是那匹母马）——今儿早上产驹崽了。是只倍儿棒的小公驹。"随后他问为米莉接生的黑人接生婆："老黑皮，娃儿是公的还是母的？"当他得知是个女孩并非自己梦寐以求的男孩时，他冷漠地说道："唉，米莉，太糟糕了你不是一匹母马。要不我就可以在马棚里拨给你一间不错的厩房了。"[①]至此，萨德本的无耻昭然若揭，他纠缠年龄是自己孙女的米莉主要是为家族生产男性继承人，他从来没有把米莉当人看待，在他眼里她连一匹母马都不如。

在《押沙龙，押沙龙！》的开头部分，昆丁和罗莎之间的交谈是一个明显的呼唤—回应模式。比如，当昆丁讲述萨德本百里地的故事时，罗莎小姐经常打断昆丁的叙述，要么用来强调某一点，要么修正某一点：

> "看来这个恶魔——他姓萨德本——（萨德本上校）——萨德本上校。他不知从什么地方，没有预先警告便来到这里，带来了一帮陌生的黑鬼建起了一座庄园——（狂暴地拉扯出一座庄园，按照罗莎·科德菲尔德的说法）——狂暴地拉扯出。接着娶了她

---

① 〔美〕福克纳：《押沙龙，押沙龙！》，李文俊译，上海译文出版社，2004，第277、278页。

的姐姐埃伦产下了一子一女，那是——（一点也不斯文地产下的，按照罗莎·科德菲尔德的说法）——一点也不斯文。这些子女本该成为他引以为荣的宝贝和他老年时期的保障和安慰，可惜——（可惜他们毁了他或是诸如此类的事，或是他毁了他们或是诸如此类的事。后来死了）——后来死了。毫不遗憾，罗莎·科德菲尔德小姐说——（除了是她觉得遗憾）是的，除了是她。（还有昆丁·康普生）是的。还有昆丁·康普生。"①

　　在昆丁的这段叙述中，罗莎小姐共打断了六次，企图修正昆丁提到的信息。她要么是强调萨德本的恶魔本质，要么添加昆丁未知的信息。然而，罗莎严峻的和憔悴的声音使昆丁的听力有种"自我挫败感"。对于昆丁而言，"她的话音不愿陡然打住，它宁愿干脆渐渐消失"②。在这里，福克纳旨在揭露那些在传统历史中不受重视的声音只能消失或只能被遗忘的观点，他借用呼唤—回应的叙事技巧强调和凸显罗莎的评论，避免她的声音被忽视或被消音。"那并没有陡然打住而是渐渐消失隔了段长时间又渐渐响起的话音，像一道溪流，一行细流从一摊干涸的沙砾流向另一摊"③。作为女性的罗莎，在南方父权制的社会体制中，无疑是处于社会底层的人物。虽然身为南方贵族淑女，她同样被剥夺了与南方男性贵族平等的话语权，她的声音也是被压抑和消除的对象。福克纳通过允许罗莎补充、修正和评价萨德本的历史，赋予她参与萨德本家族历史叙事和影响萨德本家族历史的能力。

　　福克纳还在《押沙龙，押沙龙！》的叙事方法上采用特色鲜明的非裔口述技巧。首先，小说的口语性特点表现在关于萨德本故事的叙述上。他的故事是从一个叙述者到另一个叙述者重复讲述的故事。由于已知事实的欠缺，叙述者必须依赖不确定的口头传说讲述萨德本生命中的各个阶段，比如，罗莎小姐和昆丁对萨德本一生的简要描述；康

---

① 〔美〕福克纳：《押沙龙，押沙龙！》，李文俊译，上海译文出版社，2004，第3—4页。

② 同上书，第2页。

③ 同上。

普生将军和康普生先生对萨德本发家史的想象以及昆丁和施里夫在哈佛宿舍中对萨德本和南方历史的叙述。在所有的讲述者中，除了罗莎与萨德本有过接触之外，其他叙述者的叙述都是建立在萨德本自己讲述的故事基础之上：萨德本把自己的发家史讲给康普生将军，康普生将军又经过自己的加工再次讲给康普生先生，康普生先生又讲给他的儿子昆丁。为了全面了解萨德本家族的家族历史，读者必须在各种讲述的基础上转向"早年间的故事和流言的陈谷子烂芝麻"①和他们那些口口相传的故事。

在《喧哗与骚动》中，小说的前三章构成一种呼唤模式，康普生家族的三个男性子嗣各自基于自己的立场，叙述康普生家族的兴盛衰落史，但他们囿于自己的偏执，无法超越叠错重复、吞吞吐吐、断断续续的叙事，只提供了康普生家族不同历史阶段的一些碎片，发出各种期待应答的呼唤。小说的最后一个部分使用全知全能的第三人称叙事，对前面的呼唤做出应答，把康普生家族历史的碎片连缀成一个比较完整和相对客观的故事。这里的回应不但对前面的呼唤进行承认和修改，而且发挥着延伸意义和深化主题的作用。小说通过白痴班吉的视角如此这般地展开了小说的第一章："透过栅栏，穿过攀绕的花枝的空当，我看见他们在打球"②，接下来便是班吉对现实的感官感受，这些感受既无法与时间，也无法与亲人之间建立有效的联系；昆丁的一章从开始就表现他和时间的较量："窗框的影子显现在窗帘上，时间是七点到八点之间，我又回到时间里来了，听见表在滴答滴答地响。"③人与时间的较量永远都是悲剧性的，人终究会在时间面前败下阵来；杰生的一章开启了恶毒的咒骂："天生是贱坯就永远是贱坯。"④对家人的仇恨和咒骂回荡在这一章中；第四章的开始是迪尔西对当下感受的

---

① 〔美〕福克纳：《押沙龙，押沙龙！》，李文俊译，上海译文出版社，2004，第295页。

② 〔美〕福克纳：《喧哗与骚动》，李文俊译，上海译文出版社，2007，第1页。

③ 同上书，第75页。

④ 同上书，第175页。

切实客观的第三人称描述:"这一天在萧瑟与寒冷中破晓了"①,迪尔西直面现实,并且带领班吉参加那天教堂的心灵净化活动。福克纳借此对前面的三个呼唤进行回应,在回应中冲破了康普生家族三个继承人的狭隘和偏执的束缚,进入对人性问题的探索,作者大力讴歌迪尔西代表的人类美德。

除了用"呼唤—回应"这一非裔传统口头叙事技巧组织《喧哗与骚动》的整体叙事结构之外,福克纳还在作品中大量运用非裔口头叙史的传统叙事技巧。口头性是黑人或非裔美国人布道和传播《圣经》的最显著、最基本的特征。在《喧哗与骚动》中,《圣经》对黑人或非裔美国人的影响力量围绕牧师的布道得以表现。在南方,黑人被剥夺了读书识字的权利,他们的《圣经》主要是通过口头讲述得以代代相传。《喧哗与骚动》中福克纳对黑人口述《圣经》的特征进行了详细描写。他的叙述主要集中在康普生家的黑人保姆迪尔西领着班吉去参加黑人教堂礼拜时的情景:在布道之初,牧师的口音"听起来像是个白人。他的声音平平的、冷冷的。口气很大,好像不是从他嘴里讲出来的。起初,大家好奇的听着,就像是在听一只猴子讲话"②。"听起来像个白人"是因为牧师在读《圣经》。虽然他的布道声音高亢,但丝毫没有打动听众。然而,在布道的尾声,牧师像是个黑人在讲话,他的声音"与他方才的声音相比,不只有霄壤之别,它像一只中音喇叭,悲哀、沉郁、深深地嵌进他们的心里,当愈来愈轻的回音终于消逝后,这声音还在他们的心里回荡"③。这里,牧师在口述《圣经》,他的布道展示了一个感人的《圣经》画面,打动了他的黑人听众的心灵,引起他们深刻的共鸣,产生了极大的影响力。随着语调的"种族"倾向的转变,牧师的布道达到高潮,他的听众深深地沉醉在他描述的场景中,他们高呼:"我看到了,耶稣啊!哦,我看见了!"④。同时,牧师

---

① 〔美〕福克纳:《喧哗与骚动》,李文俊译,上海译文出版社,2007,第253页。

② 同上书,第278–279页。

③ 同上书,第279页。

④ 同上书,第281页。

的语调使他和他的听众穿越了《圣经》的书写语言：

> 他很像一块被自己连续不断的声浪冲击得抹去了棱角的小石头，他也很像是在用肉身喂自己的声音，这声音像个魔女似的狰狞地咬着他的内心。会众们仿佛亲眼看到那声音在吞噬他，到后来他也消失了，他们消失了。甚至连他的声音也化为子虚乌有，只剩下他们的心在相互交谈，用的是吟唱的节奏，无须借助话语。①

通过描写在布道时黑人牧师从白人语调转向黑人语调，从强调白人《圣经》的书写性到转向黑人《圣经》的口述性，福克纳意在强调黑人口述性的巨大影响力。

因此，在这两部小说中，通过使用口述传统，福克纳旨在表现他"对传统历史编纂资料的不信任"②。福克纳依赖非裔口述历史传统对书写历史进行挑战，重申他对南方现存官方书写历史的怀疑和不信任。他认为书写并不是记录官方历史的唯一媒介，口口相传也是边缘人物记住历史的有效方式。同时，为了建构南方历史，福克纳力求再现那些被边缘化的、被压抑的、被消除的声音，为人们接近南方的家族史、区域史，甚至美国的整个现代史提供了另一条重要途径。

四、边缘化叙史

内战不仅拉大了美国南北之间的经济距离，而且加剧了南北之间的文化差异。南方庄园主一直以美国的贵族自诩，以骑士精神为荣。但内战的失败给骄傲的南方人当头一棒，他们不得不面临北方在道德和文化方面对南方的诸多指责，他们将经历各个方面的重建，包括意识形态方面的改造。因为南方的奴隶制，北方人认为自己在道德和文

---

① 〔美〕福克纳：《喧哗与骚动》，李文俊译，上海译文出版社，2007，第279页。

② Barbara J. Wilcots, *Rescuing History: Faulkner, Garcia Marquez, and Morrison as Post-colonial Writers of the Americas* (University of Denver, 1995), p. 101.

化方面高高地凌驾于南方人之上。他们认为北方代表着美国文化和经济的主流，南方的白人贵族也无法逃脱北方的贬低和嘲讽。北方人在各类文献记录中都表现出对南方的谴责和歧视，"南方在经济地位、文化地位等方面远远落后于北方的这个说法成为美国的主流声音"①。南方完全作为北方的对立面而存在，成为工业文化的"他者"。北方人认为南方应该被完全地"北方化"，南方应该被强行拉入北方的现代化进程。同时，北方还大力宣传内战的积极作用和资本主义的进步意义，以此来谴责南方的保守和落后。他们大力宣讲资本主义的城市文明，竭力贬低南方的传统农耕文明，认为内战不仅维护了联邦的统一、废除了奴隶制，还大大地加快了南方的现代化和文明进程，"甚至在内战进行中，资本主义的工业就证明它是国家的统治者……虽然工业主义进展缓慢，但无疑它在进步；它现在正在大踏步地征服南方"②。

为了反对北方对南方的话语统治和对南方的边缘化，福克纳在弗吉尼亚大学的讲座上曾经强调："自从内战以来，有许多……误解或许是个不太恰当的用词。北方人，局外人，对南方人有一种古怪的、错误的看法。南方文艺复兴使南方人本能地希望告诉那些局外人——除了我们知道我们现在无力赢得四年内战之外——我们南方人是什么样的人、我们在哪些方面具有优秀品质。"③福克纳的循环论历史观使得他本能地反对"过去—现在—未来"线性系列上的"新/旧=进步/落后=好/坏"进化论历史观，他清楚地意识到南方不能任由北方一厢情愿地在所谓的主流意识形态之内对其进行塑造和叙述，而应让那些被北方边缘化和他者化的南方人以自己的立场讲述南方自己的历史。因此，福克纳在作品中关注那些被双重边缘化的女性的声音，让她们可以参

① Richard Nelson Current, *Northernizing the South* (Athens: The University of Georgia Press, 1983), p. 47.

② Granville Hicks, *The Great Tradition: An Interpretation of American Literature Since the Civil War* (Chicago: Quadrangle, 1969), p. 1.

③ Frederick L. Gwynn and Joseph Blotner (eds.), *Faulkner in the University: Class Conferences at the University of Virginia 1957–1958* (Charlottesville: The University of Virginia Press, 1959), p. 136.

与历史的叙述，成为多声部历史叙述中的一个有效声部。身为南方的代言人，福克纳积极地借助作品，创造一个可以让那些边缘化了的抑或是失语的南方人能够发出声音的空间，再现那些被忽视、被压抑、被抹除、被消除的声音。福克纳有意识地在作品中关注那些被资本主义赶下台的庄园主贵族、南方飘零子弟以及南方女性的声音，让他们从内部讲述南方的故事、再现南方的历史。

《押沙龙，押沙龙!》由三个南方贵族，即罗莎小姐，康普生先生和昆丁以及一个局外人即昆丁的加拿大舍友施里夫讲述。福克纳从被北方殖民或被北方推向意识形态边缘的人物视角出发，从内部展示复杂矛盾的萨德本家族史和南方区域史。这些叙述者通过讲述他们自己的经历、一遍遍地修正彼此的故事，展示南方贵族萨德本家族在奴隶制、血缘伦理和种族主义的多重撞击下如何走向衰败的历史。在不得已地遵循历史发展的必然规律和不可抗拒性时，福克纳又情不自禁地回望南方的过去，对南方传统的家族文化和农耕文明表现出不舍。他通过再现被北方主流话语排斥在意识形态边缘的南方贵族的声音，阐释每一个叙述者的边缘化地位，企图接近更加"本真"的南方家族史和地方史。

在南方淑女规范下长大的罗莎小姐被坟墓般的生活毁了一生，她一直沉浸在南方淑女的梦想中，生活在自己虚幻的世界里。随着社会的变迁罗莎意识到南方淑女的时代已经结束，她无可奈何地将自己置身于在精神上被萨德本"强暴"的女人地位。因为她的女性身份，罗莎的边缘化带有双重性，她既被南方的社会推向边缘，也被南方的男权制排斥在正统话语体系之外。她的声音是受到主流意识形态和南方男性双重贬低和压抑的声音。威恩斯泰（Philip Weinstein）在分析了《押沙龙，押沙龙!》的主要叙述者之后，一针见血地指出："康普生先生和昆丁他们在自己说话，而罗莎是通过昆丁之口在说话。"因为罗莎从始至终就没有参与到昆丁的叙述游戏之中，因为这种话语游戏"需要参与"而且"只有男性才能参与"①。罗莎说话的机会很少，而且几乎没有和男性平等对话的机会。她的充满激情的故事和罗曼蒂克的恋情都是康普生先生和昆丁的舍友施里夫想象和建构的，罗莎被剥夺了自主发声的权利。对于昆丁来说，罗莎的自白是她长期隐匿和压抑的痛苦的无意识流露。这样，罗莎几乎成为失语者，她的声音也经常处于缺省状态。但她却倔强地用"沙哑的声音"讲述萨德本及其家族的故事。福克纳通过让罗莎争取自己的话语权而进入南方男性叙史的话语体系，让她的声音得以重现。

虽然是南方白人女性，罗莎在多方面处于被边缘化的位置。首先，她被自己的社会所抛弃，游离在社区之外。她的身上没有南方男士期望的那种相夫教子、温柔娴静的淑女气质，相反她是一个曲高和寡的"桂冠诗人"。诗或许是一个再合适不过的字眼，她只能执拗地用诗性语言和众多省略，尽量简洁有力地表达自己的思想和观点，因为在父权制的南方，她的声音很难被听到或被重视。她还是一个被她的父母抛弃的女儿、一个被萨德本轻视的"爱人"。在她刚出生时母亲因为难产撒手人寰。她的父亲科德菲尔德先生常常把失去妻子的责任怪罪在罗莎身上，让罗莎内心无法安宁。她的父亲缺乏责任感，是个不称职的父亲。内战爆发后，他懦弱地选择把自己封在自家的阁楼中这种方式自杀，试图逃避对家庭、对社会的责任。在他人生的最后日子里，他心安理得地让罗莎照顾他。在他看来，孩子就是自己达到目的的手段。父亲的不负责任和母亲的早逝，使罗莎从小就没有享受到父母之爱和家庭温暖。失去父母的罗莎只好寄宿在姐姐家里，她没有同龄的朋友，也没有属于自己的家庭。她的姐姐只是萨德本获取南方贵族身份的梯子，是他合法婚姻"证书"上的一个符号。她自己本身就是一个深受丈夫残暴行为伤害的"影子"人物。她除了在去世前一遍又一遍地要求罗莎照顾好女儿朱迪丝之外，没有给妹妹留下任何安慰和亲

---

① Philip M. Weinstein, "Meditations on the Other: Faulkner's Rendering of Women," in *Faulkner and Women*, ed. Fowler Doreen, Abadie, Ann J. (Jackson: The University Press of Mississippi, 1986), p. 91.

情。事实上，姐姐自私地一味请求罗莎照顾的外甥女朱迪丝，比罗莎还要大四岁。

身为贵族的罗莎也无法避免成为南方男性传宗接代工具的悲剧命运。内战后，萨德本回到家乡，他的两个儿子因为种族仇视引发手足相残。失去儿子的萨德本迫切需要儿子来继承香火，他决定向小姨子罗莎求婚，"你也许认为我对于你姐姐埃伦来说不是个太好的丈夫。很可能你是这样想的。不过即使你不在乎现在我又老了点这件事，我相信我可以答应至少对你我会做得一样好"①。虽然这个求婚没有浪漫也缺乏爱情，但罗莎还是准备答应萨德本的求婚，因为自恃清高、脱离社会和内战等因素已经让她错过了婚姻的最佳时段。她又身在屋檐下，寄宿在萨德本家，不得不向现实低头妥协寻求食物和保护。而且她认为萨德本有一定的抱负。因为当大部分白人男性忙着出入各种聚会时，萨德本认为"如果南方每个男人做应做的事，好好整治自己的田地，那么整片土地与南方就能得救"②。萨德本雄心勃勃地试图恢复他的宏伟计划，打算重振萨德本百里地的昔日荣光。然而，萨德本向罗莎求婚的目的不在于婚姻与爱情，而在于传宗接代的企图。他很不绅士，甚至恬不知耻地提出要和罗莎婚前试验，如果罗莎可以生个男孩的话他们就结婚。这样无理的要求极大地刺伤了以南方贵族淑女自居的罗莎。因为对于罗莎来说，这是在否定她的人格、贬低她的地位、亵渎神圣的婚姻。罗莎现在才清楚地意识到，南方白人女性只是男性财富的抵押品，是男人社会地位的陪衬，是他们延续家族香火的工具和炫耀家族血统纯正的符码。

在《押沙龙，押沙龙！》中，福克纳通过给予罗莎这一南方女性边缘化人物声音，允许她进入叙事场域，叙述萨德本的家族史。她是南方广泛被消音的女性中的一员，在这里发出了声音，获得了话语权，讲述被南方男性垄断的历史。罗莎的叙述在某种程度上影响萨德本家族的历史叙事，解构了康普生将军和康普生先生眼中"高大全"的萨

---

① 〔美〕福克纳：《押沙龙，押沙龙！》，李文俊译，上海译文出版社，2004，第158页。
② 同上书，第156页。

德本形象，他们认为萨德本代表南方敢于拼搏、精明强干的庄园主，是南方庄园主凭借自己的奋斗获得成功的典范。作为被双重边缘化的女性，罗莎叙述了萨德本家族不同版本的历史，补充和完善了南方的地方历史叙事，即使女性没有主宰历史叙事的能力，但她们的声音也对官方历史中的男权叙事实施修正和解构。威尔考茨评论罗莎的声音"不仅给予了那些被排除在正史之外的边缘人物以声音，而且还修正了官方的历史叙述"[①]。

继被双重边缘化的罗莎之后，《押沙龙，押沙龙!》中的康普生先生代表受到不公正待遇的南方贵族男性的声音。1909年，当康普生给他的儿子昆丁讲述萨德本的家族史时，他正遭受着康普生家族财产丧失殆尽和社会地位日渐败落的痛苦。在内战之后，南方的大家族一步步退出历史舞台，在疾风骤雨般重建的浪潮中，南方的新贵和工商资本家逐步取代了昔日的庄园主，影响南方社会经济和历史文化的各个方面。没落的贵族无法保护家族财产、延续祖先荣耀，他们落入了新旧时代交替的阵痛中，整日怨天尤人，沉浸在对祖上荣耀的念念不忘和对昔日美好时光的恋恋不舍中。康普生先生代表了南方内战后出生的一代没落贵族男性，他们无法进入过去也不想走入现在。他们对南方的社会现实和新的经济模式无能为力，无法融入当下的生活。因此，他们在新南方沦落到边缘化的地位。

毫无疑问，康普生先生以及他所代表的贵族的边缘化地位是北方资本主义的强势入侵而来的南方地区和南方贵族身份的不确定性造成的。南方的现代化不是南方人的选择，而是外部的强行干涉。"对于南方来说，现代化不是它自己想要的，而是由局外者强加的"[②]。内战后，北方的商业资本主义和城市文明代替了南方的农业经济和乡土文

---

① Barbara J. Wilcots, *Rescuing History: Faulkner, Garcia Marquez, and Morrison as Post-colonial Writers of the Americas*(University of Denver, 1995), p. 83.

② Terasawa Mizuho, *The Rape of the Nation and the Hymen Fantasy: Japan's Modernity, the American South, and Faulkner*, trans. Kuribayashi, Tomoko (Lanham MD: University Press of America, 2003), p. 163.

明，南方的社会结构随之发生了巨大的变化，原有的阶级分层和社会
秩序被打乱，原来处于统治地位的庄园主成为明日黄花，再也无法主
宰南方的经济命脉。早期的穷白人斯诺普斯们在新南方逐渐发展壮大，
获得了经济力量；贵族家族，比如康普生和萨德本家族等沦落到劳动
阶级，他们的后代无法维持祖先的社会地位，也不能像祖先那样享受
各种特权，他们必须像《喧哗与骚动》中的杰生一样从事劳动，养活
自己。他们从统治阶级的金字塔之巅跌入普通劳动大众之中，但他们
不甘心失去原有的庄园主身份，更不愿生活在新南方的现实中。

在《押沙龙，押沙龙!》中，作者使用通感的艺术手法来表现康普
生先生边缘化的社会地位。通过他对穷白人沃许的同情叙述，展示他
对被社会边缘化的无尽伤痛。当萨德本发现自己处心积虑、小恩小惠
诱骗上钩的沃许的孙女生下一女婴、不能为萨德本家族接续香火、无
法帮助自己实现重振萨德本家族王国的"宏伟计划"时，他无情地拒
绝接受她们母女。这一极不负责任的行为惹恼了沃许，他挥舞起手中
的镰刀割断了萨德本的脖子。康普生是如此描写沃许杀死萨德本之后
的感觉：

> 整整一天坐在小窗户后面在那儿他可以看到那条路；没准把
> 镰刀放下后便径直进入屋子……父亲说他……感觉到、体会到人们
> 正在纠集马匹、猎犬与枪支——那些好奇心切复仇心切的人……正
> 是这些人他想逃开……他老了，太老跑不了多远了，即使他真的
> 跑他也永远无法逃开他们，不管他跑了多少路跑了多远……父亲
> 说没准他觉得自己甚至都能听见他们的声音了：所有那些声音，
> 那些超越眼前的狂怒的关于明天、明天，又一个明天的喃喃声：
> 老沃许·琼斯终于栽了。他满以为自己捏住了萨德本的把柄，可
> 是萨德本耍了他。[①]

沃许意识到自己没有逃生机会，他把生的希望留给了孙女。他杀

①〔美〕福克纳:《押沙龙，押沙龙!》,李文俊译,上海译文出版社,2004,第280页。

死了萨德本之后也结束了萨德本留在人世的最后一个孽种，而他自己选择了自认为比较有尊严的自杀方式："他们听到了孙女尖叫起来，此刻所有在场的人都声称他们听到了刀子割断两个人的颈骨的声音"①。的确，康普生先生通过对沃许绝望处境的深切同情和感同身受，表达了在北方工商资本主义的冲击下，南方原来的贵族失去了社会地位，无法适应变化后的环境，成为新南方的边缘化人物。正如沃许的自白透露的那样，他们对现实无能为力，对未来失去信心。他认为与其这样屈辱地活着还不如离开这个世界：

> 可我从没想到会那样的呀，上校！你晓得的我从来没有呀！……你知道我从来没有指望、要求或是渴望从谁那里得到什么，你给我的就让我很满意了……他想着要是他那一种人还有我这一种人全都没有在这个世界上活过，那就更好了。要是我们这些剩下来的人让一股风从地面上吹得一干二净，那就再好不过了，免得有另一个沃许看到自己整个一生给一丝一丝地剥掉并且抽缩瘪凹，像一蓬干枯的玉米皮似的给扔进火里。②

康普生先生通过与沃许这个失语的、边缘化的南方下层穷白人同病相怜，宣泄对现实的不满和失意落魄情绪，发泄愤懑不平的心情，表现出对现实的无可奈何和对命运的无能为力。

如果说康普生先生还可以通过醉心于想象和鸡零狗碎的空洞哲学来消磨时光、通过"移情别恋"进行心理宣泄的话，他的儿子昆丁像无法爆发的火山，只能把炽热的岩浆压抑在自己脆弱的躯壳中。作为末代贵族，他比父亲更加深刻地感受到时代变革带来的巨大伤痛，他一直痛苦地沉浸在旧南方和康普生家族的历史中，成为小说中最压抑、最痛苦的末代贵族。昆丁一出生就面临着康普生家族衰落的境况。他的家族已经失去了昔日的荣耀和富庶，他去哈佛上大学的费用还要靠

---

① 〔美〕福克纳：《押沙龙，押沙龙！》，李文俊译，上海译文出版社，2004，第283页。

② 同上书，第282页。

卖掉祖上的草地才能凑齐。虽然他离开了家乡，可他的思想完全被南方的过去占据，他瘫痪在过去中，几乎无法行走在当下。他认为南方的贵族已经失去了赖以存在的经济模式和社会体制，他们虽心有不甘，但灭亡是命中注定的厄运。他根本无法也不愿进入时代的洪流，在末代贵族被推向边缘化的战斗中他失去了阵地，选择自杀结束生命。昆丁的自杀是不可避免的悲剧，因为他的骄傲和自尊、过于清醒的意识和过于敏锐的思想，决定了他无法苟活在南方的当下中。他的悲剧谢幕生动演绎了南方贵族时代的结束。

随着南方贵族时代的逝去，昆丁的边缘化地位在小说一开始就被确定下来。当罗莎小姐得知昆丁要去哈佛上大学时，她选择昆丁作为自己的听众，给他讲述萨德本的家族史。她认为：

因为即将离开此地去哈佛上大学，别人这样告诉我，她说。所以我琢磨你肯定是不会再回来安心留在杰弗逊这样一个小地方当乡村律师的，既然北方人早就算计好不让南方留下多少供年轻人发展的余地。因此没准你会登上文坛，就像眼下有那么多南方绅士也包括淑女在干这营生一样，而且也许有一天你会想到这件事打算写它。①

这里，罗莎把读者引向了北方对南方的殖民统治和南方的破裂历史。南方的贵族已经失去了他们曾经的天堂，现在的南方没有给昆丁这样的年轻人留下太多的生存空间，他们唯一可以从事的职业可能就是写作，只能借助文字书写自己的故事和南方的历史。他们挣扎着叙述南方的过去和历史，一旦他们无法发出声音，那么南方的过去就只能任由北方或南方的新统治者表述。小说中还省略了从1869年萨德本去世到1909年罗莎给昆丁讲述萨德本的故事之间的一段时间，而"这

---

① 〔美〕福克纳:《押沙龙,押沙龙!》,李文俊译,上海译文出版社,2004,第4页。

段时间标志着南方的经济结构和阶级关系的重大变革"①。在这一时期，旧南方的精英阶级被新兴的商业资产阶级所代替。商业资产阶级主要是工业化和现代化的北方的工业巨头和买办阶级，因为"他们通过控制分厂、分公司、银行和连锁店等主宰南方的经济命脉"②。南方在经济上的从属地位造就了南方贵族的边缘化处境。或许逃离南方、去北方的教育中心和商业中心不失为南方飘零子弟的一种选择，这点从昆丁离开杰佛生镇去工业化的中东部可以得到证明。昆丁虽然离开了南方，他的思想却滞留在旧南方的回忆之中。罗莎的解释尽管看起来像旁白，但它明显地表现出昆丁在新南方的边缘化地位，留在南方让他痛苦不堪，离开南方更让他不知所措。

出于对身份危机的恐惧和对以往时代的缅怀，昆丁叙述萨德本家族的历史时，试图借助骑士神话抵挡当下意识形态对他和他所代表的阶级的边缘化。在他的叙述中，亨利被塑造成一个富有浪漫色彩的骑士形象。在亨利身上，昆丁看到了与自己如出一辙的乱伦梦想，因为在他眼里，末代贵族之间的乱伦不是发生在身体层面，而是滋生在心灵深处，几乎演化成一种集体心理无意识，成为维持白人种族纯正和阶级结构稳定的有效方式。对于昆丁来说，血统纯正是旧南方阶级稳定和社会分层的基础，也是南方贵族自我存在的重要保障。在他的叙述中，当亨利拒绝邦和朱迪丝结婚时，邦说道："那么你不能容忍的是异族通婚，而不是乱伦。"③亨利毫不犹豫地杀死了邦，那个要和自己的妹妹"一起睡觉的黑鬼"④。这里，邦一针见血地说到了昆丁最惧怕的东西，即黑白混血可能引起的南方社会阶级结构的变化。透过故事的叙述，昆丁被迫承认旧南方的庄园主贵族理所当然地认为自然不变的阶级范畴随着战后的重建发生了翻天覆地的变化。即使沉浸在过去

---

① Hosam Aboul-Ela, *Other South: Faulkner, Coloniality, and the Mariategui Tradition* (Pittsburgh: University of Pittsburgh Press, 2007), p. 142.

② C. Vann Woodward, *Origins of the New South 1877-1913* (Baton: Louisiana State University Press, 1951), p. 292.

③〔美〕福克纳:《押沙龙,押沙龙!》,李文俊译,上海译文出版社,2004,第345页。

④ 同上书,第346页。

的浪漫想象中也无法使昆丁重新获得主导话语权，"南方的失败，战争造就的现实，旧南方的神话在现实中失去存活的空间，它们把昆丁的身份撕成了碎片"①。因此，由于昆丁踟蹰在南方的过去中，他和南方的"传统一起长大"。南方"无穷无尽、可以互相换过来换过去的名字"充斥了他的童年时代，他沉浸在南方战前的美好神话中，在新南方完全是一个失去了声音和主体性、完全被边缘化的末代贵族，他甚至都被比喻成一个内战失败后的营房。"他身体本身就是一座空荡荡的厅堂，回响着铿锵的战败者的名姓；他不是一个存在，一个独立体，而是一个政治实体。他是一座营房，里面挤满了倔强、怀旧的鬼魂"②。

昆丁的加拿大籍舍友施里夫更是一个典型的边缘化的人物。他不是美国人，更非南方人，与南方的社会和历史也鲜有瓜葛，但施里夫因为参与了昆丁对南方历史的建构而被纳入南方的历史体系之内，成为唯一一个叙述南方历史的外国人。许多学者研究施里夫在《押沙龙，押沙龙！》中发挥的作用，其中威利丝（Susan Willis）的研究最有影响力。她认为加拿大的边缘化地位是阐释施里夫边缘化身份的最佳脚注。威利丝认为，昆丁选择施里夫作为对话者意义非凡，因为"无论是加拿大人还是南方人，他们选择来到美国北方最好的大学接受教育，是他们对北方的现代化和工业化表现出不同程度的依赖情况的反应"③。加拿大和战后的南方，从地理位置上与美国东部沿海很近；在经济发展上，它们都与美国北方的工业化差距很大，"它们都成为半边缘化的地区"④。福克纳在小说中明确描写昆丁和施里夫同样被边缘化的地位：

---

① Jennifer M. Shaiman, *Building American Homes, Constructing American Identities: Performance of Identity, Domestic Space, and Modern American Literature* (University of Oregon, 2004), p. 164.

②〔美〕福克纳：《押沙龙，押沙龙！》，李文俊译，上海译文出版社，2004，第6页。

③ Susan Willis, "Aesthetics of the Rural Slum: Contradictions and Dependency in 'The Bea'," Social Text 2 (Summer 1979): 97.

④ Hosam Aboul-Ela, *Other South: Faulkner, Coloniality, and the Mariategui Tradition* (Pittsburgh: University of Pittsburgh Press, 2007), pp. 143–144.

他们两人都不动除了呼气吸气，两个人都很年轻，都在同一年出生；一个在阿尔伯达，另一个在密西西比；出生地远隔半个大陆然而联系、连接在一起，按照一种模式，通过一种地理上的圣餐变体，依靠那个大陆水槽，那条大河，这河不仅流经物质上的土地，对于这片土地它是地理上的一根脐带，而且它嘲弄维度与温度因为它本身就是环境，虽然人们中的某些个，如施里夫，从来没有见过它——这两个人在四个月之前谁都没有见到过谁然而这以后睡在同一个房间里坐在一起吃同样的饭用同样的书备同样的大学一年级生的课吟诵同样的课文。①

尽管施里夫和昆丁来自不同的国家，他们存在构建萨德本家族史和南方地区史的共同基础。尽管美国南方和加拿大具有不同的文化，但施里夫与昆丁相似的半边缘化、半殖民地化的经济地位，以及他们相似的历史记忆和年轻人共有的浪漫主义情怀，使施里夫以边缘人物的身份参与到重构美国南方庄园主萨德本家族的历史叙述中。

施里夫对美国南方历史表示理解也说明了他的半边缘化的处境："或者我们没准也碰到过，但都发生在很久以前而且隔着一大片水，因此现在再没有什么让我们每天见到能提醒我们的了。我们不是生活在被挫败的老爷爷们与解放了的黑奴中，也没有餐厅桌子上嵌进了子弹诸如此类的事，一直提醒我们永远也不要忘记。"②施里夫的话语含沙射影地指出加拿大在1759—1760年在英法战争的争夺之下沦为英国的殖民地这段历史。像美国的南方一样，加拿大也经历过战败的创伤、半边缘化的经济地位、被殖民化的过去，现在还面临着美国北方的军事和经济威胁。同时，对施里夫来说，或许因为他们的黑暗历史在很久以前发生，加拿大人选择与南方人一样不能忘记的方式来"忘记"它。

① 〔美〕福克纳：《押沙龙，押沙龙！》，李文俊译，上海译文出版社，2004，第252页。

② 同上书，第349页。

　　为了对半边缘化的地位做出反应，在重构萨德本家族史时，施里夫与昆丁和南方其他的贵族一样，试图强调叙述过程中的政治本质和情感倾向反映他对失败的南方部队的同情和对北方话语统治的厌恶与谴责。

　　接下去是1865年，西线部队的残余此时完全没有了战斗力，除了能拖着步子慢慢地、固执地往回走，同时忍受着枪击和炮轰；说不定他们此刻甚至都不再在乎有没有皮鞋、大衣和食物了。……接下去是三月，在加利福尼亚，仍然是慢腾腾一个劲地往后退并且如今是倾听北边的声音，因为别的方向都听不到什么声音了因为此时所有别的方向的事情都结束了……没有上帝；我们四年来显然不在他的保佑下做着一切，他就是不想要通知我们一声，不仅仅是没有了皮鞋和衣服甚至都没有了对它们的任何需要，不仅仅没有了土地甚至也没有了生产食物的任何手段。[①]

　　《押沙龙，押沙龙!》是福克纳使用被边缘化人物的叙述重构美国南方贵族家族史和地方区域史的成功尝试。四个叙述者站在各自被边缘化的位置上，对萨德本家族的故事和南方的地方历史展开描述。他们各自的叙述进入整个故事框架之中，构成文本重要的组成部分。他们以边缘人物的视角，反映完全不同于官方历史的叙事，塑造了独特的南方形象，透视不同的历史维度，取消北方为了迎合自己的意识形态统治所宣传的官方历史版本的权威性和真实性。同时，福克纳还在《押沙龙，押沙龙!》中关注被双重边缘化的女性叙事，透过女性的视角重新考察南方历史编纂和书写中被有意省略或被强行压制的声音。

　　《喧哗与骚动》中康普生家族的没落史其实就是整个南方贵族阶层被挤向社会边缘、最终被无情地逐出伊甸园的缩影。康普生家族曾经显赫一时，他们家出过一个州长、三个将军。在1898年到1928年期

---

　　① 〔美〕福克纳:《押沙龙，押沙龙!》，李文俊译，上海译文出版社，2004，第337-338页。

间，南方受到来自北方的现代资本主义的入侵，康普生家族在现代的南方社会中逐渐失去了经济和政治上的优先地位，无可奈何地走向了衰败。尽管南方的贵族走向灭亡是不可抗拒的时代潮流，但随着他们作为一个阶层的逝去，南方独特的家族观念、地域意识、传统文化和道德规范也在北方现代化的冲击下，面临严重的威胁。为了对南方的现实问题做出反应，福克纳在《喧哗与骚动》中通过给予遭受各种"失去"、在新南方被边缘化的康普生家族三兄弟以声音，质疑宣扬北方资本主义进步的历史版本，修正和补充甚至推翻和重建南方的贵族家族史和地方史。

　　智力不够健全但嗅觉异常敏锐的康普生家族的小儿子班吉，在《喧哗与骚动》中是最无助的南方贵族末代子孙。班吉被社会主流文化抛弃、忽略甚至排斥，最终成为被驱逐出正常人社会的"边缘人"。班吉的叙述由大量的意识流构成，因为智力缺陷，他无法用语言表达自己，只能通过哀号、哼哼、哭泣、大吼的形式表达自己的需求。丧失了语言能力的班吉，象征着失去话语权、被主流社会排斥而被边缘化了的他者。他的世界只能与感官紧密相连。他的感官异常的敏锐，他嗅出了康普生家族的所有变故，这些变故在他的感官世界被高度浓缩为一种感受，那就是"失去"。班吉叙述的部分的确建立了一种"暗示着失去的场景"。①他失去了他的名字毛利，因为他的母亲嫌弃他是智障儿，试图割断他与自己娘家的联系。他失去了关心照顾他的姐姐凯蒂，因为在南方新兴穷小子的围剿下，她未婚先孕、匆匆嫁人，成为南方淑女堕落的象征。他失去了性能力，因为他把路过家门口的一个女孩误当作凯蒂去追逐，结果导致自己被阉割。班吉对"失去"的痛苦感受只有通过一系列的哭闹表现和发泄。他首先嗅出了姐姐凯蒂的恋情，他哭叫着拉着她去清洗，直到她又散发出他熟悉的树的味道。当姐姐出嫁后，他更是感到了"失去"带来的莫名恐惧，他整天抱着凯蒂的一只拖鞋闷闷不乐，发出撕心裂肺的哭叫。班吉对康普生家族

---

① Andre Bleikasten, *The Most Splendid Failure: Faulkner's* The Sound and the Fury (Bloomington: Indiana University Press, 1976), p. 75.

的土地非常着迷，因为所有的路都把他引到这块土地上。当班吉透过
篱笆向高尔夫球场里张望，并因为"caddy"（为人携球棒、拾球的小
童）的喊声引发了他思念姐姐凯蒂的痛苦时，他的黑奴小厮勒斯特把
这个行为理解成"他仍旧以为这片牧场还是他们家的呢"①。对于勒斯
特来说，班吉的哭泣并非他智力不健全的表达，而是指向更大范围的
社会背景，失去土地折射康普生家族正在经历的财产流失和社会地位
丧失。班吉的世界没有时间的概念，他无法分辨过去和现在，他一直
停留在康普生家失去一切的那一刻。班吉的心理缺陷和绝望无助正是
南方贵族现状的最好写照。他们经历着多种形式的失去和边缘化，他
们拼命地挣扎、呼号，可一切努力都无济于事，因为他们的时代已经
随风飘逝。同时，班吉还处于整个社会的排斥和防范中。在复活节当
天，迪尔西带班吉去教堂，白人教堂和黑人教堂同时拒绝班吉进入，
班吉被自己的群体拒绝，最后以边缘人的身份跟着迪尔西去了黑人
教堂。

班吉代表的南方贵族的边缘化处境，可以从他与自家黑奴勒斯特
的关系上得以说明。勒斯特不再像他的祖母迪尔西那样，认为康普生
家族的人是自己的主子。他在照顾班吉上也不像祖母那样尽心尽责，
他认为"班吉是失去权利的主人"②。他甚至通过嘲笑戏弄班吉来发泄
对他的不满。比如，在他弄丢了去看戏的镚子儿后，勒斯特大骂班吉
为"蠢驴"。每当勒斯特被问及班吉哭叫时他怎么办时，他回答说：
"我拿鞭子抽他"③；他对自己的主子班吉全部使用命令式语气，例如
"住嘴""别吵了""你真该为自己感到害臊"④；当班吉痛苦地呻吟哭
叫时，勒斯特威胁他，命令他别哭了，而且他还把班吉从椅子上拽下
来。这个动作暗示南方的贵族被曾经的黑奴从他们的"椅子"上拽下

---

① 〔美〕福克纳：《喧哗与骚动》，李文俊译，上海译文出版社，2007，第17页。

② John T. Matthews, "The Rhetoric of Containment in Faulkner," in *Faulkner's
Discourse: An International Symposium*, ed. Honnighausen, Lothar(Tubingen: Max Niemeyer
Verlag, 1989), p. 64.

③ 〔美〕福克纳：《喧哗与骚动》，李文俊译，上海译文出版社，2007，第14页。

④ 同上书，第2、15、56页。

来了。班吉无法坐稳自己的"椅子",不能在他的奴仆面前维持主人的地位。

如果班吉是被拽下"椅子"的白人主子,他的大哥昆丁"就是失去权力的南方骑士在文学作品中的象征"[1]。昆丁的边缘化地位主要表现在他与吉拉德、达尔顿和赫伯特这些人物之间的对比。对于昆丁来说,吉拉德家族似乎顺利地进入新时代,在社会变革中游刃有余地拥有所有南方上层阶级的特征:家境富裕,拥有黑佣人,包养情妇,这些似乎都彰显他的经济实力和权力。昆丁回忆吉拉德的妈妈在一旁向他们"夸耀她的吉拉德的那些马怎么样,那些黑佣人怎么样,那些情妇又怎么样"[2]。昆丁对吉拉德的回忆表明昆丁对这样的南方新贵极为不屑和厌恶,他们像资产阶级的暴发户一样浅薄无知、缺乏贵族气概,一味地卖弄自己的虚华和富有。昆丁虽然失去了土地,他与女人之间也鲜有关系,但他的感伤怀旧使他的身上闪耀着旧南方贵族的骑士精神,他明知徒劳但拼命保卫妹妹的贞洁,捍卫南方的传统文化和美德。对于来自南方的穷白人阶层、趁社会秩序变化的机会勾引他妹妹的达尔顿,昆丁更是厌恶不已。在昆丁眼里,达尔顿缺乏南方传统文化的根基,无视道德规范,匆忙投入新南方的工业社会,沦落成消费文化的粗俗道具,成为一个不折不扣的现代低级消费者:"达尔顿·艾米斯。漂亮还是漂亮,只是显得粗俗。倒像是演戏用的装置。只不过是纸浆做的道具,不信你摸摸看。哦,是石棉的。"[3]昆丁要求妹妹严格遵守南方淑女的道德标准,禁止她与达尔顿这样缺乏南方绅士气质的男人约会。达尔顿轻佻地引诱南方女性、认同资本主义的消费文化,这与昆丁终身竭力抵制的南方传统道德规范和价值标准背道而驰。凯蒂的未婚夫赫伯特是新南方资本主义经济的象征,是新兴的南方暴发户的典型代表。他为除昆丁之外的康普生家人提供了进入市场主导经

---

[1] Kevin Railey, *Natural Aristocracy: History, Ideology, and the Production of William Faulkner*(Tuscaloosa and London: The University of Alabama Press, 1999), p. 54.

[2]〔美〕福克纳:《喧哗与骚动》,李文俊译,上海译文出版社,2007,第90页。

[3] 同上书,第91页。

济的入场券，比如，他给凯蒂买了一辆最能表现资本主义蓬勃发展的
汽车；给杰生许诺一份报酬丰厚的银行工作职位。赫伯特信奉"金钱
是万能的"资本主义人生哲学，为达目的他会不择手段。他仗着自己
手里有钱，经常在康普生家人面前咄咄逼人，对凯蒂没有真情。他试
图通过金钱劝说昆丁允许他们的婚姻。这冒犯了昆丁的尊严，他断然
拒绝道："把你的臭钱拿回去。"[①]昆丁认为自己虽然没落了，但骨子里
是南方的贵族骑士，一直骄傲、倔强地维持着南方贵族的尊严，他坚
决拒绝参与到现代南方这种金钱交易的游戏规则中。昆丁的南方骑士
精神的信仰体系与南方当下的社会经济秩序格格不入，昆丁在单枪匹
马地反对南方新兴资产阶级的过程中被推向了社会的边缘，成为南方
贵族骑士被新时代边缘化的代表人物。

　　昆丁与黑人执事之间的关系也反映出他被边缘化的地位。当执事
认为他和昆丁现在处于平等的地位时，他说道："听着。这件事可不能
外传。我告诉您倒不要紧，因为，不管怎么说，咱们是自己人嘛。"[②]
这让昆丁感到不安，因为这明确无误地警醒了昆丁：现在的社会拒绝
承认旧南方严格的社会阶级结构，暗示昆丁已经无法在一个发生变化
后的社会中维持先前的白人贵族优越感。因此，无法融入新南方的昆
丁像一个已经死去的鬼魂一样活着，面对他既不能理解也无法接受的
资本主义价值观和社会秩序，昆丁只能选择自杀。他的自杀表明，昔
日的南方骑士和南方贵族已经被推向新南方现代化的边缘，成为另类
和他者存在于现在的南方社会中。

　　与昆丁不同，他的胞弟杰生是康普生家族的"斯诺普斯"主义者。
他自小就常常把手放在口袋里，紧紧抓住口袋中的那个镚子儿，以至
于他家的黑人戏谑地说："杰生长大了准是个大财主，他什么时候都攥
紧了钱不放手。"[③]他竭力撺掇姐姐嫁给她并不喜欢的赫伯特，因为他
不在乎姐姐的感情，他关注的是这次婚姻带给他的银行工作机会。当

---

　　① 〔美〕福克纳：《喧哗与骚动》，李文俊译，上海译文出版社，2007，第109页。
　　② 同上书，第98页。
　　③ 同上书，第34页。

赫伯特发现凯蒂为了遮掩未婚先孕的丑闻嫁给他时，他无情地与凯蒂一刀两断，并迁怒于康普生家的其他成员，由此杰生失去了报酬优厚的银行工作职位。在父亲去世、大哥昆丁自杀、弟弟班吉痴傻、母亲牢骚不断和姐姐的私生女寄养在康普生家的情况下，杰生理所当然地成为康普生家的家长。他认为可以通过姐姐和南方新贵的联姻，让他获得绝佳的在资本主义的新南方取得经济和社会地位的机会。当这一愿望破灭之后，杰生只能在小店中当个不起眼的店员，常常抱怨他是康普生家族最后一个"整天在一家店里干零活"的人①。作为一个无足轻重的店员，杰生整天咒骂不济的命运："一个人给捆在这样一个小镇上，捆在这样一个死气沉沉的买卖里，还有什么盼头。哼，要是让我把他的买卖接过来，一年之内，我可以让他下半辈子再也不用干活。"②这里，杰生暗示他是康普生家族唯一一个积极进入新南方的经济和价值体系中的男性，但他失去了旧南方贵族的优势和经济特权，在新秩序中遭遇前所未有的强烈竞争，被残酷地抛入资本主义你死我活的生存战斗中。尽管他拒绝承认他丧失了优越的社会地位，但他已沦落到赚钱机器的处境。

已经失去社会地位的杰生，疯狂地试图通过严格控制家庭成员、发挥家长威严来弥补他在经济方面的损失。对家庭成员的粗暴管理和对"大家长"权威的渴望使杰生空虚的心理得到慰藉和满足。他已经失去了社会和经济地位，再也无法容忍失去家长的权威。小昆丁的坚决反抗使他的家长威严也丧失殆尽。因为对小昆丁的母亲凯蒂怀恨在心，杰生就对她的女儿也不时呵斥打骂，并私吞了凯蒂寄给小昆丁的生活费。小昆丁的最后反叛——拿了杰生所有的钱与人私奔，这不但象征着杰生在新南方失去了作为经济基础的金钱，还失去了象征特权的父权威望和家长尊严。正如他自己所言："就我个人来说，你怎么干我根本不在乎，可是我在这个镇上也是有地位的。"③可当杰生向警察

---

① 〔美〕福克纳:《喧哗与骚动》,李文俊译,上海译文出版社,2007,第204页。

② 同上书,第220页。

③ 同上书,第183页。

报警后，警官居然怀疑杰生自己偷了钱，并且还说："而且我有点怀疑，这笔钱到底应该属于谁的。"①警官的怀疑暗示杰生并没有什么自己吹嘘的所谓的社会地位，在镇上他已经处于被边缘化的位置。这样，小昆丁似乎成了反映杰生边缘化社会地位的一面明镜，同时粉碎了杰生在康普生家族重新获得优势地位的尝试。

与他的哥哥昆丁不同，杰生没有抗拒工业化，他也愿意进入资本主义现代化的经济和价值体系，然而，他的贵族家庭出身限制着他的发展，注定了他无法像其他南方新贵一样成为新南方的主人。他和他的哥哥昆丁、弟弟班吉一样经历着各种形式的"失去"，在新的社会背景中成为另一类被边缘化的人物。小说第三章到杰生叙述时，康普生家族已经散尽家财，仅有的一块草地也用来支付昆丁上学的费用。在本质上，杰生可能是康普生家族中最切身地感受到"失去"的成员，虽然他没有昆丁那样注重精神方面的"失去"，但他深刻体验着物质上一系列的"失去"，这是他最无法忍受的。如果昆丁代表南方贵族在精神上遭受的打击和创伤，那么杰生最好地说明了南方贵族在物质上承受的剥夺和损失。福克纳通过描写康普生两兄弟在新南方所面临的精神和物质方面的双重"失去"，试图进一步阐明南方贵族作为一个整体阶层在现代南方失去了存在的物质和精神基础，他们的边缘化地位几乎成为不可避免的必然历史。

从以上的分析可以得出，班吉、昆丁和杰生都被不同程度地推向了社会的边缘，他们不再属于南方的贵族阶层和有产阶级。他们的人生结局也强化了他们边缘化的处境。因为杰生拒绝监护弟弟，在他们的母亲去世之后，班吉在1933年被送进杰克逊的州立精神病院；昆丁迷恋过去，无法走出自己的精神困境，在1910年沉湖自尽，结束了早已没有灵魂的空荡荡的躯壳；杰生也失去了所有的土地和财产，不得不搬进办公室居住，过着贫穷的普通劳动工人的生活，被老板整天训斥着，每天为几个镚子儿争来争去。杰生也没有结婚生子，康普生家族从此失去了生养子嗣、继承家族香火的希望，曾经显赫一时的康普

---

① 〔美〕福克纳：《喧哗与骚动》，李文俊译，上海译文出版社，2007，第289页。

生家族从此走向悲剧性的灭亡。

　　总而言之，福克纳通过叠错重复的叙述形式、对《圣经》结构的戏仿化用、重视非裔口述历史的传统以及赋予边缘人物声音，挑战南方大历史的权威性，补充完善南方的小历史叙事，践行对边缘历史叙述高度关注的叙史方式。他从不同的侧面重构南方历史，并且大胆质疑官方历史版本的真实性和权威性。福克纳高度关注被官方历史排除在主流话语之外的边缘历史。众所周知，在历史的叙述过程中，权力影响并控制历史的撰写。一旦历史需要记录时，它不可避免地会反映统治阶级和历史撰写者的好恶倾向和意识形态选择。被权力排除在中心之外或被推挤到边缘的人们的声音常常被压制，甚至被消音。新历史主义者在阅读现存的官方历史版本时，对权力影响之下形成的历史叙事产生了怀疑，他们不仅重新考查官方版本赖以形成的现有历史材料，而且进一步深入挖掘同时期的其他材料，比如文档、传记、影像、文学作品、趣闻轶事等等，这些新材料主要囊括那些"被剥夺权利的、被边缘化的、失去力量的人物的文献、声音和文化"①。这样，通过挖掘在官方历史书写过程中被忽略抑或被有意隐藏的资料，历史主义者拓宽了历史研究的视野，打破了历史和文学之间的森严壁垒。只有当我们囊括了所有阶层的人物对历史叙述的平等再现，我们才可以避免官方历史的唯一性，确保官方叙述不再左右我们对历史的理解。通过再现那些受到压制的边缘人物的历史叙述，比如妇女、有色人种、穷人、劳动者和那些被忽视的、被压迫的、失去权力的，才能展现历史的多面性，帮助人们去除对"客观"大写历史的盲目信任。

　　福克纳认识到权力和北方对南方官方历史叙述的控制和影响，他更清楚地认识到历史叙述不应该被限制在官方主流意识形态的控制之下，因为它必然会忽略或隐藏处于边缘的人物的历史叙述和一系列其他的"次文本"。为了消解官方历史对除其之外的历史叙事的压制，福克纳重点挖掘那些被遗忘的历史材料，考查官方历史之外的历史书写，

---

　　① William J. Palmer, *Dickens and New Historicism* (Hampshire and London: Macmillan Press Ltd., 1997), p. 7.

抵制官方大写历史的单一性和权威性。为了质疑官方历史的权威性，福克纳转向非裔口头叙史传统，从另一侧面展示南方历史。福克纳认为，口述历史不是记录官方历史的媒介，而是边缘人物记忆历史的方式。同时，福克纳还认为"没有人可以看到真实的历史"①，他试图在作品中展现各种被边缘化的叙述者的声音和视角，并允许读者参与历史叙述和考查历史真实，进而表现历史的多面性和复数性，解构单一历史的统治权。而且，福克纳重构南方历史的目的是给那些被排除在历史书写之外的人们提供一种了解南方过去的途径。正如斯图亚特·霍尔所言，回归历史"强调我们与过去的不同关系，是一种对文化身份的不同维度的思维方式"②。

---

① Frederick L. Gwynn and Joseph Blotner (eds.), *Faulkner in the University: Class Conferences at the University of Virginia 1957-1958* (Charlottesville: The University of Virginia Press, 1959), p. 273.

② Stuart Hall, "Cultural Identity and Diaspora," in *Culture, Media and Identities: Identity and Difference*, ed. Woodward, Kathryn(London: Sage Publications, 1997), p. 54.

第四章

福克纳作品的
空间诗学

　　小说文本中的"地域"必然像现实生活中的地方一样占据一定的历史时间和社会空间。表现在小说艺术中，它不仅是时间单元的特定切分，也是社会空间的特殊分割和占有。因此，空间规划是小说创作的重要调节器。福克纳是一位伟大的空间建筑师，他的家族小说因为对地域的独特处理而呈现明显的"空间化"艺术倾向。概括而言，福克纳作品空间化具体表现在以下两个方面：一方面，福克纳在宏观上对其全部家族小说及其故事内容进行地理空间上的整体规划和架构，使南方各大庄园主家族及其故事按照作者的意愿、错落有致地分布在"约克纳帕塔法"神话王国的地图上。在此基础之上，福克纳又在微观层面对坐落在"约克纳帕塔法"王国中的各大贵族庄园的地理布局和生活空间展开详细描写，让静止的空间表达出深刻的寓意，达到空间艺术的诗学效果。另一方面，福克纳采用了"对位"叙事结构和时间空间化的方式，开拓多重文本空间。作品通过对不同时段的"多视角叙事"并置、不同时代的文本的互文关联和不同文本中的人物的反复出现等时间空间化艺术手法，生动塑造生活在"约克纳帕塔法"世系小说中形形色色的人群，对复杂的社会、经济和阶级关系展开全方位的描写，旨在拓展小说空间和加强小说主题的多重指涉性。

第一节
文学地理名片"约克纳帕塔法"

文学作品中建构的地理空间和现实生活中的空间一样，是它们代表的可视物的具体体现形式，它们可以是自然的，诸如某一区域的山川地貌、河流湖泊等；也可以是人造的，比如城镇乡村，住房花园，各色用具等。不管是自然的还是人造的空间，一旦它们出现在艺术中时，空间都不可避免地反映着它的创造者，即艺术家的思想和意识。它们可以被想象，被重建，被毁灭，被诅咒或被祝福，被忘却或被怀念，被给予或被剥夺。"福克纳的'约克纳帕塔法'世系是一个通过丰富想象建构起来的文学空间世界，它全方位、体系化地描写复杂多样的人类社区"①。有些学者可能一直致力于考证福克纳虚构的"约克纳帕塔法"和现实中的拉法耶特县之间究竟在多大程度上有多少相似性。其实，我们并不期待文学世界原原本本地照搬现实，我们也清楚地知道空间的意义不在于它的大小范围以及它与现实的相似程度，文学空间的有效性应该在于它的内在意义和诗学功能。

作家与建筑师们一样，他们通过建构某种具体空间来传达意义。人类为了把自己在地球上的存在意义具体化，一直试图在自己和空间之间建立起有效的联系，对空间赋予意义，这就是所谓的"表达性空间"。表达性空间包括所有的象征形象、代表人类行为的自然形成以及

① William T. Ruzicka, *Faulkner's Fictive Architecture: the Meaning of Place in the Yoknapatawpha Novels*(Ann Arbor: Michigan, UMI Research Press, 1987), p. 5.

人类建设的空间，其实“空间塑形就是表示人类存在的真实意象的形成”①，人类创造空间是为了表达社会生活的真实意象。所以，从某种程度上来说，只要人们在某种环境中选择居住下来，他就是一个表现性空间的创造者。文学作品中创造的想象性空间就是表现性空间的一种典型的体现形式。它聚焦于某一形象，把意义具体化在某一建筑形式和故事的想象性空间上。

地域空间是福克纳小说创作主题“家族—历史—地域”三位一体的一个重要侧面。“约克纳帕塔法”是福克纳作品的标志和名片，与哈代的“威塞克斯”边远地区、马尔克斯的“马孔多”神奇小镇并称为世界文学史上最负盛名的三大虚构地点。艺术之花只绽放在深厚的土壤上，深厚的土壤孕育丰富的历史，丰厚的历史产生伟大的文学作品。南方独特的地域风情、山川河流、自然风光无疑对福克纳产生了深刻的影响，奠定了福克纳文学创作最具有标志性的地方情结主题。福克纳扎根于家乡的泥土，全神贯注地建构故乡的山川地貌和风土人情。他认为自己度过童年时代的密西西比小镇就是他小说“创作的背景”，故乡伴随他成长，他不知不觉地“吸收消化”故乡的一草一木，提炼它的精气和神韵。家乡成为他生命的全部，就像血液一样流淌在他的小说创作中。②这种浓郁的南方地域特色和南方文化气息吸引了无数读者和研究者的好奇心和探求欲。艾伦·泰特在沃伦主编的《福克纳评论集》中曾经谈到，每一个接触过福克纳的人都会被他身上“奇特的南方性”所吸引。③法国艺术哲学家丹纳曾说：“要了解一件艺术品，一个艺术家，一群艺术家，必须正确设想他们所属的时代的精神和风

---

① Christian Norberg-Schulz. *Existence, Space and Architecture* (New York: Praeger, 1971), p. 11.

② Frederick L. Gwynn and Joseph Blotner (eds.), *Faulkner in the University: Class Conferences at the University of Virginia 1957—1958* (Charlottesville: The University of Virginia Press, 1959), p. 86.

③ Robert P. Warren, (ed.), *Faulkner: A Collection of Critical Essays* (N. J: Prentice Hall, 1966), p. 274.

俗概况。这是艺术品最后的解释，也是决定一切的根本原因。"①因此
关注地域是我们走进曾经的南方，进一步研究福克纳作品的一条必由
之路。本章研究的地域包括小说的自然地理空间和文本空间两个范畴。
福克纳以自己独创的微观文本世界为背景，打破时空局限，生动地再
现了宏观的现实世界，反映南方各民族的命运变迁，展示新旧交替时
代的巨大社会变革，使"约克纳帕塔法"世系小说成为一个时代和一
个民族的优秀编年史。

通过对南方贵族家族在地理空间上的整体规划和微观描写以及文
本空间上的"时间空间化"，福克纳从空间诗学的角度惟妙惟肖地描述
近两个世纪以来"约克纳帕塔法"世系中南方几大贵族家族的盛衰变
迁史，阐明他们与养育他们的地域之间的政治、经济和文化关系。福
克纳的小说在尽显瑰丽的地域风情的同时，主要观照人类普遍的生存
状态和现代化的发展历程。作品中地理空间的败落与腐朽、文本空间
的糅合与并置不但表达作者的空间意识，同时传递作者矛盾的历史观
念。他试图通过作品的空间化艺术，深刻反思南方的农耕社会历史文
化遗产与美国现代化的城市文明之间深刻而复杂的关系。

福克纳继承了南方文学关注地域的传统，以自己生活的故乡为蓝
本描绘刻画作品中的地方和空间，这样，他的生活空间和文学虚构空
间形成了互文关系，二者共同构成"约克纳帕塔法"神话世界。②福克
纳从故乡获取丰富的素材，现实生活中的牛津镇就是小说中杰弗逊镇
的原型，隶属于牛津镇的密西西比的拉法耶特郡同样也是他小说中虚
构的"约克纳帕塔法"县的原型。他笔下宏伟的大宅可以在密西西比
现实生活中找到对应，汤普森·钱德勒府邸就经常被人们称为牛津镇
的"康普生府邸"。在《烧马棚》中，萨特·斯诺普斯所向往的大宅是
德·斯潘家族的祖宅，也有可能是"沙多里斯"公寓。《押沙龙，押沙
龙！》中萨德本百里地出自帕诺拉县的泰特府第和克莱县的"韦弗利"

①〔法〕丹纳：《艺术哲学》，傅雷译，人民文学出版社，1963，第9页。

② Taylor Hagood, *Faulkner's Imperialism: Space, Place, and the Materiality of Myth*
(Baton Rouge: Louisiana State University Press, 2008), p. 3.

豪宅，还有纳奇兹地区的一些种植园大宅，这些豪宅有些像克莱伯恩县的"温莎"公寓。福克纳作品中的很多人物原型也来自家乡。如《喧哗与骚动》中的班吉是以福克纳的小学老师安妮·钱德勒智力上有障碍的弟弟埃德温·钱德勒为原型创作的人物。埃德温的家人经常把他关在篱笆后面，免得他接触生人。他总是跟他的姐姐妹妹们玩耍，在他30多岁时去世，《喧哗与骚动》中班吉的所作所为都是埃德温日常生活的重现。福克纳将安妮与他自己的初恋情人埃斯特尔合二为一，塑造了《喧哗与骚动》中念念不忘大家闺秀身份的康普生太太和美丽善良的凯蒂。"《圣殿》中那个凶神恶煞般的、用玉米棒强奸坦普尔的黑道人物'凸眼'则来自现实生活中绰号叫作'凸眼庞弗里'（Neal Kerens Pumphrey）的孟菲斯黑道人物。此人敲诈勒索无所不为，尤以善于勾引女人出名，但他却是一个性无能者，据说他喜欢用各种物品强奸妇女。"[1]福克纳的《坟墓中的旗帜》中的人物则是他的祖父、兄弟以及他家的黑人仆人的变形。"[2] "斯诺普斯三部曲"中的斯诺普斯的原型是他祖父的合伙人李·莫雷斯·鲁瑟尔（Lee Maurice Russel），而加文·斯蒂文斯则是以福克纳的良师益友菲尔·斯通为原型。

但是，福克纳的虚构世界并非完全与现实世界重复吻合，因为他的目的不是提供研究历史的史实和材料，他旨在体现一种观察历史的方法和视角。然而，富于南方特色的自然意象和富于想象力的地域虚构，加上象征主义的影响，福克纳对过去的强烈感受和生动刻画其实就是研究历史小说的一种本质倾向。[3]他的"约克纳帕塔法"世系小说以虚构世界观照现实世界，不仅是南方社会万象、人生百态的再现，也是美国甚至整个人类现代化历史进程的缩影。下文试图就福克纳的"约克纳帕塔法"的自然空间规划和"时间空间化"问题展开系统研

---

① Frederick R. Karl, *William Faulkner: American Writer*(New York: Ballantine Books, 1990), p. 48.

② Ibidem, p. 50.

③ Jay B. Hubbell, *Southern Life in Fiction* (Anthens: Georgia, University of Georgia Press, 1960), p. 11-12.

究，探究福克纳的虚构空间在表现作者的历史观、传达作品的主题等
方面发挥着功能。

第二节
"约克纳帕塔法"地理空间

　　文学囊括了现实世界中所有层次的空间存在问题，作家就像现实
生活中的建筑师一样，为生活在自己想象空间中的人们创造了包括地
理风貌、城市乡镇、山川河流、房屋居所、家居物品等在内的所有空
间。福克纳就是这样的一位伟大的空间建筑师。福克纳通过自己丰富
的想象，在小说中建造出与现实生活一样丰富多彩的自然空间和人造
空间，借助空间意象表达南方精神、传达主题意义。他在不同场合都
强调了其"约克纳帕塔法"世系小说的总体设计理念，他曾经说过：
"从《士兵的酬劳》开始，我发现写作非常有趣。从那之后，我发现不
仅每部作品，而且一个艺术家的所有作品都应该有个很好的设计。
……从《沙多里斯》开始，我发现我家乡那块邮票般大小的地方值得
我去写，我这一辈子都不可能穷尽它，而且我还发现通过把真实变为
虚构，我有完全的自由将我的天赋发挥到极致。这一发现打开了一座
金矿。于是我创造了一个我自己的有秩序的整体性世界。"①

　　福克纳建构整体性世界的伟大之处就在于他对"约克纳帕塔法"
世系小说进行"有序的"宏观规划，同时关注各小说之间的内在联系。
他很早就意识到自己的神话王国要比哈代只有两维空间的"威塞克斯"
复杂得多。他似乎更加推崇巴尔扎克的世界，他认为巴尔扎克"创造

　　① James B. Meriwether and Michael Millgate(eds.), *Lion in the Garden: Interviews with William Faulkner 1926-1962* (Lincoln & London: University of Nebraska Press, 1968), p. 255.

了一个血液流遍20部小说的世界"①。与巴尔扎克相似，福克纳把自己创作的19部长篇小说中的15部设计在这个虚构的南方神话王国中，不但在空间上对小说进行整体架构，而且在主题上形成相互关联，构成一个描写南方大家族兴盛与没落历史的故事谱系与链条。其中描写沙多里斯家族的有《沙多里斯》（1929年）和《没有被征服的》（1938年）；以康普生家族为描写对象的有《喧嚣与骚动》（1929年）；以萨德本和麦卡斯林家族为描写对象的有《押沙龙！押沙龙！》（1936年）、《去吧，摩西》（1942年）和《坟墓的闯入者》（1948年）；以本德伦家族为描写对象的有《我弥留之际》（1930年）；以斯诺普斯家族为描写对象的有"斯诺普斯三部曲"：《村子》（1940年）、《小镇》（1957年）和《大宅》（1959年）。福克纳比巴尔扎克更胜一筹，他为自己的15部主要作品和"约克纳帕塔法"县绘制了精确的地图，对生活其中的不同大家族在空间上设计地理位置，在细节上生动描述不同贵族家族的生活场景、家居摆设、庭院分布等，详细展现空间与小说人物的关系，竭力通过空间描写表达小说的丰富内涵和潜在意义。

福克纳亲自绘制密西西比州"约克纳帕塔法"县杰弗逊镇的地图，对每个庄园主大家族以及后期的新兴资产阶级"斯诺普斯"家族在地图上划定位置和范围。比如，把持东北角的是沙多里斯家族、麦卡斯林—艾德门兹世系；占据东南部地带的是康普生家族；开拓西北角的是萨德本家族，占领南部地区法国人湾的主要是后来发家致富的斯诺普斯家族。各大家族以象征着法律和秩序的"约克纳帕塔法"县法院为中心，呈基本对称辐射态势分布在周围的核心位置。总体看来，福克纳在"约克纳帕塔法"县的地图上主要描述的是法院广场以及南方几大贵族家族和新兴斯诺普斯家族的分布状态，反映旧南方社会以公共利益和社会秩序为中心的庄园家庭生活，代表居住在"约克纳帕塔法"神话王国中的人们维护阶级秩序、重视"家庭"观念和崇尚传统

---

① James B. Meriwether and Michael Millgate（eds.）, *Lion in the Garden: Interviews with William Faulkner 1926-1962*（Lincoln & London: University of Nebraska Press, 1968）, p. 215.

生活的南方特性。

从地图上可以看出，杰弗逊镇是一个以南北为竖轴、东西为横轴的对称坐标分布形状。它的轴心是法院，贯穿南北的大动脉是沙多里斯修筑的铁路。它的街道在接近南北轴和东西轴的地方呈整齐的格子状，但在向四周延伸时呈松散的网络状分布。镇子的南面和北面入口是它的主干路口，可以正面看到法院；东西入口则是辅路，只能看到法院的侧面。在《修魂安魂曲》中，福克纳这样描写"约克纳帕塔法"县的中心："有一个呈正四边形的广场，绿树掩映的法院矗立在广场中央。周边建有二层楼的商铺、律师事务所、医院和牙科诊所、旅馆和礼堂。学校、教堂、酒馆、银行和监狱也排列有序，四条笔直的大道向四面延伸而去。"①广场是一个人们游行、集会、礼拜，甚至休闲的公共世俗空间。这个空间集公共建筑和神圣建筑为一体，各种空间井然有序地排列分布其上，在"约克纳帕塔法"县人们的生活中扮演非常重要的角色。不管是世俗的还是神圣的、统治阶级的还是被统治阶级的各种活动都在这个空间发生，广场成为各种权力在其中集会角逐的场域。在福克纳看来，旧南方时期的杰弗逊镇广场就是南方秩序的象征。

从城镇的格局来看，法院处于"中央，焦点，中心；位于整个镇的地理中心"，整个城镇围绕这一轴心向四周扩散，成为所有其他物品的中心和参照。作为轴心而存在的"约克纳帕塔法"县法院不仅是一个建立在自然风景之上的人为建筑形式，而且还是一个代表城镇的历史、权威、传统、标准和秩序的威严的公共空间，体现了南方特定历史时期的城镇精神，是这一时期南方传统的维护者。托马斯·S.海因斯认为杰弗逊镇的法院"不仅仅是法律和公平正义的象征，从精神世界、心理和建筑等层面看来，也是乡村生活的焦点和中枢"②。法院在代表公正的同时，与周围郁郁葱葱的自然融为一体，相得益彰。它在杰弗

① William Faulkner, *Requiem for a Nun*(New York: Random House, 1951), p. 39.

② T. S. Hines, *William Faulkner and the Tangible Past: Architecture of Yoknapatawpha*(Berkeley: University of California Press, 1996), p. 49.

逊镇的中心位置表现出居住在这里的居民对其神圣性和权威性的敬畏，也体现它的空间建筑者福克纳的意识形态和思想观念。福克纳在描写广场和法院大楼在旧南方时的井然有序时，传递了他对南方旧秩序的重视与依恋。他对中央公园自然空间的描写进一步彰显南方人亲近自然、尊重自然法则的重农思想和农耕文化传统。

福克纳对杰弗逊镇中心广场及其周围的空间描写遵循重要性原则，依次展开、排列不同空间。首先进入人们视野的是广场和居于广场中心的法院，然后是各行各业相对封闭独立和功能单一的办公场所。以银行为代表的现代商业空间在当时的杰弗逊虽然已经非常显眼，但作者在描述了学校、教堂等公众空间之后才交代银行等服务于商业目的的空间。银行在这里的排列位置仅先于限制人身自由的监狱，说明福克纳对只基于利益基础之上的空间比较反感。监狱在离法院较远的一个不起眼的角落里，它是一个与其他公众空间相对立的地方，重要性只有在杰弗逊发生暴乱时才可能被提及。这种排列顺序一直延续在福克纳小说的历史叙述之中。当战火来临之时，首先着火的是广场和商铺：仅两夜之后，"广场、商店、商铺和其他办公场地就着火了"①。福克纳是一个相对保守的守旧派，他珍惜南方的农耕文明及其传统的家族观念、历史意识和地域情结。对南方传统生活的依恋使他本能地对北方工商资本主义的产物，比如银行等商业化空间，感到厌恶和反感，这也是他为什么把银行和监狱排列在空间序列末尾的原因。

进入20世纪之后，在北方现代化商业利益的驱使下，外来推销商比律师和法庭证人更频繁地在杰弗逊出现。广场周围首先建起来的是聚集财富的银行、刺激消费的商店等商业化空间。杰弗逊的居民常常到广场上娱乐或者购物，这使得拥有各种商店的广场上升为镇子的商业中心，邻近法院的杰弗逊广场"是很多镇上的人每天要去的地方，也是全县的人每周向往要去朝拜的麦加之地，每周六进一趟城的生活带给了他们无比的快乐"②。广场和广场周围的商店为城镇居民提供了

---

① 〔美〕福克纳:《坟墓的闯入者》,陶洁译,上海译文出版社,2015,第232页.

② William Faulkner, *Requiem for a Nun* (New York: Random House, 1951), p. 46.

休闲和娱乐，象征着城镇的经济文化空间，这无疑挑战法院象征的城镇传统秩序，在一定程度上削弱了法院在城镇的政治中心的地位。这形象地说明，内战之后，资本主义工商业把南方的庄园主贵族送入历史的尘埃，唯利是图的新兴资产阶级斯诺普斯们走上南方社会生活的前台，商店和银行逐渐取代了旧南方时法院和教堂在空间上的排列优势。这样的安排并非出于建筑理念的考虑，而主要是作家创作无意识的反映，他不知不觉地在作品中传递对美国南北两边的情感好恶。福克纳倔强地认为内战及其后来的重建并没有在精神上摧毁南方，南方邦联的纪念碑毅然傲然挺立在杰弗逊广场的南部中心位置。他在潜意识中认定南方地区并没有比北方地区低劣落后多少，相反，南方承载着更多的历史意义和地域特性，使南方人在精神和文化上甚至高于唯利是图的北方人。

此外，福克纳对杰弗逊镇的空间描述反映他的阶级思想和白人贵族至上理念。在杰弗逊镇，贵族阶层居于支配性地位，是南方的统治者。福克纳把绝大多数贵族庄园主或新秀，比如，沙多里斯家族、康普生家族、萨德本家族、斯诺普斯家族、格里尔森家族（《献给爱米丽的玫瑰》中的显赫家族）都安排在处于主导地位的南北轴面上，并在作品中多次描写广场的南北主干大道；而以莱娜·格鲁芙、本德伦家族等为代表的自耕农、佃农、穷白人和黑人等，遭受剥削和压迫，被排斥在地理空间的次要位置上，几乎都住在镇子的东西轴线的地界上，作者对以东西为轴的地理空间的描写在作品中也比较少见。广场及其周围的空间在呈现轴对称分布的同时，还呈现辐射状。这样的空间设计的优势在于出入广场中心时，除了通过南北的主干大道之外，还可以从蛛网状的侧路自由进出。时势太平时广场呈现出包容的向外辐射性和开放性；一旦暴乱发生，它立即显示出强有力的向心凝聚力和防御性，军队可以从四面八方迅速向它的中心集结把守，保卫居于广场中心的法院和处于南北轴线地界上的南方贵族家族的安全。对称辐射状建筑空间的设计理念不仅是希腊、罗马建筑风格的体现，在深层次上反映杰弗逊镇的缔造者福克纳隐秘的无意识心理概念，即"贵族意识"和"精英思想"。在空间设计上，他让代表权力和等级的南方贵族阶层处于杰弗逊广场的主要位置，显示它在南方社会生活中的核心地位和重要意义，它的统治权威不容侵犯。福克纳期待从空间塑造进入对南方贵族的缅怀、对南方历史文化遗产的继承和对美国现代化进程的反思。

福克纳除了在空间上对"约克纳帕塔法"县和各大贵族家族的分布进行整体的空间规划之外，他还详细设计各贵族庄园主的具体生活空间。如果说以法院为中心的广场是公共开放的空间，那么相对而言，各大家族的庄园就是比较封闭隐秘的空间。在"约克纳帕塔法"世系中，沙多里斯家族的庄园是南方贵族庄园的代表，是"约克纳帕塔法"种植园主庄园建筑理念的典型体现。沙多里斯庄园在杰弗逊镇北边4英里处。在1863年夏天之前，沙多里斯庄园建有主房、一个马棚，马棚后是粮仓，至少有两间黑奴窝棚，一间熏制房，一座果园，一片牧场和一些谷地。主房前后有走廊和一个正厅①，正厅两边都有屋子，一段楼梯通向二楼，楼上是四间卧室，还有四个供壁炉出烟的烟囱。房子正面朝东，②正厅贯穿东西。卧室毫无疑问是在楼上，因为建筑者充分考虑到私人空间的隐秘性，所以，它必定要和一楼的客厅等公共区域分隔开。沙多里斯家族还有处理各种事务的办公室和书房之类的空间。这些是相对比较开放的空间，一般处于正房的前面。在正房后面西北角的地方是厨房、东南角是餐厅。这个设计和当时绝大多数庄园的建筑不同。在其他庄园，因为考虑到厨房可能会引发火灾，殃及正屋和主人的安全，厨房一般要和正房分开建造（沙多里斯庄园在后来重建时也把厨房、餐厅和正房进行了分离处理）。正房处于这个庄园的中心位置，其他建筑以正房为中心向周围辐射。从正房望去，黑人窝棚和其他房屋一览无余。南方种植园的建筑设计凸显了严格的等级制度和主仆有别的建筑理念，从空间的侧面形象地体现了南方的父权制和奴

---

① 〔美〕福克纳:《没有被征服的》,王义国译,北京燕山出版社,2015,第9、22、39页。

② William Faulkner, *Sartoris*(New York: Random House, 1929), p. 8.

隶制。

代表智慧和知识的老上校约翰的"书房",也被黑人称为"办公室",是一个半开放的地方。里面有一张较大的办公桌,在壁炉架上方悬挂着一支枪,屋内还有一面大钟、一张饭桌。房子外面是精心打理的花园。①这些空间描写反映了当时种植园主贵族的生活状态和社会地位。当时的老上校在镇里叱咤风云,大权在握。他修筑铁路、把持法院、开办银行、组建军队。办公桌和大钟暗示主人显赫的经济地位和繁忙的公务往来;书房和枪支象征着知识和权力;精心照顾的花草表现主人富裕奢华和养尊处优的生活。居住在正房二楼,拥有正房前部办公室的老上校处于居高临下的位置,他俨然是庄园的统治者,随时可以俯瞰整个庄园。在被烧毁之后,沙多里斯家族在"原址"上重建后的沙多里斯庄园比原来"大得多了",重建时也把厨房和正房分开了。②沙多里斯庄园的主人也从老上校传到了他的儿子老白亚德的手中。这时的书房兼办公室被挪到了正房的后面,而用于会客与休闲的客厅占了正房的前面。《沙多里斯》中对老白亚德书房兼办公室的描写也更多地围绕其中的物品展开:巨大的书柜,丰富的藏书,"一卷他最近经常阅读的仲马先生的书就在床头柜上摊开着"。在书柜上还"收集着各种种子、根茎、谷物豆荚、生锈的马刺、挽具带"等。③如果把他们父子俩的书房空间描写进行对比,我们不难发现,与他父亲的办公室兼书房不同,老白亚德的办公室兼书房基本上失去了办公室的意义,主要发挥着书房的功能。而且种子谷物等也把他和农夫、土地联系在一起。这样的空间变化反映出一个巨大的时代变迁。随着奴隶制的废除、南方社会的重建,现在的老白亚德不像他的父亲那样是显赫一时的律师、银行家和上校,他失去了父亲高高在上的统治地位,更多地充当着一位南方乡绅的角色。

南方庄园的阁楼是福克纳重点描述的空间。作为一个隐秘的空间,

① 〔美〕福克纳:《没有被征服的》,王义国译,北京燕山出版社,2015,第11页。

② 同上书,第253页。

③ Faulkner, William, *Sartoris* (New York: Random House, 1929), p. 34.

阁楼用来珍藏南方庄园最重要的家族物品，似乎封存了许多不为人知的过去的记忆。沙多里斯庄园就有一个储存家族珍贵物品和传家宝物的阁楼。《没有被征服的》中描写一个装满象征家族传统的银器的柜子，这个柜子后来被搬到罗莎的房间。当联邦士兵来袭时，罗莎勇敢地把孩子们藏在她的裙子下，把装满银器的柜子藏在床后面。①在沙多里斯家里，装着老上校物件的杉木箱子也存放在阁楼中。箱子里的物件颇具代表性和象征意义：一件历史悠久的邦联制服，一把剑和剑鞘，一把军刀、几支手枪和一把大口径短筒手枪，还有陶器、大刀、油壶，以及发黄的卷宗、《圣经》和家谱等。箱子里的物件事实上是老上校久经沙场、开疆拓土、建立家园的传奇一生和戎马生活的形象写照和生动缩影。

麦卡斯林家族有一个同阁楼功能相似的储物间，存放着记录家族不论是白人还是黑人的生老病死、婚丧嫁娶、商业事务、土地拥有和奴隶买卖等重要活动的账本，是一部麦卡斯林家族的编年史。很明显，这个储物间和沙多里斯家族的阁楼一样，是非常私密的空间，绝对不允许外人擅自闯入，平时都上锁，钥匙掌管在麦卡斯林·艾德门兹的手里，一般人无法进入。当艾克16岁时，在一个夜深人静的晚上，他趁艾德门兹睡着之时拿到了钥匙，进入储物间，借着"那盏被人遗忘的"又重新在"沉滞、冰冷的发出臭味"的提灯，在书架上取下那些布满斑痕和裂纹的账本，趴在"那些发黄的纸页"上②，解读家族一段段鲜为人知的历史。从上述两个空间的描写中人们可以看出，阁楼空间因其与家族历史的紧密联系显得私密、神圣和令人敬畏。但随着南方庄园的解体、南方大家族的衰落，充满罪恶的家族历史和家族遗产纷纷得以曝光，遗产似乎成为生活在新南方的家族后代的负担和噩梦，对他们造成严重的心理阴影。

沙多里斯家族庄园虽然经历过烧毁和重建，但它并没有表现出破败和绝望的气息，它的后代继承祖先的贵族精神和骑士风度，放弃以

① 〔美〕福克纳：《没有被征服的》，王义国译，北京燕山出版社，2015，第47页。

② 〔美〕福克纳：《去吧，摩西》，李文俊译，北京燕山出版社，2016，第229-230页。

怨报怨的决斗，决心以高尚情操和绅士气度解决与仇家之间的宿怨。这似乎凸显了南方贵族的崇高品质。因此，沙多里斯庄园后继有人，呈现出希望之光。但从《喧哗与骚动》开始，一直到后来的《押沙龙，押沙龙!》和《去吧，摩西》等作品，贵族家族的大庄园弥漫着破败颓废之气，预示南方贵族阶层走向灭亡的悲剧结局。

《喧哗与骚动》在"附录"里描写，当康普生家族的第二代杰生二世当家时，他们拥有的祖传土地完好无损。到1866年时，他开始将土地中的一小块抵押出去，家族的祖宅仍被尊称为"老州长之宅"。但从此之后，他开始逐块出卖这块土地。到杰生三世时，家族的土地只剩下一小块和一幢年久失修的大宅，被称作"康普生家"，而到1910年时杰生三世将那一小块也卖掉了，为了让儿子昆丁可以在哈佛完成一年的学业、让女儿凯蒂在出嫁时有点像样的嫁妆，家族最后的一块地产也被"卖给了高尔夫球俱乐部"。这时曾经拥有大片土地和产业的康普生家族只剩下"宅子、菜园、东倒西歪的马厩与一所佣人住的木屋，现在由迪尔西一家住着"[1]。到杰生四世时，已经完全没有了昔日的荣光，只剩下那一幢破旧大宅。杰生在母亲去世之后，便把家族老宅卖了个精光，自己也搬去办公室居住。

福克纳还对康普生庄园中的几处具有代表性的空间做了详细描写。黑人保姆迪尔西的厨房常常给人温暖舒适的感觉，这里不仅是全家人聚集吃饭的空间，而且似乎成为康普生家族成员心理疗伤的地方。她的厨房炉子上经常放着"嗞嗞"作响的水壶，桌子上摆着热气腾腾的饭菜。当康普生家里的孩子们感到饥饿或者需要安慰时，他们都会去厨房找迪尔西。家里发生什么事情时，大家也喜欢聚在迪尔西的厨房里讨论。与这个温暖明亮的厨房形成鲜明对照的是康普生太太昏暗清冷的卧室。她房间的门总是关着，灯光灰暗，显得死气沉沉。当迪尔西推开康普生太太的房门时，"房间里一股浓烈的樟脑气味。百叶窗关着，房间里半明半暗的，那张床也隐没在昏暗中"[2]。康普生太太整日

①〔美〕福克纳:《喧哗与骚动》,李文俊译,上海译文出版社,2007,第310页。
②同上书,第284页。

紧闭的房门不仅隔绝了她与外界的联系，而且斩断了她与家人的亲密交流。康普生家的孩子在成长的过程中没有享受到母亲的温暖与呵护，他们把慈爱的迪尔西作为母亲的替身，在她身上寻找在母亲身上无法得到的亲情。

除了描述康普生家族各个家庭成员凌乱、冰冷和压抑的卧室，福克纳还对康普生空荡荡的、没有一样活物的院子展开描写，表现康普生家族的破败与衰落，进一步凸显南方贵族家族走向灭亡的厄运：

> 不知从哪儿飞来了一对坚鸟，像鲜艳的布片或碎纸似的在急风中盘旋翻飞，最后停栖在树枝上，它们翘起了尾巴大声聒噪着，在枝头上下颠簸。它们对着大风尖叫，大风把这沙嗄的声音也像席卷布片、碎纸似地倏地卷走。接着又有三只坚鸟参加进来，相互比着大声尖叫，在扭曲的树枝上颠簸了好一阵。[①]

从康普生家族这些具体空间的描写中，福克纳形象地再现了康普生家族从变卖土地到失去大宅的发展历程，集中演绎南方贵族家族的盛衰变迁与庄园衰落历史，影射南方社会的沧桑巨变。

在"约克纳帕塔法"世系小说中，萨德本庄园是福克纳重点描写的对象。它与沙多里斯庄园形成鲜明对比。沙多里斯庄园是以家族的姓氏命名，代表家族的传承；而"萨德本百里地"由表示所属关系的拥有者"萨德本"和表示大小的"百里地"两部分组成，侧重点在量化计算上，强调它的规模大小。"萨德本百里地"只是主人身份的一个标签，它没有任何生活的气息。在1835年，萨德本庄园初步成形时，镇上的人们就抱怨他的房子像"城堡"一样，"隐藏在雪松和橡树丛中"。房子"就这样落成了，一直到铺上最后一块板，砌上最后一块砖，打进最后一根木钉"；萨德本没安一扇窗、一扇门和一个床架就在里面住了三年；"房子没有上漆，没有配家具，里面没有安上一块玻璃，或一个门把手或一个铰链，离城十二英里，离任何一家邻居也几

---

① 〔美〕福克纳:《喧哗与骚动》,李文俊译,上海译文出版社,2007,第254页。

乎这么远"①。光棍萨德本"住在可以算有男爵气派、半亩地大的猎具房里。他生活在全县最大一幢家徒四壁的空壳子里，就连法院也不如这房子大"②。萨德本庄园不但与周围邻居相隔甚远，而且里面没有一件显示日常生活的物品。"萨德本百里地"在"矗立了三年"之后，萨德本才给它"围上整整齐齐的花园、散步小道、奴隶住房区、厩房和熏房"③；萨德本和他"那帮如今野性已稍退的黑人安装门窗，给厨房配备炙叉和炖锅，给一个个客厅装上水晶吊灯以及家具、窗帘和地毯"④。萨德本庄园虽然建有花园和花坛，但在埃伦嫁来之前，一直杂草丛生、荒废闲置。萨德本给他的庄园添置生活必需品的主要目的是为了迎娶一个像样的妻子，为自己的贵族头衔增光添彩。

建立庄园的本质是为了生活，而萨德本庄园却剥夺了庄园存在的本质，表现出"对空旷、荒凉的无可置疑的肯定"和对居住者"无法克服的抵触情绪"⑤。萨德本庄园肆意违反居住空间的本质意义，排斥生命、情感和人性因素。究其原因，主要在于萨德本庄园的挪用功能和反人性特点。萨德本对房子的粗暴挪用表现在他把房子作为一种达到私欲和目的、跻身上层社会的工具，而不是把它当作有意义的生活空间。萨德本庄园没有任何的生机和温暖。楼上的卧室弥漫着死亡的味道，曾经有五个家人死在这里；大厅是邦和亨利死后克莱迪阻拦罗莎上楼的空间，也是萨德本放置埃伦和自己的墓碑的地方；书房是萨德本对亨利下最后通牒除掉邦的地方。作品中对"萨德本百里地"的详细描写主要集中在两个阶段，一是在埃伦嫁来之前它是镇上最大的斯巴达式的空壳；二是在内战之后，它显示出"风化剥蚀的荒凉气氛"，"成了水灾后流落在一潭死水里一副被遗忘的贝壳——一副空骨架，内里的家具、地毯、亚麻布和银器像涓涓细流似的慢慢流失"⑥。

---

① 〔美〕福克纳：《押沙龙，押沙龙！》，李文俊译，上海译文出版社，2004，第32页。

② 同上书，第33页。

③ 同上书，第32页。

④ 同上书，第37页。

⑤ 同上书，第77页。

⑥ 同上书，第123页。

萨德本雄心勃勃，想要建立可以持续千秋万代的"纯白人"血统的萨德本王国。但他对房子的病态挪用注定了萨德本庄园的毁灭和萨德本家族的衰落。在"纯白人"血统的愿望落空之后，萨德本百里地也被一场大火毁为乌有，只剩下萨德本家族的一个混血子遗对着大火嗷嗷号叫。但空间保存了它对过去的记忆，对生活在其中的人的记忆。它"拥有一种知觉、个性与脾气的，并非得自在里面呼吸或曾在里面呼吸过的人，更多的倒是传自砖木本身或是构想与建造房舍的人，他们把灵气传递了一砖一木"①。萨德本庄园记录了萨德本家族的衰亡过程，更反映了南方这个"大宅"风雨飘摇的历史。

同萨德本百里地一样，《去吧，摩西》中的庄园主老卡罗瑟斯建了一半的房子也没有窗子，而且完全没有后门，是一个"又大又深的洞窟"②。他建造庄园本来只是为了拥有大片的土地。后来布克和索凤西芭修缮完成了庄园的建造并给房子安装了门窗，使它成为一个比较适合居住的地方。老卡罗瑟斯死后，他的两个儿子搬出了麦卡斯林庄园住到他们自己动手修建的小木屋里，他们"让所有的黑鬼都搬进"老卡罗瑟斯"来不及装修完毕的大房子里去，而黑鬼们住在那儿时，布蒂大叔连做饭也不上那儿去做，甚至连屋子也不再进去，只除了晚饭后在前廊上坐坐"③。

麦卡斯林庄园的破败衰落之气在索凤西芭还没有去世时已经显露出来：门柱上没有门扇，走廊上的百叶窗已经破裂、地板也开始腐烂。在小说的第四章"熊"中，这种衰落迹象更加明显：他们"穿过那破败不堪、草木杂生的入口"，进入"没有上漆的大宅……里面高雅的家具陈设已经越来越少"④。艾克对房子最后的回忆是：看到他的叔叔站在发黑和破败的炉灶前，"在冰冷的、没有打扫的壁炉前，里面的砖头已经坍塌下来，和煤灰、尘土、灰泥和扫烟囱扫下来的东西混在一起，

①〔美〕福克纳:《押沙龙,押沙龙!》,李文俊译,上海译文出版社,2004,第77页。

②〔美〕福克纳:《去吧,摩西》,李文俊译,北京燕山出版社,2016,第260页。

③同上书,第4页。

④同上书,第261页。

成了一堆垃圾"①。在艾克21岁时，他不愿住在家族的庄园中，他和表外甥开了一个小铺，那个小铺"像个不祥之物似的蹲在田野的高处"，"木头房子外面贴满了各种广告，推销鼻烟、伤风药、软膏与药水，那是白人制造、白人销售的"②，他们置身在"干酪、腌肉、煤油和马具的陈腐的气味中"③。本地另一贵族家族——艾克舅舅家的伯爵府，也是他母亲坚持叫作"沃维克"的大宅，宅子中的那些"花梨木、桃花心木、胡桃木的家具"逐渐消失④，最后遭遇了神秘的火灾：被一种"悄然的、顷刻之间发生的、没有来源的、一视同仁地燃烧，墙头、地板和屋顶统统在内……到日落时只剩下四根熏黑的无烟的烟囱杵在一层白色的轻灰和几块烧焦的木板残片之上"⑤。破败的房子、剥落的墙面、越来越少的家具以及贴满广告、出售各种日杂用品、凌乱拥挤和味道难闻的小铺预示着南方贵族庄园家族逐渐失去财富，家道中落，它们原来的辉煌和显赫已经时过境迁。

黑人卢卡斯和莫莉的生活空间却与此形成强烈的对照。卢卡斯在结婚的那天点燃了炉火并让它一直燃烧，"从那天起这火一直没熄灭过"，"这火将一直燃着直到他与莫莉都不再在人世给它加柴添薪"⑥。炉火不但是温暖的源泉，是人们围坐团聚或者休闲娱乐的地方，它更是生活和生命的象征。"炉火自古以来就是人们居家生活的核心"⑦。只要炉火持续燃烧，莫莉和卢卡斯屋里的生活就不会停歇。炉火也象征他们的爱情，"卢卡斯家房子的真正意义在于居住其中的夫妻有

---

① 〔美〕福克纳：《去吧，摩西》，李文俊译，北京燕山出版社，2016，第263页。

② 同上书，第213页。

③ 同上书，第214页。

④ 同上书，第262页。

⑤ 同上书，第264页。

⑥ 同上书，第38页。

⑦ Norberg-Schulz, *Christian, Existence, Space and Architecture* (New York: Praeger, 1971), p. 32.

爱"①。莫莉大婶每天把院子打扫得干干净净，种满鲜花："她每天早晨都要用柳枝扎的笤帚扫院子，在用碎砖、瓶子、瓷片和各种颜色的草砌边的花坛之间把不脏的灰土扫成一个个弯曲、复杂的图案"，而且他们家的"花坛里也常常有花可看，是那些黑人喜爱的皮实、刺眼的花卉：太子羽、向日葵、美人蕉和蜀葵"②。与老卡罗瑟斯家族腐朽破败的大宅相比，这对黑人夫妇的小屋和院落洋溢着日常生活的气息，充满温暖的亲情和积极向上的生命力。

　　总而言之，"约克纳帕塔法"世系小说的空间，尤其是南方贵族建造的庄园，在作品中发挥诗学功能，传达深刻的意蕴。沙多里斯庄园象征南方贵族建立家园、振兴社区的梦想；康普生庄园阴森森地吞噬着家庭成员之间的关爱与温情，只存活在它的后代对于祖先辉煌过去的想象中；萨德本和麦卡斯林庄园只是主人对土地的贪婪占有，是他们的私有财产。当庄园被挪作他用时，它的家园意义随之消失，它们再也不是人们可以快乐地栖息安居的地方了。归根结底这些贵族庄园的缔造者违反了庄园是人们生活的家园的基本空间意义，剥夺了庄园的生活气息，强行把这一空间挪用，变成一座座冰冷的贪欲的坟墓。福克纳从空间诗学的角度出发，对"约克纳帕塔法"虚构世界中个体家族的具体生活空间展开描写，揭示在种族主义和血缘伦理的双重撞击下，作为旧南方社会生活最基本形式的庄园建筑已经成为历史，无法逃出破败衰落或付之一炬的结局。而且，通过庄园败落作者进一步揭示这些空间的占有者——南方的庄园主贵族，作为一个阶层失去了继续存在的可能，历史发展的必然律使他们无可奈何地谢幕，退出南方的历史舞台。

---

① William T. Ruzicka, *Faulkner's Fictive Architecture: The Meaning of Place in the Yoknapatawpha Novels*(Ann Arbor: Michigan, UMI Research Press, 1987), p. 92.

②〔美〕福克纳:《去吧，摩西》,李文俊译,北京燕山出版社,2016,第40页。

第三节
"约克纳帕塔法"文本空间

除了对"约克纳帕塔法"虚构世界中的家族占有空间在自然地理层面进行宏观规划和微观设计上的详细描述之外，福克纳还在小说的叙述手法上力求革新，对具有相同历史或故事内容的叙述对象进行空间上多维度、多视角、多方位的重复叙述。福克纳在作品中创造性地运用"叠错重复"的对位式叙事技巧，通过叙述者对同一故事的不同叙述，使彼此之间形成复调式对位关系。《圣经》与文本之间也构成多种移位变形、戏仿对照，构成一种以若隐若现的神话叙事空间为辅调、现实生活的世俗叙述空间为主调的对位结构。除此之外，福克纳还巧妙地在"约克纳帕塔法"世系小说中普遍使用时间空间化的叙事策略，进一步扩大小说的叙述空间：要么让相同的叙事者出现在不同的文本中；要么把不同时代的人物或事件并置，不同叙述各自独立但共同构成故事的整体，使遥远的过去和现在，甚至将来共时存在。不同时间的叙事并置或者不同文本中同一人物的游走串缀，使各个故事达成一种互文关联，这是一种将"时间空间化"的艺术手法，不同空间在这个维度上呈现出"共时化"的倾向。

一、对位叙事结构

福克纳是一个极为重视试验探索以及创造革新写作手法的现代主义作家。他的探索与创新是为了更加准确地表现其作品的内容以及对生活、对人类、对世界的看法。他把西方20世纪初的立体派绘画技巧和音乐的对位法引入文学创作，在同一个故事里，他运用多视角写作手法向读者展示小说中不同人物对同一目标人物或目标事件的不同反应。这种写作手法极大地拓展了小说的空间，使得故事具有环形的空间形式：核心事件占据中心空间，各种观点从该中心出发向四周辐射，构成环环相扣又环环独立的空间叙事结构，完全打破了传统小说的线性叙述结构。

"对位法"（counterpoint）本来是一个音乐术语，指复调音乐的谱写技法，即根据一定的规则，"将不同的曲调同时结合，从而使音乐在横向上保持各声部本身的独立与相互间的对比和联系，在纵向上又能构成和谐的效果"①。可见，由"对位"而构成的"复调"音乐，有主调次调之分，两者的"结合"是同时的，"横向上"既有两者的"独立"又有"相互间"的"对比和联系"，从而构成"纵向上和谐的效果"。福克纳把音乐的"对位法"十分成功地运用到他的叙事结构中。福克纳的对位叙事结构主要表现在两个方面，一是不同叙述者对相同故事叠错重复的叙述。以复调的形式应和共鸣，开拓出故事的多重空间，造就了作品主题思想的多重性。二是潜隐化用神话，达到对位叙事结构。对《圣经》及其他神话的隐射套用普遍化在福克纳的"约克纳帕塔法"世系小说之中，神话空间和现实空间的比较对照使文本穿行在神圣和世俗、传统和现世两个世界中，使作品冲破了对南方一个个贵族家族盛衰历史的描写，延伸到对南方现实问题的认真思考和对整个现代化发展历程的深刻反省。下文通过对福克纳几部代表作的对位叙事结构进行分析，期待对他的空间艺术展开进一步解读。

《喧哗与骚动》由四个相对独立但又互相关联的部分组成，四个人物分别从各自的角度叙述康普生家族衰败的过程。每个角色都向读者讲述一些支离破碎的情节和模糊不清的事件。福克纳不仅成功地让四个角色根据各自的特点叙述本人感受最深刻的事件和经历，而且还使这些角色相互映衬，从而增强作品的层次感，为作品开拓多重空间。通过视角的转换，小说逐渐从康普生家族继承人的懵懂混乱的内心世界转向全知全能视角的清晰外部世界。故事的空间展开遵循一种由中心向外荡漾开去的环形对位结构。故事由内向外，一扇扇打开了康普生家族故事的大门，也打开了美国南方这个"喧哗"与"骚动"的现

---

① 中国大百科全书编辑委员会:《中国大百科全书》音乐舞蹈卷,中国大百科全书出版社,1998,第1147-1481页。

实世界。故事的核心是一个"弄脏了裤头"的南方小姑娘的故事。它在不同的叙述者那里引发了不同的反应。对于班吉和昆丁来说，凯蒂的故事是他们家族最大的不幸，使家族荣耀遭受前所未有的耻辱，因为他们把家族的荣耀寄托在凯蒂那朝不保夕的贞洁上。在他们眼里，凯蒂在南方新兴群氓的围追堵截下无法挽救地堕落了。他们固执地认为，南方的淑女规范和家族荣耀是康普生家族抵御北方资本主义进攻的主要武器，凯蒂的堕落象征家族的衰落。但对杰生而言，他在乎的不是凯蒂的堕落本身，而是其堕落带给他的经济损失，因为金钱几乎是他追求的唯一目标。凯蒂的离婚使他失去了报酬丰厚的银行工作，堕入贫穷的劳动大军，成为时代的悲剧人物。他因此对"任何姓康普生的人"都愤恨、咒骂不已。小说把最外层的一重空间留给了康普生家族的黑人保姆迪尔西，她像全知全能的上帝一样，对康普生家族的兴衰历史做出了最伟大的预言。这四条旋律线分别奏响、自给自足。它们虽叙述着同一个主题，但每一章节却像是在这一主题线上串着的四个圆环，各种叙述声音叠加在一起才能完整叙述康普生家族的故事。

《押沙龙，押沙龙！》的故事也采用相似的对位叙事结构。罗莎、康普生先生、昆丁、施立夫四个叙述者围绕萨德本这一故事中心，分别从自己的视角展开叙述，共同创造萨德本的家族历史。萨德本家族的故事其实并不复杂，但摆在读者面前的小说文本扑朔迷离。《押沙龙，押沙龙！》的复杂性主要是由叙述的多样化造成的多重空间引起的，构成了一曲由调门不同的多音齐鸣式的复调乐章。罗莎、康普生、昆丁、施里夫四个叙述者同萨德本家族的关系，从时间和空间上说是一种由近及远的关系。他们叙述所构成的四条旋律环环相扣，自身虽相对自足，但彼此之间的交叉关系更胜一筹。他们针尖对麦芒，在叙述中抛弃了叙述故事的时间连续性，突出另一时空中叙述的某一位叙述人及其叙述内容，选择与自己密切相关的人物故事进行讲述。因而，《押沙龙，押沙龙！》对位式结构表现为四条旋律构成的纵横交错的关系。叙述人"一会儿讲到以往，一会儿讲到后来；那些讲到后来的事在当时必然叫人莫名其妙。可是在福克纳先生的先验的模式里是完整的东西，对于我们是不完整的，直到最后一块砖安上了它的位置为止。"①这最后一块砖既完成了人物故事，又完成了叙述人的故事。对读者来说，人物故事、叙述人的故事都已完结，它们互为参照，互相解释，在同一时间内展示了处于不同层次上的行动和情节。叙述者的愉悦不在于讲述一个完整的故事，而在于根据自己已知和现成的材料再重新创造一个故事。读者的愉悦也不在于欣赏一个逻辑关系严谨的故事，而在于参照叙述人再创造的人物故事和叙述人自己的故事，推演归纳出读者自己的故事版本。这样，在阅读的过程中，同时存在两个层面的对位，即叙述人叙述的横向对位和这两重故事的纵向对位，它们凌乱且和谐地构成了《押沙龙，押沙龙!》的空间对位式结构。

　　与以上两部作品相比，《我弥留之际》呈现的是一种完全不同的由叙述人的频繁转换带来的章节交替式的对位式结构，福克纳在视角转换方面显示出更大的自由度。他放弃了工整对称的"对位式结构"，采用多视角综合叙述的方式，让十五个性格各异的人物的五十九节内心独白构成整部小说，揭示小说的主题。这些风格不同、长短不一的意识片段最终拼贴出一幅完整而又精彩的南方穷白人的生活画面。小说从一章更换到另一章，叙述人在变化，叙述内容的重心也在不断更迭。在叙述视角转换之间，所有叙述人的叙述形成一条断断续续向前发展的线索。各个叙述者的叙述活动彼此平行，叙述内容各有不同却时有交叉，从而形成纵横交错的网状关系。这张网的中心就是艾迪。她对家族成员留下的遗愿是要把自己葬在老家杰弗逊镇。本德伦家各个成员带着各自高尚或者自私的动机历尽千辛万苦，想方设法地完成这个旅程。她的丈夫似乎充满感情地赞叹妻子把孩子收拾得干干净净："天下再没别的女人像艾迪那样费神把孩子们拾掇干净的了，大小伙也好，小男孩也好。"②但这只是表面现象，他懒惰自私，怨天尤人，而且他去杰弗逊送葬的主要目的是借此装副假牙，再娶一个新太太。大

---

　　① 李文俊编选《福克纳评论集》，中国社会科学出版社，1980，第78页。

　　② 〔美〕福克纳：《我弥留之际》，李文俊译，漓江出版社，2013，第23页。

儿子卡什老实肯干，以最认真的方式悼念母亲的死亡，用十三条理由将棺材做成"斜面交接"的样子①。他是这个旅程的坚定的拥护者，但在文章结束时，他失去了一条腿，并开始怀疑这个旅程的意义。私生子朱厄尔在乖张暴戾的怒火中忠实地执行母亲归葬杰弗逊的遗愿。小儿子瓦达曼是个智力低下的孩子，母亲的死使他头脑更加混乱，不停地默念："我妈是一条鱼。"②最后，他竟然在棺材上穿了几个洞，以便让妈妈能从洞眼儿里钻出来进入水中。而他随行的目的是进城看一眼玩具小火车。17岁的女儿杜威·德尔愚昧无知，尽管对母亲的死感到哀痛，但她此时更关心的是自己怀孕的事情，她只能偷偷地向母牛诉说自己的心事；她想着借进城的机会买药打胎。只有达尔，一个典型的疯子——先知式的人物，似乎参透了家族成员在这次旅途中不同的隐私，反对把母亲已经腐烂的尸体运到远处去安葬。从事药剂师、店主、兽医、药房伙计等工作的八位乡邻站在更远的距离，对艾迪和本德伦家族的送葬之旅表达不解和不满。

这些琐碎的意识片段并非完全孤立，而是围绕艾迪的死亡这一中心事件展开："死亡是这部小说的主题，其中心意向是产生狂暴的热情和行动的尸体。"③作为中心叙述者，艾迪自己的叙述虽然非常简短，却似在深夜里喁喁泣诉的冤魂，主要咏叹死亡的永恒和人生的虚无。她时断时续、支离破碎的意识流向读者，透露她的生活经历、家庭关系以及对生活的态度。和安斯的结合以及婚后的生活并没有给她带来幸福感和心理满足，她的心灵始终处于极度孤独和绝望之中。她的叙述对整部作品具有强烈的收束作用，使小说构成一个以艾迪为中心的环绕结构。艾迪似一束居于中心的强光，扫射出去时照亮了其他家族成员并进一步波及乡邻。读者可以从一个个人物的内心独白中了解到他们的性格与生活经历。福克纳通过叙述角色的频繁变换，着力捕捉

①〔美〕福克纳：《我弥留之际》，李文俊译，漓江出版社，2013，第50页。

②同上书，第62页。

③ Edmond L. Volpe, *A Readers' Guide to William Faulkner* (New York: Straus and Giroux, 1981), p. 127.

各种思绪、印象、感觉、回忆和梦幻，不但使人物绵延的意识互相渗透，彼此呼应，而且使其向四处辐射，呈现出一片纷繁复杂、光怪陆离的景象。这些松散而杂乱的意识片段像云霞一样连绵不绝，如烟海一般有影无踪，在人物的经验与感性生活的复杂变化和无限蔓延中此起彼伏，交相涌现。读者必须通过十五个人物简短凌乱、变化无端的内心独白去把握他们的心灵，拼贴小说的情节和意义。《我弥留之际》的对位叙事结构，在扩展文本叙事空间的同时，极大地开拓和加深了小说的主题意义。

相对于以上三部作品，《去吧，摩西》采用较为松散的对位叙事结构。《去吧，摩西》虽然由七个相对独立的短篇故事构成，但各个故事之间具有某种内在的联系。福克纳曾说："《摩西》实际上是一部长篇小说。我不打算删去故事或章节的标题……我说再版时就干脆利落地叫它《去吧，摩西》得了，八年前我寄给你们的时候就这样写的。"[1]此后福克纳不止一次地重申这是一部长篇小说而不是短篇小说集，认为"这部小说恰巧由或多或少完整的故事组成，但是它们通过一个家庭组合成一体，同一个家族同一个人的黑人和白人后裔"[2]。而且，福克纳1941年5月在写给哈斯的信里明确指出，"《去吧，摩西》总的主题是南方白人与黑人种族之间的关系"[3]。如果从对位叙事结构的角度出发，《去吧，摩西》是一部具有内在统一性和整体性的长篇小说。黑白种族关系是小说的主调，其他白人和黑人的故事都是烘托这一主题的副调，它们交相辉映，共同演绎的不仅是麦卡斯林家族的故事，而且是南方社会无法逃避的种族关系问题。

与《喧哗与骚动》的结构相似，福克纳在《去吧，摩西》的七个

① Joseph Blotner(ed.), *Selected Letters of William Faulkner*(New York: Vintage Books a Division of Random House, 1978), p. 284-285.

② Frederick L. Gwynn and Joseph Blotner (eds.), *Faulkner in the University: Class Conferences at the University of Virginia 1957-1958* (Charlottesville: The University of Virginia Press, 1959), p. 4.

③ Joseph Blotner(ed.), *Selected Letters of William Faulkner*(New York: Random Books, 1978), p. 139.

故事的排序上可谓独具匠心。全篇由描写布克大叔和布蒂大叔的"话说当年"、描写卢卡斯的"灶火与炉床"、描写黑人赖德的"大黑傻子"、讲述艾克的"古老的部族""熊"和"三角洲之秋"以及描写加文·史蒂文斯的"去吧,摩西"七个故事构成。《话说当年》发生在内战之前,讲述的是麦卡斯林家族的白人双胞胎兄弟布克大叔和布蒂大叔追捕逃奴——自己的黑人孪生兄弟托梅的图尔——的故事。《炉火与炉床》讲述的是不遗余力地追逐物质利益但又非常珍视家庭的麦卡斯林家族的混血后裔卢卡斯的故事。性格矛盾复杂的卢卡斯陷入身份认同危机:他一方面继承了黑人的一些优秀品质,一方面又看不起其他黑人,但对白人他也从不卑躬屈膝。他敢于维护自己的尊严,也敢于争取自己的权力。与之相对应,第四章《古老的部族》、第五章《熊》、第六章《三角洲之秋》则写卡罗瑟斯·麦卡斯林的白人后代艾克的成长和为了替家族赎罪做出的行动。与卢卡斯一样,艾克是进步的代表,但具有一定的局限性,他没有认识到白人与黑人关系的本质,不可能找到建立白人与黑人亲如兄弟的和谐关系的方式。在探索和谐种族关系问题上,作品中的主人公都是失败者。《大黑傻子》的中心人物是木材厂的黑人工人赖德。赖德挚爱的妻子去世后,白人无法理解他的痛苦,他只好在一系列看似荒诞的行为中发泄自己的愤怒,最后被私刑处死,尸体还被悬挂在一所黑人学校的钟绳上。副保安官夫妇对赖德的误解和冷漠深刻地解释了种族问题的根源:人与人之间缺乏理解和爱,只有误解和冷漠。《大黑傻子》的故事其实是对小说主题的一个关键"注释"[①],种族偏见是造成白人和黑人之间的误解、隔阂、矛盾、冲突和仇恨的根本原因。这也解答了为什么卢卡斯和艾克在探索和谐种族关系上会失败的问题,是改变《话说当年》中白人与黑人之间暴力、野蛮关系并实现《去吧,摩西》中作者试图表达的种族融合美好愿景的唯一途径。

显然,福克纳在《喧哗与骚动》《押沙龙,押沙龙!》《我弥留之际》和《去吧,摩西》等作品中采用了一种西方文学史上具有独创性

---

① 肖明翰:《威廉·福克纳研究》,外语教学与研究出版社,1997,第415页。

的对位叙事结构。《喧哗与骚动》的四个叙述者以凯蒂为故事的中心，向四周发散，讲述了康普生家族的衰落史。《押沙龙，押沙龙！》中的四个叙事者也围绕萨德本的家族故事，从各自的立场出发，带着浓厚的感情色彩，要么推测，要么想象萨德本家族从发迹到灭亡、从兄妹乱伦到种族歧视的故事。与《喧哗与骚动》中相互套嵌、形成互补关系的四个声部相似，以艾迪为中心形成同心圆的本德伦们，其讲述陷于分裂的自我呓语，他们粗糙单调的语言在彼此间无法达到有效的沟通，每个人都基于艾迪的死盘算自己的事情。《去吧，摩西》的故事框架采用复调式的叙事手法，强调南方黑白人之间的种族矛盾。它的故事空间从单一的家族衰落中突破出来，进入深刻思考种族矛盾的大空间。以黑白矛盾为主调，其他叙事充当伴奏音，演绎南方的种族冲突和社会矛盾等极具现实意义的问题。

米尔盖特把上述方法称之为"散点透光"。不同角度的光线从散点照在中心点上，一点点地点亮环境，但没有任何一束光线具有足够的权威可以显现整个环境。①这种技法很可能来自20世纪20年代福克纳在巴黎观摩塞尚的立体主义绘画得来的创作灵感。将物体多个角度的不同视像，结合在画中同一形象上，这是立体派绘画的基本理念。毫无疑问，福克纳借鉴了对位式复调音乐的叙事手法和立体主义绘画的技法，在上述作品中，每位叙述者的叙述就好像音乐中的次调，又似立体主义绘画中的不同角度的视像，它们表面看起来各自独立，实质上它们各自对照、互相关联。这些自成旋律的伴奏音和视像似乎都在烘托主旋律和主要形象，彼此交融会合，为小说开辟不同空间，小说的深层寓意在不同视角中得以挖掘，主题意义的多重指涉性也得以凸显。

福克纳在作品中还通过采用潜隐的神话对位式叙事模式，把目光投向遥远的神话，为小说开辟另一重独特的"神圣"空间，以此来诗意地建构现代人的神话，以求在世俗和神话之间形成对照。他在《沙

---

① Michael Millgate, *The Achievement of William Faulkner* (Athens and London: The University of Georgia Press, 1989), p. 106.

多里斯》《喧哗与骚动》《押沙龙，押沙龙!》《去吧，摩西》和《我弥留之际》等几部"约克纳帕塔法"的传世佳作中对基督教或其他神话进行参照、戏仿、借用和改造，以对位叙事的形式开辟出神话和现实的双重空间，营造现代人的"神话世界"。福克纳借助神话空间反观现实空间，用神话世界的有序、有爱和有希望来对照现实世界的无序、无爱和绝望。通过对神话中神圣空间的反讽戏仿反观现实世界的混乱无序和粗俗无望，唱响了南方贵族灭亡、南方文化陨落的挽歌。

在《圣经》中的毒蛇引诱夏娃吞食禁果，导致人类被逐出伊甸园，人类的始祖亚当和夏娃从此进入世俗生活。在福克纳早期的作品《沙多里斯》中，试图引诱南方贵族小姐的只有一个穷白人，而且他的引诱以完全的失败告终。在这里作者化用圣经故事关于"引诱"与"堕落"的主题，但与神话故事不同，南方的淑女"夏娃"抵制住诱惑，坚守南方贵族淑女的气节，因而也保住了贵族阶层的伊甸园。沙多里斯家族的第四代小贝亚特也成功地娶到贵族小姐并生下一子，为南方贵族的延续留下一线希望。因此，在《沙多里斯》里，沙多里斯世界对斯诺普斯世界的抵抗处于乐观和胜利的状态。但《喧哗与骚动》的颓废绝望与《沙多里斯》的天真乐观形成鲜明对照。在前者中，群氓、流浪艺人和纨绔子弟对凯蒂和小昆丁围追堵截，并且他们的引诱如愿以偿。在这里，"毒蛇"的引诱宣告成功，康普生家族失去了曾经的"乐园"，家族的消亡已基本成为定局，因为康普生家族第四代的三位男性继承人中没有一人拥有家庭、生养子女。同样的情节也出现在《押沙龙，押沙龙!》和《去吧，摩西》等作品中。两部作品中的南方白人贵族子嗣都没有结婚生子，只有他们的黑人后代顽强地生存下来。这些作品中所传达的"乐园"丧失和后继无人的信息，象征着南方贵族作为一个阶层在现代社会中渐趋消亡。

在《出埃及记》中，摩西为了挽救以色列人免受埃及人的残酷奴役，在耶和华神的指引下，率领自己的子民历尽千辛万苦寻找应许之地、过上安逸幸福的生活。《去吧，摩西》中麦卡斯林家族的"摩西"们带领他们的家族走向灭亡的深渊。老卡罗瑟斯践踏人性，买卖奴隶，并且犯下父女乱伦的滔天罪行；他的儿子布克和布蒂似乎思想开明且遵循《圣经·出埃及记》中耶和华神的教诲："假如你买了希伯来人做奴隶，他做奴隶六年，第七年就可以自由离去，不必补偿什么……如果奴隶坚决地说'我爱我的主人、妻子、儿子。我不想自由离去'，主人……用锥子刺穿他的耳朵，从此以后他就做主人的奴隶"。[1]兄弟俩表面上释放了自家的奴隶，并为自己的蓄奴开脱罪责，说是"奴隶不愿意离开"；他们还买来年轻力壮的男性奴隶发泄自己的同性恋淫欲。在《出埃及记》中耶和华因为以色列人"建立牛犊像，向像叩拜献祭"而发怒，对摩西说："赶快下去！因为你从埃及领出来的百姓已经败坏了自己……你且由着我，我要灭绝他们，将他们的名从天下涂抹"（《圣经》：第285页）。当上帝发怒要惩罚以色列人时，摩西勇敢地担当大任，为自己的子民苦苦求情，让耶和华改变了"降祸给他的子民"的主意。虽然《去吧，摩西》的命名与此相关，但是麦卡斯林家族剥削奴隶、践踏人性、滥用土地，他们罪孽深重，他们的"摩西"艾克根本无力像神话中的摩西一样挽救麦卡斯林家族，他只有追随精神导师山姆，放弃遗产，归隐山林，为家族赎罪。小说情节与神话故事之间的对位关联进一步拓展了文本空间，通过反讽象征揭示小说的主题：南方不应该把一切原因都归罪于北方佬，南方贵族家族的内部腐败也是引发家族灭亡的主要原因之一。

　　《押沙龙，押沙龙！》除借助《圣经》故事扩大文本的叙事空间之外，还隐射希腊神话俄狄浦斯家族的故事。琳德认为《押沙龙，押沙龙！》不仅在人物原型而且在故事情节方面与俄狄浦斯神话之间存在平行对比关系。她认为福克纳在构思萨德本家族故事的情节时，或许受到希腊神话俄狄浦斯故事的暗示，它们的人物之间形成对应关系：俄狄浦斯与萨德本，安提戈涅（Antigone）与朱迪丝，伊斯墨涅（Ismene）与克莱迪，埃忒奥克洛斯（Eteoclus）与亨利，波吕涅克斯

---

[1]《圣经》，中国基督教协会，2007年南京版，第115–116页。

（Polyneices）与邦。①在萨德本身上闪现着俄狄浦斯的影子，虽然他没有弑父娶母，但他和俄狄浦斯一样致力于建立自己的王国。与俄狄浦斯相比，萨德本的形象则显得卑鄙猥琐、粗俗狭隘，他拒绝承担对自己罪孽的惩罚，在拼命追求生产新的白人男性继承人的过程中搭上了性命；俄狄浦斯却刺瞎双眼，在流放和煎熬中追求灵魂的洗礼。埃忒奥克洛斯和波吕涅克斯弟兄战死在底比斯，他们的舅父科瑞翁成为底比斯的王，他下令以王的待遇厚葬埃忒奥克洛斯，却把波吕涅克斯暴尸城下，任凭乌鸦和野兽啄食，禁止任何人安葬他。安提戈涅违抗王命，安葬了哥哥并自杀身亡。《押沙龙，押沙龙！》事实上是对这个包含人间最惨烈悲剧的希腊神话故事的现代版重写。俄狄浦斯家族的子女不合和衰落灭亡的故事与萨德本家族的手足相残和子女乱伦之间形成故事叙述上的两重空间，福克纳试图以神话空间观照南方的现实空间，而且萨德本家族的故事在血缘伦理的基础上，由于种族问题的介入显得更加复杂也更加具有意义，表现福克纳对南方血缘和种族等现实问题的忧虑与关切。

综上所述，神话空间和现实空间之间的对位关联其实贯穿在福克纳的“约克纳帕塔法”世系小说之中。福克纳巧妙地使用弗莱在《批评的解剖》中提出的著名概念“置换变形”，使神话故事中的人物经历、言行举止和叙事结构与现实文本之间产生平行对比或隐射关联。福克纳在小说中对神话的戏仿化用，为小说开辟了另一层独特的艺术空间，在神圣与世俗两个空间之间达成互文和关联，通过对于神话的反讽、隐喻、象征等凸显作品的深刻寓意，而且，福克纳在文本空间与神话空间的对比中强调小说主题的普遍性，达到对整个人类社会问题的深刻思考。他以严肃冷峻的笔调描写南方贵族家族的衰败，表现南方现代社会普遍的精神危机。经历了内战之后重建的南方，在北方工商资本主义的冲击下，物欲横流，道德堕落，人性沦丧。价值观念

---

① Ilse Dusoir Lind, "The Design and Meaning of *Absalom, Absalom!*" in *William Faulkner: Three Decades of Criticism*, ed. Frederick J. Hoffman and Olga W. Vickery (Ann Arbor: Michigan State University Press, 1960), p. 281.

和文化传统处于混乱无序的状态，似乎进入一个诸神隐退、没有信仰的时代，人们的精神处于极度萎靡颓废和悲观绝望之中。福克纳作为有强烈忧患意识的南方人文知识分子，对现代人精神世界的混乱和价值观念的丧失有着更加敏锐的体会，他借古讽今，试图在神话世界和现实世界之间寻找联系，寻求解决南方现实问题和现代人精神危机的有效途径。他不仅在作品中描写迷途的南方人的"现实神话"，而且使小说成为探讨人类普遍命运和现代人精神出路的"现代寓言"，期待从多重空间赋予作品更加深邃的精神内涵。

二、文本时间空间化

小说既是空间结构也是时间结构。很多现代小说家对叙事空间产生了浓厚兴趣，他们不仅把叙事空间看作故事发生的地点和叙事必不可少的场景，而且利用空间表现时间或利用时间表现空间。他们利用时间的空间化安排小说的结构，甚至利用时间的空间化推动叙事进程。总之，在现代或后现代小说家那里，叙事时间的空间化已经成为一种被有意识地加以利用的技巧和手段。他们一改传统小说仅重视时间而忽视空间的写作范式，重视小说的叙事空间，革新对于时间和空间的传统写作方式，巧妙地利用时间的空间化叙事艺术拓展小说的叙事空间、扩大小说的社会历史容量、表达小说的多重主题。作为伟大的现代派作家，福克纳在作品中对时间空间化技巧的使用达到了炉火纯青的地步。

传统的小说家往往按照时间顺序或通常意义上的逻辑关系组织、安排情节，叙述一般沿着时间的维度线性地展开。于是故事呈现进化论直线式发展的状态，表现为线状结构，构成一个前后紧密衔接的链条。但是，福克纳在"约克纳帕塔法"世系小说的创作中，打乱自然时空的结构和顺序，对自然时空进行重新分割和组合，共时性地把它们安排在同一画面上。这种叙事方式强调把在空间上无因果关系的事件并置在一起，使这些事件之间缺少承先启后的时间性，看起来像是同时发生的，给人一种立体绘画的感觉，因而实现时间的"共时性"。这样，无形的时间便诉诸画面的时空处理形式，在平面上会同时呈现多个视点，让人们直观本质。而且，由于对多重视角的并置，视点呈现出运动的特点，实现了美学家所说的"时间的空间化"或"空间的时间化"。

福克纳"约克纳帕塔法"世系小说中的时间问题一直是评论界关注的焦点，他的"向后看"的历史意识也引发了人们强烈的共鸣。但相对于福克纳时间观的研究，对他的时间空间化问题展开的研究还远远不足。其实，时间空间化的倾向泛化在福克纳的"约克纳帕塔法"世系小说中，福克纳主要通过使用两种叙事策略达到时间空间化的艺术效果：一是让相同人物穿行游走在不同的小说文本和事件中，使不同的文本之间相互关联，通过时间绵延体现空间化；二是让不同时代的人物或事件进入同时存在的小说文本，使不同时代的人物事件之间形成并置关联，增加有限空间的历史容量。上述两种时间空间化的叙事艺术不仅体现"约克纳帕塔法"世系小说的整体规划性和内在统一性，而且反映作者放弃直线进步论的历史观念，转向注重生命体验的循环论历史观念。

福克纳一直非常重视"约克纳帕塔法"世系小说之间的相互联系，他在晚年时常常强调自己小说"整体设计的重要性"[1]。他的小说世界中居住着生活在不同社会阶层、重复出现的人物，旨在表现各个小说文本之间的复杂关联和整个人类社会的政治和经济关系。在《坟墓里的旗帜》《沙多里斯》与《圣殿》中，作者描写了不同社会阶层的人物之间在政治、经济以及性等方面复杂的关联性；而且作者通过主题和叙事的连续性把《圣殿》与《坟墓里的旗帜》以及短篇小说《曾经的女王》(There Was a Queen)等联系在一起。同样的连续性还延伸到《修女安魂曲》《没有被征服的》和后来的斯诺普斯叙事中。[2]福克纳通过对时间的空间化策略，对自己的"约克纳帕塔法"神话世系进行整体规划，并建立起一整套城市与乡村、进步与落后、文明与自然的价值

---

① Michael Millgate, *Faulkner's Place* (Athens and London: The University of Georgia Press, 1997), p. 38.

② Ibidem, p. 39.

对比体系。从这个意义上讲，福克纳的作品成为一个个展现时空的辩证场域，凭借它们，福克纳将线性的历史叙述立体化，以具象的人事活动及场所为流变的历史寻找定位。

福克纳的这种整体设计理念主要通过不同作品中相同人物的重复出现来实现。这样，可以达到文本之间的关联，进而扩大小说的叙述空间，以求对人物命运和南方历史展开不同层面的表述。在"约克纳帕塔法"世系小说的叙事中，重复出现在不同作品中、最具代表性的人物是昆丁·康普生。作为中心人物，昆丁贯穿在福克纳的许多小说中，并且基本前后一致地被塑造成一个受过良好教育、思想深邃的倾听者、叙述者或评论者，他联络不同作品，使它们形成内在联系。昆丁不仅是《喧哗与骚动》中康普生家族故事和短篇小说《夕阳》的叙述者（*That Evening Sun*），还是长篇小说《押沙龙，押沙龙！》和短篇小说《狮子》（《去吧，摩西》最主要的起源之一）和《正义》中的人物。在《正义》中他倾听山姆·法泽斯讲述与他的生平以及相关的印第安人的故事。在其他小说中，比如《献给爱米丽的玫瑰》，虽然作者没有指名道姓，但读者可以感觉到昆丁作为叙述者之一的在场，他主要叙述那些小镇乡邻或本地社区的声音。他完全可以被看作一个"延续变形的叙述者"（residual narrator）和"记录接收器"（recording recipient），叙述和接收斯诺普斯被马贩子击败的故事，这个故事延续成《村子》的一个主要情节。①昆丁还叙述《花斑马》的故事，它后来被吸收在《村子》中，成为一个精彩地描写得克萨斯马匹拍卖的情节；他还叙述短篇小说《猎熊》（*A Bear Hunt*）的故事，后来发展成《去吧，摩西》的核心情节。昆丁要么作为故事的叙述者，要么作为故事的倾听者，贯穿在"约克纳帕塔法"世系小说一些主要的虚构世界中。美

① Michael Millgate, *Faulkner's Place* (Athens and London: The University of Georgia Press, 1997), p. 40.

国学者斯科恩伯格评论说，昆丁是"无所不在"的。[1]

昆丁不仅发挥把整个世系小说潜在地连接在一起的作用，福克纳还借助思想敏锐、内心体验丰富而又极度敏感的昆丁，对其他叙述者讲述的故事进行更加深入的诠释和思考。通过让读者从其他叙述者表面简单的口头叙事空间入手，进入昆丁善于思辨的心理分析空间，人们似乎拨开迷雾、瞥见阳光，对于南方的家族、地域、历史、文化、传统、价值等有了更加深刻的理解。例如，在《父亲亚伯拉罕》中，作者运用幽默诙谐的方言俚语讲述故事，但不时插入昆丁这样一个与其他讲述者不同的有思想而且非常敏感的叙述者或倾听者，让人们透过故事的表面进入它的实质部分。在《正义》中，山姆出生的故事表面看来是通过喜剧语言讲述的，但昆丁对身为印第安奴隶问题的沉思引发了人们对印第安人在奴隶制的残酷剥削下的悲惨处境和白人对土地的贪婪掠夺等罪恶进行深刻思考。在《押沙龙，押沙龙！》和《喧哗与骚动》中，昆丁也是这样一位人物。他好像是作者特意安排在文本中的一位伟大的导游，他放弃了平淡寻常的空间，专门把读者引入一个别开洞天的秘境，让人们揭开司空见惯的伪装，寻求和思考被表面现象所遮盖的真理。在《喧哗与骚动》中，当他的兄弟们一味地沉迷于各种物质的失去时，唯有昆丁清醒地认识到家族衰落的悲剧宿命，是他为南方的历史文化唱响了凄婉悲凉的挽歌。在《押沙龙，押沙龙！》中，昆丁合理地解释了萨德本家族兄妹乱伦、手足相残的本质，纠正了其他叙述者的不合理叙事，首次把混血问题推入南方人的视野，让人们意识到萨德本百里地毁于一旦的罪魁祸首是种族歧视。

此外，沙多里斯上校在《沙多里斯》《没有被征服的》和《修女安魂曲》中被塑造成南方的民族英雄。在《献给爱米丽的玫瑰》中，虽然沙多里斯上校没有作为主人公出现，但作为战争英雄、传奇人物的他潜伏在作品中，他的事迹是人们津津乐道的主要话题，他的英雄业

---

[1] Estella Schoenberg, *Old Tales and Talking: Quentin Compson in William Faulkner's "Absalom, Absalom!" and Related Works*(Jackson: University Press of Mississippi, 1977), pp. 16-29.

绩和巨大名望一直延续到《烧马棚》等作品中。同样，在《去吧，摩西》中帮助莫莉大婶，把她的外孙塞缪尔体面地接回杰弗逊镇的律师加文·斯蒂文斯也在《坟墓的闯入者》《小镇》中出现，他似乎是南方正义和骑士精神的化身。在《小镇》中，斯诺普斯们从穷白人上升为新贵，一点点吞噬并掠夺他人财产，逐渐威胁到旧南方庄园主和贵族的利益，而加文·斯蒂文斯憎恨这些斯诺普斯们推翻了沙多里斯们的经济优势，只能谴责他们，而他那绅士般的价值观在以弗莱姆为代表的新兴贵族势力的侵袭下显得无能为力。

除此之外，福克纳在其后期被评论界称为"斯诺普斯三部曲"的《村子》《小镇》和《大宅》中，描述了新兴资产阶级的代表斯诺普斯家族。其实福克纳在《烧马棚》和《没有被征服的》等作品中就对这些人物进行过生动的塑造和详细的描绘。在后期的"三部曲"中，福克纳更加集中地描写他们的唯利是图、寡廉鲜耻和冷酷无情，揭示在工商资本主义价值观的冲击下，抛弃传统价值之后的现代人在物欲横流的世界中终将滑入精神空虚、道德堕落的深渊。总体来说，福克纳把这些重复出现的人物划分为两大阵营，以沙多里斯上校、康普生将军、昆丁和斯蒂文斯等为主的沙多里斯世界和以弗莱姆·斯诺普斯为主的斯诺普斯世界。这两个阵营的代表人物在不同的作品中重复出现，开拓以南方贵族家族和新兴中产阶级家族为代表的两个不同的精神世界。

福克纳时间空间化的另一个表现方式就是对不同时间或时代发生的事件进行并置处理并使彼此之间产生关联，构成叙事时间的共时性，并通过共时性开拓文本的不同空间。并置指的是在文本中并列地置放那些游离于叙述过程之外的各种意象和暗示、象征和联系，使它们在文本中取得连续的参照，从而形成一个整体。并置就是"词的组合"，就是"对意象和短语的空间编织"①。这其实是让时间内容进入同时存在的小说话语，扩大小说的历史容量，展示同一故事的不同空间维度。

---

① 〔美〕弗兰克：《现代小说中的空间形式》，秦林芳译，北京大学出版社，1991，第Ⅲ页。

事实上，在《喧哗与骚动》《我弥留之际》《押沙龙，押沙龙!》《去吧，摩西》和《八月之光》等主要作品中，福克纳时间空间化的倾向非常明显。小说通过叙事结构中的多视角叙述、叙事时间倒错以及对不同时代事件的排列并置，使场景和时间不断跳跃变换，而且在小说的叙述内容上也使过去、现在和未来交替更迭，将无数生活片段和意识流动连缀在一起，通过印象、记忆以及记忆中的记忆等多层次的交织和重复往返的叙述，最终将孤立分散、残缺破碎的意识流叙述片段组合在一起。时间在福克纳的作品中成为一种无形的流动状态，作者通过在结构上把不同时间的叙事并置和在叙事内容上把不同时代、不同人物的故事并置关联，对时间进行空间化处理，让过去、现在和将来相互穿插，彼此交融。

福克纳很早就意识到时间的不可战胜性，在《喧哗与骚动》的第二节一开始他就说："时间反正是征服不了的……甚至根本没有人跟时间较量过。"[①]于是他将目光转向空间，试图通过时间的空间化表现一个"同时性"和"并置性"的时代。在他的小说中，一维的时间被打破和肢解，全都零零星星地化为现在，化为一幅幅静止的、冷漠的、自动涌现的、共时的空间图景。《喧哗与骚动》中班吉的意识流最显著的特点就是频繁的场景跳跃和转换，这些跳跃和转换使这些场景并置在一起，并置的场景本身丰富的含义使它们变成了内涵丰富的空间，对于白痴班吉而言，这些空间没有过去、现在和未来的区分。现时发生的任何事件都能促使他的意识回到过去的某一时刻和某个空间。在这里，外部空间以及空间物象，既可能作为触动他回忆神经的因素，又可能直接作为内容而置入内心，从而参与内心的活动。比如，"现在"即"当前"这一刻，他的衣服被钩住的情景，触发了他对有一次凯蒂带着他穿过栅栏送情书时衣服也被钩住的场景的回忆。而"栅栏缺口"也与另一幅图景重叠，时间倒退回1900年的圣诞节，记忆的场景切换到童年时代。随后见到车房里的旧马车，他就想起了同是坐马车的情景，那是1912年康普生先生去世、康普生太太带他去上坟的情

①〔美〕福克纳:《喧哗与骚动》,李文俊译,上海译文出版社,2007,第75页。

景。在"车房"这个空间里，他头脑里的意识定格于这一瞬间的另一个场面，只不过，时间从1900年跳到了1912年。最典型的两个场景就是凯蒂与男友荡秋千和小昆丁与男友荡秋千的并置。这两个场景的并置不仅说明了凯蒂母女在班吉意识中的重叠，也揭示了她们母女相同的悲剧命运。这种时间的"共时"现象就是典型的时间空间化的表现，作者通过把不同时间发生的事件并置，开拓多重的叙事空间，为读者打开了一扇扇康普生家族重要事件的大门。

在昆丁的部分里，因为"共时"引发的空间转换超过200次。在昆丁自杀之前，过去的记忆与当前发生的事件一起涌入他的脑海，彼此交叉占据其叙述的主旋律。昆丁在小说中沉湎于往事：班吉的哭闹、凯蒂的情人与凯蒂的失贞、家族的荣誉等事件不时地重复并置，使他在过去中不断地打捞关于家族的无法泯灭的记忆。他生活在回忆的空间之中，回忆变成了现实本身，生活由一系列过去的幻觉构成，他常常无法把现实和过去区分开来。妹妹凯蒂与迷路的意大利裔小女孩、勾引妹妹的男友与他当下碰见的男孩重叠在一起。过去的事件与当下的视觉、听觉、触觉、嗅觉等感官重叠并置。过去像滚雪球般涌入现在的空间，现在的空间几乎被过去的空间挤压填塞。现在空间在过去空间的挤压之下不仅丧失了对未来空间的选择，更使现在成为一个逝去的、遥远的过去的起点，并循环地终止于现在，而现在的味觉、嗅觉、触觉、听觉等感觉又引领昆丁重新回到过去的追思与记忆之中。事实上，昆丁正是由于拼命维护那已渐行渐远的缥缈的家族尊严和一味执着于家族昔日的荣誉，才酿成了他最终自杀身亡的悲剧。

福克纳在绝大多数"约克纳帕塔法"世系小说中，常常通过这种"共时"性策略拓展故事的叙事空间，即人物叙述由"现在"的某一场景荡漾开去、引发一串"过去"事件的涟漪。这样的叙事方式其实并不是福克纳首创，而是好多现代派作家常用的写作手法，比如乔伊斯、沃尔芙、布鲁斯特等惯常使用的意识流、倒叙等艺术手法。但在运用叙事结构达到不同时间的事件并置关联进而反映时空观念方面，福克纳是一位勇敢的探索者，而且取得了伟大的成功，为世界文学的发展做出了卓越的贡献。下文我们重点分析福克纳在其代表作中如何在叙事结构上采用"共时化"开拓文本空间、增加历史容量。

福克纳除了在小说的局部叙事方面采用共时化手法，他还在小说文本的整体布局上采用共时化结构，扩大小说的空间容量。就《喧哗与骚动》整部小说的结构来说，作者采用把不同时间的故事叙述并置排列的方法扩大故事的空间、加深故事的内涵。从形式上看，全书只反映了四天中发生在康普生家族的事情。其中，第一、三、四部分所涉及的时间分别是1928年4月7日、6日和8日三天，而第二部分则叙述了1910年6月2日昆丁在自杀前的意识活动。作者采用了"CABD"的叙事结构。福克纳通过独具匠心的设计，把时间上不同的四个部分并置，在共时性的层面探索性地把一幅幅画面和场景巧妙地安排在一起，让读者遨游在一个个陌生的时代和神秘的空间。在"现在"故事的行程主道上突然会时不时地出现一些岔道，叙述者跟随这些小道前进、迂回、奔跑、回望，穿梭于"过去"与"现在"不同的空间维度之间。在跨越时空的羁绊之后，获得一幅完整而清晰的关于康普生家族衰败没落的惨败景象。

《喧哗与骚动》的时间和空间不但是一种交叉的而且是一种重叠的关系。它的重叠和交叉主要是通过时间的"延宕"实现的。福克纳在四个部分中运用时间的"延宕"开拓一片片奥妙新颖的空间，吸引读者和叙述者一起亲自经历康普生家族各个阶段的重要事件。读者跟随小说四个部分的叙事，层层递进，拨开重重迷雾，进入康普生家族辉煌的过去、颓败的现在和看不到希望的未来等不同空间，在表面的混乱无序中拼贴出康普生家族完整的盛衰历史。在这里，时间被消除了现实性和物理性，意义的建构过程在时间维度上体现出明显的非线性特征。时间被凝聚为一种静止的存在而与空间相重叠，对空间状态起到强化作用。作者通过这样的时空重叠把读者引入更重要的精神空间，在思考康普生家族衰落历史的同时，作者以敏锐、深刻的洞察力揭示美国南方社会旧秩序的崩溃、传统价值观念的沦丧、资本主义社会工业化进程中人的异化和无所适从、痛苦绝望的内心世界，展示历经沧桑和变迁的美国南方社会的巨幅历史画卷，表达作家本人对美国南方乃至对整个人类命运的哲学思考。

《去吧，摩西》通过在结构上把不同时代的人物叙述进行并置，拓展故事的叙述空间，使故事的时间呈现空间化倾向。小说的时间从开篇"话说当年"的1855年发展到第二章"灶火与炉床"的1895年至1940年左右，而第三章"大黑傻子"的时间设定在1940年左右。小说的重头戏第五章"熊"顺延第四章"古老的部族"的时间段，将时间共同倒退到19世纪80年代左右，故事的空间也在远古的过去和现在之间来回穿梭。"熊"的第四小节本应放在第五章最后部分进行叙述，却被作者始料不及地提前，而且第四节中反复、颠倒、错乱的时序以一种极为突兀狰狞的状态凸现在整篇小说中。这种叙事策略所形成的空间感，立体地呈现出南方社会的罪恶和美好，以及面对大自然时，人类表现出的救赎他人的勇气和美德。这就使得"熊"这一章获得了超越时序本身的巨大意义。最后，当整部小说的第六、七章的时间，前进到20世纪40年代这一属于将来的时段时，空间仿佛通向永恒的真理、爱、尊贵、同情、骄傲、怜悯和牺牲。

在《去吧，摩西》中，时间的序列被福克纳利用各种奇异的叙述形式打乱。作者还有意在文本中拉大时间跨度，割断客观时间的一维性流程，形成一条动态运动的曲线，在二维层面上指向一个空间的立体概念。作者通过各个部分的并置，从"共时"化的角度出发，为故事增加多重空间。小说通过把麦卡斯林家族的奴隶买卖、同性恋、血亲乱伦等内部腐败作为故事的依托，重点阐述麦卡斯林家族在血亲乱伦和种族矛盾的剧烈撞击下走向灭亡的历程。如此，整部小说通过对文本时间的"共时化"处理，使故事的叙述空间在过去、现在和未来之间来回变换，使作品冲破了对美国南方单一贵族家族悲剧的描写，进入对南方最根本的黑白冲突和种族问题的深刻思考。普遍的种族问题正是把《去吧，摩西》中的七个部分牢牢地捆绑在一起的一条牢固的纽带。

《我弥留之际》也采用了共时性的手法。艾迪的死亡以及因为她的死亡而引起的其家族成员和其他人物的叙事是这个小说的正常时间顺序。但福克纳打乱了故事的线性发展时序，将十五个人物不同时段的内心独白分成五十九个小节。每个人物的叙述自成一节，少则一句话，多则十几页，而处于叙述轴心的艾迪的一节在小说发展到三分之二处时才出现。故事的顺序时间被切分开来，而小说的视角在同一时间内处于不同地点的不同人物之间进行切换，从而制造了小说在时间方面的共时性表述。小说以达尔的视角开篇，他的独白中夹杂着其他不同的叙述者的内心独白。达尔和弟弟朱厄尔一同上山回家，到达山顶后看到了大哥卡什。卡什已经停下了手头的木匠活，达尔还看到父亲安斯和邻居塔尔在聊天，并且他在屋子的门口看见了屋内的母亲和妹妹杜威·德尔。达尔停下来的位置就是事件叙述的中心点。第二个叙述者是本德伦家的邻居科拉，看到了达尔回家进门的这一过程。接下来的叙述者是朱厄尔，他与达尔同行，他的视线也落在了卡什身上。随后是女儿杜威·德尔的视角，她正在给母亲扇扇子，看见了从外面回来的达尔，但她是站在科拉的对面看到的。最后两位叙述者是科拉的丈夫塔尔和本德伦的家长安斯，他们正坐在屋外闲聊。在这一系列的内心独白中，读者可以在同一时间段认识不同的人物，并能够获得关于他们的总体印象。无论是达尔的善良、科拉的妇人之见、朱厄尔的金钱至上理念、杜威·德尔的自私自利、塔尔事不关己的漠然态度还是安斯的麻木不仁，都在多个不同人物的内心独白中表现得淋漓尽致，丰满的人物形象得益于时间上的共时性描写。

在《在我弥留之际》中，福克纳不仅从时间角度构架共时性，也从空间方面去充实共时性。被切分开的时间虽然支离破碎，但由于在同一时间点中进行叙述的不同人物均是处于同一个空间场所之内，因此，读者可以在炫目、混乱的表象下顺畅地阅读。在小说开篇，福克纳主要以窗内的艾迪与杜威·德尔以及窗外的卡什的所在地点作为空间上的中心点，其他人物都以此为中心点聚焦，因为处于四周的其他人都能看见处于中心的三个人。无论是从外面刚回家的达尔和朱厄尔，还是在屋外休息聊天的塔尔和安斯，抑或是房屋对面的邻居科拉，他们都能看到中心点发生的一切。福克纳在空间上将人物巧妙地联系起来，成功地打造了时空双方面的共时性，将破碎的时间在空间位置上拼接起来。

从空间看来，《我弥留之际》的叙述结构呈现出以艾迪为圆心、她的家庭成员的视角为内圆、其他乡邻人物的视角为外圆的"同心圆式向外发散结构"①。在艾迪这个圆心的统摄作用下，圆心、内圆、外圆三者共存于同一平面内，彼此对应。这种结构使得叙述人的叙述同时存在于两种对照之中：同圆叙述者之间的对照与外圆之间的对照。这个形象比喻强调小说建立在共时性基础之上的空间化写作特征，叙述手法不仅丰富了小说的时空层次感，同时也增加了小说内容的深度。福克纳把不同时间的人物内心活动框定在一个平面的画面中，达到具有极大艺术感染力的"共时化"效果，从艾迪的死亡出发，描写这些普通的南方农民对生活、命运和死亡的内心反应，探讨大千世界人类复杂内心的世界之谜。本德伦一家尽管有种种愚昧、自私、野蛮的表现，他们却也信守诺言，终于克服巨大的困难和艰险，终于完成了把母亲安葬家乡的遗愿。从这个方面来说，小说似乎又在揭示整个人类总体的生活状况：人类仍然在盲目和无知的状态之中摸索着前进，每走一步都要犯下一些错误、付出一些代价。这也是一个古老而又永远现代的主题。因此，小说共时化的叙事策略，不但极大地开拓文本的叙述空间，而且加深了文本的主题意义及其多元性。

与以上作品相比，《押沙龙，押沙龙！》的叙事结构更加复杂，它是一部在"共时化"的基础上以空间为框架展开的解释性小说。"小说不是以时间顺序来安排情节，而是以空间结构来组织叙事。尽管这种结构不论在宏观还是在微观的层面上福克纳都在以往的作品中广泛使用过，而且极为出色，但却远不及在《押沙龙，押沙龙！》里这么复

① Alice Shoemaker, "A Wheel within a Wheel: Fusion of Form and Content in Faulkner's *As I Lay Dying*," *Arizona Quarterly* 35, No.2(Summer 1979): 102.

杂"。①与《喧哗与骚动》《我弥留之际》等家族成员的内部叙述不同，
《押沙龙，押沙龙！》中的四个人物罗莎小姐、康普生先生、昆丁和施
里夫主要通过基于对话关系的人物外部话语叙述，来讲述萨德本家族
的故事。人物外部话语叙述在关注萨德本家族各种关系——亨利和他
的父亲、邦和亨利、亨利和朱迪丝、克莱蒂和朱迪丝等人之间的关
系——的同时，他们的叙述又间接涉及南方的社会空间。《押沙龙，押
沙龙！》的四个观察者在讲述萨德本家族的故事时，很多时候也在叙述
自己的故事。福克纳本人也说："他们都在讲自己的传记。"②各个叙述
者从自身的情感体验出发，从不同的视角来观察和叙述萨德本及其家
族历史，在不同的时空维度上把萨德本及其自己的故事分解成不同侧
面，使叙事呈现出多重空间。

按照故事的直线时间进行排列的话，萨德本家族的故事应该是：
1807年萨德本出生；1820年他在富人门口受辱后离家；1827年他在海
地迎娶第一个妻子；1833年萨德本出现在杰弗逊镇并建立萨德本百里
庄园；1838年他娶埃伦为妻，随后生下亨利和朱迪丝；1859年亨利与
邦相遇，萨德本阻止朱迪丝与邦的婚事；1861年萨德本、亨利与邦奔
赴战场；1865年亨利将邦杀死在大门口；1866年萨德本向罗莎提出试
婚生子的要求；1869年萨德本诱骗米莉、后者为他生下一女婴，沃许
杀死萨德本；1909年的9月，罗莎与昆丁发现亨利隐匿于萨德本庄园。
12月，克莱蒂纵火焚毁大宅；1910年，康普生先生将消息写信告诉昆
丁，引发昆丁和施里夫关于萨德本家族的推测与讨论。但福克纳完全
打乱了这些物理时间的先后排列顺序，让小说在1909年"那个漫长安
静炎热令人困倦死气沉沉的九月下午两点钟刚过"的场景下开始。③整
部故事的叙述彻底打乱了故事时序和叙事时序，采用一系列倒叙、预

---

① 肖明翰：《〈押沙龙，押沙龙！〉的多元与小说的'写作'》，《外国文学评论》，1997年
第1期，第54页。

② Frederick L. Gwynn and Joseph Blotner（eds.），*Faulkner in the University: Class
Conferences at the University of Virginia 1957–1958*（Charlottesville: The University of
Virginia Press, 1959）, p. 275.

③〔美〕福克纳：《押沙龙，押沙龙！》，李文俊译，上海译文出版社，2004，第1页。

叙、回忆以及想象和猜测等方式推理编织出萨德本故事和叙述者本人的社会生活，把不同时空发生的事件交织在一起，使它们同时并存，使叙事具有立体主义绘画的共时性特点。

福克纳不但从不同叙述者的角度去讲故事，而且从不同时间角度进行叙事，从而使过去、现在和将来以共时的形式存在于小说之中。不仅如此，四个叙述者在宏观上聚焦萨德本家族故事的同时也在微观的层面上通过自身的强烈感受来叙述自己的经历，使叙述形成一种对话关系。从不同的立场出发，他们给读者就同一个人、同一个故事提供了特色不一的图画：在罗莎歇斯底里的画面中，萨德本是个不折不扣的恶魔；在康普生先生冷嘲热讽的叙述中，萨德本是一个具有开拓精神的英雄；在昆丁痛苦痴迷和施里夫超然讥讽的互补叙述中，萨德本是一个兼具恶魔和英雄性质的双面人物。福克纳尽量让叙述者来讲述每件事，避免作者的越俎代庖。他的叙述者同时充当着故事的主人公，他们具有自己内在的逻辑性和独立性。福克纳在开拓萨德本及其家族故事的内聚式空间的同时，还开辟了关于叙述者的外延式空间，为我们交代了不同叙述者的社会生活状态。所以，这样的共时化在空间上还表现出内聚空间和外延空间的同时存在现象，它们像交响乐的不同乐曲一样交相辉映，共同演绎萨德本家族的悲剧，他们为小说开拓多重空间，使小说取消阐释的权威性。

在《八月之光》中，福克纳对精确时间的强调显而易见，但这种对精确时间的强调不是为了表现事件发展的历时性，而是强调两条故事线索发展的共时性。莉娜到达杰弗逊镇首先看到的是伯顿小姐住宅的大火。这时两个主人公莉娜和克里斯默斯的故事出现了一种瞬间的时间交叉。这种交叉联系对读者产生了两种效果：一是读者为两个主人公建立了一种共时联系，即在看到一个人物的活动时，会想到另一个人物的活动，这样就获得了一种共时的并置效果；二是交叉瞬间人物行为活动的并置。小说开端所叙述的是莉娜在路上的活动，平静安详，有包蕴一切的大地之母的影子。而同一时间的克里斯默斯却处于一种几近疯狂的追寻状态。两个主人公共时交叉的点是莉娜孩子的出

生和克里斯默斯被处以私刑。一边是为迎接新生命做种种努力的拜伦
和海托华，另一方面是老海因斯和珀西·格雷姆对克里斯默斯的暴行。
当克里斯默斯的故事谢幕时，莉娜的故事仍在继续。

　　向空间拓展的对位式小说结构大大增加了读者阅读的难度。首先，
小说结构的空间化使小说创作突破了原有的时间紧迫性，给予小说家
更多的时间去斟酌词句，进而形成一种晦涩难懂的文体。其次，小说
结构的空间化使小说形成了一个预设的整体。故事整体尚未在读者心
中建立之前，读者对许多内容的理解都是模糊含混的，只有当读者多
遍阅读小说，建立了预设整体之后才有可能理解小说中的某些细节。
但同时这种对位式小说结构极大地调动了读者的主观能动性，要求他
们积极地参与到文本的解读和构建中。读者必须通过"反应参照"的
阅读机制，放弃对作品文本的线性和故事的时序性的期待，通过重复
阅读把散落在作品各个部分的"词语""意象""片段"与自己的推想
并置、拼合起来，从而形成自己对于小说的解读。福克纳认为"真理
会出现的，那就是当读者看到了全部的十三个角度，当他形成第十四
个角度时，那就是真理。"①福克纳创造性的空间形式给他的小说提供
了一种召唤读者的开放性解读。

---

　　① Frederick L. Gwynn, Joseph Blotner (eds.), *Faulkner in the University: Class
Conferences at the University of Virginia 1957–1958* (Charlottesville: The University of
Virginia Press, 1959), p. 273.

第五章

福克纳作品的
母题类型

　　家族小说源远流长，是世界文学宝库
中璀璨的明珠，因为家族代表着人类最基
本的文化心理情结和精神价值认证。家族
小说创作是美国南方文学惯用的传统，在
美国南方文学中占有举足轻重的地位。内
战前南方是一个以庄园经济为基础的农业
社会，庄园经济以家庭为中心形成了自给
自足的经济模式。传统守旧的价值观念，
仍显活力的宗教信仰，以及人们以血缘为
纽带、以家族为单位、聚族而居的生活习
惯，赋予南方与纽约等商业中心或大都市
完全不同的礼仪方式、行为规范、价值观
念和意识形态。豪威尔斯在《南方的生活
方式》中指出，"家族势力"是南方文化
的"重要组成部分"①。伊丽莎白·克尔认
为，"家庭是最能表现南方文化的机

①　Howard W. Odum, *The Way of the South*
(McMillan Company, 1947), p. 74.

构"①。艾伦·泰特认为,"南方的中心是家族"②。南方文化研究者理查德·金在《南方文艺复兴》中也说过,"南方家庭浪漫小说就是南方的梦想……它是组成此种文化的'感情结构'的集体幻想。它构成了南方人在对待这个地区以及家庭和种族之间、男女之间、贵族阶级同大众之间的关系的态度上所表现出来的价值观、立场和信念"③。福克纳在谈到南方的开拓史时指出,"那也是一种拓荒时期的记忆。它回溯到那些只能从亲属那里得到帮助的日子"④。家族观念对南方人来说显得尤为重要。生于斯,长于斯,福克纳自然有着南方人所共有的家族思想意识。

福克纳的家族背景给其创作赋予了浓厚的家族意识。福克纳出生在密西西比州的一个没落庄园主家庭里,身为"最后的贵族",耳闻目睹自己的家族由兴盛到衰落的变化,他对近两个世纪以来南方贵族家族历史的演变产生了浓厚的兴趣。福克纳本人在父亲逝世时"继承了一部'家庭圣经'"⑤,一部记载福克纳家族从过去到现在几代人生活的家谱。从福克纳留下的资料中可以看出,他十分珍视自己家族的历史。正是在这种浓郁的家族文化氛围的滋养下,福克纳有意识地将家族、血亲和村舍中的复杂关系作为审视南方历史的切入点。自1929年发表第一部描写家族故事的长篇小说《沙多里斯》后,他逐渐形成了自己的小说创作体系,决定以家族叙事来书写南方的社会万象和人生百态。他像伟大的建筑师一样,对自己的家族小说进行总体规划和精心布局,把所有的家族故事安排在一个美国南方的虚构县份——约克纳帕塔法县,从而形成了规模宏大、人物众多、历史漫长、关系复杂

① Elizabeth M Kerr, *Yoknapatawpha: Faulkner's Little Postage Stamp of Native Soil* (Fordham University, 1976), p. 169.

② Allen Tate, *Essays of Four Decades* (New York: The Swallow Press, 1968), p. 588.

③ Richard H. King, *A Southern Renaissance: The Cultural Awakening of the American South 1930-1955* (Oxford University Press, 1980), p. 26-27.

④ 朱振武:《在心理美学的平面上——威廉·福克纳小说创作论》,学林出版社,2004,第15页。

⑤ 同上。

的家族神话史诗"约克纳帕塔法"世系小说。

早在1946年，学者考利（Malcolm Cowley）在《袖珍本福克纳文集》的序言中，把福克纳的"约克纳帕塔法"世系小说称为"saga"，①从"世家故事""家族历史"的层面辨其源流，福克纳对南方传统的"家族罗曼司"做了重写与解构。20世纪90年代之后，国内外的多数研究重点在横向的基础上讨论福克纳的家族小说与政治、经济、阶级、后现代以及全球化等问题，未能对福克纳家族小说的母题谱系展开纵向和系统的研究。其实，福克纳不但对其所有家族小说做了整体的规划布局，让它们排列有序地分布在"约克纳帕塔法"王国中。他还在创作初期就形成了明确的家族小说叙事的母题意识。福克纳的家族小说叙事不仅在叙述内容、叙述话语和叙述动作等方面对西方现代家族叙事做了发掘，而且在叙事的母题类型方面实施了革新。他的家族小说围绕两个精神世界——代表南方传统价值观念的"沙多里斯"和代表工商资本主义价值观念的"斯诺普斯"——之间的冲突，从叙事层面对"历史单元"进行母题切分和重新聚合，对南方的家族神话、贵族气派、荣誉至上、父权统治、骑士精神、妇道观念和种族问题等主题展开讨论，缘之形成了清晰可辨而又充满矛盾的母题谱系，主要包括"家族神话与失乐园母题""父权至上与审父母题""血缘秩序与乱伦母题"，以及"女性崇拜与厌女母题"。本章在梳理辨析福克纳家族小说叙事母题类型的基础上，考察福克纳"南方家族罗曼司"的精神底蕴，挖掘美国南方家族文化的独特内涵，触摸作者"强烈而矛盾的历史意识"②，期待对国内福克纳小说主题研究上存在的零敲碎打局面有所推进和补正。

---

① Malcolm Cowley, *Faulkner-Cowley File: Letters and Memories 1944–1963*(New York: Viking Press, 1966), p. Preface.

② Richard. H. King, *A Southern Renaissance: The Cultural Awakening of the American South 1930–1955*(New York: Oxford University Press, 1980), p. 7.

第一节
家族神话与失乐园母题

家乡永远是福克纳无法割舍的牵挂和精神寄托。他一生都生活在这片养育了其家族的南方热土上，并把对故乡的复杂情感体现在家族小说创作中。或许是对故乡那种"爱之深，恨之切"的矛盾情感，使得福克纳创作的"家族神话与失乐园"母题充满矛盾性。他以"邮票般大小"的故乡为蓝图，虚构神话家园"约克纳帕塔法"，寄托家园追寻的无限哀思。他通过描写家族史小说，反映南方的地方史和社会史，让小说的文本空间进入南方的社会文化、历史意识和道德准则等诸多层面，成为我们了解历史事实、概括南方家族文化的可靠手段。这种表面看起来"不合时宜"地对过去历史和乡村传统的痴迷恰恰成就了福克纳，沉淀出其家族小说叙事独具魅力的"家族神话"和"家园"母题。

一、家族神话与家园

福克纳对家园神话的不懈追寻根植于美国南方的社会文化背景。南方土地肥沃，气候温暖，适合种植园经济的发展，而种植园经济又催生了奴隶制。重农经济的封闭性和种植园的家族经营模式决定了南方人对家庭的依赖，养成了他们珍视土地、热爱自然、追求个性、注重传统和崇尚家族荣耀的南方特性。战前南方人口的四个主要阶层是种植园主、自耕农、穷白人和黑奴，他们一致认为"田野、教堂和家庭是南方人生活的三个主要组成部分"[①]。占人口极少数的种植园主处于社会金字塔的顶部，他们固守贵族阶层的"精英"意识和"白人优越"的种族思想，奴隶制为他们悠闲、安逸的田园牧歌生活提供了保障。他们尽情享受自然的慷慨馈赠，集体编织美妙的家庭罗曼司。内

[①] 黄虚峰：《美国南方转型时期社会生活研究》，上海人民出版社，2007，第157页。

战的一败涂地，对"尊严高于一切"的南方人造成致命打击，军事上的失利使他们屈辱地接受政治、社会、经济、文化、家庭、宗教、价值观念等方面的从属和重建，蒙受被占领、被改造的耻辱。理智和道德让他们意识到奴隶制和种族歧视的罪恶，情感和尊严又驱使他们拒绝外人干预南方的政治文化，本能地排斥北方强加的工业化和现代化。最令他们痛心疾首、无法接受的是在奴隶制解体和北方价值观念的冲击下南方大家族面临灭亡的命运。因此，南方的"过去坚如磐石、无法逃避、时时闪现"[①]，南方人形成了对"旧南方"的集体记忆以及回望的历史意识。福克纳的历史使命感使他与这种即将消逝的传统历史和农耕文化同呼吸共命运，使他在现代电子和原子时代还全神贯注于家乡的家族意识和传统。

福克纳对家园的苦苦追寻不但植根于南方的社会历史和文化背景，还与当时西方普遍存在的家园归返思想密切相关。现代以来，深感城市颓废之气的作家们发出了"何处是家园"的慨叹。"我是谁""从哪里来""到哪里去"的"身份焦虑"是南方现代作家无意识的心理危机，是对人类生存的质问和对现实生活的反叛，"无根""困惑"和"寻觅"是他们的整体心态写照。城市的世俗与罪恶膨胀着人们的各种欲望和人性之恶。他们开始重新思考回到那"纯粹"的、没有受到任何"污染"的、远离城市的家乡，也许那儿才能找到安置灵魂的精神家园。于是返乡就成了逃离城市文化和寻求精神救赎的一种选择。南方在第一次世界大战之后，城市化进程日益加快，城市化对南方原来特有的乡村传统、生活方式和价值观念的影响也日渐明显。作为"保守"的人文知识分子，福克纳更是恋恋不舍地"回望过去"，感叹乡村文明的陨落，他用饱蘸深情的笔墨为我们描述"最后一群"坚守传统和土地的"家园守望者"。但福克纳清楚地意识到这样的归返只是借助昨天和回忆抚慰和填补今天的无奈和失望。所以在现在和过去的矛盾撕扯中，福克纳的"回归故里"演化成精神侧面的"魂归故里"，透出

---

① Joseph R. Urgo and Ann J. Abadie (eds.), *Faulkner's Inheritance: Faulkner and Yoknapatawpha*(Jackson: University Press of Mississippi, 2007), p. 10.

无限的忧伤和哀愁，引发了广泛而深刻的共鸣。

同时，对故乡爱恨交织的复杂情感以及人文知识分子的敏感犀利，使福克纳认识到蓄奴制和种族问题终究会把南方贵族大家族送上灭亡的不归路，这种清醒带来的矛盾和痛苦啮噬福克纳的灵魂。他怅然若失、充满悲情地回望故乡人珍视土地、热爱自然和重视家庭的独特生活方式及其传统价值观念。在创作"约克纳帕塔法"世系小说之初，他已经意识到南方社会注定要经历深刻的社会历史变革，南方传统的农业社会在现代资本主义的冲击下必然面临解体的命运。但他无法抑制自己回望历史的强烈冲动，情不自禁地表现出对南方"旧"家族观念的依恋和对北方"新"工商资本主义的厌恶。福克纳的"约克纳帕塔法"县生活着故乡的祖祖辈辈，虽然充满人性的罪恶、道德的堕落和无法拯救的悲哀，但它具有深厚的文化背景和浓郁的地域风情，是南方人魂牵梦萦的"瑰丽家园"，是挥之不去的"乡愁"的"归宿"。"福克纳以悲怆的情怀，'不得已'地遵循历史发展的必然律叙写家族的衰落"①，表达对旧南方家庭传统的不舍与怀念。

"家族神话与失乐园母题"是福克纳家族小说叙事的永恒母题。"失乐园"是《圣经·创世纪》中的故事：上帝创造出亚当和夏娃后，让他们生活在伊甸园里，那里有潺潺流淌的小溪，结满果实的树木，上帝嘱咐他们除了智慧树上的果子，他们可以享有伊甸园里的一切。但是好景不长，毒蛇引诱夏娃，夏娃禁受不住诱惑，吃了可以分辨善恶的果子，又力劝亚当吃下果子。上帝知道后，将他们逐出伊甸园，并宣布男人必须辛勤劳作才得以糊口，女人必承受分娩之苦，蛇必须终身在地上爬行。南北战争爆发以前，美国南方就是南方贵族们快乐的伊甸园，拥有巨额财富的南方庄园主像亚当和夏娃一样过着惬意的生活。然而，废除奴隶制度引发的南北战争使他们永久地失去了乐园。随之而来的北方现代工业经济的入侵让南方庄园经济土崩瓦解，大家族走向衰落，南方贵族昔日的荣耀化为泡影。

---

① 叶世祥：《家族·时间·罪感——巴金〈家〉与福克纳〈喧哗与骚动〉的对比阅读》，《温州师范学院学报》1997年第4期，第21页。

福克纳出生在笃信基督教的南方没落庄园主家庭，基督教的"失乐园/复乐园"潜移默化地影响福克纳的家园情结。与南方传统作家创作的庄园小说不同，福克纳在书写家族神话时，并没有拘泥于狭隘的家族观，没有困入家族情结不能自拔，而是套用了"失乐园"主题，将家族功德、家族罪恶和家族没落结合在一起，先写家族过去的辉煌、祖先的英勇及美好品质，随后挖掘出繁华的庄园生活背后隐藏的罪恶和庄园主后代的困顿感、负罪感，最后揭露南方转型时期家族无法适应新经济形式而渐渐衰败，并通过庄园主丧失人性的罪恶和非人道的行为去重新思考大家族陨灭的根本原因，那就是加尔文主义、奴隶制和种族主义。在福克纳笔下，祖辈往往是英雄的一代，通过个人的努力和奋斗，建立起偌大的庄园，成为名震一方的贵族；而几代以后，大庄园走向破败，家族中的人丁越来越少甚至绝嗣。对"失乐园"这一故事的影射套用，加剧了"约克纳帕塔法"家族"神话"与"家园"追寻的悲剧性和反讽张力，凸显了福克纳对现代人"无家可归"的生存状态的忧患。

福克纳在《喧哗与骚动》《押沙龙，押沙龙！》《献给爱米丽的一朵玫瑰》等多部作品中描写永失乐园的南方大家族悲剧性的现实生活，细致地叙述南方大家族分崩离析的过程，展示南方庄园神话的彻底破灭。《喧哗与骚动》中康普生家族曾是人间"伊甸园"，显赫一时，祖上出过州长和将军，有大片的种植园和成群的黑奴。庄园里的一应设施都是从法国与新奥尔良运来的上等良品。这一繁荣景象一直延续到1840年。蓄奴制的痼疾、祖先的罪孽，以及毫无家长责任的康普生夫妇，为家族后代的衰落埋下了祸根。到了19世纪末，家族的经济日渐拮据，随着凯蒂的失贞，班吉失去了姐姐的疼爱，昆丁自杀了，康普生先生郁郁而终，杰生失去了梦想中银行职员的位子，小昆丁无父无母地寄养在外祖母家。从大姆娣的葬礼开始，康普生家的人一个个或死去或失散或沦落，从前显赫的家族如今在风雨飘摇中每况愈下，最后小昆丁出逃，康普生夫人去世，班吉被送进精神病院，杰生卖掉了祖宅。象征康普生家庄园主身份的大片牧场，为了供昆丁上学和给凯蒂办婚礼也被卖掉。美国南方田园牧歌般的农场主生活无可挽回地随风飘逝了。康普生家的子孙们小的时候拥有一个无忧无虑的童年，而成年后，家族败落，整个康普生家族成为由伊甸园到失乐园的隐喻。在这样一个失乐园里，人物的悲剧命运似乎是命中注定的。

小说出版15年后，福克纳为《喧哗与骚动》加写了一个附录，完成了对康普生家族子孙悲剧命运的最后叙述。凯蒂做了德国军官的情妇，小昆丁偷了杰生的钱逃跑，跟一个犯过重婚罪被判过刑的马戏团演员私奔了。杰生成了一个小商贩，孤单一人，以一个小店铺养活自己，家族后继无人。福克纳似乎想表明：南方传统的庄园经济及庄园主阶级必将被崛起的新剥削阶级斯诺普斯或北方新兴的资产阶级所取代。随着旧南方解体、旧庄园经济秩序瓦解，南方人在失去传统生活方式后，不能适应新的工商资本主义的生活方式，继而产生了强烈的幻灭感。对于福克纳来说，他在书写家族神话和失乐园母题矛盾心理的背后隐藏的是南方人在传统与价值观层面上对新南方的无所适从，一方面是对传统的庄园经济的执着眷恋，另一方面是对新南方中大家族分崩离析的命运的沉思。正如福克纳在诺贝尔文学奖获奖演说中所说的那样，康普生家族"包含了死亡，包含了十分诱人的厄运"，福克纳把南方的大家族毁灭了给人看，彰显家族衰败的必然趋势。

在《押沙龙，押沙龙!》中，内战前的萨德本家族住在"萨德本百里地"庄园中，过着富足的生活。萨德本靠掠夺印第安人土地和盘剥黑奴建立的神话王国"百里地庄园"是早期南方贵族发家史的再现。"萨德本百里地"庄园的神话不仅因为内战而毁灭，家族的罪恶也是家族遭遇重创的主要原因。萨德本早年因为怀疑妻子有黑人血统抛弃妻子，后来唆使儿子自相残杀，他还残酷地剥削黑奴，贪婪地掠夺土地。种族偏见使曾经辉煌无比的"萨德本百里地"庄园付之一炬，萨德本家族只剩下邦的混血后裔——吉姆，在废墟上呜呜号哭。萨德本家族的伊甸园神话终因其昔日的罪恶化为灰烬。萨德本家族的盛衰史是南方社会衰落的缩影。福克纳深知传统南方种植园家庭衰败的症结，用文学的手法艺术性地再现了南方衰败的必然性。在蓄奴制存在的一百多年里，伴随南方种植园史的是白人庄园主贵族们对人性的践踏、自身人道的丧失，这种罪恶给南方埋下了祸根，导致南方社会后来的解体。

《献给爱米丽的一朵玫瑰》中的爱米丽祖上是高贵富裕的格里尔森家族。家族伊甸园般的富足和无忧无虑的生活也因南北战争的爆发戛然而止。在上帝面前奴役黑人的南方贵族如同偷吃禁果的亚当和夏娃，一夕之间，从天堂跌落到地狱，失去土地，经济上一蹶不振。而且，他们根本无法走入当下，不能适应现实生活。爱米丽还生活在多年前家族享受免税特权的过往生活中。她和昆丁一样，以逝去的家族荣耀为傲，承受家族败落的巨大痛苦。永失乐园的贵族子孙们如同被逐出伊甸园的亚当和夏娃，带着原罪和负罪感，饱受经济和政治地位上的边缘化所带来的屈辱和迷茫。

类似的家族败落也见于《去吧，摩西》和《沙多里斯》中。《去吧，摩西》中老麦克斯林创业，儿子麦卡斯林慵懒经营，孙子艾克放弃祖业，归隐山林；《沙多里斯》讲述了沙多里斯家族五代人的故事。从约翰·沙多里斯上校在杰弗逊镇开创家业到儿子老白亚德·沙多里斯固守家业，念念不忘自己家族的辉煌过去，整天生活在自我禁闭的绝望之中。最后两个孙子一个战死，一个飞机失事而死，只留下一个遗腹子的重孙儿，"灾难厄运的阴影"笼罩着家族的每个男性成员。

福克纳笔下的旧南方正在逝去，"在日趋消失的世界中，他既看到荣华富贵（'过去生活中辉煌美好，但必毁于变化的东西'），也看到残酷无情（为了让'地上长出可供谋利'的东西来，不惜奴役一个民族，毁坏一片原野）。"①在福克纳的小说中，无论是哪一种庄园神话，其结局都如《失乐园》一样，应了《红楼梦》中的那句话，"为官的，家业凋零；富贵的，金银散尽；有恩的，死里逃生；无情的，分明报应。欠命的，命已还；欠泪的，泪已尽。"笼罩在南方人心中的庄园神话就像这红楼一梦顷刻间灰飞烟灭，因祖上罪孽而遭到报应的南方贵族及其后代们如被赶出了伊甸园的亚当和夏娃，生活在对往昔的无限缅怀和对今日现实无力把握的痛苦之中。他们或自怨自艾如昆丁，或

①〔美〕明特：《骚动的一生——福克纳传》，顾连理译，知识出版社，1994，第266页。

自暴自弃如凯蒂，或重利忘义丧失人性如杰生，或孤傲冷僻如爱米丽。在南方贵族大家族的衰败过程中，家族的罪恶发迹史成为道德上的一个限制尺度，而现代人的自私与残忍则充当了催化剂。

　福克纳书写家族神话和失乐园母题的目的并不是哀悼南方传统的庄园世家，而是告诫人们不要重蹈覆辙，要立足当下，面向未来，因为他写作的目的是"为了振奋人心"，他"相信人类不但会苟且地生存下去，他们还能蓬勃发展。"①从《去吧，摩西》里的麦卡斯林的后代开始，他隐喻人类受到道德启蒙开化思想的影响，走向了救赎之路。《熊》是家族神话追寻母题的一个分水岭，让人们看到了人类的希望。艾克21岁那年，当他发现家族遗产是笔肮脏的不义之财时，毅然放弃了继承权。他从好友山姆·法则斯身上看到了人性的闪光点，认识到大自然是最伟大最洁净的，大熊老班是最可敬可爱的。艾克决定隐居山林，做一个木匠，自食其力，追求纯洁的心灵和高尚的道德。"福克纳从《熊》这部小说开始，描写了天性及道德世界中正面积极的力量包围并吞没了邪恶，而且《熊》本身比其他任何作品都更强调这一思想。"②

二、家园追寻与归返

　家园追寻与归返是福克纳家族小说叙事的永恒母题。他笔下的贵族家庭飘零子弟们苦苦地追寻，绝望地挣扎，但命中注定无法返回失去的"伊甸园"，因为随着南方在内战中的失败，建立在旧制度之上的南方大家族不可避免地走向灭亡，南方人在情感上本能地排斥北方现代工商资本主义的价值体系，他们对家园的追求变成了一种"不可言说"的精神追寻，是明知不可为而为之的情结，是每个南方家族男性继承人永远的悲剧情怀，然而历史不能倒退，重返家园只能演变成一种精神诉求。在叙述几大家族的盛衰史时，他借用"失乐园"母题，创造家族小说叙事的独特模式："迷失乐园—苦苦寻求—绝望挣扎—魂

---

① 〔美〕埃利奥特:《哥伦比亚美国文学史》,四川辞书出版社,1994,第258页。

② 李文俊编选《福克纳评论集》,中国社会科学出版社,1980,第207页。

归故里",借此抒发"绵绵无绝期"的悲怆的精神返乡情怀,深化和拓展作品的主题思想和文化内涵。

《喧哗与骚动》中康普生先生把时间看作"一切希望与欲望的陵墓",他无论怎样挣扎,都无法摆脱家族必败的悲剧结局。昆丁作为最后的贵族,只有采用结束生命的办法来与蔑视、鄙夷他们的世界隔绝。杰生是"沙多里斯家族和康普生家族演变到斯诺普斯家族的过渡性人物"[1],他急急忙忙地与过去决裂,一头扎进新南方的商业主义大潮,靠投机牟取暴利,最后只能容身在一个小商铺中,连养活自己也比较困难。

《八月之光》中的海托华牧师一直躲在南北战争的阴影下,因为沉浸在南北战争的缅怀中荒废了人生,他把在南北战争中阵亡的祖父当成英雄,将追忆祖父在马背上阵亡的瞬间当成生活中唯一的大事。作为杰弗逊镇的牧师,他没有胜任启迪和安慰教徒的职责。杰弗逊镇的"人们弄不清他是不是相信自己对人说的话,是不是把这当回事,因为他总把宗教和他祖父在奔驰的马上中弹身亡的事儿混在一起,仿佛那天晚上他祖父传给他的生命种子也在马背上,因而早已同归于尽;对这颗生命种子来说,时间便在当时当地停止了,此后的岁月里,什么事也没有发生,甚至连同他在内"[2]。他这种虽生犹死的生活方式让妻子无法忍受,出去找其他男人寻找慰藉,海托华因此身败名裂,失去圣职,被会众驱逐,但他至死不离开杰弗逊镇,因为那是他祖父阵亡的地方。从此,他整天无所事事,让生命在岁月中腐烂。南方现代人在迷失家园之后,"寻觅"无力而又"归返"无望,处于"无根"和"漂泊"状态,他们的"家园追寻"注定演变蜕化为"魂归故里"的悲怆与哀伤。

福克纳痛苦地挣扎在传统与现代、农业与工业、旧南方与新南方、情感与理智、颂扬与批判的矛盾之中,对故乡怀有一种别样的"乡愁",他创造性地突破了"过去—现在—未来"线性序列上的"新/旧=

---

[1] 毛德信:《美国小说发展史》,浙江大学出版社,2004,第320页。
[2] 〔美〕福克纳:《八月之光》,蓝仁哲译,上海译文出版社,2008,第43页。

进步/落后=好/坏"的基本叙事模式，取消"未来"的终极价值和伦理
意义，强调新的不一定先进，旧的不一定落后，从而进入历史反思、
人性反思和文化反思的层面，开始在家族文化视野下审视历史。历史
的历时性状态和直线进化开始被文化角度的时间共时性状态、历史循
环性和生命悲剧性所替代，流露出某种无奈感、悲剧感和命定感，形
成了从生命、文化角度观察历史的特殊视角。所以，通过对"家族神
话与失乐园"母题形态的叙写，福克纳家族小说超越了南方单个家族
的悲剧，进而关注以基督教文化为底蕴的美国家族文化，"望帝乡而不
见"的悲凉和哀伤演变成美国现代家族文化的"集体乡愁"。

第二节
父权至上与审父母题

父权至上与审父母题是福克纳家族小说叙事的另一个母题形态。
"约克纳帕塔法"世系小说叙事的主旋律是表现父权制下南方大家族内
部的腐败、罪恶及没落。名门望族的衰落固然与南方的政治、经济变
革紧密相关，但大家庭本身的腐败与罪恶加速了家族的败落。福克纳
家族小说中塑造的父亲形象具有鲜明突出的特点，要么自私麻木无视
他人的存在，只顾沉湎于自己的世界恣意放纵，有意无意地忽视身为
父亲应该承担的责任；要么就是凶狠专制的父权主义者，或者是狂热
的清教徒，在家庭中处于完全控制和主宰的地位；要么利欲熏心、执
迷不悟，对儿女冷漠无情、疏于引导，甚至抛妻弃子。这些父亲对后
辈的人生观、价值观的形成产生了极大的负面影响，他们是导致名门
望族土崩瓦解的渊薮。但随着家族的败落、南方的解体和旧秩序的崩
溃，福克纳历来坚守的家族观念也面临解体的危机，这使福克纳在揭
露父权制罪恶时不自觉地流露出悖论式的依恋。福克纳无法抑制对南
方"旧"父权制大家庭的依恋和对北方"新"工商资本主义价值观的
反感。这种"新与旧的矛盾和冲突以及它们在福克纳写作中的完美结

合是福克纳留给我们的伟大文学遗产"①。

"寻父与审父"的矛盾贯穿在福克纳"约克纳帕塔法"世系小说之中。究其原因，与南方的社会文化和宗教传统紧密相关。建立在庄园经济和奴隶制基础之上的贵族大家庭是旧南方社会最基本的运作机制，是南方社会、政治稳定的保证。庄园主的身份、旧家族制度的权威和男尊女卑的传统思想赋予南方"父亲"在家族"王国"中的极大特权，他们享有至高无上的权利和不可撼动的地位。"父亲"是"家族王朝"的缔造者，居于"秩序"的金字塔之巅，扮演家庭主宰者的角色，独揽家庭经济大权。以加尔文主义为核心的南方宗教文化也坚决维护男性优越、女性低劣的范式，将其演变成决定社会地位和家庭权利分配的基本原则。基督教的一个"基本信条就是父亲乃家庭之首脑"②。在南方，"《旧约》里的上帝……才是它那父权社会和家庭的楷模"。③在北方工业资本主义现代化的冲击下，南方传统的农业经济模式无法摆脱解体的命运，建立在庄园经济之上、聚族而居的南方大家族再也无法适应美国现代化的进程和新南方的经济。现代化洪流裹挟的巨大变革强烈冲击南方的庄园经济体制和奴隶制大家庭，大家族不可避免地走向没落，易于流动、迁徙的核心小家庭应运而生。而且，即使没有南北战争，南方庄园大家族内部的腐化堕落也会把南方贵族大家族送上灭亡的道路。福克纳怀着无可奈何的悲怆情怀，把南方的"父亲们"送上了审判的法庭。

其次，福克纳自己矛盾的意识形态也决定其家族"寻父—审父"母题的内在矛盾性。福克纳出身于声名显赫的贵族家庭。他的曾祖父出身贫寒，依靠野心和毅力创造了巨大财富。自由主义思想是他的行动准则，是他挤入贵族上流社会的通行证。他生活的全部目的是不惜代价、不择手段地赚取钱财和谋求社会地位。他的第一个妻子去世后，

① John Dennis Anderson, *Student Companion to William Faulkner* (Westport: Greenwood Press, 2007), p. 9.

② Andrew Truxal, *The Family in American Culture* (Prentice-Hall, 1947), p. 52.

③ Elizabeth Kerr, *Yoknapatawpha* (Fordam University, 1976), p. 175.

他毫不犹豫地把儿子（福克纳的祖父）过继给富家亲戚，以方便自己迎娶当地庄园主的女儿。他成功地通过婚姻和财富从穷白人跻身于南方的统治阶层，"他的婚姻变成了他赚取社会、经济地位的手段"①，后成为"大名鼎鼎的老上校"。福克纳的祖父和自己的父亲不同，他从小就被父亲送给贵族家庭抚养，在父权制意识形态浓厚的家庭中长大，他更"关注社会的稳定和进步，承担照顾'大'家族的义务和责任，这些都是父权制意识形态的基石"②。福克纳的父母虽然都来自贵族家庭，但个人信仰截然不同。母亲信奉自由主义的实用人生哲学，而父亲坚决维护父权制的贵族精英思想。

父权思想和自由主义这两种互不相容的意识形态是福克纳"寻父—审父"母题矛盾性的主要根源。在信奉自由主义的曾祖父、母亲和信奉父权制的祖父、父亲这两股不同力量的影响下，福克纳一直挣扎在两种意识形态的撕扯中，他沉浸于旧南方的浪漫主义英雄神话，"在社会责任、家庭观念上认同父权主义，在事业成就、经济追求上却赞成自由资本主义"③。经济问题一直困扰着俗世的福克纳，他也坦言他的有些作品（如《圣殿》）的"创作动机纯粹是为了赚钱这样一个庸俗的念头"④。福克纳一生都在拼命赚钱供养自己的大家庭、满足妻子奢华的生活和维持自己"好体面"的贵族尊严。或许是为了光大祖先的荣耀，或许是为了行使"父亲"的权威，或许是坚信比法院大楼高大雄伟的大宅才是贵族"骄傲的纪念碑与墓志铭"，或许是为了重温贵族大家族的旧梦，福克纳不惜负债累累买下了一幢老宅，取名"罗温橡树别业"，带着一大家人入住，还在大宅后面修建了小木屋，供黑人保姆卡洛琳大妈和她的后代居住。

福克纳重构南方家族历史的自觉意识表现在他摒弃了对于"父亲"

---

① Kevin Railey, *Natural Aristocracy: History, Ideology, and the Production of William Faulkner*(Tuscaloosa and London: The University of Alabama Press, 1999), p. 33.

② Arthur F. Kinney, *William Faulkner: The Sutpen Family*(New York: An Inprint of Simon & Schuster Macmillan, 1996), p. 34.

③ Ibidem, p. 36.

④〔美〕福克纳:《圣殿》,陶洁译,北京燕山出版社,2015,第5页。

形象的神话构建，改变了在《沙多里斯》等前期作品中对白人"父亲"形象的英雄化塑造，开始在《喧哗与骚动》《押沙龙，押沙龙!》《去吧，摩西》和斯诺普斯三部曲中逐步颠覆"只有那些受人尊敬的南方贵族庄园主才是南方历史和文化的代表"的正统观念和父权思想。

我们从《押沙龙，押沙龙!》中富于冒险、吃苦耐劳、不惜代价建立"萨德本百里地"庄园的萨德本身上看到的不只是福克纳曾祖父的影子，还有福克纳自己的影子。他计划写作萨德本故事的时间正是他决定购买"罗温橡树别业"旧宅的时间，不知这是巧合还是有意的安排。①福克纳和青年时的萨德本有着相似的经历。他也曾被富有的奥德汉姆家族拒之门外，反对女儿埃斯特尔嫁给他。福克纳拼命地写作、挣钱，他要用自己巨大的成功证实奥德汉姆家族的判断错误。后来他赢回了埃斯特尔，成为她的第二任丈夫。但事实证明这是一段不幸的婚姻，他和妻子感情不和却一直生活在一起。福克纳热切地爱着情人米塔·卡彭特，享受她带给自己的热恋的幸福和情投意合的感觉，但他拒绝和埃斯特尔离婚，他"维系这段婚姻并非因为他爱埃斯特尔，而是通过奥德汉姆家族他能够更紧密地和南方上流精英阶层联系在一起。这进一步反映出他对父权制的认同和依从"②。

福克纳在认同父权制社会核心价值观的同时又亲历了自由资本主义带给他的成功与富足，所以，他的家族叙事也在"英雄"父亲和"审父"的矛盾中徘徊。

在情感上，福克纳认同南方的贵族神话、父系权威和等级秩序，情愿成为新一代南方的"父亲"，为南方的事业出生入死。内战的失败造成了他心灵永久的"伤痛"，他愈加眷恋南方的"过去"和大家族的荣耀；在理智上，他的人道主义思想和自由主义信仰促使他崇敬人的尊严，痛恨父权制大家庭的腐败、堕落和残暴，对南方社会制度中存在的奴隶制、种族歧视等种种弊端深恶痛绝，通过"审父"反思南方

---

① Arthur F. Kinney, *William Faulkner: The Sutpen Family*, (New York: An Inprint of Simon & Schuster Macmillan, 1996), p. 29.

② Ibidem, p. 37.

的历史进程、解构南方的贵族神话。

一、强权父亲形象

"父权至上"是贯穿福克纳家族小说的核心母题。福克纳在"约克纳帕塔法"世系小说中塑造了一系列暴君式的家长。他们是强权和威严的化身，是家庭命运的决定者，对后辈的成长产生了强有力的冲击。父权像一面围墙，将白人子孙牢牢地控制在自己的权力范围之内，而被抛弃在墙外的黑人子孙，在父权的强劲打压下，他们的命运以悲剧告终。这类父亲都是父权制和男权思想的忠实捍卫者和执行人，为了维护祖先留下来的父权制家族体制不受外界的侵扰，他们往往精明干练、雄心勃勃地守护和发展祖先的基业，极为冷酷自私、心狠手辣，为达目的不择手段。同时，他们笃信清教主义，坚持用清教主义思想禁锢自己和子孙们的思想和行为。处于弱势的后代成为父辈所代表的强大权势的牺牲品。

《沙多里斯》中的沙多里斯上校生性强悍，富于冒险，充满英雄气概，崇尚骑士精神，注重家族尊严，但又心狠手辣，杀人如麻，是南方奴隶制和种族主义的忠诚卫士。《押沙龙，押沙龙！》中的萨德本勇猛刚烈，敢作敢为，吃苦耐劳，意志坚强，但又专制冷酷。他为了建立"高大宏伟"的纯白人血统"家族王国"抛妻弃子，不念亲情；为了把儿子亨利培养成合格的家族继承人，在亨利很小的时候，萨德本就带着他观看自己和黑人的搏斗，血淋淋的场面总是让亨利惊恐万分，恶心呕吐。这种从小就被培养起来的种族歧视，使得亨利对黑人充满了深深的厌恶和仇恨。所以亨利可以默许同父异母的哥哥邦与自己的妹妹朱迪思的乱伦婚事，而在得知邦有黑人血统后，亲手杀死了邦，坚决维护家族血统的纯正。他是个强权的帝王，是一个为了繁殖后代不顾及一切禁忌的父亲，这也促成了他自己和家族的毁灭。内战结束后，由于亨利枪杀邦在外逃亡，他急需要一个儿子来续写"萨德本百里地"的宏伟蓝图。于是，他向亡妻的妹妹罗莎求婚，建议他们一起做一次实质性的繁殖，拿出件样品来，倘若是个男孩那他们就结婚。

如此卑鄙的请求使罗莎立刻逃离"萨德本百里地"。接着萨德本又找到了另一个目标——他的仆人沃许的外孙女，但在她产下一女婴后，他对她们母女极度蔑视的态度导致沃许挥起镰刀杀死了他。他把所有人都视为实现梦想的工具，作为父亲，他亲手毁了三个子女的一生。他的一生致力于实现自己的宏图伟业，但种族主义的长期毒害以及人性的丧失让他的欲望畸形扭曲，他亲手断送了家族的繁荣和希望。

《八月之光》中福克纳塑造了一系列凶狠的父亲形象。乔的外祖父海因斯最为凶狠，是一个狂热的种族主义者，丧心病狂，一手制造了家庭的悲剧。由于怀疑女儿的情人有黑人血统，他疯狂地将其枪杀；为了保持家族血统的纯正，他在女儿生产时，持枪阻止家人外出寻医，眼睁睁地看着女儿难产而死。对于刚出生就成为孤儿的弱小生命乔，他满心厌恶憎恨，毫无同情心，将其送至孤儿院并亲自监视乔的举动，还四处散播乔是黑鬼的谣言，使外孙从小就被孤立，被嘲讽。乔的养父麦克依琴先生是一个暴君式的人物，他笃信清教，对乔动不动就打骂虐待，严格按照清教主义的条条框框要求乔的言行举止。每天的日常生活都是在例行公事，沉闷刻板，没有任何温暖和欢乐的家庭气息。他的是非观建立在简单的逻辑上：只要符合他的行为原则的事就是正确的，其余全是错误的。在乔八岁时，有一次麦克依琴让他背诵《教义问答手册》，乔无法在一小时内背诵下来，于是养父将他拖到牲口棚一顿鞭打，然后再给乔一小时时间让他背诵，但乔仍无法背下来，于是继续遭到养父的施暴，如此循环反复，终将乔鞭打至昏迷不醒。年幼的乔在这样的家庭环境中长大，养父的刻板冷酷、独断专行造就了乔孤僻阴冷的性格，简单粗暴的教育模式激起的只能是憎恨和反抗。在养父的暴虐的教育下，乔最终选择弑父这种极端的方式来反抗。乔悲惨的一生，起始于外祖父疯狂的种族仇视，延续至养父无情顽固的清教主义禁锢，结束于自己寻求身世的绝望中。

与乔遭受父辈直接迫害的经历不同，乔安娜·伯顿的父亲以独断专权和强权意志左右了乔安娜的一生。乔安娜的父亲是坚定的废奴主义者，又是一个狂热的基督徒。他经常在半夜喝得醉醺醺地回家，把孩子们推醒，对他们说："只要我还能抬起我的手，我就会把仁慈的上帝打入你们四人。"①内战结束后，他携家南迁到种族主义盛行的杰弗逊镇，希望借助自己的说教帮助刚刚获得解放的黑奴。但他的言行遭到了白人种族主义者的愤怒和仇视，他被他们枪杀。家族的悲剧使得乔安娜的父亲意识到，白人种族主义已然成为南方地域文化的一部分，黑白种族的真正平等不是靠简单的说教就可以实现的。他调整策略，创办黑人学校来加强黑人教育，提高黑人素质，并把这种思想灌输给女儿乔安娜。从乔安娜的讲述中，父亲的专制霸道可以略窥一斑。在乔安娜四岁时，父亲就把她带到祖父与哥哥的墓前，不顾及她的承受能力和感受，强行向她谈起"种族"这个概念，强迫她接受反种族主义教育，并对她说躲避是不可能的，只有奋斗，同黑影一同站起来，才是正确的道路。通过这次谈话，父亲强迫懵懂无知的乔安娜去认识种族主义的滔天罪恶，给她幼小的心灵蒙上了无法摆脱的阴影，这种阴影如影随形，造成了乔安娜的悲剧。此外，父亲无视乔安娜选择生活的权利，强行为她规划好了人生轨迹，将其束缚在祖辈反种族主义的事业中，这导致了乔安娜被拒绝提升的乔杀害的悲剧。

《献给爱米丽的一朵玫瑰花》中爱米丽的父亲虽已过世，但他在家庭中的控制和主宰地位坚不可摧，生前死后都牢牢地控制着女儿的命运。父亲将女儿看作私有财产，他只按照自己的意愿办事，对女儿爱米丽的想法毫不关心。他主宰控制爱米丽的社交和婚恋，他将女儿禁锢于房内，阻止女儿与外界沟通，蛮横赶走了爱米丽所有的追求者，也破坏了她的正常生活。因此，当爱情终于来到爱米丽身边却又要溜走的时候，她只有亲手毒杀情人以将其永远地留在自己身边。在顽固而严厉的父亲的教育下长大的爱米丽，潜移默化地认同并继承了父亲的固执性格，习惯了被父亲操纵命运的生活，以至于在父亲死后，她仍然走不出父亲的阴影。

《去吧，摩西》中的老卡罗瑟斯·麦卡斯林勇气超群，精明能干，富有威望，但又寡廉鲜耻，灭绝人性，为了满足兽欲他强奸了自己的

---

① 〔美〕福克纳：《八月之光》，蓝仁哲译，上海译文出版社，2009，第229–230页。

黑奴女儿，使麦卡斯林家族的生活蒙上可怕的乱伦阴影。在他看来，黑人同牲畜并无两样，是自己可以随意支配的财产。所以老卡罗瑟斯可以任意招呼黑女奴服侍自己，他与尤妮丝生有一女托玛西娜。在托马西娜长大成人后，又将自己的亲生女儿诱奸霸占，生下儿子托梅的图尔。老卡罗瑟斯人性的沦丧已到了令人发指的地步。

在《烧马棚》中，暴躁蛮横的父亲阿伯纳因烧了邻居的马棚而被起诉，他让儿子沙多里斯出庭为他作伪证，儿子在道义和父权之间纠结不已，出庭时吓得不知所措，僵在现场。父亲因儿子未服从父命狠狠地打了沙多里斯，父亲施暴是为了维护父权的绝对威严。

《圣殿》中谭波尔的父亲作为南方传统文化的继承者，清教化家庭的大家长，极力地把女儿培养成典型的南方淑女，在得知女儿和弗兰克相恋后，威胁女儿的初恋情人无果后便持枪杀死了他。这对处在豆蔻年华的谭波尔造成了极大的打击，留下了严重的心理阴影。谭波尔上大学后有意同有车的青年交往，其实是对专制父权的反叛，因为汽车快速迅捷，很容易让她逃离父亲的监视。

这些父亲们在建造各自的"家族王国"时践踏妇女，残害子孙，压迫奴隶，他们的家长制家庭缺乏温暖和亲情。但他们又不乏善良仁慈，是南方英雄主义和贵族精神的代表。福克纳带着同情、崇拜的复杂心情审视父权制，他"塑造这些父亲形象、探索名门望族败落的原因，都是同他对各种违反人性的社会、文化、宗教力量的批判分不开的"[1]。这种矛盾思想使他的"审父"不由自主地带上了些许犹豫，在"审父"的同时无法抑制内心深处对"父亲"的怀念追随和崇敬仰慕，毕竟他们也是南方社会制度的牺牲品。福克纳崇拜精明强干、建功立业的"父亲"，蔑视平庸无能、无法光宗耀祖的"儿子"。他的"审父"伴随着内心深处对"父亲"的崇敬和仰慕。对"父亲"的批判与怀念、审问与追寻的悖论式母题普遍化在他的家族小说叙事中，反映福克纳继承南方神话与反思历史进程、认同自由主义与依恋父权制度的矛盾意识形态。

---

① 肖明翰：《威廉·福克纳研究》，外语教学与研究出版社，1999，第190页。

二、被"阉割"的父亲形象

福克纳在家族小说中塑造的父辈形象，往往都是以扭曲的面貌著称，他们没有尽到自己应有的责任和义务，或悲观厌世、愤世嫉俗，或自私麻木、迂腐冷漠，或利欲熏心、执迷不悟。他们对儿女冷漠无情，对于儿女的情绪也不闻不问。

《喧哗与骚动》中康普生先生作为家族的继承人，既不能在事业上重振家业，也无法让孩子们在家庭里健康成长，他不思进取，萎靡不振，悲观厌世。他整日酗酒，唠叨愤世嫉俗的空论，他所奉行的人生哲学被北方新兴的资产者毫不掩饰的唯利是图狠狠地踩在脚下。在人们疯狂地追求土地和金钱的时代，康普生却卖掉家里最后的土地以供儿子上哈佛，这在当时得势者斯诺普斯看来是极其愚蠢的行为。这位失败的族长将破落的阴影带到整个家庭，成为昆丁之死的间接凶手。康普生先生虚无主义的思想和对时间悲观的看法是昆丁自杀的推手。在父亲宿命论思想的浸染下，昆丁觉得前途渺茫，未来无望。在昆丁在纵身一跃跳湖自杀时，父亲的话语一直在耳边回响。在昆丁临终的幻觉中，"母亲本人和父亲在微弱的光线中握着手向上走而我们迷失在下面不知什么地方即使是他们也没有一点光线"[①]。康普生家的孩子们，在父母双全的家庭中在精神上成了实实在在的孤儿，迷失在黑暗的人生旅途中，找不到出路。康普生先生懦弱无能，在南方精神世界坍塌之时，他选择逃避躲藏苟延残喘，给后代带来了无尽的痛苦和绝望。

《我弥留之际》安斯·本德伦懒惰、自私、虚伪、冷酷，是福克纳创作出来的人物中最可鄙的一个。作为一家之长，他没有一点责任感，处处为自己盘算。他不是家庭团结的因素，而是分散、崩溃的导火索。他并不爱妻子艾迪，在妻子即将病逝时他的内心表白让人惊愕，"现在我非得付给他诊费不可了，可我自己呢，嘴巴里连一颗牙都没有，老盼着家业兴旺起来可以有钱给自己配一副假牙，吃起上帝赐给的粮食时也像个人样。再说直到那天之前，她不是好好地挺硬朗的吗，比地

① 〔美〕福克纳：《喧哗与骚动》，李文俊译，上海译文出版社，2007，第169页。

方上任何一个女人也不差呀。"①作为一个父亲，安斯对孩子们更是变本加厉地盘剥。在送葬途中，安斯的丑陋本性暴露无遗。大儿子卡什为抢救落入洪水中的棺材而折断了腿，安斯不仅建议用水泥将其固定，还抱怨他几个月不能干活儿赚钱；他抛下孩子们，任其冒着生命危险将艾迪的棺材运过河，自己已先行过河。为了给自己安上一口假牙，他不惜抢夺女儿杜威·德尔打胎的钱。安斯没有羞耻心和荣誉感，在孩子们的眼中毫无地位和尊严。在埋葬了艾迪之后，安斯立即把新夫人介绍给孩子们，一副小人得志、趾高气扬的样子，假牙什么的一应俱全。他自己本身就是道德沦丧的集合体，无法给孩子们的生活任何教导。在他的言传身教下，孩子们的成长继承了他的劣根性，得不到健康的发展。

《押沙龙，押沙龙！》中科德菲尔德先生虽然爱自己的两个女儿，但他并没有做出任何努力保护她们。大女儿埃伦的婚姻是他一手促成的。二女儿罗莎的成长也伴随着父亲道德上的洁癖及由此导致的经济上的清贫。当科德菲尔德先生偏执于自己的信仰时，他拒绝承担为人父的责任，在罗莎成长的过程中，他未给予女儿任何的帮助与指引，年幼的罗莎不得不在他躲进阁楼期间给他做饭送饭，反过来照顾自私的父亲。正如罗莎所言，她一出生就是个老妪，一出生就注定成为那个心怀仇恨的老处女，这是他父亲一手促成的。他执着于自己的信念，甚至不惜牺牲自己的生命以及两个女儿的青春。从这一点上说，科德菲尔德先生是一个颓废的、失败的、被阉割的父亲。

在"父亲为大""父亲为尊"的南方社会中，"父亲"的缺席和退场必然会导致旧秩序的瓦解和崩溃。而且南方一直被排除在北方现代化的进程之外，"新"制度下南方的重建只是城市化、工业化等硬件的建设，价值观念、意识形态领域的重建面临严重的断裂和失衡。让福克纳怅然若失、深情回望的是随着大家庭的灭亡和"父亲"的退场注定要消逝的"旧"家庭观念、社区观念、贵族精神和传统美德。

总之，理智和道德使福克纳意识到"父权制"的罪恶，感情和尊

---

① 〔美〕福克纳：《我弥留之际》，李文俊译，上海译文出版社，2016，第26页。

严又使他对"英雄父亲"依依不舍。令他痛心疾首的是在"父权制"解体和北方价值观念的冲击下南方大家族面临的灭亡。福克纳的亲身经历、历史意识、人道观念和哲学信仰使他的"审父"母题充满了矛盾性。他一方面认识到"父亲"已经没有能力作为一种有效的力量现实地在场，他们已经失去了强大的现实介入和控制力量；但"父亲"是权威、秩序、价值体系和文化传统的象征，它维系一个相对稳定的传统南方社会，为每一个生活在南方传统社会中的个体提供方向和坐标。"父亲"的退场在南方必将导致不可收拾的混乱和无法预知的秩序崩溃。不管"内战的根源是什么，这场导致混乱无序的战争动摇了南方战前稳定的社会基础。像任何文明社会一样，南方一定会通过坚守它的伦理、道德和社会习俗来抵制这种毁灭……因为它毁灭的还有南方文化赖以存在的父权制、家庭观念、社会稳定"[1]。弥漫在他的家族小说叙事中的内心独白、记忆碎片、晦涩语调、追忆重构以及复杂的"叠错重复叙事结构"等最好地阐释了作者踟蹰徘徊、焦虑孤独、重建秩序和重建自我的精神苦痛。他一直无法摆脱"寻父"与"审父"的矛盾纠缠，无法从绝望与伤感的家族没落叙事情结中解脱出来，达到语言纯净、节奏明快、叙述流畅的平静与超脱状态。普遍化在"约克纳帕塔法"世系小说中的"寻父"与"审父"母题使他超越了对南方个体家族悲剧的书写，开始在家族文化的视野下审视南方的大历史。

第三节
血缘秩序与乱伦母题

"血缘秩序与乱伦母题"是福克纳家族小说的杠杆和主轴，也是其主题思想得以生发的基本依托。福克纳的小说通过对"（过分）亲密的血缘关系"（代表美国南方传统的家族文化和家庭观念）的强调来表

---

[1] Thomas Daniel Young, *The Past in the Present: A Thematic Study of Modern Southern Fiction* (Baton Rouge and London: Louisiana State University Press, 1981), p. 45.

达他对"(过分)疏远的血缘关系"(代表北方工商资本主义的家族文化和现代家庭观念)的批判,建构自己虚构的"约克纳帕塔法"家族神话世界,利用血缘关系的疏密变化书写美国南方的家族史诗和社会人生。"血亲乱伦"演化成福克纳家族叙事中"(过分)亲密血缘关系"的典型表现,而手足或父子相残发展成"过分疏远的血缘关系"的典型形态。① "过分亲(疏)的血缘关系"普遍化在"约克纳帕塔法"世系小说中那些缺乏爱的家庭中。福克纳通过强调和同情"过分亲密的血缘关系"表现他对南方传统家庭价值观念的留恋;通过贬抑和批判"过分疏远的血缘关系"揭露工业文明或种族制度的罪恶,反思南方的现代化对传统家庭价值观的冲击。这种明显的情感好恶倾向表达了作者对美国南方大家庭的依恋、对传统家庭观念的重视和对美国现代化进程的反思,透视作者矛盾的历史意识、基督教人道主义思想和反种族主义理想。

一、过分亲密的血缘关系

在福克纳倾注毕生精力创作的"约克纳帕塔法"世系小说中,"乱伦"成为重要的母题,也是其家族小说"过分亲密血缘关系"的具体表现形式,它穿插在福克纳大部分的作品中,如《沙多里斯》《蚊群》《喧哗与骚动》《押沙龙,押沙龙!》《去吧,摩西》《我弥留之际》,等等。在这些作品中,福克纳描写父女间、继母与继子间、继父与继女间、兄妹间、姐夫与妹妹之间的乱伦关系,福克纳对主人公的乱伦思想或行为有同情,有无奈,有谴责,有批判。福克纳主要通过南方白人末代贵族臆想的精神乱伦而不是成为事实的身体乱伦表现"过分亲密血缘关系",让人们透过乱伦的表象,探讨乱伦的深层原因,揭示这种精神乱伦的本质是南方贵族阶层拼命保护白人纯正的血统不被污染,精英阶层的堡垒不被攻陷,南方旧家族的秩序不被打乱,南方传统的家族观念不被抛弃。

---

① 高红霞:《福克纳家族小说叙事及其在新时期小说创作中的重塑》,《兰州大学学报(社会科学版)》2008 年第 6 期,第 52 页。

福克纳在《喧哗与骚动》中第一次把乱伦作为严肃的主题展开描写。这个"乱伦"故事是昆丁自杀前"处于疯狂和健全状态之间"的回忆，属于第一人称主观叙事模式。昆丁对凯蒂的臆想属于精神乱伦：只有精神上的乱伦意念而没有实质性的乱伦行为。昆丁满怀对凯蒂、家族荣誉和南方历史的爱，所以凯蒂的失贞、家族的蒙羞和南方的败落使他痛苦万分。他清楚地意识到就像南方在内战中战败一样，他也在打一场注定要失败的战争，因为他誓死维护的南方精英意识和贵族家庭观念在现在的南方已经失去了生存的土壤。资本主义工商业的野蛮入侵和城市文化的泛滥，使得他固守的传统贵族大家族思想和淑女观念随风飘逝。面对残酷的现实，南方贵族的末代飘零子弟昆丁无法走入现实，面对未来，他只好把自己囚禁在思想的牢笼中，一厢情愿地编织对妹妹凯蒂的"乱伦"之爱。在凯蒂失贞后他告诉父亲，"我犯了乱伦罪我说父亲啊是我干的"[1]。凯蒂的未婚夫说："凯丹斯在里克的时候整天都在谈你的事我都吃醋了我对自己说这个昆丁到底是谁呢我一定要看看这畜生长得什么模样……我怎么也没有料到她不断提到的男人原来就是她的哥哥"[2]。乱伦只存在于昆丁的言语、想象或意愿中，实际上，他"倒不是爱他妹妹的肉体"，他也不喜欢真正的乱伦，他迷恋的只是地狱里那万劫不复的惩罚，在那里他可以在永恒的烈火中守护妹妹的圣洁，因为他把家族荣誉建立在妹妹那"脆弱的、朝不保夕的贞操"上[3]。对他来说，守卫妹妹的贞操，就是捍卫南方的传统和家族观念。

事实上，凯蒂只是昆丁心目中南方淑女形象和传统家族观念的投射，他臆造自己和妹妹之间的"乱伦"之爱，企图掩盖凯蒂因为无法抵制南方新崛起的群氓的围追堵截而走向堕落的事实。他试图说服父亲和妹妹接受自己的这个乱伦臆想，以求为家族挽回一点颜面，保护贵族阶层的血统纯正。凯蒂本来是康普生家族中最富有爱心、像母亲

①〔美〕福克纳：《喧哗与骚动》，李文俊译，上海译文出版社，2007，第79页。

②同上书，第106–107页。

③同上书，第311页。

一般照顾家族三兄弟的南方淑女，但她的成长正好处于南方社会从"旧"南方向"新"南方过渡转型的历史时期，原有的南方淑女的价值观念逐渐消失，南方的淑女也失去了贵族大家族的保护，她们面临来自南方穷白人的围困，高贵的淑女身份朝不保夕。因此，凯蒂的失贞对昆丁造成的打击是致命的，因为他拼命保护的家族荣耀和阶级优势蒙受了奇耻大辱，他保护的价值观念轰然坍塌，他决然选择溺水自杀结束自己空荡荡的肉体和生命。理查德·金认为"昆丁的乱伦欲望和他企图中断时间的欲望紧密相连，其间的重要联系必须置于南方家族罗曼司和文化秩序瓦解的大背景中去考察"[1]。这种对乱伦主题漂白和纯洁化的处理倾向表明福克纳对昆丁的遭际更多的是关爱和悲悯。

《押沙龙，押沙龙！》中，邦与朱迪丝的关系更接近"天契型"乱伦的色彩。邦其实并非一定要娶妹妹为妻，也不想让乱伦成为事实，因为他并不爱妹妹的肉体。他几乎以"超然的状态""倦怠"地面对这个"他从未认可也从未反对过"的"喧嚣"的婚约，他"仿佛在代表某个不在场的友人行事"，向朱迪丝求婚这件事对邦来说好像没有发生过一样，他只是想以此逼迫萨德本承认自己是被他抛弃的儿子。他虽然"对朱迪丝说过不胜仰慕之类含糊其词的话，但连想引诱她失身的意思都没有，更不用说非娶她不可了"[2]。从内战后他写给朱迪丝的信中也"找不到任何线索能暗示邦有不可告人的动机，或他知道自己将犯下乱伦及混血之罪"[3]。"乱伦"只是他寻求父亲对父子关系能够认可、挑战罪恶种族制度的极端方式。至少在亨利杀死邦之前，朱迪丝对她与邦的兄妹关系毫不知情。在整个内战期间，邦都杳无音信，她只是默默地等待，她不知发生了什么，也不知为什么，但做好了一切准备去接受那个在劫难逃的命运。这种"天契型"乱伦增加了萨德本家族故事的悲剧色彩，使主人公的命运笼罩上一种抑郁和惨烈的宿

① Richard. H. King, *A Southern Renaissance: The Cultural Awakening of the American South 1930–1955*(New York: Oxford University Press, 1980), p. 116.

②〔美〕福克纳:《押沙龙，押沙龙！》，李文俊译，上海译文出版社，2004，第90页。

③同上书，第76页。

命性。

其实亨利也对妹妹"一直怀有一种乱伦的爱"①，邦似乎是亨利的替身，是亨利对妹妹朱迪"乱伦情愫"的无意识投射。邦所代表的那个"不在场"的"友人"和"求婚者"事实上就是亨利。邦认为他和朱迪丝之间没有婚约，甚至连"求婚的举动都没有"，因为他和朱迪丝在"两年之内见面只有三次"，见面的时间加在一起只有十二天，还包括被朱迪丝的母亲埃伦消耗掉的时间。"他们分手时甚至都没有说一声再见。然而，四年之后，亨利却必须得杀死邦以阻止他们结婚。因此，引诱朱迪丝的必定是亨利而非邦：引诱她的同时也连带着引诱自己"②。亨利把自己对妹妹的乱伦无意识投射在邦的身上，借助邦演绎自己为了保卫萨德本家族的血缘纯正，不惜冒万劫不复的兄妹乱伦禁忌和残杀兄弟的恶行。亨利宁可接受邦与朱迪丝之间的同父异母兄妹"血缘乱伦"，却断然拒绝"种族乱伦"。《押沙龙，押沙龙！》演绎的兄妹乱伦虽然因为种族问题的介入和乱伦三角关系变得纠结复杂，但在本质上，《押沙龙，押沙龙！》中朱迪丝、亨利和邦之间的乱伦三角与《喧哗与骚动》中昆丁和凯蒂的兄妹"乱伦"一样，都是哥哥一厢情愿的幻想，是未成事实的"精神乱伦"③。

亨利与哥哥邦的关系建立在二元对立的范式之上。康普生先生认为亨利与邦的感情就像是希腊式爱情，亨利与邦在精神上相互依恋。亨利爱邦，邦迷住了亨利正如邦迷住了朱迪思一样，"自己成为五体投地崇拜的对象，这种崇拜只能由一个青年，绝不会是一个女子，奉献给另一个青年或成年男子"④，"而邦也是爱亨利的，而且我相信是一种更深层次上的爱，还不仅是按自己的方式。也许从他的宿命论出发他在两个人之中更爱亨利"⑤。一些学者认为亨利与邦之间有一种强烈

①〔美〕福克纳：《押沙龙，押沙龙！》，李文俊译，上海译文出版社，2004，第91页。

②同上书，第93页。

③ Constance. H. Hall, *Incest in Faulkner: A Metaphor for the Fall* (Ann Arbor: UMI Research Press, 1986), p. 49.

④〔美〕福克纳：《押沙龙，押沙龙！》，李文俊译，上海译文出版社，2004，第98页。

⑤同上。

的同性恋趋向。因此，亨利与邦的关系"不仅违反了乱伦，而且违反了同性恋、混血通婚和手足相残的禁忌"①。

在《去吧，摩西》中，福克纳对表现"血缘关系过分亲密"的兄妹乱伦进行重新改造和移位变形，以老麦卡斯林的儿子布蒂和布克这对双胞胎兄弟之间的同性恋形式呈现出来。美国福克纳研究专家理查德·高登（Godden）和波尔克（Polk）推断，布蒂和布克这对双胞胎具有同性恋倾向。②如果这种推断成立，我们再把福克纳"约克纳帕塔法"世系小说中那些缺乏白人男性子嗣、斩断家族香火的贵族家庭故事联系起来，比如康普生家族、萨德本家族、麦卡斯林家族等，或许我们就可以得出这样的结论：对于南方过去的固守从臆想的"兄妹乱伦"到倚重"同性恋"，福克纳已经清楚地意识到不管南方贵族对过去如何依依不舍，南方的贵族气质、家庭观念已经无法救赎地走向最终的灭亡，因为所有的血亲乱伦都是人类文明的最大忌讳，注定会导致可怕、惨烈和毁灭性的悲剧。

在奴隶制种植园时期，南方庄园里存在的乱伦、混血并不罕见，这种对人类文明禁忌的破坏是道德败坏的表现，更是南方家族衰落的根源。列维-施特劳斯在《乱伦与神话》中指出："乱伦禁忌将姐妹们、女儿们赶出血缘集团，规定她们只能嫁给属于其他集团的丈夫，从而在这些生物集团之间创造出姻亲的联盟，最初的这样的联盟可以成为社会的联盟。"③"乱伦禁忌"是人类社会发展的必然产物，是用以克服"乱伦"这种"向心倾向"的"离心力"。在某种程度上，这种"离心力"就是一个社会的发展力，当它不足以克服乱伦欲望的向心倾向时，也就意味着社会发展的停滞，甚至开始从内部溃败灭亡。"约克纳帕塔法"世系小说中南方贵族家族内部兄妹之间的乱伦大部分都是精

---

① Constance. H. Hall, *Incest in Faulkner: A Metaphor for the Fall* (Ann Arbor: UMI Research Press, 1986), p. 73.

② Richard Godden, *William Faulkner: An Economy of Complex Words* (Princeton & Oxford: Princeton University Press, 2007), p. 128.

③ 叶舒宪编:《神话——原型批评》,陕西师范大学出版社,1987,第234页。

神层面的臆想，福克纳无意描写乱伦这种现象，他更加关注现象背后的本质，这种乱伦是贵族阶层拼命保护血缘纯正、维持旧南方秩序和惧怕混血问题等各种焦虑心理的投射。

二、过分疏远的血缘关系

福克纳在"约克纳帕塔法"世系小说中尽情演绎贵族家庭"过分亲密的血缘关系"的同时，还在浓墨重彩地描写"过分疏远的血缘关系"。"（过分）疏远的血缘关系"在福克纳的家族叙事中表现为家庭成员在唯利是图的北方工商资本主义价值观的冲击下或在狂热种族仇恨的驱使下，不顾亲情，无视家族伦理，大肆践踏血缘关系，以致家族成员互相仇视甚至手足相残。他们信奉血缘秩序必须服从利益关系和种族制度的伦理观念。

《喧哗与骚动》呈现的是坍塌的南方道德和冷漠的南方家庭关系的图景，比如，夫妻陌路、手足相残、兄妹乱伦。随着康普生家族的衰败，康普生先生陷入虚无主义，酗酒成性，在缅怀过去的荣耀中了却残生。他对四个孩子比较冷漠，没有承担作为父亲的家庭责任，只用自己的虚无主义教育昆丁，他告诉昆丁："人是自己所拥有的一切的总和"[1]，他的消极和虚无的生活态度给昆丁的自杀埋下了伏笔。康普生太太整天满腹牢骚、无病呻吟，沉浸在少女梦和娘家昔日的荣光中，她不仅不关心痴傻的小儿子班吉，还对其他人关心班吉的行为横加指责。她嫌弃厌恶小女儿凯蒂，在凯蒂失贞怀孕后，为了家族的体面和荣誉，将女儿嫁给了有钱的流氓。在凯蒂被丈夫得知隐情而扫地出门后，她不准凯蒂回家并剥夺了女儿作为母亲抚养孩子的权利。康普生夫妻作为一对从未履行为人父和为人母职责的存在，在这对夫妻的家中，我们看到的是冷漠、虚伪、虚荣、自私和无爱，冷漠的家庭关系导致了康普生家子女内心的病态和性格扭曲，造成了子女的悲剧人生以及整个家族的没落。无法得到母爱的昆丁只能将凯蒂当作情感替代，这份变质的依恋毁掉了凯蒂的爱情进而毁掉了凯蒂的一生。失去凯蒂

---

[1] 〔美〕福克纳:《喧哗与骚动》,李文俊译,上海译文出版社,2007,第122页。

的昆丁只能选择自杀告别这个冷漠无情的世界。杰生"完美地"继承了母亲冷漠自私的品性,他信奉的福音是"是恨而不是爱,是贪婪而不是施舍,是死而不是生"①。用外甥女小昆丁作为筹码要挟妹妹凯蒂,他虐待小昆丁,克扣侵吞小昆丁的生活费,骗取母亲的钱财,辱骂将自己养大的黑人女佣迪尔西,将白痴弟弟阉割并丢进疯人院。杰生阉割的不仅仅是弟弟的男儿身,更重要的是弟弟代表的南方传统和家族过去。他试图通过引起人类普遍恐惧的阉割行为,斩断自己和过去的任何瓜葛。母爱的缺失导致康普生家族下一代人亲情疏离,最终家族就此败落,再无崛起之可能。

《押沙龙,押沙龙!》中的亨利崇拜哥哥邦,模仿他的言行举止和衣着打扮,并为邦和朱迪丝的兄妹乱伦寻找各种合理的借口,说国王和公爵们也都会有乱伦行为:"不是有个叫约翰什么的洛林公爵娶了他妹妹吗。教皇把他逐出教会可是毫无影响!毫无影响!他们仍然是夫妻。他们仍然活得好好的。他们仍然彼此相爱。"②他三番五次地为邦开脱:"那个洛林公爵是干了的!世界上必定有不少人这样做了只是大家不知道就是了"③。但是一旦"白人至上"的种族制度遭受威胁,亨利毫不犹豫地将枪口对准了同父异母的哥哥,坚决捍卫家族的纯正血统,他"不能容忍的是异族通婚,而不是乱伦"④。他毫不迟疑地禁止哥哥踏进"白人王国"半步,甚至不惜上演兄弟残杀的血腥悲剧。

《押沙龙,押沙龙!》中罗莎就深受畸形的家庭环境的毒害。她一出生母亲就去世了,自幼在好记仇的姑姑的教导下长大,被灌输的都是对于萨德本以及所有男人的仇恨。她的父亲是一个古板的清教徒,从未给过她父爱,而且还让罗莎感觉到因为自己母亲难产去世,造成了父亲无人照顾的孤独,这种深深的自责和内疚让罗莎从未享受过童

---

① Richard Adams, *Faulkner, Myth and Motion* (Princeton University Press, 1968), p. 230.

②〔美〕福克纳:《押沙龙,押沙龙!》,李文俊译,上海译文出版社,2004,第330-331页。

③ 同上书,第331页。

④ 同上书,第345页。

年的天真和快乐。缺乏母爱和父爱的家庭使罗莎无法与别人正常交流，童年的她就是一个"神情忧郁的卡沙德拉式的偷听者和一个蹲伏在黝黑过厅里的影子"。

《我弥留之际》中艾迪·本德伦弥留之际要求将她的遗体送往杰弗逊镇的娘家坟地埋葬。艾迪在世时只偏爱儿子朱厄尔，对其他几个子女漠不关心，难怪达尔说："我无法爱我的母亲，因为我没母亲。"①本德伦家的兄弟姐妹彼此猜疑、怨恨、仇视，手足之间的无情无义令人瞠目结舌。达尔多次故意说弟弟朱厄尔是私生子，在母亲临终前，为了让朱厄尔为此难过，他一遍一遍地说他的母亲就要死了。妹妹杜威·德尔被人勾引怀孕，达尔幸灾乐祸。朱厄尔总是用恶毒的话咒骂达尔。为了免遭牢狱之灾和躲避赔偿被烧掉的仓库的损失，一家人密谋把达尔当替罪羊，把他送进疯人院。当疯人院来人准备捉走达尔时，父亲安斯同别人一道把达尔推倒在地，杜威·德尔像一只野猫似的对着达尔又抓又撕，以至于来人之一不得不拦住她，朱厄尔则协助来人一起把达尔扑倒在地，尖叫着"杀死他，杀死这个狗娘养的"②。貌似宽厚的卡什也沉默了，尽管在他受伤后，达尔多次提出送他去看医生，对他嘘寒问暖。正是意识到卡什的背叛，达尔才真正疯了。这样一个没有爱、没有正确价值观念的家庭在送葬历程中上演的尽是滑稽、丑恶与疯狂；福克纳正是通过本德伦一家过分疏远的亲情关系表明，在"伦理道德和传统观念'弥留之际'，人会如何堕落"③。

《去吧，摩西》重点描写了麦卡斯林家族的白人后裔布克、布蒂和黑人后代托梅的图尔黑白两脉后裔之间的关系。老麦卡斯林无视人伦，大肆践踏血缘关系，诱奸自己与黑奴生下的女儿，他的行径是典型的"性虐取型"乱伦。这种暴行是"权势和兽性对苦难与卑弱的虐取和侵占"④，对这种"丑陋"的揭露表明作者决意要撕下南方贵族家族家长

---

① 〔美〕福克纳:《我弥留之际》,李文俊译,北京燕山出版社,2016,第69页。

② 同上书,第180页。

③ 肖明翰:《威廉·福克纳研究》,外语教学与研究出版社,1997,第310页。

④ 杨经建:《"乱伦"母题与中外叙事文学》,《外国文学评论》2000年第4期。

身上那层家族守护者和社会责任承担者的理想主义面纱，以终极审判的目光透视其衰落背后那个致命的"诅咒"。"那个诅咒就是奴隶制，它是一种不可容忍的境况"①，因为这种非人制度"建筑在不正义的基础上，由无情的贪婪构筑而成，有时甚至用一种不仅是对人类而且对动物来说也是极端野蛮的方式"，所以依靠剥削和压迫黑奴发家的南方种植园主们必然走向灭亡。②

布克每年在他的黑人弟弟托梅的图尔去会自己的意中人时，就大张旗鼓地像追逐野兽一样对他进行追猎，完全不念兄弟情谊。至此，麦卡斯林家族对血缘伦理的大肆践踏达到了令人发指的程度：老卡罗瑟斯强暴亲生女儿，拒绝为自己所犯的罪恶承担一丝责任；布克、布蒂兄弟断然斩断兄弟情分，把自己的亲兄弟完全当作猎物一样看待。在这些作品中，福克纳描绘了一系列父不慈子不孝、兄不友弟不恭、夫不义妇不顺，亲情疏离，彼此猜忌，缺乏温暖的荒原家庭。在这个家庭之中，每个成员都狭隘地蜷缩在自己的情感角落，拘泥于一己私欲之中，生活空虚，没有信仰，默默苦熬。

在《坟墓里的旗帜》中，哥哥霍拉斯与妹妹娜西莎从小失去了家庭温暖和母爱，他们从对方身上找到了心理和生理上的安慰。两人的关系从一开始就有一种乱伦的成分。兄妹长时间分别，再次重逢后相互拥抱亲吻。当他们在一起的时候，霍拉斯轻轻抚摸着娜西莎的脸和膝盖，娜西莎则把手放在哥哥的膝上，两人紧紧地抱在一起。一个感恩节的晚宴上，娜西莎偷偷地在桌子下用手轻轻地捏着哥哥的腿。小说中用金银花、紫藤、钟和钟形的水仙花这些爱情和性的象征间接地暗示兄妹二人的关系。③在《圣殿》中，霍拉斯与蓓儿·米切尔结婚之后，还与娜西莎藕断丝连，蓓儿一语道破二人的关系："你和妹妹相

① Frederick L. Gwynn and Joseph Blotner (eds.), *Faulkner in the University: Class Conferences at the University of Virginia 1957–1958* (Charlottesville: The University of Virginia Press, 1959), p. 79.

②〔美〕威廉·福克纳：《去吧，摩西》，李文俊译，北京燕山出版社，2016，第258页。

③ Constance. H. Hall, *Incest in Faulkner: A Metaphor for the Fall* (Ann Arbor: UMI Research Press, 1986), p. 21.

爱？书上怎么说来着？叫什么情结？"①霍拉斯不仅爱慕妹妹娜西莎，而且还对自己的继女小蓓儿也有种不正常的欲望，他到孟菲斯妓院见过谭波儿后，回家凝视小蓓儿的照片就从中看出了性的意味，不断地闻到忍冬的香味，感到欲望袭来，乱伦的念头始终吸引着他。

《小镇》中琳达的监护人加文·斯蒂文斯对琳达也有着异样的情怀。"不久，他便不只是养育女儿的父亲、指导学生的老师，更是一位骑士，还要做她的情人。作为骑士，他要解救那因禁于礼教之中的少女；作为情人，他不仅要解救她、塑造她，更渴望占有她。"②这也是一种乱伦情结的表现。福克纳在其他作品中多次影射兄妹之间的暧昧恋情，如《圣殿》里的谭波尔与汤米、《我弥留之际》的达尔与杜威·德尔、《蚊群》里的帕特·罗宾与乔希等。在《没有被征服的》里，德拉斯拉·霍克曾多次诱惑她的继子白亚德。

如果说福克纳对美国南方由于缺乏家庭温暖和母爱导致的乱伦怀有一丝同情的话，那么他对于在奴隶制下美国南方贵族对女性采取的为所欲为的性放纵和性掠夺表现出鄙视和厌恶。一些学者认为，这种畸形乱伦倾向首先反映在杰生与凯蒂女儿小昆丁的关系中。③杰生成长在一个没有母爱、缺乏亲情的家庭中，这种成长环境导致其心理扭曲、人格分裂。杰生潜意识中对小昆丁的性渴望受到道德、家庭和社会的压抑，转化为对小昆丁疯狂的报复。他经常在餐桌上羞辱小昆丁，咒骂小昆丁是母狗、妓女，贬低她为"女黑鬼""怪兽"。杰生深陷于对其外甥女充满乱伦的幻想、渴望和痛苦中不能自拔。④这种畸形乱伦也反映在《押沙龙，押沙龙！》里的萨德本与比他小21岁的妻妹罗莎小姐之间。萨德本追求罗莎的目的只有一个：为他传宗接代。而在与萨德本的交往中，罗莎陷于难以调和的矛盾中：一方面，她对自己的姐夫

---

① 〔美〕福克纳：《圣殿》，陶洁译，北京燕山出版社，2015，第93页。

② 〔美〕明特：《福克纳传》，顾连理译，东方出版中心出版，1994，第264页。

③ Constance. H. Hall, *Incest in Faulkner: A Metaphor for the Fall* (Ann Arbor: UMI Research Press, 1986), p. 54.

④ Ibid.

流露出鄙视与怨恨，把自己看成一个受害者；另一方面，随着那被压抑的人性逐渐苏醒，罗莎在潜意识里也流露出对姐夫的钦佩和性渴望。

　　总之，"过分亲密"和"过分疏远"的血缘关系普遍化在"约克纳帕塔法"世系小说那些缺乏爱的家庭中。福克纳同情属于"过分亲密的血缘关系"阵营中的南方末代贵族，他们是沙多里斯精神的代表。福克纳通过对这种关系的强调，表现对南方传统家庭价值观念的留恋。"过分疏远的血缘关系"阵营中的人物用金钱、仇恨和欲望代替了家人之间的亲情，他们肆意践踏血缘关系，是南方斯诺普斯主义的代表。福克纳通过贬抑和批判"过分疏远的血缘关系"，表现南方家族成员之间的冷漠与无爱，揭露工业文明的冷酷、种族制度的罪恶和奴隶制的残忍，反映南方的现代化对南方传统生活方式和伦理价值观的冲击，关注新旧交替时期南方人遭受的精神创痛以及挣扎在社会底层的小人物所面临的生存危机和道德困境。这种明显的情感好恶倾向再次表明作者循环论的历史观念，对美国南方大家庭的依恋、对传统家庭观念的重视和对美国现代化进程的质疑，透视作者矛盾的意识形态、基督教人道理想和反种族主义思想。

第四节
女性崇拜与厌女母题

　　"女性崇拜与厌女母题"是福克纳家族小说创作的又一重要母题。评论界对福克纳的女性人物塑造以及对女性的态度持否定和肯定两种观点。曼克斯威尔（Maxwell）宣称，"对于福克纳来说，女性无可争辩的是罪恶的源泉"[①]。欧文·豪（Irving Howe）指出，"福克纳极度鄙视他的年轻女性形象，读者感受到他对这些年轻女性的厌恶甚至

---

① Maxwell David Geismar, *Writers in Crisis*(Boston: Houghton Mifflin, 1942), p. 1.

怨恨……他很少赋予她们道德深度"①。与厌女的指控相对，许多学者肯定了福克纳对女性的积极态度。奥尔加·维克里（Olga Vickery）证实了福克纳对女性怀有深切的同情，布鲁克斯（Cleans Brooks）明确声明福克纳不是厌女主义者，他的许多女性形象具有值得尊敬的美德。以他们为代表的这两类评论都有其合理性，但也不可避免地具有片面性。前者过分强调了福克纳作品中的叛逆女性和堕落女性，忽视了她们生存的社会时代背景。后者注重导致女性人物悲剧命运的历史文化因素，忽视了她们本身的性格。福克纳的家族小说叙事中既有对女性的崇拜又有对女性的厌恶，这种不可调和的矛盾贯穿"约克纳帕塔法"世系小说的始终。

南方的农业经济决定了以家庭为单位经营的种植园是其最基本的运作形式，种植园经济造就了白人男子在家庭中的统治地位，形成典型的南方家庭罗曼司："其主宰是富有绅士风度、高尚可敬、勇敢果断的父亲；母亲则是圣洁、坚忍、没有欲望的完美女性。"②南方"淑女"形象由此诞生并不断演化，她们被当作道德典范，成为圣洁、美丽、优雅、可爱、善良、温顺的化身，受到南方绅士的大力赞扬，被捧上了浪漫神话的圣坛。在南方男性的心目中，南方淑女"是南方的雅典娜，她们是众人的楷模，是民族神秘的象征。她们是奥斯忒雷特的纯洁少女，是愚人山上的狩猎女神，是上帝慈悲的母亲"③。女性"崇拜"、淑女规范成了南方男人的安慰剂，他们坚持认为自己出身高贵，是贵族的后裔，只有"圣洁淑女"才配得上自己的贵族头衔，"女性的纯洁与名誉是南方父权制的基石"④。事实上，南方"淑女"是白种男性维护贵族社会秩序的借口和保证男性权威的谎言，"圣洁"是南方男性奴役女性的"美丽"枷锁和"温柔"陷阱，她们只是男性传宗接代

---

① Irving Howe, *William Faulkner: A Critical Study*（New York: Random House, 1952），p. 77.

② 李扬：《美国南方文学后现代时期的嬗变》，山东大学出版社，2006，第81页。

③ W. J. Cash, *The Mind of the South*（New York: Vintage Books, 1941），p. 89.

④ Railey Kevin, *Natural Aristocracy: History, Ideology, and Production of William Faulkner*（Tuscaloosa and London: The University of Alabama Press, 1999），p. 56.

的生殖工具，是男性用来装点权威和成就的"光鲜"饰品。她们的重要使命是保证家族血统纯正。尽管男性可以任意糟蹋黑奴，白人女性绝不可越雷池一步，她们被迫背负种族纯洁的道德重担。南方"淑女"更是南方男性在战后与北方抗衡的唯一资本，妇女的"纯洁"是他们用来抚慰精神创伤的镇痛剂，他们一厢情愿地美化、圣化、"神化"妇女，目的是维护自己的体面和尊严。

女性在被崇拜、被赞扬、被神化的同时又被当成罪恶的源泉和家庭灭亡的罪魁祸首。女人生来就是男人的附属品，在家庭和社会中处于从属地位，这种男尊女卑思想在南方的宗教文化中根深蒂固，是"在南方占据权威地位的《圣经》的基本教义"[1]。《圣经》的"创世记"宣扬女人要像"教会服从基督"一样服从男人，并认定是夏娃造成人类失去"乐园"而开始了苦难生活。南方妇女身上还背着另一副绳索，那就是"纯洁"。"贞操"像拉奥孔父子身上的毒蛇，紧紧捆住南方女性的肉体和精神，将她们变成南方妇道观的殉葬品。南方男子通过"玉洁冰清"的淑女妇道观压抑妇女的自然性欲，强制她们恪守妇道，以维护男性自尊和家庭秩序。因此，男性并非崇拜淑女，他们真正在乎的是淑女代表的"贞洁"。他们粗暴地剥夺女性的话语权，强行划分她们的家庭和社会角色，使她们变成被"消音"、被代表的附属品，接受被"神圣化"或被"妖魔化"的分类。

作为伟大的人道主义者，福克纳对冷酷、僵硬和支持种族主义的清教思想持鲜明的反对态度，但作为南方土生子，基督教文化对福克纳的影响广泛而深刻。他自己曾坦言："我在其中长大，在不知不觉中将其消化吸收，它就在我身上，这与我究竟对它相信多少毫无关系。"[2]因此，清教式的妇道观在某种程度上也被福克纳无意识地消化吸收，成为影响女性观的一个重要因素。于是，在他对女性进行书写的时候，两种互相对立的情感同时并存。一方面，作为一个深谙南方

---

① Richard Gray and Owen Robinson (eds.), *Companion to the Literature and Culture of the American South* (Malden: Blackwell Publishing Ltd., 2004), p. 239.

② 肖明翰：《威廉·福克纳研究》，外语教学与研究出版社，1997，第117页。

社会历史和现状的作家，福克纳同情和关注深受清教传统压迫和毒害的女性。另一方面，他对具有叛逆特征的女性人物进行评判时，又不由自主地戴上清教主义的有色眼镜，流露出对于女性本身的怀疑和批判态度。

一、影子或妖魔

福克纳曾多次借小说人物之口表达对女性的看法。在《喧哗与骚动》中，他借康普生先生之口发表高谈阔论："女人对罪恶自有一种亲和力罪恶短缺什么她们就提供什么她们本能地把罪恶往自己身上拉就像你睡熟时把被子往自己身上拉一样她们给头脑施肥让头脑里犯罪的意识浓浓的一直到罪恶达到了目的不管罪恶本身到底是存在还是不存在"[1]。除了借小说人物之口，福克纳在多个场合流露出类似的表述。如他在劝告年轻作家不要一味追求成功时，就拿女性做过讽刺性的比喻："成功是阴性的，像个女人，你蔑视她，她就会来追求你，奉承你，但你如果去追求她，她就会看不起你。"[2]

矛盾的妇道观普遍化在福克纳的家族小说叙事中。尽管福克纳表示凯蒂"太美丽了、太动人了"[3]，是他的"心爱的宝贝"[4]，但她还是堕落的夏娃，无法逃避悲剧性的命运和堕落的人生轨迹。而且，无论在叙事结构还是在叙事话语上，凯蒂都处于缺省和消音的地位，她在整个家族故事中是"空洞的影子人物"。康普生家族的三个男性子嗣

---

① 〔美〕福克纳:《喧哗与骚动》,李文俊译,上海译文出版社,2007,第96页。

② James B. Meriwether and Michael Millgate (eds.), *Lion in the Garden: Interviews with William Faulkner 1926-1962* (Lincoln & London: University of Nebraska Press, 1968), p. 219.

③ Frederick L. Gwynn and Joseph L. Blotner, (eds.), *Faulkner in the University: Class Conferences at the University of Virginia 1957-1958* (Charlottesville: University of Virginia Press, 1959), p. 1.

④ Frederick L. Gwynn and Joseph L. Blotner(eds.), *Faulkner in the University: Class Conferences at the University of Virginia 1957-1958* (Charlottesville: University of Virginia Press, 1959), p. 6.

在《喧哗与骚动》中各占一章叙述家族故事，而作为他们叙述焦点的凯蒂却始终没有任何话语权，任由她的哥哥昆丁和两个弟弟杰生、班吉言说。凯蒂说话的权利被剥夺了，只能被男性来塑造。她的缄默是南方父权社会女性失语的真实反映，女人仅仅生活在男人的想象中。凯蒂像一张白纸被呈现出来，在她身上，兄弟三人从不同的自我意识和需求出发，将自己的主观言说强加给凯蒂，凯蒂不过是男权社会中永恒沉默的"他者"，缺失真实、独立的形象，被男性随意建构。在昆丁的意识里她象征家族荣誉，是"情人"的替代品；对于班吉而言她是爱的神话，是"母亲"的替代品；在杰生眼中，她是"母狗"，是"婊子"，是他赚钱的工具。既是天使也是妖魔的她被抽象为一种符号，凯蒂一针见血地指出："在他眼里，至高无上的并不是她这个人，而是她的贞操，她本人仅仅是贞操的保管者。"[①]男权重压下的凯蒂最终选择了放纵情欲这一家族内男性最惧怕的方式建构女性的主体意识。正如福克纳在补写康普生家族附录时所说的那样："她命中注定要做一个堕落的女人，她自己也知道。她接受这样的命运，既不主动迎合，也不回避"[②]。

《八月之光》中的乔安娜也处于失语的状态。她生活在南方种族主义和清教妇道观的阴影下，在她身上，历史的创伤、南北的分裂和种族的冲突如影随形，使她从小就与世隔绝，生活在孤独之中。与克里斯默斯相遇后，清教禁欲主义与人性本能激烈冲撞，导致其变成心理和人格扭曲的"双性人"：一个冷静、清醒，白天有条不紊地处理各种事务；一个狂热、放纵，夜间沉迷于肉体的狂欢。在作品中，她的疯狂纵欲是通过克里斯默斯转述的，带有着污秽、堕落和令人瞠目的特征；她企图对他进行改造也是站在克里斯默斯的立场来判断和描述的，这种失语的地位增添了她的人生的悲剧性色彩。克里斯默斯的养母麦克依琴太太的个性几乎丧失殆尽，"目光有些古怪，仿佛无论她听见或看见什么，总是通过一个更直接的男人的形体或男人的声音，仿佛她

---

① 〔美〕福克纳:《喧哗与骚动》,李文俊译,上海译文出版社,2007,第312页。

② 同上。

是一副视听器，而她强壮严峻的丈夫则是一根操纵杆"①。因此，她在小说中的存在犹如一个影子。

"萨德本百里地"的女主人埃伦在《押沙龙，押沙龙！》中只是"影子"，是"被遗忘的夏天的蝴蝶"，没有任何"实体的外壳"，是"一个形象和一些回忆"②，萨德本娶她完全是为了让自己"变成绅士"，获得"社会地位"，在"结婚证书（或在别的体面专利证书）上有埃伦和我们父亲的姓名"③而已。她无力反抗丈夫的骄横，最终被他自大虚荣的理想所同化，完全丧失了自我，蜕变为一个近乎虚设的母亲，在"度过了花蝴蝶的夏季的明媚而无所事事的中午和下午"④后，悄然消失，她短暂的一生在儿女的人生里几乎没有留下任何痕迹。

《爱米丽的一朵玫瑰花》中爱米丽是一个"旧南方的殉葬者"形象，是父权制社会崇尚的"南方淑女"：她只是手执马鞭的父亲背后的一个纤弱苗条的影子，对小镇上的居民来说是一个画中的人物，没有发言权，也没身份和尊严。她拼死占有爱人以及独自承受生的痛苦，与被毒死的恋人默默相守几十年的故事是镇上的人们在她死后拼贴起来讲述的，爱米丽没有机会发出自己的声音讲述自己的故事。爱米丽活着的时候极力回避现实，把自己封闭起来，只活在过去中。新的制度出现之后，官员要她交税，她坚决拒绝。全镇实行免费邮递制度之后，只有爱米丽一人拒绝在门口钉上金属门牌号，附设一个邮件箱。这种回避与拒绝实际上是在建立一种壁垒，象征对已经变化的环境的抵制。新的时代已经到来，爱米丽为了维持自己的优越性、尊严以及南方淑女的完整性，选择回避与拒绝。爱米丽的行为体现旧南方如何执拗地抵制一切变化。

在《押沙龙，押沙龙！》中，身为"桂冠女诗人"的罗莎也难逃被"妖魔化"的命运。她"43年来一直穿着一身永恒不变的黑衣"，散发

①〔美〕福克纳：《八月之光》，蓝仁哲译，上海译文出版社，2009，第98页。

②〔美〕福克纳：《押沙龙，押沙龙！》，李文俊译，上海译文出版社，2004，第116页。

③同上书，第11页。

④同上书，第70页。

着长期"设防禁欲的老处女的皮肉的酸臭",她是女巫,用"阴郁、沙嘎、惊愕"①的嗓音诉说萨德本家族发家史和灭亡史的亲历者和旁观者。晚年的罗莎执意要送亨利去医院治疗,这样的行为反而导致了克莱蒂的误会,以为罗莎出卖了因为枪杀哥哥邦流亡多年后偷偷溜回来躲藏在萨德本庄园的亨利,她为了保护亨利不被逮走而纵火焚屋。这样,罗莎似乎成为萨德本百里地化为灰烬的诱因,也是引起萨德本王朝伊甸园覆灭的夏娃。

《圣殿》中的谭波尔可谓恶女人的代表,接受过高等教育的她"没有内在思想,像一个空器皿,一个反面的礼拜场地,缺乏并失去了忠诚和道德",是"丧失了精神的肉体"②。她出生于清教主义氛围浓厚并深受美国内战前南方文化影响的杰弗逊镇。崇尚女性贞洁和家庭荣誉的父兄妄图将她培养成典型的南方淑女,但她在"爵士乐时代"新女性思想的影响下独立并向往自由。她的父兄强加给她的"那种压抑妇女人性的桎梏,不但没有使她树立起淑女道德观念,相反却使她产生了逆反心理"③。她年方十七就浓妆艳抹,举止轻佻,追求享乐。在除星期日以外的夜晚溜出去同城里有车的青年鬼混,以至于火车站男厕所的墙壁上都留有她的名字。终有一天她误入老法国人湾,那儿聚居了一大堆贪恋美色的男人,她被黑社会头目金鱼眼奸污,并被带到丽芭小姐的妓院。被残暴蹂躏之后,她有机会逃脱却主动放弃,堕落为邪恶势力的帮凶,后来她出庭作伪证,指认戈德温是强奸与杀人的双重案犯,致使无辜者当天被激愤的群众用私刑烧死。没有思想和灵魂的谭波尔有意无意地向邪恶靠近,凭本能和冲动行事。在欲望横流、道德沦丧的世界里,传统道德中的自尊、良心、责任和正义感这些美好的美德被她随意地踩在脚下。谭波儿在强大的邪恶的力量的裹挟下选择随波逐流、自甘堕落。福克纳通过第三人称的叙事方式和内

---

① 〔美〕福克纳:《押沙龙,押沙龙!》,李文俊译,上海译文出版社,2004,第2页。

② Frederick R. Karl, *William Faulkner: American Writer* (New York: Ballantine Books, 1989), p. 367.

③ 肖明翰:"《圣殿》里的善恶冲突",《国外文学》,1999 年第2期 ,第78页。

在的男性叙事视角，有意地剥夺谭波尔的话语权，南方社会没有给追求自由独立的谭波尔表述的空间，她被男性话语妖魔化为邪恶的女人。

在《圣殿》中，福克纳还塑造了一个类似谭波儿的女性形象——娜西莎。她还在短篇小说《曾经的女王》中出现。娜西莎不顾他人的劝阻，执意保留早年一些不堪入目的匿名情书，不料这些下流情书落入联邦调查员手中，成为要挟她的工具，使她被迫以身体为代价换回了信件，从此失去了她引以为傲的南方淑女的贞洁与高贵，成为一个为她自己所不齿的肮脏、堕落的女人。在《圣殿》中娜西莎亦是如此，她是个"没有灵魂的女人"，表面上是清教妇道观的捍卫者，骨子里其实男盗女娼。正如美国批评家伊丽莎白·克尔（Elizabeth Kerr）所说："她是一个骗子，她用她那纯洁女人的形象来欺骗她自己和周围的人。"①她不许身无分文的鲁碧住到她的老房子里，还鼓动镇上"体面"人家的女人把鲁碧赶出旅馆。娜西莎毫无道德意识，冷酷无情。她对孤立无援的鲁碧毫无怜悯之情，对无辜入狱的戈德温缺乏同情之心，一心只想早点摆脱他们，让霍拉斯与他们断绝来往。当娜西莎发现一向珍视自己的哥哥无视她的劝阻时，不惜背弃哥哥，向为了进入议会不惜误判案件的地区检察官通风报信，把无辜的戈德温判处死刑。唯利是图、人性淡薄的南方社会鲜有良知与道德，娜西莎是泯灭了善良与道德的南方恶女人的化身。

在《我弥留之际》中，杜威·德尔以蒙昧和凶残的"原始人"的形象出现在读者面前。在一个兄弟众多、缺乏父爱母爱的家庭中，她在家里的处境似乎是可有可无的存在。发现自己怀孕后她孤独无助，只能在挤牛奶时向母牛倾诉自己的苦楚。后来她借为母亲送葬的时机，堕胎不成反而受了药店伙计的欺骗和侮辱。她本来是不幸的，可她也是可恶的，她对洞悉一切的哥哥达尔恨得牙齿痒痒，是她告发了达尔纵火的行为，并在疯人院的工作人员来抓他时凶残地扑上去。杜威·德尔既懦弱又凶残，虽没有自卫能力，却可以加害于人，透过她，原

---

① 肖明翰：《威廉·福克纳研究》，外语教学与研究出版社，1997，第203页。

始人性中的无知、愚昧和自私的一面暴露无遗。《我弥留之际》中还塑造了"可怕的"母亲艾迪，小说一开始她就死亡了，变成了一具被丈夫和儿子们抬在棺材中的僵尸。她活着的时候在自己的周围筑起一层厚厚的铠甲，丈夫和孩子无法走进她的世界，她自私地只爱自己，死了之后她给孩子们留下一个荒唐而艰巨的任务——把她的尸体安葬在她的家乡。这似乎是和奥德赛艰难的返乡之旅一样，本德伦一家在水深火热的送葬途中经历了数不清的苦难，最终导致大儿子失去一条腿、二儿子被关进了疯人院、三儿子失去了心爱的马、德尔遭到了凌辱。

在以上作品中，福克纳通过塑造影子的、堕落的女性形象，再现了南方淑女文化观念在资本主义的新南方社会中是如何瓦解崩溃的。[①]这意味着女性的身体及其罪恶行为和堕落本质都是具有象征意义的，与南方整个社会内在的肌理密切地联系在一起。福克纳本人也明确表述过这种观点："我书中那些不讨人喜欢的女人并不是我故意把她们写成让人不舒服的人物，更别说不讨人喜欢的女人。她们是被我用来当工具、做手段的，目的是讲故事……我希望借此表现不公正确实存在，你不能光是接受这个不公正，你必须想点办法，采取一点措施。"[②]

二、圣母或淑女

在描写"影子""放荡"女人的同时福克纳也塑造了"理想"的女性。《押沙龙，押沙龙!》中沉稳、果敢、宽容、能干的朱迪丝，完美到"淑女"甚至"圣母"的境界。她继承了父亲强壮的体魄和坚强的意志，尽管在少女时代懵懵懂懂，喜欢纵马狂奔横冲直撞，成年后却

① Diane Roberts, *Faulkner and Southern Womanhood* (Athens and London: The University of Georgia Press, 1994), p. 129–139.

② James B. Meriwether and Michael Millgate (eds.), *Lion in the Garden: Interviews with William Faulkner 1926–1962* (Lincoln & London: University of Nebraska Press, 1968), p. 125.

分外冷静坚强。她是有责任的女儿、无私的姐姐、忠诚的恋人以及替代的母亲。在面对苦难时她经常说："如果我能够快乐那我就快乐，要是我必须受苦我也是能够受苦的"①，她会从容坦然地面对生活。在孤苦无依的战争期间，她与克莱蒂一起从土地里刨食来养活自己和病弱的母亲，主动到镇上给伤兵包扎伤口。后来哥哥亨利枪杀邦，遭此巨变，她忍受了失去亲人和恋人的双重痛苦，这个坚强的女人强忍悲痛，和沃许一起处理邦的后事。邦死后，她不辞劳苦地把他远在千里之外的黑人情妇和儿子接来，让他们参加葬礼。在那个混血儿成为孤儿之后，她又把他接到家里来抚养，并让他称呼她为"阿姨"。在只要有一滴黑人血就是黑人的南方，她抚养邦的混血儿子需要挑战世俗的勇气。最后，朱迪丝在照顾这个得了黄热病的混血儿时被传染去世，就这样为她坚忍无私的一生画上了句号。从朱迪丝这一理想女性的塑造上体现出福克纳对女性力量空前的信任与欣赏。朱迪丝坚韧、奉献和牺牲的美德与南方淑女的标准相吻合，这种完美的女性形象是南方传统淑女观的典范。

《八月之光》中的莉娜出生在下层社会，是个天真淳朴的乡村少女，身上多的是自然之子自在自为的特征。二十岁时她未婚先孕情人弃她而去，对此她浑然不觉，痴痴等待情人的归来。后因深信孩子生下来应该有个父亲，她干脆离家踏上寻夫的征程。虽不知情人的踪迹，但她的态度始终是平和乐观的。一路上，人们看到的是"一张年轻快活的面孔，诚挚友好而又机灵"②，"固执中带着柔和，一种内心澄明的安详与平静"③。面对人们对情人品质的质疑，她只是用一种"不带理智的超脱"为其辩解，丝毫不让内心的澄明与安详受到干扰，她相信"上帝准会让好事儿圆满实现的"。她热爱生活，达观快乐，既不为清规戒律所束缚，又不曾一失足成千古恨。即使她的情人卢卡斯在孩子出生后再次抛弃她逃走，她也只是叹息，"现在我又得动身了。"她

---

① 〔美〕福克纳：《押沙龙，押沙龙！》，李文俊译，上海译文出版社，2004，第112页。

② 〔美〕福克纳：《八月之光》，蓝仁哲译，上海译文出版社，2009，第7页。

③ 同上书，第12页。

坚定地在南方的大地上行走着，身处困境依然执着顽强、乐观向上，她所到之处，都得到别人的关心与帮助，坚韧的个性和超然的人格带给他人极大的感动。拜伦·邦奇对莉娜一见钟情，心甘情愿地照顾她们母子；一直寻找身份之谜的克里斯默斯通过莉娜发现人们真正需要的就是生活中的宁静；海托华在接生的过程中认识到自己的过错，领悟到人们彼此相依的真谛。她与拜伦充满戏剧性地相逢、相聚，表明了福克纳对更多的有着自然人性的乡村少女命运的探索与思考。福克纳指出"八月之光"的"光"是关于莉娜的。福克纳在作品中把她比作"老在行动却没有前进"的"古瓷上的绘画"，渲染莉娜身上那种恬静、超脱的静态美，凸显她的"大地之母"气质，使她成为某种亘古不变的永恒真理的象征。她代表了人类心灵深处亘古不变的真情实感：爱情、荣誉、同情、自豪、怜悯之心和牺牲精神。福克纳曾说，"莉娜把自己的命运处理得很好……她是自己灵魂的船长……她从来没有惊骇、恐惧与慌乱过。"①福克纳对莉娜的性格和人生态度持肯定和赞扬的态度，莉娜"就是和自己的命运搏斗的……她不要别人帮忙，就走出了家庭，去和自己的命运周旋。她凡事都有自己的主张"②。

在斯诺普斯三部曲中，尤拉是一个"超人，甚至是女神一样的人物"，她在文本中表现得"平静和镇定"，"在以加文为代表的体现杰弗逊文明礼仪和基督教道德的语境中显得尤为格格不入。"③福克纳坦言，"尤拉这个人物形象高于现实，她是个时代的错误，小村子没有她的容身之处。杰弗逊也容不下她。"④尤拉象征超越文明和理性的巨大原始魅力的女性，她美丽而早熟，在八岁上学时，大学生拉巴夫看到的是

① 李文俊：《约克纳帕塔法的心脏——福克纳六部重要作品辨析》，《国外文学》1985年第4期。

② 李文俊编选《福克纳评论集》，中国社会科学出版社，1980，第272页。

③ N. E. Gregory, *A Study of the Early Versions f Faulkner's The Town and The Mansion* (Columbia: University of South Carolina, 1975), pp. 45-86.

④ Frederick L. Gwynn and Joseph Blotner (eds.), *Faulkner in the University: Class Conferences at the University of Virginia 1957-1958* (Charlottesville: The University of Virginia Press, 1959), p. 31.

"一张八岁的脸以及十四岁女孩的有着二十岁女人的曲线的身体"①。成年后，她魅力四射，吸引了村里青年人追逐的目光，他们虽然知道她高不可攀，却依然情不自禁地为之痛苦和疯狂，面对形形色色的追求者，她丝毫不动心。透过尤拉，可以读出福克纳对女性原始力量的敬畏之情。

福克纳"约克纳帕塔法"世系小说中的女性形象常常带有类型化的倾向，以两种典型的人物形象出现：或被"圣母化（美化）"或被"妖魔化（丑化）"。在福克纳的小说中，女人经常被划分为三种类型："淑女""娼妓"和"黑女奴"（ladies，or whores，or slaves）②。当然"女奴"是种族制的必然产物，她们以不同于白人女性的人物形象存在，而"淑女"和"娼妓"是南方男人对于白人女性一厢情愿的想象，他们如此划分女性的根本原因是，"淑女"填补他们理想的南方贵妇的空白，而"娼妓"完美地满足他们对于性欲的幻想。人道主义思想使福克纳同情女性的处境，但宗教观和男权思想使他对南方男性集体编造的圣洁淑女神话缺乏批判力度，他的女性观也不由自主地表现出矛盾性。

综上所述，福克纳的"家族/历史/地域"三位一体的小说创作成就了福克纳的"南方文艺复兴"文学的经典主题。在此基础之上，他创造性地将矛盾性贯穿在"家族神话与失乐园母题""父权至上与审父母题""血缘秩序与乱伦母题"和"女性崇拜与厌女母题"形态之中，体现出福克纳"约克纳帕塔法"世系小说独特的张力和悖论魅力。这些母题形态进而又构成了福克纳"父权思想/血缘伦理/妇道观念"三位一体的家族小说叙事模式，其中血缘基础上的父权与妇道的冲突与制衡构成福克纳家族小说的天平和杠杆。作者对血缘关系的焦虑折射出废除奴隶制之后美国南方民族融合所引发的社会分层和阶级重构给传统家族观念和家族伦理带来的困扰与挑战，南方家庭无论是面临"乱伦"的"伊甸园"还是"融合"的"失乐园"的矛盾处境；妇道观念的矛

---

① 〔美〕福克纳：《村子》，张月译，百花文艺出版社，2001，第152页。

② 〔美〕福克纳：《押沙龙，押沙龙！》，李文俊译，上海译文出版社，2004，第100页。

盾性集中反映出作者对南方文化强行划分的性别角色和妇道观念被颠覆之后传统家庭结构解体的思考；对父权思想的矛盾抒写又透视出作者对现代化所引发的南方的阶级格局和权利关系变化的忧患和期待，以及作者进而探究现代化对南方家族观念的冲击和影响，以期从历史的历时性直线进化状态进入文化角度的共时性循环状态，反思美国的现代化历史进程。

第六章

福克纳作品的
物叙事

作为文化研究的热点和西方当代文学批评的新视角,物质文化研究视角关注文学文本中物的呈现,提醒文学研究者将目光转向文本中的物叙事。物随处可见,与人类相互影响,为人类所用的一切貌似没有生命的东西都可以称作物。但是,物似乎又具有生命力和生产性,拥有叙事能力。物是人类的思想、活动和生活在特定时期的实体存在。物的考古研究有利于挖掘物与个人、时代、社会相关联的一切活动和关系,反映特定历史时期的社会文化遗存与痕迹。因此,物能够生产"意义",调节社会关系,赋予社会历史、人类活动、文化实践、个体命运、社会空间不同的表征与意义。物具有"物性",即"物质文化",可以标识价值,标识身份,体现文化和反映政治权利。[1]福克纳认为,生活和物一样是变化的,艺术家通过人为

① Ian Woodward, *Understanding Material Culture* (London: Sage Publications Ltd., 2007), p. 6.

手段捕捉这种变化，为保存物质文化而不是保存实物提供一种选择。他笔下的房子、谷仓、商店和各种建筑物、地理景观、工业产品、消费商品等，都是表情达意的载体，是表达公众情绪、塑造南方文化的重要物质叙事。曾经的南方不复存在，但福克纳通过物叙事让它复活。

第一节
旧南方农耕传统的物

内战之前的南方一般被称作旧南方，内战结束到19世纪80年代末期是南方的重建时期。学界一般认为自1886年亚特兰大《宪法报》编辑亨利·格兰迪首次使用"新南方"的表述之后，南方进入新南方时期[①]，南方的经济、政治和文化面临转型。福克纳生活在新南方，发表作品的时间集中在20世纪20—50年代，但是，小说的故事时间涵盖南方两个多世纪的跨度。在《喧哗与骚动》中描写康普生家族编年史的附录中，福克纳提供了作品涉及的时间范围是从1699年到1945年。福克纳是一个"向后看"的作家，在历史和文化观念方面比较保守。在新南方的工业化、城市化、现代化进程中，他致力于讲述旧南方的庄园贵族家族故事以及农耕小镇的社会万象和人生百态。不合时宜的文化和历史保守主义反而成就了福克纳的伟大，弥漫在作品中的农耕文化气息和怀旧的精神气质使南方文学绽放别样的魅力。福克纳作品中诸多与农耕文化密切关联的建筑、景观和物品的流变，是南方种植园贵族个人身份和社会地位变化的晴雨表，反映南方农耕文化的演变历程，传递作者的思想观念和爱恨交织的矛盾情感。[②]

---

① Paul M. Gaston, *The New South Creed: A Study in South Mythmaking* (New York: Vintage Books, 1973), p.11.

② William Faulkner, *The Sound and The Fury* (New York: Penguin Books Ltd, 1985), P. 285.

一、"罗蕴橡树别业"

"罗蕴橡树别业"是福克纳自己购买和居住的大宅，是现实与虚构完美结合的产物，它的购买、修缮和居住是"约克纳帕塔法"世系小说中那些曾经欣欣向荣的贵族庄园大宅的集中体现，投射出作者回望南方农耕文化、崇拜祖先荣耀的心理机制。福克纳出身没落贵族家族，祖上曾有过一段辉煌富足的时光。人称"老上校"和"小上校"的曾祖父和祖父，修筑了镇上的第一条铁路，开办工厂，当过银行董事长。当祖业传到福克纳父亲的手中时，他不善经营，家族日渐衰落。福克纳与初恋埃斯特尔青梅竹马、志趣相投，但是，随着年龄增长，福克纳逐渐意识到两个家庭的差距。奥德汉姆家族蒸蒸日上，埃斯特尔的父亲是牛津银行的副总，奥德汉姆家族大宅前半圆形的车道上停着那辆让无数人过目不忘的最新款式的汽车，《牛津鹰报》把它描述为"街道上最漂亮的汽车"。人们经常看到"车停在他们家的前车道上，随时等待载着女主人去喝茶或参加俱乐部"[①]。奥德汉姆家族的孩子接受了良好的教育，父母希望埃斯特尔嫁入豪门。与奥德汉姆家族相比，福克纳的父亲现在只是镇上的一名小店主，祖产日渐缩小，孩子也在普通的公立学校上学。福克纳与埃斯特尔在学历、经济甚至社会地位各方面显得有些门不当户不对。虽然福克纳和埃斯特尔青梅竹马，两个都喜欢诗歌，志趣相投，但是奥德汉姆坚决反对女儿嫁给福克纳。在家族的安排下，埃斯特尔1918年与富有的律师康奈尔·富兰克林结婚。后来奥德汉姆家族投资失败，家道中落，福克纳此时已经是南方小有名气的作家，埃斯特尔离婚后带着两个孩子嫁给福克纳。

福克纳对于南方贵族家族的谢幕充满矛盾，依依不舍又不得不遵循历史发展的必然律。他清楚回望南方过去、再现家族荣耀已经时过境迁，但是，家道中落以及奥德汉姆夫妇拒绝把女儿嫁给他，这成为福克纳内心深处无法消除的隐痛。身为家族的长子长孙，他时刻把振

---

① Judith L. Sensibar, *Faulkner and Love: The Women Who Shaped His Art* (New Haven: Yale University Press, 2009), pp. 302–303.

兴家族作为自己的使命，重新拥有祖先或者奥德汉姆家族那样的大宅
成为蛰伏在福克纳心里的无意识情结。这是因为上述两种原因，他在
经济并不宽裕的情况下执意购买了罗蕴橡树别业，或许这种行为使福
克纳像萨德本建立"萨德本百里地"庄园一样，既为自己被奥德汉姆
家族拒之门外赢得了脸面也真真切切地缅怀了拥有阔气大宅的祖先。
他认为，拥有阔气的大宅，像旧南方家长一样供养一大家子人，是缅
怀南方历史和家族辉煌最有效的方式。1930年福克纳斥资6000美元，
购买了这一处殖民时期建造的大宅。这处宅子的建造者和第一代主人
是19世纪40年代从田纳西州来到密西西比州的罗伯特·舍高格上校
（Colonel Robert B. Shegog）。罗伯特上校属于早期最富有的种植园主，
他按照希腊复兴风格建造了这座大宅。福克纳购买之后把它命名为罗
蕴橡树别业（Rowan Oak）。如此命名并不是因为房子是用橡木建造的，
Rowan tree其实是一种花楸树，也称山梨树。福克纳从《金枝》里得知
关于花楸树的神话传说，据说苏格兰农民会把山楸树上砍下的树枝插
到谷仓门上，以防坏人施咒或偷奶，"凯尔特人相信它具有保护和平安
的神奇力量"[1]。

　　房子的主人愿意把房子卖给福克纳，因为他是唯一一个愿意修缮
而不是推倒重建的购买者。房子年久失修，破败不堪，没有水电，没
有管道，也没有暖气，地基正在腐烂，屋顶漏雨，窗户和门上没有安
装纱窗，房子多年没有粉刷。在接下来的十几年里，只要经济条件允
许福克纳就自己修缮和改造房子，有时候他也请别人过来帮忙。房子
有三座附属建筑：砖砌的独立厨房，木制的仆人住所，还有一个用木
料搭建的谷仓。福克纳把卡洛琳大妈一家安排在木制的仆人房子中。
后来福克纳加盖了马厩，还饲养马匹。大宅的沿途种植了雪松和水仙，
这也是《喧哗与骚动》中班吉最喜欢的花。沿着人行道，是修复的木
兰花园。福克纳还建了一座玫瑰园和一个露天凉亭，给房子的前廊两
侧加盖了有栏杆的砖砌露台，餐厅旁有一个门廊，西侧也有一个门廊。

---

① Robert W. Hamblin and Charles A. Peek, *A William Faulkner Encyclopedia*（Westport:
Greenwood Press, 1999），p. 335.

早年，福克纳和妻子坐在前廊上休闲，后来他坐在房子东侧花园里的椅子上写作。随着福克纳的名气越来越大，他在车道入口处立上"禁止入内"的牌子。^①经过大量的修缮工作之后，福克纳携一大家人入住，包括母亲、妻子带来的两个孩子和其他家人，还有卡洛琳大妈一家。

与比较现代化的南方新住宅相比，这个大宅的生活条件并不舒适。但是，福克纳乐此不疲地修缮房子并一直在这里生活和创作，房子的一层有他的"办公室"和"书房"，他经常天还没有亮就坐在老式的打字机前专心致志地创作，书房对着他自己修建的马厩。家族的各种重大事件、公务往来都发生在这里。大名鼎鼎的沙多里斯上校和福克纳声名赫赫的曾祖父、祖父也是在这样的"办公室"和"书房"中处理各种事务，或许彼时的福克纳确实无法把虚构从现实中剥离出去。福克纳视如掌上明珠的女儿吉尔在这个大宅里出生、成长，她的婚礼也在这里举办。福克纳和卡洛琳大妈的葬礼都是在这里举行的。这个生活设施不怎么齐全也不怎么舒适的罗蕴橡树别业复活了福克纳的南方贵族梦，他女儿的话也佐证了这一点：

> 妈妈很好，爸爸也很好——如果有什么东西令人讨厌或者不太对味，他们根本看不出来。我觉得搬到罗蕴橡树别业一开始就挺有意思。这是一次浪漫的冒险，他们俩都喜欢。例如，如果没有电，他们会说，"哦，烛光不是很好吗？"没有自来水，他们觉得一瓶冰镇的葡萄酒比水龙头里流出来的水要好。这就是我想说的他们的幻想世界。记住，其他人都搭了把手。^②

福克纳夫妇"都喜欢"是因为他们确实需要这样的大宅证明自己

---

① Robert W. Hamblin and Charles A. Peek, *A William Faulkner Encyclopedia* (Westport: Greenwood Press, 1999), P. 336.

② Judith L. Sensibar, *Faulkner and Love: The Women Who Shaped His Art* (New Haven: Yale University Press, 2009), p. 15.

的贵族身份和社会地位，服侍了福克纳家族四代人的黑人管家巴奈特·内德大叔也是众多参与其中并"搭了把手"的人，巴内特会穿上"长礼服外套，粗呢套装，戴高顶帽子，好像是为了唤起福克纳曾祖父老上校的华丽服装的感觉"①。

福克纳认为大宅是主人身份和地位的象征，就像萨德本说"土地、黑鬼和一幢好宅子"是与富有白人相抗衡的资本。②与终日酗酒、一事无成的父亲不同，福克纳全神贯注于修缮罗蕴橡树别业和小说创作。他执拗地将创作赚来的钱不断地投入大宅的修复、扩建上，后来添置格林菲尔德农场和大片供他和女儿骑马的林地。在拥有汽车的情况下，他依然修建马厩养马，时不时地骑马打猎。大宅、土地、马厩、仆人的窝棚一直是南方贵族的标志。1977年，罗蕴橡树别业被列入美国国家历史古迹名录③，福克纳的大宅与"约克纳帕塔法"世界中各大贵族家族的庄园一样被载入史册。与旧南方庄园主不同的是，福克纳虽然对南方的贵族气质、家族观念依依不舍，但是对于奴隶制的非人性他一直持批判态度。虽然像旧时庄园的建筑形制一样，卡洛琳大妈的仆人小木屋修建在大宅后面的后院中，但是，卡洛琳和内德对于福克纳一家而言更像是家里的老者，得到他们的尊敬和爱戴。就像《去吧，摩西》中扎克·埃德蒙兹对卢卡斯的安排一样，福克纳在1940年的遗嘱中说明，如果他去世后内德还活着，家人需要保留内德在格林菲尔德农场的房子和土地。卡洛琳服侍福克纳家族一直到百岁高龄去世，她生病期间福克纳悉心照顾她，葬礼上福克纳宣读了自己专门为她书写的情真意切的祭文，像对待家人一样在罗蕴橡树别业的前厅为她举行了葬礼。福克纳去世后，葬礼也在这里举行。一个白人主子和他的黑人奶妈在同一个地方肃穆庄严地走完了一生。卡洛琳和内德成为福

① Robert W. Hamblin and Charles A. Peek, *A William Faulkner Encyclopedia* (Westport: Greenwood Press, 1999), p. 31.

②〔美〕威廉·福克纳，李文俊译：《押沙龙，押沙龙!》，上海译文出版社，2000，第34、39、243页。

③ Robert W. Hamblin and Charles A. Peek, *A William Faulkner Encyclopedia* (Westport: Greenwood Press, 1999), p. 337.

克纳笔下众多人物形象的原型。

福克纳的"约克纳帕塔法"文学世界中经常闪现罗蕴橡树别业的影子，他从现实大宅和虚构文学两个层面实现了重现南方历史、重拾贵族梦想的愿望。福克纳乐于承担家庭责任，渴望获得认可，在内心深处为自己设定的角色是一个大家庭的家长、一个豪宅的主人、一个拥有地产的南方绅士，他是罗蕴橡树别业的主人就好像他在自己手绘的"约克纳帕塔法"地图上标注的那样，"威廉·福克纳，唯一的产业主"。罗蕴橡树别业像一个剧场，不为特殊场合保留，而是福克纳日常生活的一部分。福克纳女儿的朋友回忆，她非常喜欢来这里，因为"它比镇上任何其他的家都有趣得多"；这里有"那种演出戏剧的氛围"，甚至"家庭聚餐都是一场表演"：一家人相当正式地在餐厅就座，仆人把饭菜端到桌旁，"即便是培根、生菜和番茄三明治之类的普通食物，也都非常漂亮地摆放在银质的盘子里"[1]。购买罗蕴橡树别业和格林菲尔德农场，充当父权制大家庭的家长，供养依赖自己的家眷和黑人仆人，保持南方贵族的生活习惯，成为福克纳赋予物这个对象的真正意义，成为"缅怀南方过去的价值观念"和"表现自我定义和自我实现"的方式。福克纳将自己的意识体现在外在的物质对象中，并超越其直接存在的主体性，建构自我身份，试图"与一个业已逝去的社会秩序联系在一起"[2]，呈现自己与南方社会的关系。

二、种植园大宅

最让福克纳和读者痴迷的南方景观就是种植园主的庄园大宅，有老法国人湾、康普生庄园、萨德本百里地、麦克斯林-埃德蒙兹庄园，等等。老法国人湾曾经是美国南北战争前一处规模巨大的庄园旧址，庄园里到处是"巨型大厦的残垣断壁、倾塌了的马厩、奴隶的住所、

[1] Judith L. Sensibar, *Faulkner and Love: The Women Who Shaped His Art*, New Haven: Yale University Press, 2009, P. 13.

[2] Thadious M. Davis, *Games of Property: Law, Race, Gender, and Faulkner's* Go Down, Moses(Durham: Duke University Press, 2003), p. 185.

荒草疯长的庭院、砖砌的台阶，还有骑马兜风的场地。"[①]在《坟墓的
闯入者》中，哈伯瑟姆小姐是小镇上一位七十岁无亲无故的老处女，
靠卖新鲜的蔬菜、鸡蛋和白斩鸡维持生计，但她的祖先是杰弗逊镇的
创建者之一，她家是小镇边上的"一座自她父亲死后就没有油漆过的
没有水电的带圆柱的殖民时期的房子"[②]。《献给爱米丽的玫瑰》中格
里尔生家族"漆成白色的四方形大木屋"坐落在当年"最考究的一条
街道上"，装点着"圆形的屋顶、尖塔和涡形花纹的阳台"。后来大宅
在汽车间和轧棉机的"侵犯"下，昔日的庄严被涂抹干净，只有破败
不堪的爱米丽小姐的房子"执拗不驯"地"岿然独存"。

老上校约翰·沙多里斯建造的家族庄园是南方早期贵族庄园的典
型代表。庄园拥有主房、马棚、粮仓、黑奴窝棚、熏制房、果园、牧
场和一些谷地。主房前后有走廊和正厅，正厅两边建满房子，有楼梯
通向二楼；[③]楼上有卧室和供壁炉出烟的烟囱，楼上的卧室与一楼的客
厅和其他公共区域隔开。房子正面朝东，正厅贯穿东西。[④]老上校居住
在二楼的正房，拥有正房前面的办公室，其他建筑以正房为中心向周
围辐射。被黑人称作"办公室"的老上校的"书房"是一个半开放的
空间，屋内陈设大办公桌和大钟，壁炉上方悬挂一支猎枪。[⑤]正房后面
的西北角是厨房，东南角是餐厅，院子里有精心打理的花园。老上校
占据庄园建筑的正面和中心位置，居高临下，随时俯瞰整个庄园。从
老上校的正房望去，黑人窝棚和其他房屋一览无余。

庄园传到儿子老白亚德手中时，书房兼办公室的位置及内部陈设
发生变化。老白亚德的书房兼办公室挪至正房后面，用于会客和休闲
的客厅安置在正房前面。书房里有巨大的书柜和丰富的藏书，书柜上

①〔美〕威廉·福克纳，张月译：《村子》，百花文艺出版社，2001，第3页。

②〔美〕威廉·福克纳，陶洁译：《坟墓的闯入者》，上海文艺出版社，2015，第59页。

③ William Faulkner, *The Unvanquished* (New York: Random House, 1966), pp. 9, 22, 39.

④ William Faulkner, *Sartoris* (New York: Random House, 1929), p.8.

⑤ William Faulkner, *The Unvanquished* (New York: Random House, 1966), p. 51.

"收集各种种子、根茎、谷物豆荚、生锈的马刺、挽具"。[①]老白亚德的办公室兼书房基本失去办公的作用，主要发挥书房的功能，种子、谷物把他与农夫和土地联系在一起。庄园及其内部陈设的变化反映时代的变迁，随着奴隶制的废除、南方社会的重建，南方贵族逐渐失去以往的政治和经济统治权。老上校是旧南方贵族气质、骑士精神和传奇神话的集中体现者，他修筑铁路、把持法院、开办银行、组建军队，在镇上大权在握、叱咤风云。偌大的办公桌暗示主人显赫的家族、经济和社会地位，大钟象征繁忙的公务往来，书房和枪支代表知识和权力；精心照料的花草显示主人富裕奢华和养尊处优的生活。与身兼律师和银行家、声名显赫的老上校父亲相比，老白亚德收集各种农作物和农具的房子表示主人的社会地位已然下降为富裕的南方乡绅。

在沙多里斯庄园私密、隐蔽、神秘的阁楼里有一个装满银器的柜子和保存老上校物品的杉木箱子。当老白亚德来到阁楼小心翼翼、满怀敬意地打开箱子时，年代久远的邦联制服、老旧的宝剑和剑鞘、军刀、大刀、手枪、大口径短筒手枪、陶器、油壶、发黄的卷宗、《圣经》和家谱呈现在人们面前。箱子里的物件静静地诉说老上校久经沙场、保卫南方的戎马生涯和开疆拓土、建立家园的传奇人生。庄园传到家族第四代小白亚德时，他放在壁橱里的箱中物件与祖先的大相径庭：只有《新约》的《圣经》、一件帆布猎服、一个猎枪弹壳和一只风干的熊掌。没有《旧约》的《圣经》成为南方年轻一代摆脱家族历史、疏远南方过去、只求活在当下的写照；与狩猎相关的物件只是小白亚德虚张声势的兴趣爱好，缺乏祖先"保家卫国"的英雄气概。老白亚德虔诚恭敬地守护祖先的遗物，儿子小白亚德却对家族遗物毫无留恋，付之一炬。

《喧哗与骚动》中的康普生庄园初建时"占着杰弗逊镇的正中心"，有"奴隶住的窝棚，有马厩和菜园"，还有"规整的草坪、林荫道、亭台楼阁"，这个有石柱门廊的宅子"配置轮船从法国和新奥尔良运来的家具"，这个庄园被称作"康普生领地"，后来因为家里出了州长和将

---

① William Faulkner, *Sartoris* (New York: Random House, 1929), p.34.

军，这里被尊称为"老州长之宅"。家族拥有大片耕地和牧场，但家族后代将其零星抵押、小块出售，家业传到第三代康普生先生时只剩下一块土地和一幢年久失修的大宅，"当年的草坪和林荫道上长满了野草，大宅很久没有粉刷，廊柱风蚀斑驳"，它被称作"康普生家"。后来为了"让儿子昆丁可以在哈佛完成一年学业和女儿凯蒂出嫁时有点像样的嫁妆"，康普生先生把家族最后一块祖产卖给高尔夫球俱乐部。曾经拥有大片土地显赫一时的康普生家族只剩下"宅子的那一小块土地，有一间连着花园的厨房、破败的马厩和供迪尔西家居住的仆人窝棚"，人们称它为"康普生旧家"。杰生四世在母亲去世后搬进小杂货店，把"康普生老宅卖给一个同乡当驵马贩子的膳食坊"，后来高尔夫球俱乐部关门，这里"密密麻麻临时搭建起了一排排半城市化的平房"，人们仍旧称它为"康普生旧家"①。

在康普生家族第四代居住的大宅中昔日的荣光不再。家族长子昆丁蜗居精神世界，沉浸在家族败落、妹妹失贞的痛苦中不能自拔；三弟班吉心智不全，对祖宅只有本能的直觉感受，看见家族土地易主，变成高尔夫球场时他就会哼哼唧唧地哭闹。昆丁寄居在回忆之"屋"，班吉全神贯注于现实之"屋"，②两人陷入精神和肉体的空间中无能为力。二弟杰生看起来正常，实质上是个偏执的虐待狂。他轻视家族观念、践踏血缘亲情，匆匆忙忙投身唯利是图的商业大潮却无法成为时代的弄潮儿，最终沦落到卖掉老宅、寄居杂货店的境地。当迪尔西看到康普生家族"空荡荡的""没有一样活物"的萧瑟破败的院子时③，

---

① William Faulkner, *The Sound and The Fury* (New York: Penguin Books Ltd, 1985), pp. 288-290.

② Watson, "Faulkner: The House of Fiction," in *Fifty Years of Yoknapatawpha: Faulkner and Yoknapatawpha, 1979*, Doreen Fowler and Ann J. Abadie ed. (Jackson: University Press of Mississippi, 1980), p.150.

③ William Faulkner, *The Sound and The Fury* (New York: Penguin Books Ltd, 1985), p. 242.

忍不住伤心万分，一遍遍自言自语："我看见了始也看见了终"①。

杰生四世和小昆丁的房间是康普生庄园中重点描写和展现的两个私人空间。杰生的卧室房门终年紧锁，"别人从来都进不去，连母亲也没有杰生卧室的钥匙"②，卧室的壁橱里有一只锁得严严实实的装钱的铁箱子。杰生视财如命、乖张暴戾、漠视亲情的本性在处处上锁的空间中表露无遗。小昆丁的卧室到处飘着"廉价化妆品的香味"，"俗里俗气"的粉红色、"便宜的丝织品"、"乱七八糟的"衣袜等使闺房看起来"不伦不类"，像"出租给人家幽会的房间"③。在新南方资本主义商业大潮和消费文化的围剿下，小昆丁彻底沦陷，与巡游演出的马戏团演员私奔，康普生家族拼命维持的南方淑女形象随之土崩瓦解。

1833年萨德本来到杰弗逊镇，买通管理契卡索印第安人的官员，拿到了地契和许可证，在本地最肥沃、未开垦的洼地中得到一百平方英里的土地。他带来了一卡车的黑奴和一个法国建筑师，开始修建"比法院大楼还要大的"萨德本百里地庄园。萨德本百里地庄园的房子初建成之时没有上漆，没有配备家具和安装玻璃，矗立了三年之后才给围上了"整整齐齐的花园、散步小道、奴隶住房区、厩房和熏房"。后来，萨德本给大宅安装门窗，配置红木家具，"给厨房配备炙叉和炖锅，给一个个客厅装上水晶吊灯，以及家具、窗帘和地毯"。到了1910年，这座大宅被家族的混血智障儿子嗣一把大火烧成了一堆"灰烬和四根空荡荡的烟囱"④。

庄园的名称反映了居住者对居住空间赋予的意义。萨德本百里地的命名与其他庄园不同，由表示所属关系的"萨德本"加上量化计算的"百里地"组成。萨德本依靠镇压奴隶、精明强干、掠夺土地获得财富，立志建立比杰弗逊法院大楼"高大"的庄园。在他看来，庄园

① William Faulkner, *The Sound and The Fury* (New York: Penguin Books Ltd, 1985), p. 267.

② Ibidem, p. 246.

③ Ibidem, p. 251.

④〔美〕威廉·福克纳,李文俊译:《押沙龙,押沙龙!》,上海译文出版社,2000,第34、39、377页。

是对占地面积和规模大小的数字化计量而不是对于日常生活和家庭亲情的承载，他只追求对这个"空荡荡"的壳子的拥有权，不在乎给予它生命和温情。在庄园初建之时，是镇上"最大的斯巴达式的空壳"，没有安装门窗和摆放家具。后来萨德本添置家具和生活用品，目的是迎娶一位像样的妻子，为自己传宗接代和跻身贵族阶层做准备。"萨德本百里地"的主人从根本上剥夺了庄园孕育生命和居家生活的本质，庄园"容纳生命"的基本功能被肆意挪用，成为主人获得财产、土地、奴隶、身份、婚姻和跻身上层社会、对生活其中的亲人行使控制权的场所，也是他唆使儿子手足相残的地方。萨德本对庄园粗暴滥用，把它数字化、符号化、标签化，排斥它的生命、情感和人性因素，违反居住空间的本质意义。萨德本对庄园的病态挪用和反人性注定家族的灭亡，"百里地"最终化为灰烬。

卡什（W. J. Cash）如此描述旧南方典型的庄园大宅：

18世纪末19世纪初来到南方开垦土地的殖民者建成的大房子其实不算宏伟豪华，由就地取材锯下来的木材建成。有点粗糙，即使算上大理石的壁炉架，价值不超过一千美金。而且，它就是一个空壳子，有四间房子，由一条走廊隔开……后面有一个独立的厨房，冬季不暖和，夏季蚊虫多。但它的确很大，门廊建有很大的圆柱，房子被漆成白色，四周有广阔的田地和成片的松树，看起来十分壮观。①

马厩和谷仓是种植园景观里不可或缺的建筑物。有的马厩很小，就是一个简陋的棚子，还有的马厩很大。北密西西比最常见的马厩是一个带有三角形屋顶的长形建筑，中间通道两边是畜栏，两端各有一个门；旁边是放置各种农具的屋子。马厩里有骡子，有马，奶牛则拴在一个单独的棚子里。玉米饲料槽一般有两个以上的隔挡，离地几尺高，里面装着玉米等饲料。通向饲料槽的门是锁着的，旁边有一个棚

---

① W. J. Cash, *The Mind of the South* (New York: Vintage Books, 1991), pp.15–16.

子，用来放玉米粒或其他辅料。在谷仓的顶端存放着干草，两端各有
一个巨大的门。

对于福克纳来说，这样的南方庄园深深地刻在他的记忆深处，庄
园成为南方贵族阶层的个人和社会身份的标记。他自己购买和修缮罗
蕰橡树别业也是基于类似的想法。然而，随着时间的流逝，南方的庄
园阶层退出历史舞台，颓败的大宅象征种植园主统治地位的丧失，留
下来的空壳子被一群野心勃勃的穷白人占据，其中大多是像弗莱姆·
斯诺普斯这样的暴发户。他们虽然拥有大片土地、商店、轧棉机以及
佃户，但在福克纳的笔下，他们不具备南方的种植园主的身份，因为
他们既没有贵族头衔，也不代表贵族精神，只是追逐物质利益的投
机商。

三、黑人窝棚和佃农小屋

南北战争之前，旧南方白人种植园主的白人精英思想根深蒂固，
种植园主和奴隶之间的阶级鸿沟不可逾越，统治阶级认为这是南方社
会和经济稳定的基础。种植园主对于黑奴拥有生杀予夺的权力，黑奴
是可以随意买卖的私有财产。混血在很长的一段时间内成为南方白人
最大的禁忌，一滴黑人血会玷污白人的纯正血统，威胁白人精英阶层
严防死守的阶级壁垒。但是，黑奴又是种植园阶层的经济和日常生活
正常运行的保障。因此，种植园主对于奴隶的绝对权力和依存关系在
二者居住的庄园大宅和黑人窝棚方面得以凸显。

在福克纳的作品中，黑人奴隶的窝棚一般建造在种植园主大宅的
后院或者其他不显眼但能够处于主人监视之下的地方。低矮拥挤、肮
脏不堪，连最基本的生活都无法保障的黑人窝棚与主人高大宏伟的大
宅形成鲜明对照，是严苛等级制度的现实写照。沙多里斯庄园的一排
排黑人窝棚建在老上校在主房可以一眼看到的地方。奴隶制是上帝对
南方的诅咒。福克纳对奴隶制的表述与南方历史和庄园文学传统中的
描述不同。庄园主并非仁慈善良的大家族家长，黑奴也并非俯首帖耳
的奴仆。或许福克纳对于奴隶制的谴责大多出于道德方面，对于混血

和种族问题他依然表现出矛盾和模棱两可的态度。在南北战争之后，黑奴在法律上得到解放，新南方的农业模式转变为以收成制为主，南方的阶级也随之发生变化，分为富有的地主（其实在本质上还是以前的庄园主）、中产阶级白人、佃农、"穷白鬼"和自由黑奴。

黑人获得自由只是一种表象，因为他们依然一无所有，只有继续通过出卖苦力、依靠收成制继续为种植园主劳作维持生计。他们一年辛辛苦苦得来的绝大部分收成被种植园主剥削而去。根据租种土地的支付方式和支付金额，佃农分为三类：收益分成制的棉花种植者，分成制的农民，还有支付现金的佃农。他们都有种植园主提供的住处，可以从森林或林地中砍树用来烧饭或取暖。大部分佃农可以种植棉花或饲养奶牛。分成制佃农除了租种种植园主的土地之外，没有其他可以自己种植棉花和谷物的土地。种植园主提供土地、骡子、农具以及购买衣服、食物或者还清杂货店赊账的现金。他们把收成的一半作为地租还给种植园主。分成制农民有自己的骡子和农具，庄园主提供土地，并收取收成的三分之一或四分之一；支付现金的租户除拥有自己的骡子和农具外，要先用现金或谷物预付一些地租，比如一捆棉花或三十蒲式耳的玉米。①

在《去吧，摩西》中，1886年艾克长途跋涉去找麦卡斯林家族黑人后裔托梅的图尔的女儿凤西芭，想要把祖先许诺的千元遗产给她。她现在是自由黑人，生活非常贫穷，她的脸特别瘦削，和丈夫的窝棚仅仅是一座手工盖成的粗糙的小木屋，是"一座孤零零的圆木建筑，有一个土砌的烟囱，蹲在没有大路甚至小道也没有的荒野里，周围是没有围栏的荒地和莽莽苍苍的树林"。厨房门的门框歪歪斜斜，门扇摇摇晃晃，走进厨房似乎走进"一片冰冷的晦暗之中，连煮饭的火都没有生"，整个房间里"弥漫着一股臭味"。门前"一堆砍得七歪八斜的劈柴，只能凑合烧上一天"。木屋附近也"没有谷仓，没有马厩，甚至连鸡埘这类的小棚子都没有一间"。他们居住在这个"漏风的、潮湿

---

① Charles S. Aiken, *The Cotton Plantation South Since the Civil War* (Baltimore: Johns Hopkins University Press, 1998), pp. 29-35.

的、冰冷的有黑人秽气黑人臭味的陋室里"①，丈夫每月的退伍金和粮食不够维持十天的生活，一个月有近二十天食不果腹。

在新南方时期，佃农小屋应运而生。有些佃农小屋是自由黑奴和贫穷白人自己建造的，有些是农场主建好之后租给他们居住的。与以前聚集在一起的黑人窝棚不同，这些小屋比以前分散一点，分布在种植园各处，离农场主居住的大宅稍微远一些，佃农想离农场近一些，同时希望可以远离农场主的监视。农场主对于佃农的控制也没有以前那么严格。《去吧，摩西》中卢卡斯和莫莉大婶用木栅栏围起来的院子就是麦卡斯林家族把庄园里的房子拨给他们住时卢卡斯自己修建的，他从地里运来石块给没有长草的院子铺上小路，和妻子在新婚之夜生起了永远都没有熄灭的炉火。"大黑傻子"中在锯木厂打工的赖德和新婚妻子租住在麦卡斯林家族庄园的一个小木屋中，他们也仿照卢卡斯夫妇点燃象征生命和爱情的炉火。《押沙龙，押沙龙！》中的穷白人沃许租住在萨德本庄园的鱼棚中，为"约克纳帕塔法"县最大和最富有的棉花种植园主萨德本打长工，在萨德本参加内战期间帮他打理庄园。20世纪30年代拖拉机广泛用于农业以后，一些庄园主把佃农的住处搬到公路旁，这不仅便于使用拖拉机，而且还方便佃户用电。

最好的佃农小屋也破败不堪，只有一到两间小屋，许多甚至都没有厕所；墙面和地板也只有一块木板那么薄，家里唯一可以用来取暖的就是一个壁炉，冬日里为了保暖，墙上贴着纸板、报纸、杂志或者是廉价的墙纸。许多佃农小屋几十年不粉刷上漆。阿伯纳·斯诺普斯在烧毁了哈里斯先生的牲口棚后，搬家到上校德·斯潘庄园后的住所就是一个从未漆过的两间小屋。在被德·斯潘赶走之后，阿伯纳租了威尔·华纳的农场里的一块地，住处是"一座倾斜的、完全褪了色的房子"，门廊前没有台阶，房屋杂草遍地、乱草丛生……院子里满是垃圾。阿伯纳说："这房子连猪都没法住，不过我想我能将就住下去。"佃农所有的家庭财产不过是白人丢弃的破烂玩意儿，还有几个廉价的新玩意。斯诺普斯一家的财产就有"破旧的炉子，旧床、破椅子，还

---

① 〔美〕福克纳：《去吧，摩西》，李文俊译，上海译文出版社，2004，第259-263页。

有一个不走时的钟。"①明克住在"歪歪斜斜的小屋里，由两个一样的屋子组成。小屋子盖在一个山地上，在这下面是一个气味难闻、堆满厩肥的围场"②。

福克纳作品中旧南方"高大宏伟"气派十足的庄园随着种植园家族的衰落变得破败不堪，而一些黑人的小屋和院落却充满烟火气息和温情。《去吧，摩西》中麦卡斯林家族的黑人后裔卢卡斯和妻子莫莉大婶的小院与麦卡斯林家族的大宅形成鲜明对照。莫莉大婶"每天早晨都要用柳枝扎成的笤帚打扫庭院"，院子里有用五颜六色的碎砖、瓶子、瓷片装扮的花坛，花坛里常常开满帝王葵、向日葵、美人蕉和蜀葵等"黑人喜欢的、比较皮实的艳丽花卉"。卢卡斯在结婚那天点燃炉火并让它一直燃烧至今，"这火将一直燃到他与莫莉都不在人世无法为它添柴加薪"③。康普生家族的大宅和最后的一块地皮卖掉之后，迪尔西搬到孟菲斯的黑人聚居区，她的小院和屋子虽然比较旧，但收拾得干净整洁。"迪尔西的小屋东西塞得满满当当，里面有一股老人、老太太、老黑人的味道。迪尔西坐在壁炉前的摇椅里，虽然是六月天气，屋子里还微微地生着火。迪尔西穿着干干净净的已经褪了色的印花布衣服，头上缠着的包巾也一尘不染"④。"炉灶自古以来是南方人居家生活的核心"⑤，人们经常围坐在炉火旁边交谈休闲，它是温暖的源泉，是爱情、生活和生命的象征。只要炉火持续燃烧，莫莉、卢卡斯、迪尔西屋里的生活就不会停歇。与庄园主腐朽破败的大宅相比，黑人小屋和庭院干净整洁，炉火温暖，洋溢着浓郁的生活气息，充满温情和蓬勃的生命力，迪尔西和"卢卡斯夫妇的爱"赋予小屋最本质的

---

① 〔美〕威廉·福克纳，张月译：《村子》，百花文艺出版社，2001，第26、28页。

② 同上书，第26页。

③ 〔美〕福克纳：《去吧，摩西》，李文俊译，上海译文出版社，2004，第43页。

④ William Faulkner, *The Sound and The Fury* (New York: Penguin Books Ltd, 1985), p. 295.

⑤ Norberg-Schulz, *Existence, Space and Architecture* (New York: Praeger, 1971), p.32.

意义①。

第二节
旧南方历史文化的物

在福克纳的作品中，与南方历史密切相关的景观和建筑当属广场、法院大楼和南方邦联纪念碑。如果要理解南方的历史，矗立在法院前面的邦联士兵纪念碑与广场和法院不可分割，它们三个构成一种三位一体的存在。广场是杰弗逊镇的中心，各种重要机构集中在广场上，包括代表公正和秩序的法院以及储存历史记忆的纪念碑，它们见证南方的各种重大事件，烛照南方历史的变迁。除了广场、法院和纪念碑这些历史的见证者之外，在福克纳作品中几乎每个贵族家族保留、珍藏或者封存的账本，记录种植园家族的婚丧嫁娶、经济往来等重要事件。广场、法院、纪念碑建造在公共空间，体现南方作为一种共同体的诉求或者精神，而账本储存在各大种植园家族的阁楼或者私密空间，反映个体家族的隐秘历史，二者相互结合才能更加全面地展示南方的社会、历史和文化风貌。

一、广场和法院

"约克纳帕塔法"县杰弗逊镇的广场和法院大楼是南方社会政治和贵族分层的标记，代表福克纳小说世界的"秩序原则"②。广场"呈正四边形"，矗立在广场中央的是法院。广场是游行、集会、休闲的公共和开放性空间，法院是代表权力、秩序、法令的威严空间，二者在旧南方的社会和政治生活中发挥举足轻重的作用。广场上整齐排列着纪

---

① William T. Ruzicka, *Faulkner's Fictive Architecture: The Meaning of Place in the Yoknapatawpha Novels*(Ann Arbor: UMI Research Press, 1987), p.92.

② Joseph R. Urgo and Ann J. Abadie (eds.). *Faulkner and Material Culture: Faulkner and Yoknapatawpha 2004*(Jackson: University Press of Mississippi, 2007), p. 115.

念碑、喷泉、公园、学校、礼堂、教堂、酒馆、银行和监狱"①，四条
宽阔笔直的林荫大道以法院为中心向东、南、西、北四个方向伸展出
去。广场周边建有二层楼的商铺、律师事务所、医院、牙科诊所、旅
馆和礼堂。在旧南方，广场的各种空间分布整齐，法院大楼"绿色掩
映"，重大事件或者庆典仪式在广场的南部发生或者举行，广场的南部
发挥更加重要的政治作用。在新南方，受北方现代商业利益的驱使，
人们无视自然法则，肆意砍伐树木，建造各种商业购物中心和银行，
"那棵给二楼的律师事务所和医生办公室阳台遮阴的最后一棵大树也消
失了"②。

广场的排列顺序不知不觉地反映作者的无意识心理，透露作者的
情感倾向。旧南方的广场设计强调对称性和轴心结构，重视离心辐射
性和向心凝聚力，传递秩序、稳定、和谐、神圣和权威。以法院为中
心呈现辐射状分布的广场像一面巨网，把各种视野所见和出入往返尽
收其中，代表商业的银行在排列位置上仅先于限制人身自由的监狱。
新南方为了兴建商场和银行砍掉了"最后一棵大树"。福克纳重视旧南
方的社会秩序，崇尚农耕文化传统，反感北方的工商资本主义。福克
纳认为，与北方被现代化催生的大城市相比，南方小镇经历过漫长的
发展历程，拥有更加悠久厚重的历史文化，保存更多的地域特色和人
文精神。虽然在重物质、轻精神的战斗中南方遭受失败，但内战及重
建没有在精神上摧毁南方，南方邦联纪念碑依然傲然挺立在杰弗逊广
场南部的中心位置。杰弗逊小镇的发展历史是整个南方农业社会的缩
影，承载南方人的乡土家园情怀和区域文化认同。

广场的布局表现福克纳隐秘的"贵族意识"和"精英思想"。南方
各大家族以法院大楼为中心，在贯穿南北的铁路大动脉坐标上，以基
本对称辐射态势分布在周围各大要害位置。把持"约克纳帕塔法"东
北角的是沙多里斯、麦卡斯林-艾德门兹家族；占据东南部地带的是康
普生家族；开拓西北角的是萨德本家族，占领南部法国人湾地区的是

---

① William Faulkner, *Requiem for a Nun* (New York: Random House, 1951), p.39.

② William Faulkner, *Intruder in the Dust* (New York: Random House: 1948), p. 243.

暴发户斯诺普斯家族。福克纳把沙多里斯、康普生、麦卡斯林、格里尔生等南方贵族庄园主家族安排在处于主导地位的南北轴线地界；本德伦、萨德本、斯诺普斯等自耕农、穷白人、暴发户家族居住在镇子的东西轴面和外围空间。在杰弗逊镇，沿广场延伸出来的南北主干大道占统治地位，广场周围的空间呈轴对称分布的同时以辐射状向外延伸。这种设计的优势在于出入广场中心除了通过南北主干大道之外还可以从蛛网状的侧路自由进出。贵族阶层是南方的统治者和社会稳定的保障，居于支配地位，占据杰弗逊镇的中心地理空间；其他佃农、穷白人和黑人处于辅助性存在的地位，居住在地理空间的次要位置。

二、雕像和纪念碑

福克纳对于矗立在家乡广场上的雕像和纪念碑非常熟悉，他的祖母、母亲和姑姑都参与或者组织过在家乡修建南方邦联士兵纪念雕像的活动。福克纳崇敬和膜拜坐落在密西西比里普利公墓的曾祖父雕像：

> 他站在石头基座上，身披大衣，没有佩戴帽子，一条腿微微向前伸着，一只手轻轻地放在身旁的石标上，头微微昂起，以一种宿命般的忠诚，代代相传的高傲姿态，背对北方，用那双雕刻有神的眼睛凝视山谷，那里有他修建的铁路，还有蓝色的、亘古不变的山峦一直向远处绵延，直至无限。①

福克纳的曾祖父是作家、军官、铁路建造者，是家族辉煌历史的创造者和家族荣耀的代表人物，福克纳自小听着曾祖父的传奇故事长大，曾祖父也成为沙多里斯上校的原型出现在福克纳的第三部小说中。

无论在福克纳实际生活的密西西比现实世界还是虚构的文学场域，设计和建构纪念碑和雕塑纪念过去的事情并思考它们与现在的联系和启示都是非常有意义的事情。纪念碑和公共雕塑超越了福克纳通过口

---

① T. S. Hines, *William Faulkner and the Tangible Past: Architecture of Yoknapatawpha* (Berkeley: University of California Press, 1996), p. 19.

述传统吸收的关于战争和人物的传奇，超越了如大理石碑文所写的纪念死于"正义和神圣事业"的人们的意义，进入更大的历史和意识形态领域。它们的意义和重要性不仅在于回忆和纪念过去的人物和事件，而且是与内战记忆和南方历史紧密联系起来的一切。纪念碑和雕像与南方个人的荣辱联系在一起，更与一个社区和整个地区的历史和文化联系在一起。值得注意的是，在年轻的福克纳成长并开始接触"失败的事业"的神话和现实的那几年，这些纪念碑出现在南方风景和公众的意识中。因此，无论是在艺术上还是在生活中，它们都是过去在现在的最佳体现形式。

从19世纪60年代到20世纪20年代初期，在南方的公墓或者城镇竖立起不少内战纪念碑，1900年到1912年是南方战争纪念碑建筑的鼎盛时期。随着时间的流逝，人们逐渐在时间和情感上都与内战拉开了一定的距离，南方人在墓地建造纪念碑和雕像的情况逐渐减少，但是在城镇中心广场建造纪念碑和雕像的情况越来越多。进入20世纪，百分之八十五的纪念碑和雕像建造在法院大楼广场上。士兵雕像的表情一改以往的忧伤，更多地表现出坚毅的神情。这种转变表明了一场文化运动，南方的文化从哀悼死者和哀悼内战的失败转变为赞扬士兵的职责和爱国主义情怀。与根据英雄故事量身定制的领袖雕像不同，普通士兵的雕像塑造士兵尽职尽责、保家卫国的形象：放松的姿势、警惕的眼神、双手放在挺立的步枪上，这一切都预示士兵们随时做好准备开拔战场。

福克纳笔下的士兵雕像并非那种放松的姿势，他们的手遮在眼睛的上方，注视远方，提防敌人，显示出高度警惕的样子。福克纳在早期的小说《士兵的酬劳》中塑造了"手臂遮在大理石眼睛上方永远保持警惕和僵硬神态的邦联士兵雕像"[1]。《喧哗与骚动》中杰弗逊广场"有一尊南方邦联士兵的雕像，大理石手掌遮在眼睛上方，眼神空洞，凝视远方，任凭风吹雨打"。勒斯特为了炫耀马车驾驭技术和让其他黑小子见识他赶马车的气派，把马车切到雕像的左边而不是通常走的右

---

[1] William Faulkner, *Soldiers' Pay*(New York: Liveright, 1970), p.112.

侧，痴傻的班吉马上感觉到不对劲："起先，他一动不动地坐在马车上，然后他大声吼叫。他的声音越来越大，几乎没有留下喘息的时间。这声音不仅是惊愕，更是恐惧，震惊，是一种眼睛看不到嘴巴说不出的痛苦，只有声音。"是的，这不是以前班吉每次乘坐马车去父亲墓地经常走的右拐路线，班吉一下子变得焦躁不安，又吼又叫。勒斯特在杰生的帮助下纠正路线让马车从纪念碑的右边经过，听到"小王后"拉着马车向前移动的蹄声"得得得地均匀地响起来后"，班吉安静了下来，湛蓝的眼睛"眼神迷离而安详地"看着飞檐和建筑再次平稳地从左到右滑过，电杆、树木、窗户、门廊和招牌，"每样东西又都是井井有条的了"①。福克纳借助痴傻的班吉对于马车绕过雕像时与平时的路线不同而产生的剧烈反应，隐喻南方人对于过去的留恋以及他们对于改变引发秩序混乱的抗拒和焦虑。

福克纳小说中雕像的姿势和神情与现实中牛津镇广场上的不同，这种不同蕴含一种耐人寻味的寓意。作者把雕像从现实中的被动神态转变成小说中更加主动的形象，表现英雄主义气概和守护南方的决心。②福克纳敏锐地意识到，忘却历史，南方便失去了一切之所以成为南方的东西。作为南方文化和历史遗产的纪念碑、雕像成为福克纳在小说中以物叙史的极佳载体。雕像和纪念碑占据特殊的公共空间，特意宣示某种价值观念，人们能够借此思考历史，怀念过去，抒发情感，寄托哀思，展望未来。以石头作为原材料的雕像和纪念碑也具有持久性，是"保持记忆，纪念历史事件，传达意义或将社区团结在一起"的代表性物质③，唤起崇高、庄严、神圣的情感体验。对于南方人尤其是南方贵族而言，内战更像是一场维持优雅的生活方式、保护特权阶

---

① William Faulkner, *The Sound and The Fury* (New York: Penguin Books Ltd, 1985), pp. 283-284.

② Joseph R. Urgo and Ann J. Abadie (eds.), *Faulkner and Material Culture: Faulkner and Yoknapatawpha 2004* (Jackson: University Press of Mississippi, 2007), p. 117.

③ Jeanette Bicknell, Jennifer Judkins, and Carolyn Korsmeyer (eds.), *Philosophical Perspectives on Ruins, Monuments, and Memorials* (New York: Routledge Taylor & Francis Group, 2020), p.2.

层的现状、捍卫南方秩序的战争。班吉虽然痴傻，但身为南方最后的贵族，他执拗地坚持马车遵循过去的行驶路线，转到雕像的右边而不是左边（swing to the right of the monument）。英文的right是多义词，表示"右边的""右侧的"，也表示"正确的""对的""合适的""符合道德的""正常的""上流社会的""支持保守观点的"等意思。福克纳巧妙地借用right的双关，表达南方贵族阶层希望过去永驻、南方不朽的潜意识。所以，当马车遵守过去的路线拐向"右侧"时每样东西又回归"井井有条的"有序位置。

在不顾一切地奔向现代化的南方世界中，雕像和纪念碑与"过去密切联系在一起"①，构成一种反叛和反冲的力量。南方输掉了内战，为保卫南方献出生命的士兵化为纪念碑上的名字或者雕像中的人物，传递南方的怀旧情绪，庆祝并延续昔日的英雄神话。《献给爱米丽的玫瑰》一开始就写道："爱米丽·格里尔生小姐过世了，全镇的人都去送丧，男子们出于敬慕之情，因为一个纪念碑倒下了。"在南方传统文化与北方价值观念的巨大冲击与转变中，爱米丽小姐固守破败不堪的祖宅，拼命维持南方的贵族尊严，坚持税务豁免权，偏执地保卫自己的爱情。"毫不妥协"和"未被征服"的爱米丽小姐是南方传统的化身和贵族精神的象征，她执拗地生活在过去中，成为旧南方的一座"岿然不动的"纪念碑。

福克纳在设计广场的空间布局时把重点放在广场的南部空间，南方邦联纪念碑或者雕像坐落在法院的前面，占据广场的主要位置。"约克纳帕塔法"世系小说中几乎所有与社区和个人相关的重要事件或庆祝活动都被安排在这里。《修女安魂曲》中有两次详细描述在这个空间举行盛大活动的场景，沙多里斯上校带领杰弗逊兵团开拔弗吉尼亚之前，他们的誓师活动在这里举行。②在《去吧，摩西》的结尾处，莫莉大婶的外孙赛缪尔在芝加哥据说因为杀害白人警察被"公正审判"处

① Joseph R. Urgo and Ann J.Abadie（eds.）, *Faulkner and Material Culture: Faulkner and Yoknapatawpha 2004*（Jackson: University Press of Mississippi, 2007）, p. 118.

② William Faulkner, *Requiem for a Nun*（New York: Random House, 1951）, p. 239.

以死刑。莫莉大婶坚持最朴素的信念，这个"被卖掉的便雅悯必须要回家的"。她四处奔走，斯蒂文斯律师和镇上的乡亲不想让莫莉大婶伤心，他们捐款购买灵柩和花圈，让赛缪尔"体面地"回家安葬。"灵车缓慢地进入广场，穿越广场，绕过邦联士兵的纪念碑和法院"，广场上的人们都静静地目送灵车驶向墓地。赛缪尔的母亲在他出生不久之后去世了，莫莉大婶把他抚养长大。成年后他像出埃及寻找福地迦南的摩西一样，离开南方去往北方，寻找比南方处境好一些的生活，可是北方并非公开宣扬的那样给自由黑人平等权利，塞缪尔客死他乡。接他回家的灵车进入广场、绕过纪念碑对于杰弗逊镇来说算是完成了一件庄严肃穆的仪式，它无私地接纳它的孩子回家。

福克纳将杰弗逊小镇置于20世纪纷繁复杂的事件中，以象征"向后看"、与当下相对立的雕像或者纪念碑，描绘南方的沧桑巨变。矗立在广场的雕像见证了宽阔的马路、舒适快捷的汽车、五光十色的霓虹灯；见证了为法院大楼遮阴的大树变成了修剪整齐的人工观赏灌木；见证了骡子被机器取代和"整整一代农民"的消失。[1]在斯诺普斯三部曲中，南方传统贵族阶层和种植园主已经退出历史舞台，现在统治南方政治和经济的人物是新贵斯诺普斯们，弗莱姆是其中的典型代表。他的统治之旅是大肆垄断或者阴险渗透当地主要的经济机构和法律部门，疯狂收敛和篡夺种植园主的财富，暗中破坏和腐蚀南方大厦。他抢占德·斯潘的大宅、夺取沙多里斯的银行、侵占华纳的店铺，逐渐掌管杰弗逊的政治、经济和文化霸权。对于弗莱姆这样的投机商和暴发户而言，代表历史的纪念碑是他们前进途中的障碍，妨碍他们大刀阔斧地向财富和权力挺进。因此，在他夺取杰弗逊镇的统治权之后，开始抹除之前的历史，书写自己的历史："弗莱姆把当地的一座纪念碑改变成了一个足印"[2]。因为纪念碑是静止的，朝向过去的；而足印是动态的，朝向未来和象征进步的。但是，在福克纳的笔下，斩断历史、

[1] William Faulkner, *Requiem for a Nun*(New York: Vintage, 1975), pp. 209-211.

[2] Owen Robinson, *Creating Yoknapatawpha: Readers and Writers in Faulkner's Fiction*(New York: Routledge Taylor & Francis Group, 2006), p. 79.

唯利是图的"斯诺普斯"们并没有成为南方历史舞台的主宰者，他们在昙花一现之后便匆匆谢幕了。

福克纳意识到南方如果完全接受这些变化，就面临失去自我身份的危险。时间流逝必然侵蚀记忆，这是抹除南方身份和存在的最大威胁。石头刻成的雕像和纪念碑或许可以经受时间的考验，保留过去的遗迹。杰弗逊正在遭受现代性的冲击和侵蚀，南方文化变成了北方文化的拟像。在福克纳的历史话语中，以某种方式设法保持南方自己的历史和文化，把南方变成一个吸引外来游客的地方，让他们惊叹于南方早已逝去却依然留存的过去。纪念碑和雕像是记忆历史、回顾历史、保存历史的物品，过去的痕迹在它们身上重现。小说中的杰弗逊是一个充满对立力量的地方，霓虹闪烁的广场与饱经风霜的雕像，美国的国家历史与南方的区域历史，白人与黑人、传统与现代都在这个场域里激荡、对抗、谈判、协商。南方在转型时期如何保存自己的地域特色和存在根本，这或许成为南方面临的生死攸关的大问题，也是一直困扰为南方寻找出路的福克纳的问题。

三、账本

福克纳在多部小说中把账本作为记录南方种植园家族日常生活的主要物品，麦克斯林家族"发黄的""有斑迹的、龟裂的皮面账簿"具有代表性。它用"褪了色的墨水的字迹"，"勾勒出整个混乱、错综复杂的庄园"历史，包括"土地、田畴以及它们以轧去棉籽、卖出去的棉花的形式所表现的一切，提供衣食甚至在圣诞节还付给一点点现钱以偿还为了播种、管理、收货和轧籽所付出劳动的男男女女，还有机械、骡子和挽具以及它们的成本、维修与更换零件的费用"。除了记录家族的日常花销之外，账本还记录家族的奴隶买卖、婚丧嫁娶、生卒年月等重要事件，比如，在布克和布蒂记录的账本中，"尤妮丝1807年父亲在新奥尔良以650元购得……1832年圣诞节在溪中溺死"；"谭尼1859年与托梅的图尔结婚"；"托梅的图尔与谭尼1862年生一女"。账本记录了麦卡斯林家族祖上，不管是白人还是黑人，"有关亲骨肉"和

"有关土地"的一系列情况，是一部"铁定的、改变不了的"关于家族血缘关系和土地遗产问题的"编年史"①。通过逐条解读账目信息，麦卡斯林家族的隐秘历史逐步呈现在读者面前。

艾克是麦卡斯林家族唯一的白人后裔，他对家族账本抽丝剥茧的解读构成小说的核心部分。在初读家族账本时，艾克对于父亲和叔叔记录在账的两件事情颇为费解：父亲为什么要购买一事无成的布朗李？尤妮丝为什么在圣诞节溺水自杀？为了破解这两个令人费解的谜团，"还原"麦卡斯林家族的历史，艾克打算从祖父和父亲布克、叔叔布蒂记录的家族账本开始，寻找过去的蛛丝马迹。孪生兄弟布克和布蒂关于黑奴尤妮丝和布朗李的账项记录躲躲闪闪、含糊其词，这更加吸引读者，引起艾克的好奇心。艾克在夜深人静之时，就着昏暗的灯光、一遍遍地"细读"和"沉思"那些"发黄的"纸张，试图解开麦卡斯林家族断裂、跳跃、矛盾的账本记录背后的秘密。

布朗李的故事使麦卡斯林家族的历史更加波诡云谲、迷雾重重。早在1837年，布克就宣布释放家里的黑奴（只是他们不愿意离开），但在1856年布克又买来一个不善活计的男奴布朗李。为什么布克会在庄园黑奴充裕的情况下花265美元购买26岁的布朗李？布克给出的理由是让他做"文书兼簿记"的工作。但在奴隶被普遍禁止读书识字的南方，一个黑奴做"文书兼簿记"的可能性几乎为零。事实上，布朗李不但"不会记账也不识字"。在奴隶制经济模式下，奴隶主购买奴隶必须服从利益最大化的原则。根据麦卡斯林家族的账本记载，奴隶同他们日常购买的"食品、供应、装备"一样是明码标价的商品。或许布克只为贪图便宜？因为布朗李的售价大大低于当时的市面价：19到30周岁的健康男性黑奴售价至少需要700到1000美元。②身为奴隶的布朗李不会"犁地"，也不会打理家务，就连"牵一头牲口去河边饮水都会

①〔美〕威廉·福克纳，李文俊译：《去吧，摩西》，上海译文出版社，2004，第241、247、253、280、249页。

② Sally Wolff, *Ledgers of History: William Faulkner, an Almost Forgotten Friendship, and an Antebellum Plantation Diary*(Louisiana State University Press, 2010), p. 42.

脱手";他笨手笨脚,弄断骡子腿,让麦卡斯林家损失100美元。布蒂对此愤愤不平,赶他离开却遭布克反对,理由是要把买布朗李的钱从他身上"弄回来"。布蒂充满嘲讽的反驳使布朗李的故事更加神秘:"怎么弄呢一年一块钱265元得265年谁来签他的自由证明书呢?"

在奴隶制庄园经济体制下,奴隶主购买的男性健康黑奴居然无法从事田间的体力劳动为主人创造硬财富,也无法从事文书之类的脑力劳动为主人创造软财富;更无法卖掉为主人赚取钞票。无法创造价值和利润的布朗李为什么能够进入奴隶商品交易体系并在麦卡斯林庄园生活下去呢?既然布朗李不是主人花钱买来的理想型生产商品,他是被消费的商品吗?能够满足白人主子的什么需求呢?接下来的三条账目揭开了布朗李的神秘面纱。在他弄断骡子腿的当月,发生了一件十分蹊跷的事情。布克、布蒂兄弟居然占用许多宝贵的账目空间,讨论如何给布朗李重新起名。一个无用黑奴居然需要主子如此绞尽脑汁、煞费苦心地为他命名?经过近两个月的思索,布蒂选择在1856年的圣诞节给布朗李取名斯宾特里乌斯(Spintrius)。这个作为"圣诞礼物"的名字从词源学的角度考证琢磨,显得意味深长。"Spintrius是拉丁语Spintria的派生词,意为男妓"[1]。小说似乎有意安排几处逸闻趣事,佐证布朗李的男妓身份:1862年,布朗李"用高亢甜美的真正女高音在布道和领唱赞美诗";1866年,与他同乘轻便马车的军需官仿佛"一个男人趁妻子不在和妻子的贴身女侍一起出门玩乐,过不正当假日";当布朗李看到布克时,故意向他投去"女人般挑衅的一瞥";20年后,当人们再次听到布朗李的消息时,"身子胖胖的"他已经在新奥尔良的一家高级妓院当上了"手头阔绰的老鸨"[2]。至此,布朗李的身份之谜真相大白。其实他在被消费的同时也在生产"快感",满足白人主子的欲望需求。

50多岁的光棍孪生兄弟布克和布蒂是麦卡斯林庄园的第二代统治

① Richard Godden, *William Faulkner: An Economy of Complex Words* (Princeton & Oxford: Princeton University Press, 2007), p. 127.

② 〔美〕福克纳:《去吧,摩西》,李文俊译,上海译文出版社,2004,第275页。

者，一直过着布克主外、布蒂主内的生活。父亲死后，兄弟俩搬出大宅，住进自己亲手建造、不许黑人帮忙、只有一间房子的小木屋。布朗李的到来打破了他们往日的平静生活，"仿佛他们早就停止了口头交流（long since past any oral intercourse）"①，布蒂对此怀恨在心。oral intercourse是双关语，有"口交"之意。小说没有明确说明这对孪生兄弟之间存在暧昧关系，但是小说在第五部分对于两人的描写隐含这种非正常关系的存在：布克（Buck）的名字充满阳刚之气，布蒂（Buddy）则散发阴柔之美，而且他"一开始就应该是个女人"；打着"领带"的布克像"军士长"一样"管理庄园和农活"，而穿着"裙子"的布蒂"整天坐在炉灶前的摇椅里"，"负责家务和烹饪"；小说第一部分描写布克打上"领带"去索凤西芭的庄园追捕逃奴时，穿着"裙子"的布蒂再三叮嘱外甥爱德蒙兹："看着他点儿……一旦有什么不对头，赶紧骑马回来叫我。"他似乎在争风吃醋，因为他知道索凤西芭一直想嫁给布克。按理说他应该支持布克迎娶索凤西芭，联姻不但可以扩大势力、得到丰厚嫁妆还可以接续家族香火。但是，在索凤西芭兄妹设计逼迫布克就范时，布蒂急忙赶去，用扑克游戏救回布克。如此一举多得的婚事他为什么会坚决反对？美国福克纳研究专家理查德·高登和波尔克推断这对孪生兄弟具有同性恋倾向。②这一推断能够合理解释布克购买布朗李、布蒂吃醋而且对布朗李耿耿于怀以及布克执意留下布朗李的原因。麦卡斯林家族的账本在记录奴隶买卖的同时透视布克和布蒂那对孪生兄弟"充满激情和复杂阴暗的生活"③。账目以速记形式简洁记录过往事件，掩盖某些事实真相，艾克解读账目时合情合理地填补和拼接，这使记录布朗李的账目变成"历史和书写的合作过

① William Faulkner, *Go Down, Moses and Other Stories* (New York: Random House, 1942), p. 263.

② Richard Godden, *William Faulkner: An Economy of Complex Words* (Princeton & Oxford: Princeton University Press, 2007), p. 128.

③ William Faulkner, *Go Down, Moses and Other Stories* (New York: Random House, 1942), p. 265.

程",充当账本叙史的功能。①

账本叙事解开了布克购买布朗李的谜团,但是家族女奴尤妮丝溺水自杀依然是萦绕在艾克心头的未解之谜。根据账本记录,1807年老族长卡罗瑟斯在交通极其不便的情况下,不顾路途遥远去新奥尔良花650美元买回尤妮丝,嫁给自己庄园里的男奴。艾克对此百思不得其解,为什么祖父不辞劳顿、大费周折地为奴隶购买妻子?难道祖父的动机是把女奴作为生产型商品、通过再造劳动力来创造价值?这种解释有悖常理,因为卡罗瑟斯完全可以选择"更经济"的奴隶购买方式,在附近庄园买个便宜的女奴。25年后尤妮丝溺水自杀,六个月后她的女儿托玛西娜生下一男婴,她死于难产。因为不知道孩子的父亲是谁,男婴就随母亲叫托梅的图尔。艾克继续求助账本,寻找祖父购买女奴、尤妮丝自杀的合理答案。尤妮丝的自溺身亡令布克兄弟始料未及,惊奇不已,他们在账本上重复"溺水自杀",在质疑又好像在确认什么。更让人不可思议的是,老卡罗瑟斯临死前竟然立下遗嘱,把千元遗产赠给托梅的图尔这个没有嫁人的女奴的儿子。在奴隶制盛行的南方,如此做法既不合理也不合法。祖父的诸多反常行为促使艾克更加详细地研读家族账目,居然缘此揭开了麦卡斯林家族另一个比同性恋更加可怕的罪恶。

老卡罗瑟斯去遥远的新奥尔良购买尤妮丝的时候居心叵测,"当时新奥尔良的妓女买卖已经众所周知"②,他购买尤妮丝或许就是把她作为玩物,满足自己的性欲。在当时的南方,白人女性必须是冰清玉洁的淑女,绝不能越雷池一步,而"白人男性把女性黑奴作为娱乐工具合情合理"③。当他发现尤妮丝怀孕后,为了掩人耳目或者免除后患,他信手把她嫁给庄园里的男奴。尤妮丝的女儿长大后,老卡罗瑟斯

---

① Judith Lockyer, *Ordered by Words: Language and Narration in the Novels of William Faulkner*(Carbondale and Edwardsville: Southern Illinois University Press, 1991), p. 107.

② Joel Williamson, *William Faulkner and Southern History* (New York: Oxford University Press, 1993), p. 383.

③ Kathryn L. Seidel, *The Southern Belle in the American Novel* (Tampa: University of South Florida Press, 1985), p. 120.

"也许是因为寂寞"，也许是想"让屋子里有点年轻的声音和动作"，他召她来给自己扫地铺床，随后居然冒天下之大不韪诱奸她："因为她是自己的财产，因为她已经够大了而且是个女的，他让她怀了孕又把她遣走，因为她属于劣等种族，后来又遗留给那婴儿一千元，反正到那时他已经死去，不用自己付钱了。"①尤妮丝知道女儿怀孕后，无法接受父女乱伦的事实，选择在圣诞节溺水自杀，想要洗涤这种罪孽。

但是老卡罗瑟斯根本不在乎乱伦，甚至都不想掩饰此事。托梅是他的女儿，更是他的奴隶和私有财产，他享有随意处置和滥用其身体的特权。根据遗嘱，他的双胞胎儿子在托梅的图尔成年后付给后者一千美元的遗产。他像"扔一顶旧帽子或一双破鞋子"那样轻蔑地扔出一个空头的"千元"承诺，还把孽债转嫁给儿子。当然，轻易地付一张空头支票就算承担了乱伦的后果，"这比对一个黑鬼叫一声'我的儿'要便宜得多"②。老卡罗瑟斯的确是一个不折不扣的庄园主，获取最大利润是他的终极目标。根据著名社会经济学家加里·贝克尔关于家庭经济学的观点，老卡罗瑟斯"扔出千元"确实比"叫声儿"便宜，因为作为"家庭产品"的孩子的养育需要支付经济和感情成本。老卡罗瑟斯如果拒绝承认这个儿子，他既不需要支付经济成本也不需要投入感情成本。在他的眼里，不管是尤妮丝母女还是她们的孩子只不过是能够创造价值的劳动力，投入的成本越低廉，赚取的利润越巨大。老卡罗瑟斯拒绝对一个黑鬼叫一声"我的儿"。在他看来，主人与奴隶的关系远远凌驾于父亲与儿子的关系之上。③

账本如同法律文件、医学病历、科学报告、航海日志、旅游札记等非文学文本一样，必然反映当时的社会背景、文化环境和历史风貌，烘托"特定时间、特定环境下的信仰、价值和各种权利关系的流

---

① 〔美〕福克纳：《去吧，摩西》，李文俊译，上海译文出版社，2004，第276页。

② 同上书，第250-251页。

③ Doreen Fowler and Ann J. Abadie (eds.), *Faulkner and the Southern Renaissance: Faulkner and Yoknapatawpha*(Jackson: University Press of Mississippi, 1982), pp. 152-153.

通"①。麦卡斯林家族的账本与南方的奴隶制经济和社会生活的真实侧面密切相关。福克纳把简短、客观、无感情的账本语言与冗长堆砌、浮华修饰、饱含感情的文学描述并置，反映和凸显麦卡斯林家族的祖先滥用奴隶、践踏亲情、藐视血缘的罪恶而隐秘的历史。②因此，在解读家族账本时最让艾克感到恐惧的是"祖先的遗愿"（Father's will），也是祖先的意志，will有决心、毅力，意愿、心愿，遗嘱，意旨，命令等意思，它像魔咒一样圈定了麦卡斯林家族账本叙史的本质。祖先的遗愿潜在的违规破戒和蓄意强求，是家族后代无法承受的痛，也是家族甚至整个南方受到诅咒的根源。播撒在账本中的祖先乱伦、同性恋、奴隶买卖等鲜为人知的家族腐败和罪恶，让艾克胆战心惊，他毅然决定放弃继承家族遗产，归隐山林，做一个自食其力的自然之子。

第三节
新南方工商经济的物

随着北方工商业文明的长驱直入，南方传统农业文明和价值观逐渐瓦解、消逝。南方的种植园农耕社会生活模式因为工商资本主义的冲击发生了巨大的变化，拖拉机开始出现在农业生产中，机械棉花收割机也投入使用，廉价的汽车、电力技术、道路基础设施的修建等使南方人的生活方式和价值观念发生了前所未有的变化。③这些变化摧毁了南方历史对南方人的禁锢，在物质文化领域产生影响。在高歌猛进的资本主义工业化的过程中，旧南方时期的农业文化被鲸吞蚕食。作为保守主义的福克纳对传统农业文化的消逝感到惋惜，对处于农业文

---

① John Brannigan, *New Historicism and Cultural Materialism* (New York: St Martin's Press, Inc. 1998), p. 132.

② Erik Dussere, *Balancing the Books: Faulkner, Morrison, and the Economies of Slavery* (New York & London: Taylor& Francis Books, Inc. 2003), p. 21.

③ Charles S. Aiken, *The Cotton Plantation South Since the Civil War* (Baltimore: Johns Hopkins University Press, 1995), pp. 428-429.

明和工业文明虚空状态中的南方感到焦虑。他在作品中通过对杂货店、锯木厂、汽车和一系列商品的书写，表现南方由乡村向城市、由农业社会向工业社会发展变革的历程。

一、杂货店

内战后兴起的租赁制度使得商店在南方人的生活中发挥更加重要的作用。福克纳的父亲参与家族的铁路事业，任消防员、列车员、工程师、监工、财务主管。1902年，铁路公司出现财政困难后，他在牛津镇经营一间马车出租行，开了一家五金店。埃斯特尔的父母也经营过销售纺织品和服装的商店。①福克纳的"约克纳帕塔法"世系小说中，有几个具有代表性的人物开设过种类不同的杂货店或者商店。这些店铺位于镇上或者村子里，货物琳琅满目，从基本的食物到农具和种子再到日常用品，应有尽有。咖啡，奶酪，衣服，烟草，酒类，治疗便秘、疟疾以及肺结核的药物，等等，都可以在这里以物换物或者用现金交易或者赊账购买。

南方的庄园主因为家族没落被生计所迫也会选择开商店。《喧哗与骚动》的"附录"讲述的是杰生卖掉康普生家族祖宅之后靠一间卖农具和买卖棉花的杂货店维持生计的故事。在这个"黑乎乎"的只有男人进出的"洞窟般"的店堂里，"地上堆着、墙上挂着、天花板上吊着犁铧、耙片、绳圈、挽链、车杠和颈轭，还有腊肉、蹩脚皮鞋、马用麻布、面粉、糖浆"。店堂里面"摆着几只货架和分成许多格子的柜子，放着插在铁签上的轧花机收据、账簿和棉花样品，上面都积满了尘土与绒毛"。商店散发出各种气味混合起来的臭味，那是"干酪、煤油、马具润滑油"以及上面沾满杰生长期嚼烟草后吐在铁炉上的烟草渣发出的味道。内战之后，萨德本穷困潦倒，财产只剩下一所破败不堪的大宅、奴隶居住的窝棚以及萨德本家族的墓地。萨德本意识到恢复"萨德本百里地"庄园的梦想已经成为幻想，女儿养鸡拿鸡蛋换取

---

① Judith L. Sensibar, *Faulkner and Love: The Women Who Shaped His Art* (New Haven: Yale University Press, 2009), pp. 264-265.

布料和食物，萨德本明白家族剩余的产业根本无法养活自己和家人，他决定在路口开爿小铺，出售"犁铧、皮索、印花布、煤油、廉价的珠子和丝带"，以及一些花花绿绿、已经变质的糖果，光顾的客人"则是一些获得自由的黑人"和穷白人①。

在新南方时期最典型的农村杂货店是1932年位于老法国人湾的华纳商店，去往南部农村的旅者或者是外出打工者常常到店里吃饭。日子一久，商店里也会有不错的食物，比如，干酪、饼干、咸香肠、肝泥、罐装肉、罐装沙丁鱼、牡蛎、猪肉、豆子，等等。与奶酪搭配的是饼干，它们最初装在木盒和木桶里。还有腌香肠，最便宜的腌香肠是用牛和猪的嘴唇、舌头、胃、胸脯以及其他部位做成的。随着冷藏技术的发展，腊肠和奶酪成为流行食品。②在《八月之光》中，莉娜从法国人湾来到杰弗逊镇，在华纳的店铺买了乳酪、脆饼干和一毛五一盒的沙丁鱼。③对于乡村杂货店里出售的食物最生动形象的描述是《大宅》中明克·斯诺普斯买的一顿饭。因为一头奶牛引发争执他杀死了杰克，明克在密西西比州立监狱里被关押了38年。出狱后，他搭便车去孟菲斯购买了一把手枪，想伺机报复在审判中没有帮助自己的族人弗莱姆·斯诺普斯。明克在路过乡村杂货店时停了下来，花了11美分买了午餐肉和面包。看到软饮料货架之后，他留下了13.85美元用来购买手枪，剩下的钱全部买成饮料一饮而尽。④

光顾旧南方乡村商店的顾客大部分是白人自耕农。自给自足的农业生产模式能够满足自耕农大部分的日常生活需求，南方乡镇的商店相对较少。南方的乡村商店很长一段时间实行农作物借贷制，佃农把自己将要收获的农作物作为抵押，交换商店里的物品，并付一定比例的利息。商店因此与农业紧密关联，触角伸入农业生产的各个方面，

①〔美〕威廉·福克纳，李文俊译：《押沙龙，押沙龙！》，上海译文出版社，2000，第34页，第39页，第184-185页。

② Joseph R. Urgo and Ann J. Abadie (eds.), *Faulkner and Material Culture: Faulkner and Yoknapatawpha 2004*(Jackson: University Press of Mississippi, 2007), p. 10.

③〔美〕威廉·福克纳，蓝仁哲译：《八月之光》，上海译文出版社，2009，第18页。

④ William Faulkner, *The Mansion*(New York: Random House, 1959), p. 259.

店主严格控制佃农的播种、施肥、收成、饲养牲口等事情。新南方的道路运输和商业网络进一步发展，商店成为南方乡村和城镇生活必不可少的组成部分。较大的城镇商店包括各种各样的模式，比如，轧棉机场、制冰厂、煤场、化肥销售商店、家具店、杂货店、药铺、铁器店以及棉花分级和采购的店铺等。小城镇和密西西比北部乡村的商店由孟菲斯的批发公司供货，推销员每周在乡镇的商店来回奔波，商店构成南方农业综合产业的一部分。商店出售的货物种类越来越齐全，商店的功能和分类也越来越精细。随着南方一步步地城市化，大规模、细分类的购物商店或者百货商店逐渐发展起来，农作物借贷赊账的买卖形式过渡到现金付清的无赊账买卖。这个过程清晰地说明南方从农业社会和乡村生活方式进入工业化和城市化的新模式，不但经济形式与机制、消费观念发生了改变，而且人际关系也与以往大相径庭。农作物借贷买卖方式存在剥削，但也包含买卖双方的相互信赖和彼此依存，现金支付货款两清，乡亲和人情不再纳入这种买卖形式的经营和管理范畴。

二、锯木厂

《八月之光》以浓厚的现实主义笔墨再现密西西比州北部木材工业的发展历史和经济模式，木材与木制品的生产和分配持续不断地进入文本的语言、背景、意象和人物塑造，并在文本中留下特定的历史轮廓和文化印记。伐木业在定义小说背景、表现人物和发展情节方面至关重要。刨木厂占据铁路主干线的重要地理位置，在南方小镇的社会经济中扮演重要角色，是杰弗逊镇生活的中心。刨木厂既是小说中主人公出场和各种事件发生的地方，也是把他们紧密联系在一起的媒介。卢卡斯·伯奇尚未出场就被认定是一个在多恩厂锯木头的"满身木屑的色鬼"；邦奇在刨木厂第一次亮相，在那儿找了一份铲木屑的活计；海因斯辞掉铁道路口指挥的工作，来到刨木厂当工头监视被他抛弃的外孙乔；拜伦在这里遇见了莉娜；乔在刨木厂的工友中找到了贩卖私酒的同伙；莉娜的男友和哥哥都在多恩木材厂干活；"村里的男人不是在这家厂里做工便是为它服务"。这家厂已经在这里采伐松木七年，再过七年周围的松木就会被它砍伐殆尽。一个地区砍伐结束之后，"一部分机器，大部分操作这些机器的人，靠它们谋生的人和为它们服务的人，就会载上货车运到别的地方去"，有些用途不大的旧机器就留在原地：

> 立在断砖和杂草堆中的车轮，形容憔悴，扎眼刺目，不再转动，那副样子真叫人触目惊心；还有那些掏空内脏的锅炉，以一副倔头倔脑、茫然而又若有所思的神情支撑着生锈的不再冒烟的烟囱，俯视着到处都是树桩的、肃杀肃静而又荒凉的田野——无人耕耘，无人栽种，经过年复一年的绵绵秋雨和春分时节的狂风骤雨的冲刷侵蚀，渐渐成了一条条红色的堵塞得满满的沟壑。①

小说开篇就描写了一幅人人被卷入木材经济大网和在工业入侵下耕地满目疮痍的情境，折射出作者厌恶工业主义的入侵、痛悼南方农耕文明陨落的情感倾向。

福克纳对多恩厂的描述在表现美国南方腹地伐木厂早期历史的同时，为"理解人物性格提供了社会和环境的参照系"，人物的命运与"他们在整个密西西比伐木业中所处的位置和角色紧密相关"②。莉娜和卢卡斯相遇、受骗、怀孕，后来莉娜寻到卢卡斯，在快要分娩时又被他遗弃；乔的母亲受马戏团演员的诱拐怀孕，生产时外祖父故意不请大夫让她死去，然后把乔丢弃在孤儿院，乔被抱养一段时间后离家流浪。小说中各种不安定的因素是南方腹地大规模伐木业的掠夺性、不负责任以及流动性经济和文化的直接产物。卢卡斯、莉娜、乔和其他工人因伐木业的到来流离失所，背井离乡，他们的命运就如同原木，从原生地被强行移除，来到刨木厂，按照要求被加工。

---

① 〔美〕威廉·福克纳，蓝仁哲译：《八月之光》，上海译文出版社，2004，第2页。

② Donald M. Kartiganer and Ann. J. Abardie（ed.）, *Faulkner and the Natural World: Faulkner and Yoknapatawpha 1996*（Jackson: University Press of Mississippi, 1999）, pp. 2, 3.

　　杰弗逊镇的伐木业是南方社会发展的一面镜子。砍伐的原木被输送到刨木机中。刨木机有一个高速旋转、与地面平行的圆筒，圆筒里嵌着锋利无比的刀头，用来刮平木板。南方社会像刨木机一样，疯狂排斥、急于抹掉乔·克里斯默斯、盖尔·海托华、乔安娜·伯顿、莉娜等人身上不符合"社会规范"的东西，试图对南方的种族、阶级、身份按照确定的规范进行加工。乔的深层焦虑来自身份的不确定性。他长得像白人，但是白人拒绝接受他；他努力想成为黑人，但是黑人又不认可他。在流浪四方、干各种杂工的过程中乔试图寻找、试验、确认自己的身份。他身上那一股子不卑不亢的倔强劲儿和勇气惹恼了小镇秩序的维护者。伯顿小姐一心想要按照自己的意志改变乔，乔无法忍受便杀她；警卫队长珀西·格雷姆用一把锋利无比的刀把乔身上那种神气劲儿削成可以被接受的样子，在乔身上寻找种族含混身份的社会文化之谜。乔被珀西追缉时手里握着枪，但他没有开枪，他主动放弃了生的希望，在"镇上居民"和"乡下人"看热闹的围观中这个"白面黑鬼"还没有受到审判就被残忍地私刑处死。乔是一个充满悲剧性的人物，他的真正身份和血缘一直是未解之谜，象征杰弗逊镇社会规范和残暴逻辑的丑恶机器"刨床"轻而易举地剥夺了他的一切。

　　刨木厂就是一个规训机构，积极参与把被剥削的工人变成可控的劳动力。工人们有的成了家，有的还是单身汉，还很年轻，星期六晚上工人们可能会"酗酒赌博"，甚至还会"到孟菲斯去寻欢作乐"。不管他们周末如何放纵，工人们周一早上总是需要"神志清醒"，按时按点回到工地，"换上干净的衬衫和工作服，静静地等待开工的哨子……无论一个人在安息日干了些什么，星期一早上整洁安静地回来干活已经成了共同遵守的信条，成了理所当然的事情"①。刨木厂是工商资本主义意识形态规训的机构：所有违法或者冲动的行为都要在周末成功地发泄出去，像刨木机抛洒木屑一样，周一工人们都规规矩矩、整整齐齐地来上班，好似经过刨床加工的木料，都被刨得"规则有序、光滑平整"。

---

　　①〔美〕威廉·福克纳，蓝仁哲译：《八月之光》，上海译文出版社，2004，第29页。

　　给刨过的木料划定等级也是伐木业的一项重要工作。根据木料表面的瑕疵，如裂痕、木结、翘曲变形或有无腐烂的痕迹，被刨床刨平的木料要进一步分级。针叶树木材，如松树木可以被分为一到五等。《八月之光》中没有直接提到木材分等级的过程，但拜伦每周六装到货车里的木料是分过等级的。杰弗逊镇的居民也非常热衷于用各式各样的分类方法把人分为三六九等。尤其是在刨木厂里，乔和布朗干着"铲木屑"这种黑人才干的活儿，刨木厂里劳动分工按照种族来决定。在南方的伐木业中，穷白人可以操作刨床，但卑微辛苦的活儿都由黑人来做。乔这样身份模糊的"杂种"在刨木厂里就变成一钱不值的"木屑"，属于处于经济和社会底层的废料。乔刚一出现在刨木厂就被比作一块应该被推进刨床去加工的木料，只有在刨木机中去掉其本色，才能满足杰弗逊镇的社会规范和种族要求。

　　刨床代表木材从加工到流通的现代化工业过程：从森林砍伐原木、将原材料锯成木料、将木材在刨木厂再加工得到价值增值，再经由发达的铁路、公路交通网络将木料运往各地进行制作、分配和消费，达到价值最大化。通过让木材的工业化进入小说的叙事维度，《八月之光》的物质无意识创造了一个完整的木材经济背景下南方小镇的社会图景。小说围绕木材工业荡漾开去的人物和事件，把小镇居民墨守成规、麻木不仁、藐视生命、追逐利润、仇视黑人、歧视外来者的积弊暴露无遗。木材工业指涉的意义不仅仅是背景。构成社会秩序结构的动荡和矛盾穿透日常生活平静的表面，《八月之光》的"物质无意识"以"政治无意识"为终点。历史不仅书写在人的身上，而且通过木材的砍、剁、刨、雕、刻等一系列过程会聚和反映在政治层面。面对北方工业文明入侵带来的种种冲突和矛盾，福克纳在小说里艺术地再现美国南方腹地在这一时期经历的巨大的社会、历史和政治变革，以冷静的笔触记录北方工业文明包围下南方村镇的痛苦蜕变。

第四节
新南方消费文化的物

美国真正意义上的大众消费文化在19世纪末20世纪初开始形成。1880年以前，生产和消费融为一体，美国人消费的大部分东西都在家里生产并主要用于自己消费。到了20世纪20年代末，从食品、服装、香烟等日常生活用品到各种奢侈品主要通过购买成品得以满足，国民收入的大部分用于从零售商店购买商品。[①]到1925年时，75%的汽车、70%的家具和80%的电器都可以通过贷款购买。[②]商品越来越与美国人的生活密不可分，大量的广告宣传和对于批量生产商品的依赖在美国形成了一种共同认可的公共文化。这种存在于城市与乡村、中产阶级和工人阶级、土著和移民之间的大众消费文化似乎把阶级变成了大众，有效地缓解了美国的阶级和种族矛盾，掩盖了经济不平等现象。随着时间的推移和大众消费文化的加剧，隐藏在大众消费文化背后的一些问题逐渐引起人们的关注。大众消费文化与环境问题、福特主义的标准化和规模化生产对工人的定额约束与控制、过度消费引发的幻灭和空虚，等等。福克纳创作的高峰时期正是美国消费文化风头正劲之时，"约克纳帕塔法"世界像福克纳本人一样挣扎在现代消费文化和传统农耕文化的较量中。福克纳敏锐地觉察到大众消费文化重物质轻精神的本质是现代病症的根源，"约克纳帕塔法"世系小说也因为作者对于消费文化的批判散发出别样的怀旧魅力。

一、汽车

马车和汽车在福克纳的作品中是两种寓意不同的物。福克纳小时

---

① Stuart Ewen, *Captains of Consciousness* (New York: McGraw Hill, 1976), p.115.

② Gary Cross, *An All Consuming Century: Why Consumerism Won in Modern America* (New York: Columbia University Press, 2000), p.29.

候有自己的小马驹，长大后热衷骑马和打猎。他在罗蕴橡树别业建造马厩养马，并教自己的女儿骑马。后来他买了福特汽车，因为需要驾车送妻子埃斯特尔外出参加活动。埃斯特尔显然更加喜欢舒适的汽车，福克纳似乎更加钟爱马车，他对汽车和马车的态度和情感不同。在他看来，马车是南方贵族生活和农耕文明的标志，而汽车是工业化和现代化的产物。福克纳喜爱马车，但无法完全排斥汽车。马车和汽车或许反映福克纳矛盾且复杂的二元世界：南方与北方，沙多里斯与斯诺普斯，旧南方与新南方，农业社会与工业社会，传统与现代。马车代表二元对立序列中的前者，是福克纳深情回望的旧南方农耕文化的体现，象征某种庄重的仪式和高贵的气质，是南方贵族精神的代表；而汽车是北方工商资本主义的符号，是物质文化与消费社会的化身。福克纳在情感上更加偏向马车。所以，福克纳是一个"以怀疑态度对待汽车的作家"[1]。福克纳终身保持骑马的习惯，直到醉酒骑马从马背上跌落去世。

福克纳不喜欢汽车不是因为汽车本身，而是因为汽车代表的物质主义和消费文化，这种情感和态度在小说中无处不在。不像铁路或者其他现代技术，汽车在某种程度上充分体现了现代性的到来和农耕文明的衰落，是现代性影响人性、历史、生活和价值观念的明显表现。旧南方的社会秩序普遍对汽车保持抵触情绪，认为它是暴发户和投机商的代名词。在汽车逐渐淘汰马车的时代，白亚德·沙多里斯上校执意乘坐马车，以至于旁观者们停下来欣赏这即将消失的一幕。他以沙多里斯家族特有的傲慢"居高临下地称驾驶汽油驱动汽车的人为穷光蛋"[2]，并禁止汽车进入杰弗逊镇。马车在南方贵族家族的日常生活中不仅是交通运输工具，更是身份和地位的象征。康普生家族去教堂、去康普生先生的墓地，朱迪丝和母亲去购物或者去兜风，出行都乘坐由家奴驾驭的马车，这在当时是一道令人羡慕的亮丽风景，每次出行

---

① Robert W. Hamblin and Charles A. Peek, *A William Faulkner Encyclopedia* (Westport: Greenwood Press, 1999), p. 24.

② William Faulkner, *Sartoris* (New York: Random House, 1929), pp. 3-4.

都是一次人们驻足观赏的盛大场面。随着新南方的到来和工业化的深入，汽车在南方逐渐代替马车，成为新南方暴发户的标配和物质文化的符号。

福克纳小说中的汽车是塑造人物性格或者推动故事发展的重要物品。汽车对于南方年轻一代往往意味着腐败和堕落。《圣殿》中的黑帮开着汽车到处寻衅滋事；《沙多里斯》中小白亚德从欧洲战场回来之后整天开着跑车在镇上晃悠，无所事事；《八月之光》中乔的由私酒商资助的汽车在他杀死伯顿小姐被追捕时不知所终；《喧哗与骚动》中杰生挪用投资五金商店的钱购买汽车，疯狂追赶外甥女小昆丁；巡游马戏团的小演员开着汽车载着小昆丁逃离杰弗逊镇；凯蒂的情夫据说是一个德国参谋部的将军，拥有"炫耀奢华和金钱的大马力镀铬高级敞篷跑车"；《大宅》中琳达·斯诺普斯·科尔在弗莱姆被谋杀后驾驶汽车逃跑。

《喧哗与骚动》的汽车叙事具有代表性。凯蒂与来自穷白人阶层的推销员达尔顿恋爱未婚先孕，康普生太太为了掩人耳目，匆匆忙忙把女儿介绍给富有的花花公子赫伯特。为了博取凯蒂的欢心，赫伯特经常开着汽车招摇过市，在康普生家人尤其是昆丁面前炫耀，拉着爱慕虚荣的康普生太太兜风，还夸下海口说要把自己的汽车送给凯蒂，还许诺给杰生在银行谋个职位。康普生太太向昆丁夸耀凯蒂"拥有全镇第一辆汽车"，他应该为妹妹"感到骄傲"。但是，对于执着于南方贵族精神和致力于维护家族荣耀的昆丁而言，赫伯特只是一个"脸上堆满笑""满脸都是大白牙""皮笑肉不笑"的"虚情假意的"旅行推销员，是个声名狼藉的骗子和吹牛大王。他认为母亲不应该把凯蒂随便嫁给"只要能开一辆轿车胸前纽扣眼里插着朵花"的"恶棍"。康普生太太喜欢逐名追利，追求奢华，经常念叨娘家以前的风光日子，嫌弃康普生家族家道中落，感觉坐在赫伯特的车上兜风"非常痛快"，嫌弃乡下人"从未见过汽车"，需要按喇叭才能叫他们让路。她埋怨康普生先生没有买辆汽车让她显摆，家里的那辆马车也每逢她要出去时黑人们便有事忙碌没人给她赶车。①

一头扎进商业大潮的杰生哪怕一闻见汽油就头疼也要买辆汽车。他刺激母亲同意并资助他买辆汽车:"您要是不怕死"就和家里"半大不小的黑小子一起坐那辆快要散架的旧马车"。但是买到汽车之后他并没有把汽车用于接送家人或者赚钱养家,而是驾着汽车盯梢和追赶小昆丁。当他发现小昆丁和来镇上巡演的马戏团演员在一起时,他开着汽车,不顾头痛追逐那个"打条红领带"开着福特车载着小昆丁在镇上招摇过市的"阿乡"。他发誓等追到他们,一定要让小昆丁和那个"油头小光棍"进地狱,"那条红领带便不是别的什么,而是牵他到地狱去的催命吊索"②。当小昆丁扭开杰生锁着的箱子拿走本来属于自己的钱逃离康普生家时,杰生认为这是抢劫,他"钻进汽车,发动引擎",猛踩油门,"粗暴地把气门拉出推进"③,驱车疯狂追赶小昆丁试图把钱追回来。在小说结尾时,与杰生驾车狂奔形成鲜明对照的是,班吉重回小时候坐马车的情景。他和迪尔西在往返教堂的路上一起坐着黑小斯勒斯特赶的马车,"小王后慢腾腾地向前挪步",班吉"目光安详地端坐在马车后座正当中"。与杰生猛踩油门、急促变挡驾驶汽车疯狂追赶小昆丁的情景不同,班吉和迪尔西的马车慢生活安详宁静,从容惬意,能够让人的心沉静下来,享受生活的美好。

汽车和马车的安排在小说中具有深刻寓意。福克纳把人物的塑造、情节的推进和小说的主题融入汽车和马车的二元对立中。康普生家族以前是南方的名门望族,由黑奴驾驭高头大马的马车,载着主人参加各种活动,展演一种高贵、气派且肃穆、庄严的仪式,带有极强的威仪感和表演性,不但反映主人富裕的生活,更是表现尊贵的身份和上流社会的优越性。然而,随着南方的转型,北方工商资本主义长驱直入,消费文化在南方迅速泛滥。汽车成为入侵杰弗逊的现代化商品,

---

① 〔美〕威廉·福克纳,李文俊译:《喧哗与骚动》,上海译文出版社,2004,第103-104页。

② 同上书,第258页。

③ 同上书,第322页。

随之兴起的是一群无视南方历史和传统观念、眼中只有金钱的投机商和暴发户。他们思想浅薄，穿着俗气，做事浮夸，代表通俗文化和物质消费。福克纳清楚汽车代替马车是历史的必然性，但是，他在汽车代表的消费文化中看不到未来。所以，在小说的结尾处他刻意设计让班吉回归童年坐马车的情节，班吉的蓝色眼睛充满"安详"，"每样东西又都是井井有条的了"。

二、小商品

成为商品的物品在特定社会秩序中被赋予价值和意义，这些价值和意义超越物品本身，也就是说，它们不仅指物体本身固有的属性，更反映人们投射到物体上的属性。福克纳的作品中出现了很多关于小商品和消费品的书写，反映美国南方社会从转型期到20世纪前半个世纪的工业化和现代化进程，展示在工商资本主义的影响下，现代大众消费文化的兴起、变化和影响。在福克纳的作品中小商品是建构个人身份和阶级属性的物品，同时，也是作者批判工商资本主义和大众消费文化的载体。

福克纳在琳琅满目的商品中有意识地选择一些物品，借此描述"约克纳帕塔法"世界中不同人物的特性、身份和社会地位。对于福克纳而言，香烟与雪茄是两个具有明显区别意义的物品。在没有引进现代化的卷烟技术和批量生产香烟之前，手工制作的雪茄表现南方传统的农耕文化和贵族气质，是上层阶级生活品质的象征。例如，那些"富有的白人律师、法官和警长，他们一边傲慢地挥动着雪茄一边聊天，那可是地面上有权有势、自命不凡的人"[1]。通过工业化和规模化生产的香烟，在福克纳看来，代表中产阶级的弱点和缺乏男子气概。《坟墓里的旗帜》中塑造的三位抽香烟的男性人物都是负面形象：小白亚德不被现实世界需要，是被它伤害和毁灭的人物；哈勃虽然已婚，但是除了抽烟喝酒之外，行为举止像一个没有成熟的男孩；米切尔是棉花投机商，他为妻子贝尔提供了她渴望的物质生活，但无法满足她

---

① 〔美〕威廉·福克纳，李文俊译：《去吧，摩西》，上海译文出版社，2004，第65页。

的身体需求。①福克纳将香烟作为一种特殊的物质文化标志，也可能与20世纪早期香烟在美国的各种政治和广告运动中的形象有关。在这场运动中，香烟被赋予暗示男性过度女性化和男性气质丧失的意义。②

服饰代表个性特点和个体身份，能够反映跻身上层社会的渴望或者试图逃离身份标签的冲动。黑人路喀斯在和妻子莫莉合影时，穿着"浆洗过的白衬衣"，表链"横着悬挂在细平布上衣里的细平布马甲的胸前"，坚持让莫莉摘下包头布。路喀斯是麦卡斯林家族的黑人后裔，他自己不觉得血统低贱，见了白人就要卑躬屈膝。他不卑不亢，认为作为麦卡斯林家族的后裔，自己有权继承老卡罗瑟斯许诺的千元遗产，而且当妻子在白人家里当奶娘长时间没有回家时他会找上门去要回妻子。所以，照相时他自己穿戴得像个体面的白人，让妻子摘下象征黑人女佣干粗活时包的头巾，因为他不想"在房间里摆什么田里干活儿的黑鬼的照片"③。《圣殿》一开始就通过穿着打扮描写两个社会地位和身份不同的人物：一高一矮两人蹲在林中小溪的两边，隔河而望，僵持在那里。高个儿光着头，举止文雅，衣着考究，衣兜里装着一本书；矮个儿头上戴着似乎永远都不摘掉的草帽，衣不合体，嘴里总是叼根香烟，衣兜里揣着一把枪。这里的衣着打扮鲜明地刻画出两个人物的个人身份、社会地位和价值观念，一个是代表正义、受人尊敬的律师，另一个是代表邪恶、丧失良知的黑社会头目和杀人犯。

《八月之光》第二章一开始描写乔·克里斯默斯来到刨木厂的情节，他的"鞋沾满尘土，裤子也弄脏了，但裤子却是哔叽料子缝的，裤缝笔挺，衬衫脏了，但是原本是件白衬衫"，这是"城里人常穿的衣服"，他"结着一条领带"，"一顶还挺崭新的硬边草帽歪斜地戴在头上"，"嘴角叼根香烟"，脸上布满"严峻而又冷漠几乎是孤傲的神情"。

---

① William Faulkner, *Flags in the Dust* (New York: Random House, 1973), pp. 144, 145, 204.

② Joseph R. Urgo and Ann J. Abadie (eds.), *Faulkner and Material Culture: Faulkner and Yoknapatawpha 2004* (Jackson: University Press of Mississippi, 2007), p. 73.

③〔美〕威廉·福克纳，陶洁译：《坟墓的闯入者》，上海文艺出版社，2010，第13页。

他独来独往，不和大家一起"蹲在水泵房里吃饭"，"一身流浪汉的打扮，却不像个地道的流浪汉"。福克纳借用矛盾的服饰搭配和与众不同的神情，拼贴出克里斯默斯的成长经历、性格特点和身份地位。他的血统存疑，自小被亲人抛弃，身如浮萍，到处游荡，在白人和黑人世界的缝隙中求生存，既拒绝被白人同化又不愿融入黑人群体，造就了他倔强、冷漠、矛盾的性格。血统和身份的模糊性注定克里斯默斯阶级归属的不确定性。"白衬衣""领带""裤缝笔挺"俨然是上流社会的装束，与干脏活粗活的工人无法联系起来。但是沾满尘土的鞋子、弄脏的裤子、歪戴在头上的草帽和嘴角叼着香烟的形象似乎又与上流社会沾不上边。他虽然和工人们一样干活，而且活干得"挺不错"，但是几个工人因为看不惯或者嫉妒，建议把他"推进刨床去"，"刨掉他脸上那股子神气"。[1]

《喧哗与骚动》中，小昆丁的卧室里有股"淡淡的廉价化妆品的香味"：

> 几件妇女用品的存在以及其他想使房间显得女性化些的粗疏的并不成功的措施，只是适得其反，使房间变得不伦不类，有一种出租给人家幽会的房间的那种没有人味的、公式化的临时气氛。……衣柜前，翻起里面的乱七八糟的东西来——一只只香水瓶、一盒粉、一支被咬得残缺不全的铅笔、一把断了头的剪刀，剪刀是搁在一块补过的头巾上的，那条头巾上又有香粉，又有口红印。[2]

小昆丁卧室中与她关系最为紧密的物品充分说明了主人的生活现状和身份地位。小昆丁是凯蒂和普通白人推销员达尔顿的私生女，是康普生家族唯一的直系后裔。从她的出身到她的成长人们期待中的南方淑女和贵族身份已经时过境迁，这一点在她的卧室和日常用品上也

---

① 〔美〕威廉·福克纳，蓝仁哲译：《八月之光》，上海译文出版社，2004，第23页。

② 〔美〕福克纳：《喧哗与骚动》，李文俊译，上海译文出版社，2007，第268页。

可以看得出来。随着南方的转型，康普生家族不可避免地走向命中注定的衰落。对于凯蒂的哥哥昆丁而言，凯蒂与南方贵族之外的男孩未婚先孕是家族没落的明证，标志着南方的庄园贵族和淑女规范已成历史。家族的继承人小昆丁在新南方消费文化和商业大潮的裹挟下，完全淹没在物质主义的颓废之中，社会地位一落千丈，与消费低廉粗俗、没有品位的商品的穷白人没有区别。

对于处于社会底层的黑人而言，廉价而俗气的商品背后似乎永不停息地流动着生生不息的活力：

> 没有上过油漆的黑人小棚屋通常在星期一早上半裸着身子的孩子会在没有草没有树的院子里爬来跑去追逐那破损的中耕机的轮子磨坏的汽车轮胎和空的鼻烟瓶和铁皮罐头而在后院里在七歪八倒地围着菜地和小鸡道的篱笆边上柴火灶上给烟熏得漆黑大铁锅里水早就应该烧得滚开到日暮时分这些篱笆上就会晾满五颜六色的工装裤围裙毛巾和男人或儿童穿的连衫裤。①

这里的各种物品与黑人贫穷脏乱的生活一样混乱不堪，但这些商品渗入黑人日常生活的各个方面，彰显温暖的生活气息，透出顽强的生命活力。

福克纳购买现代化商品，但是他对泛滥在新南方的大众消费文化秉持批评态度。福克纳是家乡第一个购买飞机的人，也拥有汽车，使用一系列现代化商品，但他一生保持骑马打猎和抽雪茄的习惯，购买象征贵族身份的大宅和田产，再三声称自己是农夫。为了赚钱维持南方"贵族"的体面生活和满足虚荣心，福克纳撰写过一些粗俗的小说。福克纳自己评价《喧哗与骚动》是"心中挚爱"，是"为自己写的小说"，而《圣殿》则是"任性的继子"，是"低劣廉价"、为"追求刺激

---

① 〔美〕威廉·福克纳，陶洁译：《坟墓的闯入者》，上海文艺出版社，2010，第145-146页。

的公众而写"的小说。①因为急需钱他两次走进好莱坞改编电影剧本，
但在商业气息浓厚的好莱坞很多剧本没有机会演出。福克纳对好莱坞
的生活和经历感到不适，经常以轻蔑的语气谈论好莱坞。②二十世纪三
四十年代美国的现代化经历了工业革命和垄断资本主义时期进入经济、
政治和科学技术的霸权时代，物质空前丰裕的社会容易导致精神萎靡
和价值滑坡。作为文化保守主义者，福克纳对于重物质消费、轻精神
建设的美国式现代化和物质文化持批判的态度，在作品中经常把大众
消费文化与阴性气质或者极具摧毁性的愚蠢空虚联系在一起。

《野棕榈》中的罪犯正是因为读了畅销侦探杂志里的故事才产生了
犯罪动机。《八月之光》中乔·克里斯默斯杀死乔安娜·伯顿小姐之
后，好友卢卡斯为了"有机会把那一千块的赏钱拿到手"，不惜告发好
友克里斯默斯，卢卡斯认为"赚钱和捞钱是一场不讲任何规则的游
戏"。为了自证清白，他还曝光克里斯默斯是黑人的惊人秘密，抱怨如
果警察不去追捕克里斯默斯而是和他过不去的话就是在"控告白人而
让黑鬼逍遥法外。控告白人而让黑鬼逃跑"③。卢卡斯是克里斯默斯在
镇上唯一的好友，他向卢卡斯倾诉自己不知道究竟是白人还是黑人的
身份困惑，可卢卡斯为了一点赏金卖朋友并擅自断言他是黑鬼。卢
卡斯不但见利忘义，而且轻率地确定克里斯默斯的黑鬼身份，这一狠
招导致具有种族狂热情绪的人们给克里斯默斯实施了残忍的私刑。《喧
哗与骚动》中杰生身上体现福克纳对于毫无人情味的经济和工商文化
的讥讽和嘲弄。杰生只关心电报局里棉花的行情，整天咒骂家人是一
屋子没用的累赘，痴傻的弟弟应该由杰弗逊镇疯人院养活，因为他给
政府交税，政府不应该让他承担养活痴傻弟弟的责任。

商品在"约克纳帕塔法"世界中有时具有某种神秘而诱人的吸引
力，影响人物的心理和行为。《去吧，摩西》中年近70岁的路喀斯听到

---

① Robert W. Hamblin and Charles A. Peek, *A William Faulkner Encyclopedia*
(Westport: Greenwood Press, 1999), p. 341.

② Ibidem, pp. 178–179.

③〔美〕威廉·福克纳，蓝仁哲译：《八月之光》，上海译文出版社，2004，第69–69页。

传言，有两个白人溜进来偷偷挖走了价值两万两千块的一桶钱。之后，他无心种地，经常彻夜在地里翻挖，执念于搜寻埋藏在地里的银圆。有个推销员抓住机会试图卖给他一台探测器，这是个"满灵巧""满像样"的"长方形的金属箱子"，有着"光洁的神秘莫测的表盘与锃亮的摁钮"，显得"既精密又复杂，像是挺灵验"，探测到土里的金属时"意味深长的小表盘"上的指针"微微颤动""旋转摆动"。路喀斯把"探测器抱在胸前，仿佛那是一样有象征意味的物件，是举行某个仪式、典礼不可缺少的圣物"①。对于财迷心窍一心想要寻找窖藏钱币的路喀斯而言，探测器具有不可抗拒的魔力，他像中了魔怔一样整夜抱着它在地里"一行行来回梳篦"，寻找银圆。妻子莫莉大婶无可奈何，以离婚威胁他收手，他居然执迷不悟，让律师随便帮忙把她离了，直到律师告诉他妻子离婚会分走一半家产他才勉强停止寻宝的荒唐行为。

　　福克纳在作品中经常对于涉及大众消费文化的情节展开厚描，表达对于物质文化虚伪本质和拜物思想的批判。《野棕榈》中威尔伯恩对于物质的迷恋胜过爱情和信仰："我们最后摆脱了爱情，就像我们已经摆脱基督一样，我们用收音机代替上帝的声音，我们不再成年累月地积累感情而为了爱又一次性地用掉……假如耶稣今天回到人世，我们不得不出于自我保护立即把他绞死，以便当今的文明合法化并延续下去。"②在《坟墓的闯入者》中作者对于新旧南方的物质生活进行对比描写。哈伯瑟姆小姐住在"杰弗逊时代奠基的高大古老而破损不堪的木头房子"里，房子坐落在"蓬乱的不加修剪的草坪深处草坪上长着古老的大树"，七十多岁已经垂垂老矣的她"依然等待那姗姗来迟的电报"报告南北战争的情况。现在人们住在"整齐娇小新式的一层楼平房"中，"配有相应的汽车房坐落在有着修剪好的草地和千篇一律的花坛的匀整的土地上"，在"商店或办公室或站在西部联合电报公司的办公桌前等候每小时一次的关于棉花行情的报告"。黑人们再也不是一年

①〔美〕威廉·福克纳，李文俊译：《去吧，摩西》，上海译文出版社，2004，第74、119、79页。

②〔美〕威廉·福克纳，蓝仁哲译：《野棕榈》，上海译文出版社，2009，第116—117页。

到头穿着"家制的长及脚踝的印花棉布和方格裙衫",而是"弄直了头发浓妆艳抹穿着从邮购商店买来的新潮而艳丽的服装进了白人厨房才肯戴上哈波氏百货商店的帽子和围裙"。富裕起来的南方年轻夫妇:

> 每家都有两个孩子每家都有一辆汽车还有乡村俱乐部和/或桥牌俱乐部的会员身份青年扶轮社和商会的会员证还有用于烹调冷冻和清洁的注册了专利的家用电器以及开动这些机器的干净利落戴花边帽子的黑人女佣她们一家一家地互相打电话聊天儿那些穿凉鞋长裤指头涂了指甲油的妻子们抽着沾有唇膏的香烟拿着购物的大包小包在食品连锁店和杂货连锁店里流连徘徊。①

福克纳运用大篇幅、没有标点符号的文字长篇累牍地描述物质文化对于现代南方人的日常生活、精神追求甚至民族信仰的影响。在现代南方,不断涌现的物品让人目不暇接、眩晕窒息。在极大丰富的物质表面之下却是苍白无聊的精神状态。人们过分痴迷物质享受,疏于精神建设,长此以往必然影响民众的精神文明。现代南方人因为疏远历史无法扎根而进入"无根无基的短命的城市那里挤满工厂铸造车间和领取薪金的市政机构",这样的生活使人们只活在当下、追求享乐,美国这个曾经伟大的民族变成"除了对金钱疯狂的贪婪"之外"没有共同点的一群人",成为"二流的缺乏文化修养的民族",沉迷于"平庸拙劣的骗人的音乐,俗气的华而不实的无根无基的估价过高的金钱",这是"培养我们民族对平庸的喜爱并因此发财致富的人所制造的一切喧闹"②,长此以往,南方失去南方特色,国家丧失民族精神。

福克纳睿智地洞察到20世纪前半个世纪大众消费文化对南方和整个美国的影响。杰弗逊镇中汽车的出现不但象征现代技术的入侵,也是"从农业乡村向霓虹闪烁彻夜不眠的大都市转变"的标志,影射福

---

①〔美〕威廉·福克纳,陶洁译:《坟墓的闯入者》,上海文艺出版社,2010,第118-120页。

②同上书,第155-156页。

克纳对现代工业文明的复杂态度。①福克纳批判物质文化之下冰冷的现代理性和人类对自然掠夺性的破坏。《八月之光》开篇对于多恩厂的描述似乎是物质文化和福特主义的写照。厂主明显运用现代公司的管理运营策略，以分期付款的方式添置新机器，目的就是扩大生产、快速盈利。他们把树木变成木料，把自然变成商品，把肥沃的土地变成荒凉的废墟，开发殆尽之后一走了之。多恩厂里的工人如同流水线上的机器，在标准化和规模化的控制下，不停地为资本主义创造价值。多恩厂其实是工业技术和金钱崇拜的结合体，充分体现经济发展对自然和人的摧残。

---

① W. Brevda, "Neon Light in August: Electric Signs in Faulkner's fiction," in *Faulkner and Popular Culture*, ed. D. Fowler and A. J. Abadie (Jackson: University of Mississippi Press, 1990), p. 234.

结 语

美国南方的政治、经济、社会、文化的重大变革成就了"南方文艺复兴"，使南方的文学和艺术呈现前所未有的繁荣局面，南方本土作家的创作心理和文化精神在20世纪30年代至50年代的作品中得到集中体现。内战之前，奴隶制庄园经济模式下的南方贵族过着舒适悠闲、宁静封闭的田园生活，逐渐形成了白人"精英"主义思想和贵族文化传统。南方浓厚的"重农"主义思想和南方人性格中固有的保守主义，逐渐演化出种植园家族"罗曼司"、宗教文化的地方自治、沉重的历史感、共同的社会记忆以及强烈的地方归属感等一系列南方特征。内战失败后，南方被北方"强行"推入现代化，在军事、政治、经济、文化、社会、家庭、宗教等多方面被迫改制，这让"视荣誉高于一切"的南方人遭受前所未有的屈辱和打击，也激发了南方作家的文化和历史自觉意识，极大地刺激了富于地域特色的文学创作。经历了对欧洲文学的模仿和长期的沉寂之后，南方文学在20世纪20年代晚期至50年代中期迎来了文学和艺术创作的巅峰时刻。

"南方文艺复兴"巨擘福克纳作为南方的人文知识分子，他更加深刻敏锐地感受到北方工商资本主义现代化对"旧"南方的家族观念、历史意识、地方情结和价值观念的冲击，他在依依不舍地回望"旧"南方时不得不遵守历史发展的必然规律，重新思考现实、认识社会、审视历史。事实上，过去历史的撕扯和现代社会的挤压之间的巨大张力成为福克纳"约克纳帕塔法"世系小说创作的坚实土壤。福克纳围绕南方沉重的历史意识、瑰丽的地方特色和浓郁的家族观念展开热情饱满的书写，使"南方文艺复兴"文学焕发出别样的魅力。

福克纳在叙述内容、叙述话语和叙述技巧等方面的革新与创造对中西方的现代文学产生了深远的影响。他运用独特的"意识流"表现手法，深度发掘人物的内心世界，在西方现代文学史上达到前所未有的高度；他尝试"多角度""叠错重复"的"对位"叙述结构，不但增加作品的层次感与逼真性，而且极大地拓展了小说的容量和空间，揭示了小说在主题方面的多重指涉性；"时序倒错"的艺术手法打乱现在、过去和未来，使历史与现在密切相连，为读者进入过去打开多重空间，透过作品，深入历史思考的维度，加强作品对旧南方的奴隶制、种族主义和对于新南方的现代化、工业化的反思和审视力度；他对《圣经》故事的暗指影射和对《圣经》叙事结构的潜引套用使作品不但具有反讽性而且加深了悲剧感，超越美国南方一个个独立的家族悲剧，进入整个南方地区的历史和文化创伤与反思层面。

福克纳放弃庄园文学盲目粉饰南方的写作传统，怀着"爱恨交织"的矛盾情感，立志把自己熟悉的"邮票般"大小的故乡的美与丑善与恶同时呈现在世人面前。因此，他一生饱受矛盾情感的煎熬和不被同胞理解的痛苦，倔强地选择在孤独和误解中，执着于故乡的书写。福克纳在怀旧的创作基调和新颖的艺术风格下描写"向后看"的题材和历史意识，弥漫在小说中的过去包含对于现在和未来的严肃思考，在向历史靠拢时福克纳更加认真地思考南方的当下与明天，迫切地尝试为自己深爱的故乡寻找出路。《去吧，摩西》中埋头于祖先的账本、痛苦地拼接家族不光彩历史的艾克似乎是福克纳的化身。祖先发黄的账本既让艾克胆战心惊又让他欲罢不能。艾克拼命地想要逃离那些账本，可它们像幽灵一样纠缠着他，让他陷于无法自拔的苦闷和彷徨。祖先是他的血脉之源，而事实又是他无法放弃的本真追求，他清楚地知道揭开历史会让他痛彻心扉，但对历史置若罔闻更会让他良心不安。就像夜夜掌灯细读家族账本的艾克一样，历史责任感促使福克纳宁愿忍受同胞的诟病，也要毅然"触摸"南方的历史真实。

《喧哗与骚动》的"受难—复活"模式、《押沙龙，押沙龙！》的"大卫王朝"覆灭叙事模式、《我弥留之际》的"寻觅—归返"叙事模式、《八月之光》的"耶稣受难"叙事模式，等等，都是福克纳对《圣经》神话的移位转型和戏仿化用，其意义不仅表现在创作素材层面，更是体现在故事结构和叙事模式层面。深层隐在的基督教神话不仅丰富了福克纳的创作内容，而且架构叙事模式，拓展叙事空间，加深主题意义。因此，我们应该探寻福克纳作品中隐藏在神话素材背后的深刻含义、结构艺术和诗学功能。对福克纳来说，基督教的重要性在于它是一套可供使用的创作素材，而不是一种需要阐释的神学。换句话说，福克纳作品的意义超越基督教神学层面，人们不应该简单地把福克纳称作基督教作家，也不应该说他的作品是基于对单一基督教教义的信仰。福克纳是一位伟大的基督教艺术家，他的大部分作品与基督教非常紧密地关联在一起，认真探索对南方的现代化和南方人的生存至关重要的宗教问题，寻找普遍的人性与美德。

在福克纳的心目中，南方的发展就好像从农耕文明的伊甸园到资本主义的失乐园。工业化、城市化、物质化使南方从崇尚贵族精神的沙多里斯世界堕入唯利是图的斯诺普斯世界。代表工商资本主义价值观的斯诺普斯主义从根本上动摇了南方农耕社会的根基，使南方传统的价值观念和美好品德丧失殆尽。南方的宗教严苛、教义僵化，宗教成为工业资本主义和庄园制度的帮凶，进入新南方之后，"约克纳帕塔法"演变成失去"乐园"后的南方现代社会的缩影。福克纳借助文学想象，以悲剧性的怀旧与伤感，尽情演绎失去"乐园"之后南方人的文化失落、价值失衡、道德沦丧和信仰危机。福克纳将神话因素树为文本坐标，在对传统与神话精神的精准把握中，揭示传统世界深厚的精神积淀和文化传承，以神话对照当下和现实，为陷入价值失衡境地中的现代南方人寻找精神安慰和灵魂救赎的方法，为北方工商资本主义物质信仰冲击下正在"随风飘逝的"南方传统文化谱写悲壮的挽歌。

福克纳"向后看"的历史意识以及借助叠错重复的回忆、神话反讽、非裔口述、边缘人物叙事和趣闻主义等叙史策略，质疑官方宏大种植园历史的单一性和权威性，触摸南方历史的"真实"。福克纳通过在作品中使用不会读书写字的非裔口头叙史的叙事传统和赋予边缘化人物声音的策略实践自己独特的历史意识。在作品中福克纳借用非裔美国人在记录历史时使用口口相传的方式和"呼唤—回应"的模式强调口述历史的重要性，挑战南方长期以来占据统治地位的书写历史，对书写历史的权威性质疑。他同时还让多个被边缘化的叙述者从不同的角度讲述同一个家族历史，运用叠错重复的叙史手法，赋予边缘化的人物以讲述历史的声音，拆解线性连贯的叙史模式，向循环断裂的历史叙事靠拢，让这些叙事带上多声部的复调特色，人们得以从不同角度接近南方历史。福克纳针对官方历史压制个体声音的本质，认识到有必要让南方人讲述自己的故事。他试图把记录边缘人物的声音作为重写南方历史的媒介，关注边缘历史的叙述，冲破大写、单一的美国南方官方历史，转向小写、复数的南方人民历史。

"约克纳帕塔法"是福克纳最具标志性的文学地理名片，福克纳为它绘制了详细的地图，通过对位叙事结构和时间空间化的空间叙事策略实现扩展文本空间的诗学功能。严谨而又多样的对位式空间叙事结构是由福克纳小说艺术的纷繁复杂决定的。变动不居的意识流、多角度的叙述、多重故事结构、多线索的故事情节发展等容易对小说产生结构上的重压，使小说结构看上去异常松散。为了保持平衡，小说结构必须向空间拓展，用一种类似对位的方法对这种看似松散的格局加以控制，形成内聚式对位式结构。小说的空间形式不仅使小说在结构上呈现出繁复的美感，更重要的是增加了作品内容的广度和深度。小说可以在空间化的参照、对比、矛盾和冲突中获得丰富和宽广的意义。福克纳在空间化的叙事中集中展现传统道德观念的失落、美国南方大家族的衰落、自由与责任、人类苦难等主题，关注种族问题、种植园经济、南方社会变迁以及南方人的生存状态，揭示南方种植园主掠夺土地、剥削黑奴的罪恶。

福克纳在家族母题谱系的集中叙写中展现旧南方的家庭生活和社会制度，全方位地触及了美国南方的家族文化传统以及现代资本主义和种族思想撞击下的家族问题。在福克纳笔下，"家族神话与失乐园母题""父权至上与审父母题""血缘秩序与乱伦母题"和"女性崇拜与厌女母题"拥有小说叙事上的优先权，既是其家族小说有别于其他小说类型的重要标志，也是其意识形态矛盾性的集中体现。这些母题贯穿在福克纳的"约克纳帕塔法"世系小说中，形成了四对矛盾的母题形态。对福克纳的家族小说展开母题谱系学的研究是考察福克纳家族小说思想、艺术特征和美国南方家族文化精神内涵的重要手段。对福克纳家族小说的整体研究必须触及和勘测到这些具有恒定意味的文学母题范式，从福克纳家族小说叙事的母题类型入手分析其内在的矛盾性和悲剧性，探究其历史文化内涵和社会成因，使家族叙事研究进入文化研究和社会学研究的广阔领域。只有在家族叙事特定的母题类型中才可以深入理解和切实体悟福克纳家族小说反映的家族盛衰、历史变迁的文化底蕴，才能使文学母题研究获得表现上的丰富性、外延上的广阔性和文化上的独特性。因此，福克纳的家族小说不仅是富有"浓郁乡土气息"的艺术杰作，更是美国南方的"地方志""风俗志"和"现代史"。而且，对家族文化的研究也与国内外近些年来对家族、宗族和族谱进行文化诗学和"社会学"研究的新兴领域相互应和。

福克纳在"约克纳帕塔法"世系小说中描写了种植园大宅、黑人窝棚和佃农小屋等标记旧南方农耕传统的物以及广场和法院、雕像和纪念碑、账本等标记旧南方历史文化的物，表现作者对南方贵族的谢幕和农业文化的陨落的惋惜之情。同时，杂货店、刨木厂等标记新南方工商经济的物以及汽车、小商品等标记新南方消费文化的物也是福克纳在作品中经常描写的物象，它们是现代南方工业资本主义消费文化的化身。"约克纳帕塔法"世系小说中的精神世界分为"沙多里斯"与"斯诺普斯"两个世界。前者代表旧南方的贵族精神和骑士风范，是南方传统美德的象征；后者体现新南方工商资本主义的价值观念，是美国新南方工业文化的产物。这些物具有能动性、叙事性和意义生成性，标记旧南方的物属于"沙多里斯"阵营，而体现新南方的物属于"斯诺普斯"阵营。在南方转型期这场重物质、轻精神的战斗中，旧南方及其附着其上的传统与美德必然落败，无可奈何地退出历史舞台，而新南方的消费文化甚嚣尘上，精神空虚、道德沦丧、信仰危机成为典型的现代症状。

　　"约克纳帕塔法"是福克纳的文学名片，"约克纳帕塔法"世系小说构成了一个具有内在统一性的有机整体，美国南方转型期的人与事联合形成了这个庞大的文学"共和国"。因此，"家族—历史—地域"三位一体的文学经典主题以及"南方文艺复兴"与南方性、南方的宗教文化、世系小说的空间美学、物质书写等方面的综合阐述是全方位、体系化地研究"约克纳帕塔法"文学世界的有效途径，深度解读这个文学"共和国"中关于南方贵族家族的兴盛衰亡历史、种族问题、农耕文明与工业文明、旧南方与新南方、传统美德与现代观念、南方性与同质化、精英文化与消费文化等各种问题，全面展现"约克纳帕塔法"世系小说的主题思想、创作基调、艺术风格、精神诉求、文化底蕴。

　　当然，福克纳作品的叙事主题博大精深，写作艺术新颖别致，本书对其研究只是管中窥豹，敬请各位专家学者赐教补正、批评指导！

参考文献

英文参考文献

[1] ABOUL-ELA H. Other South: Faulkner, Coloniality, and the Mariategui Tradition [M]. Pittsburgh: University of Pittsburgh Press, 2007.

[2] ADAMS R. Faulkner, Myth and Motion M]. Princeton University Press, 1968.

[3] ANDERSON J D. Student Companion to William Faulkner [M]. Westport, Connecticut & London: Greenwood Press, 2007.

[4] ATKINSON Ⅲ T B. Faulkner and the Great Depression: Aesthetics, Ideology, and the Politics of Art [D]. Louisiana State University, 2001.

[5] AZIN A. God and the American Writer [M]. New York: Vintage Books, 1998.

[6] BEATTY R C, WATKINS F C, YOUNG T D, et al., eds. The Literature of the South [M]. Chicago University Press, 1952.

[7] BICKNELL J, Jennifer Judkins,

Carolyn Korsmeyer. Philosophical Perspectives on Ruins, Monuments, and Memorials [A]. New York: Routledge Taylor & Francis Group, 2020.

[8] BLEIKASTEN A. The Most Splendid Failure: Faulkner's The Sound and the Fury [M]. Bloomington: Indiana University Press, 1976.

[9] BLOTNER J., ed. Selected Letters of William Faulkner [M]. New York: Random Books, 1978.

[10] BLOTNER J. Faulkner: A Biography [M]. New York: Random House, 1974.

[11] BOLES J B. The Irony of Southern Religion [M]. New York: Peter Lang Publishing, Inc. 1994.

[12] BOLES J B. The Irony of Southern Religion [M]. New York: Peter Lang Publishing, Inc. 1994.

[13] BRADEN W W. The Oral Tradition in the South [M]. Baton Rouge: Louisiana State University Press, 1983.

[14] BRANNIGAN J. New Historicism and Cultural Materialism [M]. New York: St. Martin's Press, Inc., 1998.

[15] BROOKS C. Faulkner and History [J]. Papers of the Mississippi Quarterly's 1971's SCMLA Symposium 25, 1972, Spring (Supplement).

[16] BROOKS C. History and the Sense of the Tragic: Absalom, Absalom! [M]// WARREN R P, ed. Faulkner: A Collection of Critical Essays. New Jersey: Prentice-Hall, Inc., 1966: 186-203.

[17] BROOKS C. On the Prejudices, Predilections, and Firm Beliefs of William Faulkner [M]. Baton Rouge and London: Louisiana State University Press, 1987.

[18] BROOKS C. The Hidden God: Studies in Hemingway, Faulkner, Yeats, Eliot and Warren [M]. New Haven and London: Yale University Press, 1963.

[19] BROOKS C. William Faulkner: The Yoknapatawpha County [M]. New Haven: Yale University Press, 1963.

[20] BROOKS C. William Faulkner: Toward Yoknapatawpha and Beyond [M]. New Haven: Yale University Press, 1978.

[21] CASH W J. The Mind of the South [M]. New York: Vintage Books, 1941.

[22] COFFEE J. M. Faulkner's Un-Christlike Christians: Biblical Allusions in the Novels [M]. Ann Arbor, Mich.: UMI Research Press, 1983, p. 183.

[23] COOPER W J, TERRILL T E. The American South: A History [M]. New York: Alfred A. Knopf Inc., 1991

[24] COWLEY M. Faulkner-Cowley File: Letters and Memories (1944–1963) [M]. New York: Viking Press, 1966.

[25] CURRENT R N. Northernizing the South [M]. Athens: The University of Georgia Press, 1983.

[26] DICKERSON M J. The Magician's Wand: Faulkner's Compson Appendix [J]. Mississippi Quarterly, 1975(28).

[27] DOYLE D H. Faulkner's County: The Historical Roots of Yoknapatawpha [M]. The University of North Carolina Press, 2001.

[28] DOYLE D H. Faulkner's History: Sources and Interpretation [A]// KARTIGANER D M, ABADIE A J, eds. Faulkner in Cultural Context: Faulkner and Yoknapatawpha 1995. Jackson: University Press of Mississippi, 1997: 3–38.

[29] DUNNE M. Calvinist Humor in American Literature [M]. Baton Rouge LA: Louisiana State University Press, 2007.

[30] DUSSERE E. Balancing the Books: Faulkner, Morrison, and the Economies of Slavery [M]. New York & London: Taylor & Francis Books, Inc. 2003.

[31] EDMOND L V. A Reader's Guide to William Faulkner [M]. New York: Syracuse University Press, 2004.

[32] EZELL J S. The South Since 1865 [M]. New York: The Macmillan

Company, 1963.

[33] FAULKNER W. American Segregation and the World Crisis [R]// The Segregation Decisions: Papers Read at A Session of the Twenty-First Annual Meeting of the Southern Historical Association. Memphis, Tennessee, November 10, 1955. Atlanta, Georgia: Southern Regional Council, 1956: 9-12.

[34] FAULKNER W. Flags in the Dust [M]. New York: Random House, 1973.

[35] FAULKNER W. Requiem for a Nun [M]. New York: Random House Inc., 1975.

[36] FAULKNER W. Sartoris [M]. New York: Random House, 1929.

[37] FAULKNER W. The Town [M]. New York: Vintage Books, 1961.

[38] FLETCHER M D. William Faulkner and Residual Calvinism [J]. Southern Studies, 1979(18): 199-216.

[39] FOLLETT R. The Sugar Masters: Planters and Slaves in Louisiana's Cane World [M]. Baton Rouge: Louisiana State University Press, 2005.

[40] FOWLER D, ABADIE A J, eds. Faulkner and Religion: Faulkner and Yoknapatawpha [M]. Jackson: University Press of Mississippi, 1989.

[41] FOWLER D, ABADIE A J, eds. Faulkner and the Southern Renaissance: Faulkner and Yoknapatawpha [M]. Jackson: University Press of Mississippi, 1982.

[42] GEISMAR M D. Writers in Crisis [M]. Boston: Houghton Mifflin, 1942.

[43] GODDEN R. William Faulkner: An Economy of Complex Words [M]. Princeton & Oxford: Princeton University Press, 2007.

[44] GOLD L. A Mammy Callie Legacy [M]// URGO J R, ABADIE A J, eds. Faulkner's Inheritance: Faulkner and Yorknapatawpha. Jackson: University Press of Mississippi, 2007: 141-159.

[45] GRANVILLE H. The Great Tradition: An Interpretation of American Literature Since the Civil War [M]. Chicago: Quadrangle, 1969.

[46] GRAY R, ROBINSON O, eds. A Companion to the Literature and Culture of the American South [M]. Oxford & Malden, MA: Blackwell Publishing Ltd, 2004.

[47] GREENBLATT S. Towards a Poetics of Culture [M]// VEESER H A, ed. The New Historicism. New York: Routledge, 1998: 1-14.

[48] GREGORY, N. E. A Study of the Early Versions f Faulkner's The Town and The Mansion [D]. Columbia: University of South Carolina, 1975.

[49] GUINN M. After Southern Modernism: Fiction of the Contemporary South [M]. Jackson: University Press of Mississippi, 2000.

[50] GWYNN F L, BLOTNER, J L, eds. Faulkner in the University: Class Conferences at the University of Virginia 1957-1958 [M]. Charlottesville: University of Virginia Press, 1959.

[51] HAGOOD T. Faulkner's Imperialism: Space, Place, and the Materiality of Myth [M]. Baton Rouge: Louisiana State University Press, 2008.

[52] HALL C H. Incest in Faulkner: A Metaphor for the Fall [M]. Ann Arbor: UMI Research Press, 1986.

[53] HALL S. Cultural Identity and Diaspora [M]//WOODWARD K, ed. Culture, Media and Identities: Identity and Difference. London: Sage Publications, 1997: 51-59.

[54] HARRINGTON E, ABADIE A J, eds. The South and Faulkner's Yoknapatawpha: The Actual and the Apocryphal [M]. Jackson: University Press of Mississippi, 1977.

[55] HART P, ed. The Literary Essays of Thomas Merton [M]. New York: New Directions, 1981.

[56] HENNINGER K R. Faulkner, Photography, and a Regional Ethics of Form [M]// URGO J R, [58] ABADIE A J, eds. Faulkner and Material Culture: Faulkner and Yoknapatawpha, 2004. Jackson: University Press of Mississippi, 2007: 121-138.

[57] HINES T S. William Faulkner and the Tangible Past: Architecture

of Yoknapatawpha[M]. Berkeley: University of California Press, 1996.

[58] HOLMAN C H. Literature and culture: the Fugitive-Agrarians [J]. Social Forces, 1958, 37 (1): 15-21.

[59] HOLMAN C H. Literature and culture: the Fugitive-Agrarians [J]. Social Forces, 1958, 37(1): 16.

[60] HONNIGHAUSEN L, ed. The Rhetoric of Containment in Faulkner [M]// Faulkner's Discourse: An International Symposium. Tubingen: Max Niemeyer Verlag, 1989.

[61] HONNIGHAUSEN L. Faulkner's Discourse: An International Symposium [G]. Max Niemeyer Verlag Tubingen, 1989.

[62] HOWARD J. E. The New Historicism in Renaissance Studies [M]. Amherst: University of Massachusetts Press, 1987: 3-33.

[63] HOWE I. William Faulkner: A Critical Study [M]. New York: Vintage Books, 1952.

[64] HUBBELL J. B. Southern Life in Fiction [M]. Anthens: University of Georgia Press, 1960.

[65] HUTCHEON L. A Poetics of Postmodernism: History, Theory, Fiction [M]. New York and London: Routledge, 1988.

[66] JAMESON F. The Political Unconscious: Narrative as a Socially Symbolic Act [M]. Ithaca: Cornell University Press, 1981.

[67] JELLIFFE R A, ed. Faulkner at Nagano [M]. Tokyo: Kenkyusha Ltd, 1956.

[68] KARL F R. William Faulkner: American Writer [M]. New York: Ballantine Books, 1990.

[69] KARTIGANER D M, ABADIE A J. Faulkner in Cultural Context: Faulkner and Yoknapatawpha, 1995 [M]. Jackson: University Press of Mississippi, 1997.

[70] KAZIN A. God and the American Writer [M]. New York: Vintage Books, 1998.

[71] KERR E M. Yoknapatawpha: Faulkner's Little Postage Stamp of Native Soil [M]. New York: Fordham University, 1976.

[72] KERR E. Yoknapatawpha [M]. Fordam University, 1976.

[73] KING R H. A Southern Renaissance: The Cultural Awakening of the American South 1930-1955 [M]. Oxford: Oxford University Press, 1982.

[74] KING R. H. A Southern Renaissance: The Cultural Awakening of the American South1930-1955 [M]. New York: Oxford University Press, 1980.

[75] KINNEY A. F, ed. William Faulkner: The Sutpen Family [M]. New York: An Inprint of Simon & Schuster Macmillan, 1996.

[76] LABRIE R. Thomas Merton on Art and Religion in William Faulkner [J]. Religion and the Arts, 2010, 14(4): 401-417.

[77] LACAPRA D. History and Criticism [M]. Ithaca: Cornell University Press, 1985.

[78] LIND I D. The Design and Meaning of Absalom, Absalom! [M]// HOFFMAN, OLGA VICKERY, eds. William Faulkner: Three Decades of Criticism. Ann Arbor: Michigan State University Press, 1960: 281.

[79] LIND I D. The Design and Meaning of Absalom, Absalom! [M]// HOFFMAN F J, VICKERY O W. William Faulkner: Three Decades of Criticism. Ann Arbor: Michigan State University Press, 1960.

[80] LOCKYER J. Ordered by Words: Language and Narration in the Novels of William Faulkner [M]. Carbondale and Edwardsville: Southern Illinois University Press, 1991.

[81] LYOTARD J. F. The Postmodern Condition: A Report on Knowledge [M]. Minneapolis: University of Minnesota Press, 1984.

[82] MANNING C. S. The Female Tradition in Southern Literature [M]. Urbana and Chicago: University of Illinois Press, 1993.

[83] MATTEWS J T. William Faulkner: Seeing Through the South [M]. Chichester: Wiley-Blackwell, 2009.

[84] MENCKEN H L. The Sahara of the Bozart [M]//ANDREWS W L, ed. The Literature of the American South: A Norton Anthology. New York: W. W. Norton & Company, Inc., 1998: 369-378.

[85] MENCKENH L. The Sahara of the Bozart [M]// WILLIAM L. ANDREWS, et al. eds. The Literature of the American South: A Norton Anthology. New York: W. W. Norton & Company, Inc., 1998: 369-378.

[86] MERIWETHER J B, ed. Essays, Speeches and Public Letters [M]. New York: Random House, 1965.

[87] MERIWETHER J B, MICHAEL M, eds. Lion in the Garden: Interviews with William Faulkner 1926-1962 [M]. Lincoln & London: University of Nebraska Press, 1968.

[88] MILLER J H. Fiction and Repetition: Seven English Novels [M]. Cambridge: Harvard University Press, 1982.

[89] MILLGATE, M. The Achievement of William Faulkner [M]. Athens and London: The University o f Georgia Press, 1989.

[90] MILLIGATE M. Faulkner's Place [M]. Athens and London: The University of Georgia Press, 1997.

[91] MIZUHO T. The Rape of the Nation and the Hymen Fantasy: Japan's Modernity, the American South, and Faulkner [M]. Lanham MD: University Press of America, 2003.

[92] MONTROSE L A. Professing the Renaissance: The Poetics and Politics of Culture [M]// VEESER H A, ed. The New Historicism. New York: Routledge, 1998: 15-36.

[93] MORRISON T. Rootedness: The Ancestor as Foundation [M]//DENARD C C, ed. What Moves at the Margin: Selected Nonfiction. Jackson: The University Press of Mississippi, 2008: 56-64.

[94] MUHLENFELD E. William Faulkner's Absalom, Absalom!: A Critical Casebook[M]. New York & London: Galand Publishing, INC. 1984.

[95] NORBERG-SCHULZ C. Existence, Space and Architecture [M].

New York: Praeger, 1971.

[96] O'Donnell P. Faulkner and Postmodernism [M]//PHILIP M W, ed. The Cambridge Companion to William Faulkner. Cambridge University Press, 1995: 36-49

[97] OAKES J. The Ruling Race: A History of American Slaveholders [M]. New York and London: Norton, 1998.

[98] ODUM H W. The Way of the South [M]. McMillan Company, 1947.

[99] ONG W J. Orality and Literacy: The Technologizing of the Word [M]. Routledge, London and New York, 2002.

[100] PALMER W J. Dickens and New Historicism [M]. Hampshire and London: Macmillan Press Ltd., 1997.

[101] PEDEN W, ed. Notes on the State of Virginia [M]. Chapel Hill: North Carolina University Press, 1955.

[102] RAILEY K. Natural Aristocracy: History, Ideology, and Production of William Faulkner [M]. Tuscaloosa and London: The University of Alabama Press, 1999.

[103] RAILEY K. Natural Aristocracy: History, Ideology, and the Production of William Faulkner [M]. Tuscaloosa and London: The University of Alabama Press, 1999.

[104] ROBERTS D. Faulkner and Southern Womanhood [M]. Athens and London: The University of Georgia Press, 1994.

[105] ROBERTS J L. Cliffs Notes on Go Down, Moses [M]. Lincoln: University of Nebraska, 1985.

[106] ROLLYSON C E. The Uses of the Past in the Novels of William Faulkner [M]. Ann Arbor: UMI Research Press, 1984.

[107] ROSS S M. Fiction's Inexhaustible Voice: Speech and Writing in Faulkner [M]. Athens: University of Georgia Press, 1989.

[108] RUBIN L D, ed. The History of Southern Literature [M]. Baton

Rouge & London: Louisiana State University Press, 1985.

[109] RUPPERSBURG H M. Voice and Eye in Faulkner's Fiction [M]. The University of Georgia Press, 1933.

[110] RUZICKA W T. Faulkner's Fictive Architecture: The Meaning of Place in the Yoknapatawpha Novels [M]. Ann Arbor: Michigan, UMI Research Press, 1987.

[111] SCHOENBERG E. Old Tales and Talking: Quentin Compson in William Faulkner's "Absalom, Absalom!" and Related Works [M]. Jackson: University Press of Mississippi, 1977.

[112] SEIDEL K L. The Southern Belle in the American Novel [M]. Tampa: University of South Florida Press, 1985.

[113] SHAIMAN J M. Building American Homes, Constructing American Identities: Performance of Identity, Domestic Space, and Modern American Literature [D]. University of Oregon, 2004.

[114] SHOEMAKER A. A Wheel within a Wheel: Fusion of Form and Content in Faulkner's "As I Lay Dying" [J]. Arizona Quarterly, 1979, 35 (2): 102.

[115] SWIGGART P. The Art of Faulkner's Novels [M]. Austin: The University of Texas Press, 1962.

[116] TATE A. Essays of Four Decades [M]. Chicago: The Swallow Press, 1959.

[117] TAYLOR W R. Cavalier and Yankee: The Old South and American National Character [M]. New York: Harper Torchbooks, 1969.

[118] TROUARD D. Faulkner's Text Which Is Not One [M]// POLK N. New Essays on The Sound and the Fury. Cambridge: Cambridge University Press, 2007: 23-70.

[119] TUTTLE T. "Biting Temptation": An Examination of the Eden Myth in the Southern Fiction of William Faulkner, Alice Walker, and Toni Morrison [D]. The University of Louisville, 2008.

[120] TYSON L. New Historicism [M]// ZHANG Z Z, WANG F Z, ZHAO G X, eds. Selective Readings in 20th Century Western Critical Theory. Beijing: Foreign Language Teaching and Research Press, 2002: 614-632.

[121] URGO J R, ABADIE A J, eds. Faulkner and Material Culture: Faulkner and Yoknapatawpha 2004 [M]. Jackson: University Press of Mississippi, 2007.

[122] URGO J R, ABADIE A J, eds. Faulkner's Inheritance: Faulkner and Yoknapatawpha [M]. Jackson: University Press of Mississippi, 2007.

[123] VOLPE E L. A Readers' Guide to William Faulkner [M]. New York: Straus and Giroux, 1981.

[124] WAGER L W, ed. William Faulkner, Four Decades of Criticism [M]. Michigan State University Press, 1973.

[125] WAGGONER H H. The Historical Novel and the Southern Past: The Case of "Absalom, Absalom!" [J]. The Southern Literary Journal, 1970 (2): 69-85.

[126] WAGGONER H H. Past as Present: Absalom, Absalom! [M]// WARREN R P, ed. Faulkner: A Collection of Critical Essays. New Jersey: Prentice-Hall, Inc., 1966: 175-185.

[127] WARREN R P, ed. Faulkner: A Collection of Critical Essays [M]. N. J.: Prentice Hall, 1966.

[128] WATSON J. G. Faulkner: The House of Fiction [M] // FOWLER D & ABADIE A J, eds. Fifty Years of Yoknapatawpha: Faulkner and Yoknapatawpha, 1979. Jackson: University Press of Mississippi, 1980.

[129] WEINSTEIN A L. Recovering Your Story: Proust, Joyce, Woolf, Faulkner, Morrison [M]. New York: Random House, 2006.

[130] WEINSTEIN P M, ed. Faulkner and Postmodernism [M]// The Cambridge Companion to William Faulkner. Cambridge University Press, 1995: 36-49.

[131] WEINSTEIN P M. Meditations on the Other: Faulkner's Render-

ing of Women [M]//FOWLER D, ABADIE A J, eds. Faulkner and Women. Jackson: The University Press of Mississippi, 1986: 81-99.

[132] WHITE H. Tropics of Discourse: Essays in Cultural Criticism [M]. Baltimore: Johns Hopkins University Press, 1978.

[133] WILCOTS B. J. Rescuing Weinstein, Arnold L. Recovering Your Story: Proust, Joyce, History: Faulkner, Garcia Marquez, and Morrison as Post-colonial Writers of the Americas [D]. University of Denver, 1995.

[134] WILLIAMS D. Faulkner's Women: The Myth and the Muse [M]. Montreal: McGill-Queen's University Press, 1977.

[135] WILLIAMSON J. William Faulkner and Southern History [M]. Oxford: Oxford University Press, 1993.

[136] WILLIAMSON J. William Faulkner and Southern History [M]. Oxford University Press, Inc., 1993.

[137] WILLIS S. Aesthetics of the Rural Slum: Contradictions and Dependency in The Bear [J]. Social Text, 1979(2): 82-103.

[138] WILSON C. R. Judgment and Grace in Dixie: Southern Faiths from Faulkner to Elvis [M]. Athens GA: University of Georgia Press, 1995.

[139] WOLFF S. Ledgers of History: William Faulkner an Almost Forgotten Friendship, and an Antebellum Plantation Diary [M]. Baton Rouge: Louisiana State University Press, 2010.

[140] WOODWARD C V. Origins of the New South 1877-1913 [M]. Baton: Louisiana State University Press, 1951.

[141] WRIGHT B. William Faulkner as History Teacher [J]. The History Teacher, Society for History Education, Inc., 1976, 9 (4): 567-574.

[142] YOUNG T D. The Past in the Present: A Thematic Study of Modern Southern Fiction [M]. Baton Rouge and London: Louisiana State University Press, 1981.

中文参考文献

[1] 埃利奥特.哥伦比亚美国文学史［M］.朱通伯等，译.成都：四川辞书出版社，1994.

[2] 巴埃弗拉特.圣经的叙事艺术［M］.李锋，译.上海：华东师范大学出版社，2006.

[3] 别尔嘉耶夫.人的奴役与自由—人格主义哲学的体认［M］徐黎明，译.贵阳：贵州人民出版社，1997.

[4] 陈焜.西方现代派文学研究［M］.北京：北京大学出版社，1981.

[5] 丹纳.艺术哲学［M］.傅雷，译.北京：人民文学出版社，1963.

[6] 弗莱.伟大的代码——圣经与文学［M］.郝振益，樊振帼，何成洲，译.北京：北京大学出版社，1998.

[7] 弗兰克.现代小说中的空间形式［M］.秦林芳，译.北京：北京大学出版社，1991.

[8] 福克纳.八月之光［M］.蓝仁哲，译.上海：上海译文出版社，2008.

[9] 福克纳.福克纳中短篇小说选［A］.斯通贝克，选.李文俊，陶洁，译.北京：中国文献出版公司，1985.

[10] 福克纳.福克纳随笔［M］.李文俊，译.上海：上海文艺出版社，2015.

[11] 福克纳.去吧，摩西［M］.李文俊，译.北京：北京燕山出版社，2016.

[12] 福克纳.我弥留之际［M］.李文俊，译.桂林：漓江出版社，2013.

[13] 福克纳.喧哗与骚动［M］.李文俊，译.上海：上海译文出版社，2007.

[14] 福克纳.押沙龙，押沙龙！［M］.李文俊，译.上海：上海译文出版社，2004.

[15] 福克纳.寓言［M］.林斌，译.北京：北京燕山出版社，2017.

[16] 福克纳.坟墓的闯入者［M］.陶洁，译.上海：上海译文出版社，2015.

[17] 福克纳.致罗伯特·E.琼斯会督的一封信 [J].陶洁，译.世界文学，2003，（4）：252-258.

[18] 福克纳.没有被征服的 [M].王义国，译.北京：北京燕山出版社，2016.

[19] 福克纳.村子 [M].张月，译.天津：百花文艺出版社，2001.

[20] 福克纳.圣殿 [M].陶洁，译.北京：北京燕山出版社，2015.

[21] 高红霞.福克纳家族小说叙事及其在新时期小说创作中的重塑 [J].兰州大学学报（社会科学版），2008（6）：52-57.

[22] 黄虚峰.美国南方转型时期社会生活研究（1877-1920）[M].上海：上海人民出版社，2007.

[23] 霍夫曼.美国当代文学 [M].北京：中国文联出版公司，1984.

[24] 蒋跃，毛信德，韦胜杭.20世纪诺贝尔文学奖颁奖演说词全编 [A].南昌：百花洲文艺出版社，2001.

[25] 李文俊.福克纳传 [M].北京：新世界出版社，2003.

[26] 李文俊.约克纳帕塔法的心脏——福克纳六部重要作品辨析 [J].国外文学，1985（4）：1-21.

[27] 李文俊.福克纳评论集 [M].北京：中国社会科学出版社，1980.

[28] 李扬.美国南方文学后现代时期的嬗变 [M].济南：山东大学出版社，2006.

[29] 刘浒波.南方失落的世界：福克纳小说研究 [M].重庆：西南师范大学出版社，1999.

[30] 刘意青.《圣经》的文学阐释——理论与实践 [M].北京：北京大学出版社，2004.

[31] 毛德信.美国20世纪文坛之魂：十大著名作家史论 [M].北京：航空工业出版社，1994.

[32] 毛德信.美国小说发展史 [M].杭州：浙江大学出版社，2004.

[33] 梅列金斯基.神话的诗学 [M].魏庆征，译.北京：商务印书馆，1990.

[34] 明特.福克纳传 [M].顾连理，译.上海：东方出版中心，

1994.

[35] 明特.骚动的一生——福克纳传 [M].顾连理，译.上海：知识出版社，1994.

[36] 钱钟书.谈艺录 [M].北京：中华书局，1984.

[37] 圣经 [M].南京：中国基督教协会，2007.

[38] 斯皮勒.美国文学的周期 [M].王长荣，译.北京：外语教育出版社，1996.

[39] 施特劳斯.结构人类学 [M].陆晓禾，黄锡光，译.北京：文化艺术出版社，1989.

[40] 施特劳斯.乱伦与神话 [M]//叶舒宪编.神话——原型批评.西安：陕西师范大学出版社，1987：233-244.

[41] 隋刚.福克纳的五维文学空间及其显现方式——评《福克纳：破裂之屋》[J].外国文学研究，2011（3）：160-162.

[42] 孙文宪.作为结构形式的母题分析——语言批评方法论之二 [J].华中师范大学学报（人文社会科学版），2001，40（6）：68-76.

[43] 谭桂林.论长篇小说研究中的母题分析 [J].湖南师范大学社会科学学报，2001，30（6）：88-93.

[44] 汤普森.世界民间故事分类学 [M].郑海等，译.上海：上海文艺出版，1991.

[45] 吴予敏.论新时期小说的母题及其文化价值观念 [J].小说评论，1988（5）：3-10.

[46] 肖明翰.威廉·福克纳——骚动的灵魂 [M].成都：四川人民出版社，1999.

[47] 肖明翰.威廉·福克纳研究 [M].北京：外语教学与研究出版社，1999.

[48] 肖明翰.《圣殿》里的善恶冲突 [J].国外文学，1999（2）：76-83.

[49] 肖明翰.《押沙龙，押沙龙!》的多元与小说的"写作"[J].外国文学评论，1997，（1）：54-62.

[50] 肖明翰.美国南方文艺复兴与现代主义 [J].当代外国文学,
1996,4：167-174.

[51] 杨金才.新编美国文学史（第三卷）[M].上海：上海外语教
育出版社,2002.

[52] 杨经建."乱伦"母题与中外叙事文学 [J].外国文学评论,
2000（4）：59-68.

[53] 叶世祥.家族·时间·罪感——巴金《家》与福克纳《喧哗
与骚动》的对比阅读 [J].温州师范学院学报,1997（4）：19-24.

[54] 叶舒宪.神话——原型批评 [M].西安：陕西师范大学出版
社,1987.

[55] 约翰·B.诺斯, 戴维·S.诺斯.人类的宗教（第七版）[M].
江熙泰,刘泰星,吴福临,等译.成都：四川人民出版社,2005.

[56] 张进.新历史主义与历史诗学 [M].北京：中国社会科学出版
社,2004.

[57] 张京媛.新历史主义与批评文学 [A].北京：北京大学出版
社,1993.

[58] 张中载,王逢振,赵国新.20世纪西方文学批评理论选读
[A].北京：外语教学与研究出版社,2002.

[59] 中国大百科全书编辑委员会.中国大百科全书（音乐舞蹈卷）
[M].北京：中国大百科全书出版社,1998.

[60] 朱振武.论福克纳小说创作的神话范式 [J].上海大学学报
（社会科学版）,2003,（4）：9-14.

[61] 朱振武.在心理美学的平面上——威廉·福克纳小说创作论
[M].上海：学林出版社,2004.